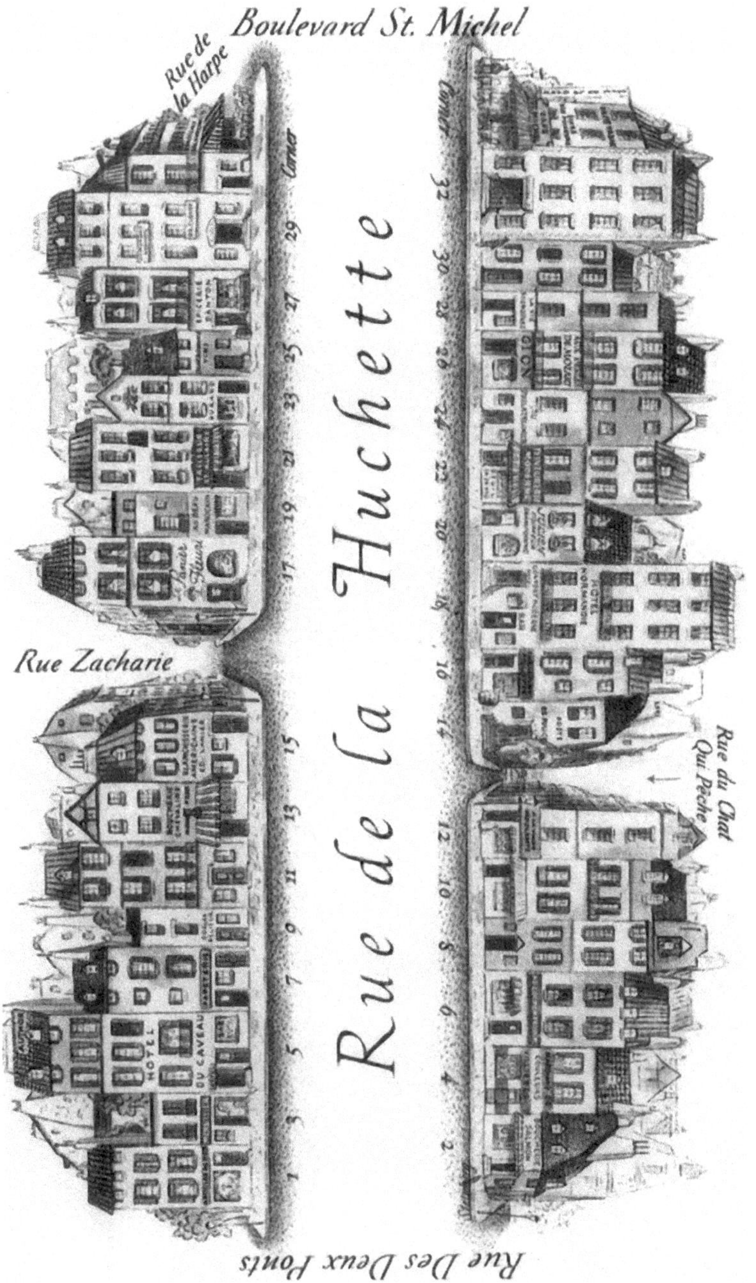
Boulevard St. Michel
Rue de la Harpe
Corner
Corner
Rue de la Huchette
Rue Zacharie
Rue du Chat Qui Pêche
Rue Des Deux Ponts
1 3 5 7 9 11 13 15 17 19 21 23 25 27 29
2 4 6 8 10 12 14 16 18 20 22 24 26 28 30 32
HOTEL DU CAVEAU
HOTEL NORMANDIE

Elliot Paul

Das letzte Mal in Paris

Roman

MaroVerlag

Die Originalausgabe erschien 1942 bei Random House Inc., New York, unter dem Titel »The Last Time I Saw Paris«

Diese Ausgabe folgt der deutschen Erstausgabe von 1944, erschienen im Exilverlag Bermann-Fischer, Stockholm, unter dem Titel »Die kleine Gasse«, übersetzt von Ludovica Hainisch-Marchet.

MaroVerlag, Augsburg
1. Auflage November 2016
2. Auflage Februar 2017
Umschlagabbildung: Ansichtspostkarte, ca. 1910
ISBN 978-3-87512-477-4
Druck und Bindung. CPI, Leck
Die Deutsche Nationalbibliothek verzeichnet diese Publikation in der Deutschen Nationalbibliografie; detaillierte bibliografische Daten sind im Internet über http://dnb.dnb.de abrufbar.

Für meine Frau Flora

Die kleine Gasse

Die in der Morgendämmerung hinter der Kathedrale von Notre-Dame aufgehende Sonne schickt ihre ersten schwachen Strahlen in die Rue de la Huchette und spiegelt sich in den Fenstern der Place Saint-Michel. Einige Meter entfernt, nahezu parallel mit der kleinen Gasse, umfließt der südliche Seine-Arm die Ile de la Cité, und auf seinen gelbbraunen Fluten, in deren Tiefe sich die wandernden Wolken abzeichnen, ziehen Lastkähne aus Nordfrankreich oder Belgien dahin; ihre Ziele sind Rouen oder Le Havre. Das Quartier Latin und Cluny liegen östlich; jenseits des Flusses erheben sich die finster dreinsehende Conciergerie, das düstere, weitläufige städtische Krankenhaus Hôtel-Dieu und der Palais de Justice.

Auf der Place Saint-Michel, mit ihrem tropfenden Brunnen und den steinernen Delfinen, öffnete das Café de la Gare als erstes, um den morgendlichen Kundenkreis, der mit der Untergrundbahn aus Versailles ankam, und die Arbeiter aus der Nachbarschaft zu bedienen, die ihren Kaffee mit Hörnchen in aller Eile am Schanktisch verzehrten, ehe sie in die Métro hinabtauchten, an deren Eingang ein armseliges Zeitungskiosk stand, das eine Unzahl französischer Provinz- und Lokalblätter sowie die Pariser Zeitungen feilbot. Die Morgengäste kauften selten Zeitungen; sie konnten sich die vier Sous nicht leisten. Dem Café de la Gare gegenüber, an der Ecke, dicht an den Bücherständen, die längs des Kais aufgereiht waren, erhob sich das berühmte Restaurant Rouzier, das seine verrosteten Jalousien erst im Laufe des Tages hochzog.

Auf halbem Weg die Rue de la Huchette hinunter, die etwa im ganzen dreihundert Meter lang war, lag das Bureau de Police, das stets offen war, aber geschäftiges Treiben war nicht zu sehen. Die ganze Nacht hindurch brannte dort eine trübselige blaue Gasflamme, die die Lage des Gebäudes angab; bei Tag hing eine rußgeschwärzte Trikolore kläglich an ihrem Mast. Das Café Saint-Michel, gleich neben dem Café de la Gare, öffnete ungefähr um fünf Uhr früh. Der Besitzer hatte eine örtliche Tabakkonzession, die ihm eine zahlreiche Kundschaft einbrachte und dem ganzen Platz einen Anstrich von Wohlstand verlieh. Der Geruch von Tabak vermischte sich mit dem von Spülwasser und Desinfektionsmitteln, die beim Saubermachen des Cafés verwendet wurden.

Während sich die Frühaufsteher am Schanktisch drängten, um ihren Kaffee zu trinken, der häufig mit einem Schuss billigem, verdünntem Rum oder Cognac versetzt war, und dazu frische, knusprige Brötchen verzehrten, schrubbte Eugénie, eine bleiche, noch nicht vierzigjährige Putzfrau, auf den Knien liegend, gewissenhaft das halbdunkle Hinterzimmer, den übel riechenden Eimer neben sich. Sie trug lehmfarbene Kleidung, die in Falten schlotterte und nach Eau de Javel duftete; ihre Brüste waren schlaff geworden, ihre Hände und Handgelenke rot und rissig von den scharfen Putzmitteln; ihre Füße steckten in abgetragenen Filzpantoffeln. Wenn sie dem Saal draußen ihre Kehrseite zuwandte und dabei ein Stück eines ihrer weißen Beine sichtbar wurde, passierte es oft, dass einer der Kutscher oder Lastkahnschiffer sich über ihren Hintern einen Scherz erlaubte. Dieser war nämlich nicht so leicht zu übersehen. Bei solchen Gelegenheiten pflegte Eugénie sich umzudrehen und über die Schulter weg dem Betreffenden mit scharfer Zunge eine Abfuhr hinzuschleudern. Eugénie schlief in einer Art Besenkammer im rückwärtigen Teil des Cafés, hinter festverriegelter Tür. Im Morgengrauen schlüpfte sie dann hinaus zur Kirche von Saint-Séverin, um dort ein frühes Morgengebet zu sprechen. Ihre Mahlzeiten bestanden aus den Resten; sie nahm sie nach den Speisestunden der anderen ein, wenn auch Köchin und Kellner gegessen hatten. Nicht einen Tag hatte sie frei in all den dreizehn Jahren, die verflossen waren, seit ihre Mutter an Bronchitis gestorben war und Eugénie mit Furcht im Herzen ihre damalige anstrengendere Arbeit aufgegeben hatte, um die frei gewordene Stelle der Verstorbenen im Café Saint-Michel anzutreten.

Eugénies Keuschheit, eigentlich ihre Jungfräulichkeit, lieferte einen der morgendlichen Gesprächsstoffe und forderte die männlichen Fünfuhrkunden gewissermaßen dauernd zu Diskussionen heraus. Andererseits diente diese auch als eine Art Sprungbrett, von dem aus versteckte Aufforderungen an die weniger tugendhaften weiblichen Kunden ergingen. Aber die scharf blickende Madame Trévise, die Besitzerin, die jeden Zollbreit das war, was die Franzosen eine *Commerçante* nennen, mit anderen Worten eine Geschäftsfrau, verstand es, diesen täglich wiederkehrenden Ritus gebührend in Zaum zu halten. Nahezu alles durften diese Männer zu Eugénie sagen – und sie taten es auch weidlich –, aber keinem von ihnen gestattete Madame, diese auch nur zu berühren. Nicht als ob sie von moralischen Beweggründen geleitet gewesen wäre, nein, sie wollte lediglich der Unbequemlichkeit entgehen, die für sie darin bestanden hätte, wenn ihre Sklavin in gewissen Abständen immer wieder schwanger geworden wäre, woraufhin sie sie hätte entlassen müssen. Auf diese Weise stärkte also Madame Trévises Beschützerinnenautorität Eugénies angeborene Rüstung, die aus Furcht und Frömmigkeit bestand. Einmal versuchte ein schüchterner Bursche vom Lande, der übrigens wesentlich jünger als Eugénie war, sich dieser zu nähern, und ging dabei sogar so weit, ihr zu morgendlicher Stunde in der Kirche aufzulauern, um den bösen Zungen der Café-Kundschaft auszuweichen. Die Folge davon war, dass Eugénie aus Schreck über den hervorgestammelten Antrag in hohes Fieber verfiel und zum ersten Mal in ihrem Leben zwei Tage das Bett hüten musste.

Der reine Zufall führte mich das erste Mal an einem milden Sommerabend des Jahres 1923 in die Rue de la Huchette. Zu jener Zeit war es einem noch vergönnt, ein wenig in den Tag hineinzuleben. Ich hatte an dem bewussten Abend nichts vor; ich aß also auswärts und ging einfach nur spazieren. Die Granit-Löwen und ein leerer Brunnen träumten schläfrig am Fuße der beiden ungleichen Türme von Saint-Sulpice, und in der Rue des Ciseaux hockten Männer, Frauen und Kinder auf dem Bürgersteig und den Schwellen ihrer Haustüren und brummten ärgerlich, wenn sie zur Seite gehen mussten, um ein Taxi vorbeizulassen. Die breiten Blätter der Platanen längs des Boulevards Saint-Germain rührte kein Lufthauch, fast schien es, als neigten sie sich der Erde zu. Sogar das Pflanzenleben war auf ein Minimum reduziert.

Ohne Les Deux Magots zu passieren, ging ich direkt zum abgelegenen Place de Furstemberg, dicht am alten Kloster von Saint-Germain vorbei. Der Platz war damals das Stelldichein eines im verborgenen blühenden Kommunistenklüngels, dem übrigens niemand – am allerwenigsten Moskau – das geringste Interesse entgegenbrachte. Vor dem ehemaligen Atelier Delacroix', wo der Schein einer Straßenlaterne in ein Fenster und dort auf eine Bleistiftzeichnung mit einem Panther fiel, blieb ich stehen.

Auf der Place Saint-André-des-Arts machte ich abermals halt und starrte ehrfürchtig in die Auslage eines Präparators. Wie alle Franzosen waren auch die Präparatoren Individualisten. Sogar die französischen Mottenkugeln schienen sich voneinander zu unterscheiden. Die Präparatoren der Place Saint-André-des-Arts waren Spezialisten im Ausstopfen jener Schoßhündchen und Lieblingskatzen, von denen sich die Besitzer selbst nach dem Tode nicht zu trennen vermochten. Monsieur Noël, der Fachmann im Ausstopfen von Vögeln und Vierfüßlern, dessen nähere Bekanntschaft ich später machte, verlieh diesen Tieren, wenn auch nicht gerade den Anschein wirklichen Lebens, so doch eine gewisse Originalität. Die französische Bourgeoisie benannte ihre Papageien »Coco«, ihre Katzen »Minou«, Schoßhunde »Frou-frou« und Polizeihunde »Hannibal« oder ähnliches. Ehe Monsieur Noël nun daran ging, den Tieren das Fell abzuziehen, versuchte er stets ihrem Charakter auf die Spur zu kommen. Da er selbst ein gewisses Klassenbewusstsein hatte, wies die Physiognomie seiner Meisterwerke Spuren von Monsieur Noëls eigener bitterer Lebensweisheit auf. Noël erklärte mir einmal, als wir bei einer Flasche Pouilly gemütlich beisammen saßen, dass sowohl Männer wie Frauen – hierin den Göttern gleichend – ihre Lieblingstiere nach ihrem eigenen Bilde zu wählen pflegen. Mein Freund aber hatte seine heimliche Lust daran, diese Ähnlichkeit noch zu unterstreichen.

An der Ecke, gegenüber dem Boulevard Saint-Michel, befand sich eine Apotheke zweiten Ranges. Gemessen am damaligen Stande der Apotheken in Frankreich, war dies schon eine gute Klasse. Eine erstrangige Apotheke ist ein chemisch-analytisch arbeitendes Laboratorium, das außerdem Unfallstation ist und in dem Seren, Mittel zur Vorbeugung und spezielle Medikamente erhältlich sind. An jenem Abend war diese Apotheke geschlossen, aber an der Eingangstür hing ein Schild mit dem Hinweis, dass eine andere Apotheke, einige Häuserblocks weiter, geöffnet war. Laut Gesetz vom 4. Februar 1896 – dies lässt die Vermutung zu, dass am 3. Februar eben dieses Jahres die Gattin irgendeines Senators diesen die Nacht hindurch mit ihren Zahnschmerzen gequält hatte – mussten die Apotheken nämlich abwechselnd den Nacht- und Feiertagsdienst übernehmen.

Inmitten einiger hochmoderner weißer Emaillegeschirre und roter Gummiartikel, die die Auslage vor mir zierten, erblickte ich ein Paar grobe Handschuhe aus Katzenfell, mit dem Pelz nach außen. Ich fragte Herrn Noël einmal später, als ich ihn einigermaßen gut kannte, was es mit diesen nicht hierher gehörigen Artikeln wohl auf sich hätte.

»Das ist doch gar nichts Besonderes«, meinte er.

Die armen Leute in Paris können nämlich naturgemäß keine Katzen halten. Aber sie fangen sie, füttern sie heimlich heraus und essen sie dann. Die Leute, die etwas besser gestellt sind, (jene etwa, die über ein Einkommen von 5–6.000 Francs verfügen), gestatten sich manchmal, wenn sie keine Kinder haben, den Luxus eines Haustieres; stirbt Minou dann, so lassen sie sie jedoch nicht ausstopfen, sondern ziehen ihr mit einem Küchenmesser das Fell ab, salzen es ein und verkaufen es für ein paar Groschen an einen Handschuhmacher, der seinerseits das Fertigprodukt an Drogerien liefert. Jene Pariser, deren Wohnung nicht heizbar ist, überwintern so gut es geht, indem sie sich fleißig mit Katzenfell warm reiben.

Vor der Ära des Polizeikommissars Chiappe gab es noch keine mit Metallknöpfen versehenen Übergänge auf den Boulevards. Die Fußgänger setzten einfach tapfer über und versuchten so gut es ging durch den Verkehr zu kommen. Die gewitzten Pariser entwickelten ein gewisses Maß an Vorsicht, dem Provinzler aber fehlte die Erfahrung, und er fand sich nur mit knapper Not im Gewühl der schnell rasenden Taxis, schwerfälligen Autobusse und rücksichtslosen Privatautos zurecht, zwischen denen es zu allem Überfluss noch von Marktwagen, die von Gäulen gezogen wurden, altertümlichen Pferdewagen, Fahrrädern und improvisierten Karren, die auf drei oder mehr Rädern liefen, wimmelte.

Im Jahre 1923 gab es Tausende von Taxis, deren Chauffeure, häufig ehemalige Droschkenkutscher, gegen das motorisierte Gefährt Front machten und es mit einem äußerst geringen Maß an Rücksicht lenkten. Zwischen dem großen Publikum und den

Taxichauffeuren herrschte Dauerfeindschaft, und der Kampf wurde beiderseits mit Vehemenz und eleganter Beredsamkeit geführt.

An jenem ersten Abend nun ging im Gewühl des Boul' Mich' vor mir ein würdiger Franzose aus Mayenne, der einen altmodischen schwarzen Filzhut und eine lässig geknotete Krawatte trug. Ein Chauffeur betätigte kraftvoll seine mangelhaften Bremsen, um nicht in den Mann hineinzufahren, doch das Trittbrett des Fahrzeugs streifte sein Schienbein. Taxi Nummer 1 wurde prompt von einem zweiten gerammt, das seinerseits um ein Haar einem Omnibus entging. Wenn ich ihn recht verstanden habe, nannte der Taxichauffeur den unvorsichtigen Fußgänger einen *Bankert*. Der Franzose machte hierauf den Chauffeur mit größter Seelenruhe aufmerksam, dass seit dem Abriss der Bastille die Straße Gemeingut des Volkes sei. Als ein Polizist sich unwillig auf der Bildfläche zeigte und verärgert das Verkehrsknäuel in Augenschein nahm, überreichte ihm der Fußgänger gelassen seine Visitenkarte. Der Polizist las sie uninteressiert und steckte sie ein.

»Alors, toi!«, rief der Polizist dem Chauffeur zu.

Hierauf brüllte dieser zurück, dass dieser Typ mit Krawatte und Visitenkarte es einzig und allein seiner Geistesgegenwart zu verdanken habe, dass er nicht, eine untröstliche Familie hinterlassend, zermalmt worden sei.

»Seit dem Fall der Bastille ...«, fiel hier der Gegenpart ein.

»Das ist aber schon eine Ewigkeit her, Monsieur«, krächzte eine besoffene Alte vom Trottoir herüber.

Die ganze Geschichte endete damit, dass der Polizist mich und den Professor aus Mayenne auf die andere Straßenseite geleitete, wo er uns vor einem zum Himmel stinkenden öffentlichen Pissoir absetzte. Hierauf winkte er mit majestätischer Gebärde, auf dass der Verkehr seinen Fortgang nehme. Als das Taxi weiterfuhr, bemerkte der Polizist, dass es kein Schlusslicht hatte. Er begann wie wild auf seiner Pfeife zu blasen, worum sich der abziehende Chauffeur jedoch nicht kümmerte. Das Unglück wollte es, dass etliche andere Chauffeure meinten, das Pfeifen gelte ihnen. Sie wandten sich um, wichen aus der Bahn, und einer von ihnen rammte einen schweren Marktwagen, sodass der Bauer auf seinem Bock, den darauffolgenden Aufruhr überschreiend, seinen Angreifer mit *Cochon* und *Voyou* schimpfte – Schwein und Gauner.

Ich verbeugte mich vor dem Professor aus Mayenne, der seinerseits den Hut lüftete, um sich dann dem Pissoir zuzuwenden, im Gehen den Rock aufknöpfend. Um seine Absicht durchführen zu können, musste er auf halbem Weg zwischen Kinn und Leibmitte beginnen. In einem Land, das die Sparsamkeit derart auf die Spitze getrieben hatte, stellte jene Art hochgeknöpfter Hosen einen unerhörten Luxus dar.

Ich war in Gedanken versunken, schreckte aber auf, nachdem ich in eine stille Straße eingebogen war, als ich die munteren Klänge einer Ziehharmonika vernahm und mich zugleich der vollendetsten kleinen gotischen Kirche ganz Frankreichs, Saint-Séverin, gegenübersah. Ich muss gestehen, ich atmete freier, als ich diese Kirche gegen den Hintergrund der sie überragenden Gebäude sich abzeichnen sah.

Keine aufdringliche Ornamentik stört den Anblick von Saint-Séverin. Die Steinschnitzereien am Torbogen der Einfahrt fügen sich harmonisch in das Ganze, die Drachen haben nicht jenen literarischen Beigeschmack wie die von Notre-Dame. Das kleine Gotteshaus beherrscht das Straßenbild in keiner Weise. In bescheidener Zurückgezogenheit ruht es inmitten jahrhundertealter Bauwerke. Später erfuhr ich, dass Saint-Séverin, im Gegensatz zu anderen Kirchen, die der Geist Christi längst verlassen hat, immer noch ein wirklicher Zufluchtsort und eine Stätte des Trostes für die Armen war. Die Gemeinde bestand aus Arbeitern und deren Angehörigen, und die geistlichen Herren hatten weder ein Konto auf der Bank, noch veröffentlichten sie Bücher oder mischten sich in die Politik ein. Drei von ihnen, das erlebte ich später, waren die besten Bridgespieler, die mir je begegnet sind. Nach Beendigung des Spieles warfen sie mein Geld regelmäßig in den Opferstock.

Als ich aus dem Kerzenlicht von Saint-Séverin und seinem Weihrauchgewölk hinaustrat – ich hatte eben Pater Panarioux die h-Moll Fuge von Bach auf seiner recht guten kleinen Orgel spielen hören –, ließ ich mich von den Klängen der Ziehharmonika auf die andere Seite der Straße locken und geriet so in den Ballsaal von Saint-Séverin.

Der Kellner stand gerade an der Bar, und der Besitzer schenkte Getränke in einige fingerhutgroße Gläser. Der Kellner stellte diese auf sein Servierbrett und blickte, auf eine ihm zugeflüsterte Aufforderung seines Chefs hin, zu mir herüber. Das Servierbrett in Händen, geleitete er mich an einen Tisch in der hintersten Ecke des überfüllten Raumes, wobei er den tanzenden Paaren auswich, von denen jedes sozusagen eine plastische Gruppe für sich war. Jemand hatte offenbar an dem Tisch gesessen, der nun mir zugeteilt wurde; davon zeugten ein Handtäschchen und ein Aschenbecher, auf dessen Rand ein Zigarettenstümpfchen ruhte, das für einen späteren Gebrauch sorgfältig ausgedrückt worden war. Der Kellner erwischte mit der freien Hand das Täschchen und warf es auf die Bank an einem anderen Tisch, während er mit der anderen noch immer das Servierbrett balancierte, auf dem die winzigen Gläschen überschwappten und Tropfen ihres öligen Inhalts vergossen. Sodann sagte er »Voilà, Monsieur«, und mit unglaublich eleganter Geste nahm er das Zigarettenende zwischen Daumen und Zeigefinger auf und legte es auf die leere Aschenschale in unmittelbarer Nachbarschaft des ausquartierten Handtäschchens.

Die einzige im Saal, die nicht tanzte – vom Besitzer und dem Kellner abgesehen –, war ein junges Wesen in einem feuerroten Kleid, unter dem sie offenbar nichts anhatte. Große, braune Augen blickten unter langen, gebogenen Wimpern hervor, einen Mund hatte sie wie eine Rosenknospe und schmollende Mundwinkel. Das Mädchen hatte nackte, höchst wohlgeformte Beine, deren schneeige Weiße durch das Schwarz ihrer winzigen, hochhackigen Schuhe noch erhöht wurde. Kaum waren sich unsere Blicke begegnet, sah sie auch schon zu dem niedrigen Balkon hinauf, wo eine aus drei Mann bestehende Kapelle spielte. Der Trommler nickte kurz zurück.

Als das Orchester einen neuen Tanz intonierte, erhoben sich die Herren nachlässig, bliesen den Zigarettenrauch aus den Mundwinkeln und deuteten durch ein Minimum zeremonieller Gebärden an, dass und mit wem sie zu tanzen wünschten. Und wieder blieb das feuerrote Kleid partnerlos; ich stand also auf, blickte zum Trommler hinauf und machte mich auf den Weg in ihre Ecke.

»Möchten Sie gern tanzen?«, fragte ich in amerikanischem Französisch.

»Wenn Monsieur wünschen«, erwiderte sie zögernd.

Ich versuchte, sie beim Tanzen ein wenig auf Abstand zu halten, aber sie schien sich dabei nicht sonderlich wohlzufühlen und kam nicht recht mit. Ich drückte sie also schließlich wohl oder übel an mich, wie es hier Sitte war.

»Wie heißen Sie?«, fragte ich. Sie schlug ihre langen, gebogenen Wimpern zu mir auf und betrachtete mich verwundert. Es war nicht üblich, während des Tanzens zu sprechen.

»Suzanne«, sagte sie und damit war das Gespräch auch schon zu Ende. Sie war jung, etwa siebzehn Jahre, schätzte ich, und nicht muskulös wie Stubenmädchen oder Kellnerinnen. Nach ihrer hohen Stirn und dem rotbraunen Haar zu urteilen, stammte sie aus der Normandie. Beim Tanzen konnte ich mich davon überzeugen, dass sie Castille-Seife benutzte, und dass ihre Hände und Arme kühl blieben, während ihr Leib sich warm und geschmeidig anfühlte.

»Anglais, vous?«, fragte sie, als wir saßen, als spräche sie zu einem Kinde. Marcel, der Garçon, brachte mir unaufgefordert meine halb geleerte *Dégustation*; auf der Untertasse waren zwei

Francs markiert. Dies entlockte Suzanne die erste spontane Äußerung. Sie zog die Brauen hoch und sah auf meinen Schlips.

»Anglais, ça?«, fragte sie.

»Was wollen Sie trinken?«, fragte ich.

Sie bestellte zu meiner Verwunderung einen Kirsch. Aber ich wunderte mich nicht mehr, als ich sah, dass Marcel ihr eine brave bräunliche, in Brandy getauchte Kirsche brachte. Dann versuchte ich ihr zu erklären, dass ich Amerikaner, nicht Engländer sei. Das hatte ich mir aber leichter vorgestellt, als es war. Suzanne hatte einmal das Meer gesehen und gemeint, es sei eine Fortsetzung des Himmels. Dass Amerika jenseits des Ozeans lag, bedeutete für sie nichts, weil sie nur eine sehr vage Vorstellung vom Ozean hatte. Sowohl Amerikaner wie Engländer sprechen Englisch. Das genügte ihr vollauf.

Da ich nun schon einmal begonnen hatte, mit Suzanne zu tanzen und für sie Kirschen in Alkohol zu bestellen, fand ich daran Geschmack. Dieses Arrangement schien den Beifall des Trommlers und des Besitzers zu erregen, und auch Marcel, der Garçon, der eigentliche Leiter des Ganzen, schien auf meiner Seite. Im Ballsaal Saint-Séverin ging es hochanständig zu. Niemand war betrunken, niemand benahm sich daneben, alle sprachen gleichmäßig laut zwischen den Tänzen. Der Likör war nicht übel. Obgleich verdünnt, wirkte er doch anregend. Ich trank vier oder fünf Brandys, und jedes Mal, wenn Marcel meinem kleinen Tellerstapel eine neue Zwei-Francs-Untertasse hinzufügte, zeigte Suzanne eine Anwandlung von Respekt, um nicht zu sagen, Erregung. Da ich vermutete, sie sei hungrig geworden, schlug ich ein Butterbrot vor. Sie drückte mir schnell und warnend mit ihren kühlen Fingerchen die Hand, die ich wie geistesabwesend unter dem Tisch festhielt. Und mit einem ängstlichen Seitenblick auf den Trommler flüsterte sie hastig: »Nicht hier, Monsieur.«

Ich bezahlte die Rechnung, verabreichte Marcel ein fürstliches Trinkgeld und verließ den Ballsaal Saint-Séverin. Draußen ging Suzanne ängstlich vor mir her. Für uns beide nebeneinander wäre der Gehsteig zu schmal gewesen. Zu unserer Rechten lag Saint-Séverin. Jenseits des nebligen Flusses erhob sich mächtig Notre-Dame. Dazwischen lag der mauerumfriedete Kirchhof von Saint-Julien-le-Pauvre. Arabische Musikfetzen wehten vom Hotel Rossignol – dem Hotel zur Nachtigall – herüber, das am Ende der Straße lag. Algerische und marokkanische Teppichhändler wohnten dort, und manchmal brachten sie sich eine Bauchtänzerin mit, die pro Stunde bezahlt wurde.

»Les Sidis!«, flüsterte Suzanne verächtlich. »Ich möchte nicht mit denen ins Bett gehen, wie Renée … Dazu hat mich Robert noch nicht gebracht.«

Später einmal erzählte mir Suzanne: »Germaine ist komisch. Es macht ihr Spaß, wenn Robert versucht, ihr den Arm zu brechen – aber ich bin nicht so. Ich mag es nicht, wenn man mir wehtut.«

Suzanne steuerte mit mir der Rue de la Huchette zu. Wo Suzanne heute ist, weiß ich nicht. Ich kann sie mir schwer als eine leidgequälte Frau von fünfunddreißig Jahren vorstellen. Ich will nur hoffen, dass sie genug zu essen hat und nicht allzu viel von dem, was in der Welt vor sich geht, begreift. Sie hat mich in das Hôtel du Caveau geführt, und dafür werde ich ihr ewig dankbar sein.

Das Hôtel du Caveau

Die Rue de la Huchette hat, räumlich und zeitlich gesprochen, einen Anfang, eine Mitte und ein Ende. Vor Hunderten von Jahren, als Paris eine mauerumgürtete Stadt auf der Ile de la Cité war und dort, wo heute die Place Saint-Germain liegt, Kühe weideten, wollten einige Pariser Ureinwohner nicht mehr auf der befestigten Insel bleiben und siedelten sich am linken Seine-Ufer an. Die Rue de la Huchette verläuft ein wenig unterhalb des Kais, parallel zum Fluss. Über die Herkunft ihres Namens scheint niemand etwas zu wissen, am wenigsten ihre heutigen Bewohner.

Der Hauptverkehr der kleinen Straße bewegte sich, von der Place Saint-Michel kommend, in östliche Richtung. Er bestand zum größten Teil aus Lieferwagen, aus notdürftig zusammengebastelten Fahrzeugen, die von Jungen auf Fahrrädern vorwärts bewegt wurden, aus den Zugkarren der Hausierer, Messerschleifer, Schirmmacher, aus einer Herde Milchziegen und den Fußgängern aus der Umgebung. Die Bewohner der Gasse saßen gewöhnlich in den Einfahrten oder auf dem Trottoirrand, oder sie wanderten mitten auf der Straße hin und her; sie benutzten sie wie einen gemeinschaftlichen Versammlungsort, tagsüber oder abends, und fühlten ihr Leben in keiner Weise durch die vorbeischwankenden Taxis bedroht. Ja, im Morgengrauen und bei Einbruch der Dunkelheit gab es sogar ein Fledermauspärchen – es waren ihrer immer zwei, nie mehr und nie weniger –, die im Zickzackflug in gleicher Höhe mit den Fenstersimsen des zweiten Stockwerkes hin und her flatterten und die, sobald sie zu der lärmenden, beleuchteten Place oder der Rue des Deux-Ponts kamen, stutzten, kehrt machten und zurückflogen.

Die beiden großen Eckcafés, das Café Saint-Michel und die Brasserie Dalmatienne, gehörten zum Boulevard Saint-Michel. Beiderseits erhoben sich neben ihnen vier- bis fünfstöckige Mietshäuser, deren Mansarden als Schlafraum für die Stubenmädchen gedacht waren. Durch die schweren Zeiten des Ersten Weltkrieges und danach hatten nahezu alle Familien ihr Dienstpersonal aufgeben müssen, sodass die luftigen, viel zu kleinen Schlafzimmer, deren seltsame, unregelmäßige Formen durch die vorspringenden Dächer, Oberlichtfenster und windschiefen Ziegelschornsteine bedingt waren, an ärmliche Mieter abgegeben wurden, die allein lebten, mit Ausnahme etwa samstags oder sonntags, und die froh waren, ihre Briefe an eine halbwegs anständige Adresse zugestellt zu bekommen.

In den mittleren Teil der Straße mündeten zwei Gässchen, die noch kleiner waren als die Rue de la Huchette – die Rue Zacharie und die Rue du Chat-qui-Pêche (die Straße zur fischenden Katze), so genannt, weil in früherer Zeit, als der Kai noch nicht gebaut war, eine Katze immer im Keller Fische fing, wenn die Seine hoch stand. Diese Katze hat offenbar alle Fische gefangen, die es überhaupt gab, denn obgleich ich geduldige Fischer an Sonn- und Feiertagen beobachtet habe, die, mit richtigem Fischereigerät ausgerüstet, am Kai standen (nicht zu vergessen das Strohkörbchen mit Deckel, das innen mit frischen Blättern ausgelegt war, und das Gabelfrühstück in Form von Brot, Wurst,

Käse und einer Flasche Pinard, dem schweren Rotwein, enthielt), geschah es kaum, dass auch nur ein Karpfen, eine Elritze, gefangen wurde. Die Rue du Chat-qui-Pêche genoss den Vorzug, die schmälste und die kürzeste Straße der Welt zu sein; sie hatte nämlich nur ein einziges Fenster, das nicht mehr als ein paar Zoll im Geviert maß, und überhaupt keine Türen.

Das Bureau de Police lag an der einen Ecke der Rue du Chat-qui-Pêche. Es hatte keinen Anspruch auf ein Polizeiauto und musste froh sein, ein Telefon zu haben. Die Polizisten, die sogenannten *Flics*, benutzten Fahrräder oder patrouillierten lautlos zu Fuß, immer zu zweit.

Höchstens zweimal im Jahr kam es vor, dass ein besoffener Radaumacher, halb verrückt vor Hunger und Müdigkeit, aus den Elendsquartieren des Ostens in diesen Polizeibereich herüberwanderte. Gelang es da den gutmütigen Polizisten nicht, den Betreffenden zu übersehen oder ihn in einen anderen Polizeibezirk zu verjagen, so wurde er (oder sie) geprügelt, milde vermahnt und in ein feuchtes Loch gesperrt.

Einmal jedoch, es war 1926, geschah es, dass ein unerfahrener Dieb versuchte, in den Grünzeugladen von No. 31 einzubrechen. Als er dabei von den Polizisten ertappt wurde, die, ohne Böses zu ahnen, um die Ecke spähten und noch erstaunter waren als der Dieb, brannte ihnen dieser zwei Schüsse aufs Fell und verwundete dabei den einen in der Leistengegend. Noch in der gleichen Nacht wurde der Dieb auf dem alten Steinboden unserer kleinen Polizeiwachtstube buchstäblich zu Tode getrampelt und daraufhin mit dampfenden, herausquellenden Eingeweiden, mit einem Filzfetzen halb zugedeckt, in die Leichenhalle hinter Notre-Dame geschleppt. So endete diese traurige Geschichte. Die Pariser Polizisten, die im Allgemeinen an Nachsicht und Verständnis den Heiligen kaum nachstehen, werden nur dann unerbittlich, wenn man ihnen selbst nach dem Leben trachtet.

Der *Panier Fleuri* war ein Bordell, das gegenüber der Polizeistation an der Ecke der Rue Zacharie lag; es wurde von Madame

Mariette geführt. An der Südwestecke des Gebäudes war eine Wäscherei untergebracht, in der drei abgearbeitete Mädchen angestellt waren; zugleich diente diese Wäscherei auch als *Clandestin*. Diejenigen Herren nämlich, die es langweilig fanden, das zünftige Etablissement zu frequentieren, konnten, wenn Madame Lanier sie kannte, mit der Wäscherin ihrer Wahl nach oben gehen. Durch dieses ungesetzliche Vorgehen wurden Madame Laniers Einnahmen verbessert, sowie die ihres unproduktiven Gatten und die der Mädchen, und in den Augen der nachsichtigen Polizisten geschah dadurch niemandem ein Unrecht. Edouard Lanier, der Gatte, war ein alter Kriegsteilnehmer (er besaß die Croix de Guerre mit doppelter Palme), und da er eine *Gueule cassée* war – ein Soldat, dessen Gesicht durch Verwundung entstellt war –, wurde er mit Nachsicht behandelt.

Das östliche Ende der Rue de la Huchette führte am Hôtel du Caveau vorbei. Dorthin geleitete mich Suzanne auf unserer Suche nach etwas Essbarem.

Und dort fand ich Paris – fand ich Frankreich.

Als wir in das Caveau eintraten, durch die Tür, die direkt in die Bar und das Restaurant hineinführt, sahen wir eine dunkelhaarige, ziemlich unordentliche Griechin. Sie stützte sich auf einen Tisch, dessen Marmorplatte voll Rotweinflecken war, und sah unverwandt ins Leere. Hinter der Bar stand ein Garçon in einem weißen Vorhemd ohne Kragen; das Kragenknöpfchen aus Messing hatte einen Abdruck auf seinem Adamsapfel hinterlassen; seine blaugraue Schürze reichte ihm bis zum Knie. Mit seinen listig blinzelnden Augen schaute er zuerst auf Suzanne, dann bemerkte er meinen amerikanischen Filzhut und meine Sportkrawatte. Sein Schnurrbart war rötlich-blond und hatte etliche Zoll Spannweite. Wenn man Georges nur ansah, musste man schon lachen. Bald merkte ich, dass er ein chronisch fröhliches Gemüt hatte – mit Ausnahme von zwei Tagen im Monat. In regelmäßigen Abständen von vierzehn Tagen hielt er eine homerische Sauforgie ab und versuchte daraufhin, sich die Gurgel durchzuschneiden, wobei er sich außerordentlich ungeschickt anstellte. Am nächsten Morgen erwachte er dann, in sich gekehrt und beschämt.

Georges war kein geborener Franzose, sondern ein Serbe, der aus der österreichischen Armee desertiert und wie durch ein Wunder nach Paris gelangt war. Im Jahre 1917 nahmen ihn die französischen Behörden hopp und steckten ihn ohne Zögern in die französische Armee. Dort zeigte es sich, dass er ausgezeichnet mit Pferden umzugehen verstand. Nach dem Kriege fand er Arbeit am Cirque d'Hiver. Damals waren dessen künstlerische Leiter die Gebrüder Fratellini, diese Matadore aller Clowns. Georges hatte die Obhut über die halb dressierten Pferde, die in den Reitkunststücken auftraten. Er wurde mit den störrischen Biestern besser fertig als ihre Trainer, aber eines Abends fand er die Nummer der Fratellinis derart überwältigend komisch, dass er die Welt um sich vergaß und nur dastand, den Eimer in der Hand, und Albert, Paul und François zuschaute, wie sie die Szene im Friseurladen gaben. Ein langbeiniger Rotschimmel holländischer Gemütsart hatte bemerkt, dass Georges nicht achtgab, und versetzte ihm einen Tritt, dass er bis in die Mitte der Arena flog. Als Georges drei Monate später aus dem Armenspital entlassen wurde, waren die Fratellinis in einem anderen Land auf Tournee. Er war dann ungefähr achtzehn Monate arbeitslos und wurde schließlich Garçon im Hôtel du Caveau.

Suzanne wählte keinen Tisch in dem kleinen Speisezimmer, sondern führte mich in ein leeres Hinterzimmer, wo sie eine niedrige, schmale Tür öffnete und eine steinerne Wendeltreppe hinabstieg, die modrig roch. In Paris merkt man bald, dass die Denkmalreste der verschiedensten Jahrhunderte bunt zusammengewürfelt sind. Im gleichen Häuserblock kann man römische, gotische, pseudo-griechische und byzantinische Baureste neben modernen Stuckbauten und bürgerlichem Kitsch finden.

Suzanne tastete nach einem Schalter und machte Licht. Die Bogen und Pfeiler warfen scharfe Schatten auf den sauberen Fußboden aus Flusskieseln.

»Par ici, Monsieur«, sagte sie. Dann ging sie weiter zu einer steinernen Treppe, die etwas breiter war als die vorige. Wir stiegen Hand in Hand hinunter. In dem schwachen Lichtschein, der von oben durchsickerte, konnten wir gerade noch das Deckengewölbe und den engen Korridor vor uns erkennen. Nie hätte ich mir träumen lassen, hier einen Imbiss zu finden.

In dem schmalen Gang machte meine Begleiterin abermals Licht, und ich sah dicht neben mir, zur Linken, ein mittelalterliches Verlies, in dem Weinfässer aufgestapelt waren. Es schien ganz unglaublich, dass solch ein mittelalterlicher Keller zu der schäbigen Bar und dem Speisezimmer oben gehörte, aber es war wirklich so, wie sich später herausstellte.

Vor uns am Ende des Korridors, hinter dem Verlies, befand sich eine massive Eichentür, an der mächtige eiserne Nägel in prächtigem Muster eingetrieben waren. Suzanne drückte auf die schwere Klinke. Als die Tür sich nach außen öffnete, erblickte ich ein Licht, das wie eine Wachskerze flackerte. Ich war vollkommen darauf gefasst, in diesem versiegelten Steingewölbe zumindest eine Schwarze Messe vorzufinden oder Verschwörer in Kutten, die sich an einem Marterwerkzeug zu schaffen machten. Stattdessen erwiesen sich die zwei Menschen im unterirdischen Gewölbe als eine dicke Französin in mittleren Jahren und ein ziemlich kleiner Türke in Kellnerkleidung. Als wir ohne anzuklopfen eintraten, erschraken sie und machten eine Bewegung, als wollten sie sich erheben, die Frau wirkte ängstlich, der Türke schuldbewusst, obgleich ein enormer, imposanter Eichentisch zwischen ihnen stand, aus mächtigen Brettern gefügt und von jahrhundertelangem Gebrauch patiniert.

»Hello, Mister«, sagte der Türke in angelerntem Amerikanisch.

Suzanne sah zuerst ihn an, dann mich.

»Anglais, lui?«, fragte sie. Ich war darauf gefasst, dass sie das fragen würde. Die dicke Frau, in einem graubraunen Kleid und einem altmodischen gehäkelten Schal, setzte sich. Sie wirkte nervös und ängstlich. Der Türke lächelte beruhigend. Er hatte die Herkunft anhand des Hutes und der Krawatte festgestellt.

»Nehmen Sie doch Platz«, sagte er und wies auf die schweren Eichenbänke an den Längsseiten des Tisches. Suzanne dankte ihm pflichtschuldig und höflich und setzte sich neben die Frau. Ich nahm neben Suzanne Platz. Wir saßen alle drei dem Türken gegenüber, der sich auch wieder hingesetzt hatte und sich gemütlich aufstützte.

»Feines Lokal«, sagte er, mit begleitender Kopf- und Armbewegung, um gleichsam die mit Sparrenholz gestützte Decke, die mächtigen Steinwände, die Eichentür, den gewichtigen Tisch, das zuckende Wachslicht in seinem schmiedeeisernen Leuchter und den Steinboden mit einzubeziehen. »Hier könnte man massenhaft Geld verdienen.«

Als er diese letzte Bemerkung fallen ließ, sah er anzüglich auf die bleiche, dickliche Frau, die sich fröstelnd fester in ihren Schal hüllte.

»Sie frieren wohl«, sagte ich zu Madame. »Möchten Sie nicht etwas mit uns trinken?«

»Herrgott, was bin ich hungrig!«, sagte Suzanne.

Der Türke entschuldigte sich und verschwand.

»Wohnen Sie hier?«, fragte ich Madame, und als es ihr langsam dämmerte, dass ich eine Art Französisch gesprochen und sie mich verstanden hatte, schaute sie mich mit ihren angstvollen Augen an und murmelte leise: »Oui, Monsieur.« Es kam heraus, dass sie die Besitzerin war, soweit eine verheiratete Frau in Frankreich überhaupt etwas besitzen konnte. Es war ihre Mitgift gewesen – dieses Mauergewölbe, die altehrwürdigen Bogenhallen und alles Übrige.

Als der Türke mit vier Gläsern, einer Flasche Marc de Bourgogne, einer kleinen Karaffe Rotwein, einer enormen, dampfenden Portion Ragout und einem Riesenstück Brot für Suzanne zurückkam, erfuhr ich, dass er in Athen, Genua, Ceuta, Barcelona, London, Frankreich und Amerika gearbeitet hatte.

»Wo in Amerika?«

»Boston, Mass.«, sagte er. »Kennen Sie vielleicht Coco?«

Ich kannte ihn wirklich. Wir waren uns einig darüber, dass Coco ein Prachtkerl war. Er führte den Betrieb *Ararat* in der Kneeland-Street.

Während der Türke und ich auf Amerikanisch plauderten, sahen die beiden Frauen, die Zweiundvierzigjährige und die Siebzehnjährige, uns mit einer gewissen höflichen Erleichterung an. Die Ältere nippte pflichtgemäß ihren feurigen Likör, die Jüngere gab sich restlos dem Genuss des erstklassigen Lammragouts hin. Es war für sie leichter, Amerikanisch nicht zu verstehen, als sich zu bemühen, türkisches oder amerikanisches Französisch zu fassen. Der Schnaps war unverdünnt – wirklich fabelhaft gut. Sobald mein Glas leer getrunken war, schenkte der Türke wieder ein. Dazwischen sprach und trank er – nicht viel, aber mit Hingabe. Madame hieß Philomèle, und jedes Mal, wenn ihr Name fiel, blickte sie erschreckt auf und versuchte zu lächeln. Der Türke erzählte mir, dass ihr Mann ein Taugenichts sei. Er versuchte, Philomèle um ihr Hotel zu bringen, aber dieser Besitz konnte ohne ihre Einwilligung weder verkauft noch aufgeteilt werden. Ihr Mann hatte versucht, sie zu verprügeln, aber ihre Haut war weiß und zart und offenbarte schnell blaue Flecken. Eine Zeit lang hatte sie beständig geweint. Darüber waren unter den Stammkunden Klagen laut geworden.

Schließlich begriff Philomèle, dass von ihr die Rede war, und wurde so erregt, dass ihr der Türke versichern musste, dass ich ein gebildeter Mann sei, dem man vertrauen könne. Daraufhin beruhigte sie sich etwas.

Suzanne war mit dem Essen fertig. Sie hatte das Ragout verzehrt, eine mächtige Portion Bohnen mit Speck, auf nordfranzösische bäuerliche Art zubereitet, ferner etwa vierhundert Kalorien Pommes frites, Zichoriensalat mit Essig und Öl, dazu ein großes Stück Brot, und nun machte sie sich an eine Scheibe weichen Briekäse. Sie aß mit so prachtvollem Appetit, dass meine eigene Esslust erwachte. Ich bestellte also eine doppelte Portion Käse, und als ich mich erkundigte, ob wohl der Weinkeller so gut sei, wie er durch das Gitter aussah, führte mich Madame Philomèle in den Keller, wo sie ein mittelalterliches Schloss mit einem mächtigen Schlüssel öffnete, den sie an einem Ring trug, der ihr von der Mitte herabbaumelte. Während ich die Etiketten las, den Staub auf den Flaschen betrachtete und meiner ehrlichen Bewunderung Ausdruck verlieh, hörten wir plötzlich schwere Schritte auf dem Kies knirschen, Philomèle löschte in panischem Schrecken das Licht, packte meinen Arm und begann zu zittern und leise zu beten.

Das Haupt ihres Gatten, dessen Gesicht und ungekämmtes Haar gut auf die wenig schmeichelhafte Beschreibung passten, die mir der Türke von ihm gemacht hatte, glitt an dem Gitterfenster vorüber. Er war stockbesoffen, sah übel aus und fluchte auf dem Weg zur Ratsstube in übelster Weise. Als er eintrat, sah er aber nicht sein verschüchtertes Weib und den vermeintlichen Liebhaber, von dem er stets schwor, er werde ihn einmal auf frischer Tat ertappen, sondern er sah sich seinem schwarzhaarigen Kellner und einem Mädchen in feuerrotem Kleid gegenüber. Sie saß auf der Bank in seiner Nähe, er streckte also die Hand nach ihr aus, und Suzanne leistete keinen Widerstand, sondern versuchte nach Frauenart, ihn zu beruhigen und es ihm gemütlich zu machen. Der Türke tat als gewiefter Diplomat nichts, um die erwachende Freundschaft zu stören, sondern verließ taktvoll den Schauplatz und ließ ungefähr eine halb volle Schnapsflasche zurück.

Unterdessen hatten Philomèle und ich uns auf Zehenspitzen aus der Gefahrenzone geschlichen. Als ihr Kopf aus der eisernen Falltür hinter der Bar auftauchte, lächelte Georges so freundschaftlich und beglückt, dass sich überall auf seiner Stirn Fältchen bildeten und sein üppiger Schnurrbart lustig auf und ab wippte. Als gleich darauf mein Kopf hinter Madames Filzpantoffeln erschien, lächelte Georges nicht nur, er strahlte förmlich und seine klugen blauen Augen fixierten nicht meine Krawatte, sondern blickten mich selbst an, mit einem Ausdruck, als wollten sie mir in schelmischer Weise gratulieren. Er hatte erwartet, Madame Philomèle vernichtet und in Tränen aufgelöst wiederzusehen.

Madame sagte mir gar nicht erst Lebewohl, sondern huschte eilig dem Korridor zu. Ich fühlte, dass sie nicht wünschte, dass ich ihr folgte.

»Trinken Sie einen«, sagte ich zu Georges, und ein strahlendes Lächeln belohnte mich. Unter dem Bann dieses Lächelns fühlte ich keine Veranlassung, aus dem kleinen Hotel, in dem so viel passierte, fortzugehen. Ja, am nächsten Tag ließ ich meine bescheidenen Habseligkeiten aus Saint-Sulpice herüberschaffen und zog als Gast ins Hôtel du Caveau ein, wobei der Ausdruck *Gast* reichlich feierlich und förmlich klingt für jemanden, der geschlagene achtzehn Jahre an einem Ort wohnt.

Damals, am ersten Abend, hatte ich keine Lust, allein zu trinken; ich blieb also in erwartungsvoller Haltung an dem Tischchen stehen, an dem die Griechin mit den leuchtenden dunklen Augen saß, die noch immer ins Leere blickten. Ganz allmählich drang meine amerikanische Krawatte in ihr Bewusstsein. Mary zog irgendwo aus ihrem Gürtel einen abgegriffenen amerikanischen Pass hervor, der, das war auf den ersten Blick ersichtlich, keine Gültigkeit mehr hatte, und zugleich ein paar alte Fotos und ein Bündel gestempelter Papiere, Briefe und Bescheinigungen vom Pariser Mont-de-Piété, dem städtischen Versatzamt. Sie bildete sich ein, sie beherrsche noch Englisch, aber nach einigen kurzen Versuchen verfielen wir doch wieder ins Französische, so gut es eben ging. Sie hielt sich durchaus nicht an akademische Vorschriften, sondern sagte ständig *G* statt *H* (das griechische Alphabet hat kein H), sodass Worte wie *Hôpital* als *Gopital* herauskamen, woran ich mich aber schnell gewöhnte.

Als Mary frisch ins Hotel gekommen war, hatten sich fast alle Bewohner ihre Geschichte erzählen lassen, aber das war schon lange her, und nun hatte sie keine Gelegenheit mehr, jemandem ihre Sorgen anzuvertrauen. Sie nahm noch einen Dubonnet an und lächelte – es war ein armseliges Lächeln.

Marys unglückliches Leben hatte ihre Garderobe stark mitgenommen und ihre Widerstandskraft in Bezug auf Dubonnet untergraben. Es hatte jedoch nicht vermocht, die fast engelhafte Schönheit ihrer Züge zu zerstören; jeder Maler, der eine olivenhäutige Madonna suchte, hätte sie zum Modell nehmen können, und auch ihren reifen, schönen Körperformen hatte es nichts anhaben können. Aus ihren Erzählungen wurde ersichtlich, dass sie in Athen in verhältnismäßigem Wohlstand aufgewachsen war. Nachdem einige Fotos hin- und hergegangen waren, hatte ein naturalisierter Grieche, ein Obsthändler aus Detroit, sie als seine Braut kommen lassen. In Detroit hatte er sie gebührend empfangen, und sie war ihm eine gute, treue Gattin gewesen. Das Obstgeschäft blühte, und zwei Söhne wurden geboren. Dann aber fesselte ein irländisches Mädchen im Friseurladen eines Hotels die Aufmerksamkeit des Gatten, und Mary wurde über Le Havre und Paris nach Europa zurückgeschickt, um die Ihren zu besuchen. Bis New York hatte der Mann sie begleitet, hatte sie zärtlich an Bord gebracht, ihr die Überfahrt nach Paris gezahlt und ihr versichert, dass weitere Gelder für ihre Reise nach Griechenland (und die Rückfahrt nach Amerika) in einer Pariser Bank für sie bereit lägen. Die beiden Kinder waren bei ihm geblieben.

Als die Gelder ausblieben, zeigten die französischen Behörden für Marys Fall nicht das geringste Interesse, die Beamten des amerikanischen Konsulates in Paris eigentlich noch weniger. Durch irgendeinen fein ausgeklügelten Trick wurde Mary geschieden, wie aus ihren amtlichen Papieren, allerdings nicht mit voller Deutlichkeit hervorging; ihre beiden Kinder waren dem Vater zugesprochen worden, der die Irländerin geheiratet hatte. Mary hatte ihren Pariser Aufenthalt mit dem Erlös ihres versetzten Schmuckes bestritten – daher die wertlos gewordenen

Versatzzettel, an die sie sich krampfhaft festklammerte – und unaufhörlich hatte sie die Pariser Behörden heimgesucht, so lange, bis man ihr den Zutritt verwehrte. Ihre Eltern in Athen, die ihr nicht beispringen konnten, waren gestorben und lebten nunmehr in einigen tränenbefleckten Briefen, aus denen hervorging, dass der ferne Exgatte sie glauben gemacht hatte, dass Mary ihn leichtfertig verlassen hatte, nachdem sie mit Eismännern, Briefträgern und gelegentlichen Bekanntschaften ihr Spiel getrieben hatte.

Dass Mary furchtbar gelitten hatte und in einer höchst prekären Lage war (da sie weder Arbeitserlaubnis noch den gelben Schein der Prostituierten hatte), war offenkundig. Es war ferner klar, dass sie von mir, einem Amerikaner mit Herz und Bildung, erwartete, ich werde ihr irgendwie helfen. Ich fühlte mich überaus unbrauchbar und überflüssig. Da wurde mein Auge durch etwas gefesselt, was sich draußen auf dem Trottoir, durch die Hotelfenster deutlich wahrnehmbar, abspielte, und was auch Georges, den Kellner, sichtlich amüsierte.

Ein wütender, gut gekleideter Franzose von ungefähr fünfzig Jahren, der gar nicht zur Rue de la Huchette passte, schlug mit dem Regenschirm auf einen jungen Mann ein, der ihm sehr ähnlich sah. Der Empfänger der Züchtigung war größer als der Vater, er war auch gut gekleidet (auf französische Art), und obgleich er keinen körperlichen Widerstand leistete, war er dennoch so unwillig, dass er seinem empörten Erzeuger plötzlich durchbrannte und in unser Hotel stürzte. Der Vater blieb draußen.

Der junge Mann, er hieß Pierre Vautier, hatte ein feines, fast ein wenig frauenhaftes Gesicht und hielt sich stramm militärisch. Wir erfuhren, dass er gegen den Wunsch seines Vaters vor einiger Zeit aus der Kadettenschule von Saint-Cyr ausgetreten war, in die nur junge Leute aus guter Familie aufgenommen wurden, und sich in einer Kunstgalerie in der nahe gelegenen Rue de Seine hatte anstellen lassen. Es war dies eine kleine Galerie, die sich auf ultramoderne Malerei der neu-kubistischen Richtung verlegt hatte, und die bloße Nennung ihres Namens oder ihr Anblick hatte schon vielfach auf die verkalkten Arterien des Vaters eine verhängnisvolle Wirkung gehabt. Die Aversion, die Vautier senior gegen die Galerie und ihre Erzeugnisse hegte, wurde noch gesteigert durch die unleugbare Tatsache, dass eigentlich alle Angestellten, der Besitzer und die Künstler, die dort ausstellten, sowie vier Fünftel der Kunden homosexuell waren.

Frauen in Schwarz

Als ich Hortense Berthelot zum ersten Mal sah, war sie eine unscheinbare Frau mittlerer Jahre, die in der riesigen Präfektur als eine von jenen Zehntausenden angestellt war, denen gestattet wurde, gegen ein minimales Gehalt an abgewetzten Schreibtischen, hinter vergitterten Schaltern oder zerkratzten Pulten in einem ständigen Halbdunkel zu sitzen, um mit stumpfen, verbogenen Federn und violetter, vom Staub eingedickter Tinte zu schreiben, in der manchmal tote Mücken umherschwammen – all dies, weil der Erste Weltkrieg sie des Gatten oder eines nahen Angehörigen beraubt hatte. Diese Damen füllten behördliche Formulare aus, bei denen immer zu wenig Raum vorgesehen war, um die unklaren Fragen zu beantworten. Man kann keine Worte finden, um die Untüchtigkeit der französischen öffentlichen Ämter zu brandmarken, besonders jener, wohin sich das Publikum bemühen musste, meist um gequält zu werden und seine Papiere durchhecheln zu lassen.

Die Methoden, nach denen die Beamtenschaft im Frankreich des zwanzigsten Jahrhunderts arbeitete, wären in Amerika in den grauen Tagen des Kolonialregimes nicht geduldet worden und auch vorher nicht von den Indianern.

An Madame Berthelot konnte man leicht vorübergehen, ohne sie zu bemerken. Sie hatte es sich während der langen Jahre im öffentlichen Dienst angewöhnt, unauffällig zu sein. Ihre braunen Augen blickten sanft, ihr Gesicht war leicht gefurcht, aber sympathisch. Sie sprach wenig und mit jenem dunklen Timbre, dem man sofort die Dame anmerkte, die nichts von ihrer Vornehmheit eingebüßt hatte, auch wenn sie die soziale Stufenleiter hatte hinabklettern müssen. Auf den ersten Blick machte man sich gar nicht klar, dass sie in ihren Zwanzigern ein schönes Mädchen mit gedankenvollem Ausdruck gewesen sein musste. Sie hatte schmale Schultern und zarte, sprechende Hände. Ihre unmoderne Kleidung war farblos und niemals auf Wirkung aus. Nur ihre Handschuhe und ihr Schuhwerk waren elegant und von modischem Schnitt. Sie erzählte mir, dass sie ihre Handschuhe im Magasin du Louvre kaufe, wo eine der Verkäuferinnen mit ihr im Krieg gearbeitet hatte. Diese Freundin konnte Waren auf die Seite legen, die unmerkliche Fehler aufwiesen.

»Ach, haben Sie im Krieg gearbeitet?«, fragte ich sie. Es hatte mich erstaunt, weil ich aus ihrer ganzen Art schließen musste, dass sie bis nach dem Krieg in guten Verhältnissen gelebt hatte.

»Ja, die letzten zwei Jahre«, sagte sie ohne Bitterkeit im Ton.

Es war am Tage nach meinem Einzug ins Hôtel du Caveau, wo wir zusammen zu Mittag aßen. Schon damals hatte ich den lebhaften Wunsch, alle Leute des Bezirks kennenzulernen. Während der lyonesische Selleriesalat serviert wurde, erfuhr unser Gespräch eine Unterbrechung, als Robert, der Zuhälter vom Bal Saint-Séverin, das Restaurant betrat.

Georges, der Garçon, servierte gerade ein paar Beamten und einem Austernverkäufer vom Café de la Gare Getränke. Roberts kleine Augen waren vor Wut und Apfelbranntwein rot gerändert, sein Gesicht war noch käsiger als bei künstlicher Beleuchtung, sein zu enger Überrock noch enger, sein violetter Halsschal noch um einen Schatten abscheulicher in der Farbe, seine Mütze saß noch schiefer und herausfordernder in der Stirn. Der Zuhälter – Reptil war noch ein zu schöner Name für ihn – nahm sich am übelsten am hellen Tage aus. Georges, der wusste, was gespielt wurde, und hinter seinen unschuldigen blauen Augen insgeheim lächelte, sah so unbeteiligt aus wie die Gipsfigur auf dem Pianino.

»Schon bestellt?«, erkundigte sich Georges.

»Il est méchant, le numéro«, flüsterte Madame Berthelot mir zu.

Damals wusste ich noch nicht, wie peinlich genau Hortense ihre Ausdrücke wählte, und machte mir auch nicht klar, dass, wenn sie jemand ein *Numéro* nannte, es den schlimmsten Jargon-Ausdrücken gleichkam, die drei Fischweiber in Marseilles bei ihren Hausiergängen den Leuten an den Kopf zu werfen pflegten. Ein *Numéro* in Madame Berthelots gewähltem Vokabular war um eine Nuance schlechter als ein *Type*, hingegen weniger schlimm als ein *Individu*. Ein *Type* bedeutete, dass von dem so bezeichneten Menschen weiter nichts zu erwarten ist. Ein *Numéro* kann ein gefährlicher, asozialer Bursche sein oder ein komischer Kerl, von dem man einen harmlosen Spaß erwarten durfte. Das Schimpfwort *Individu* hätte Madame Berthelot mit ihrem außerordentlich feinen Sprachgefühl nicht über die Lippen gebracht, wenn der Betreffende nicht zumindest ebenso herabgekommen war wie der mutmaßliche Serienmörder Landru.

Der Abgrund, der sich zwischen französischem Slang und dem Französisch der Académie auftat, war nicht ganz so schlimm, wie er hätte sein können, weil der Franzose gewöhnlich sich an das eine oder andere Sprachsystem hielt. Gewisse französische Jargon-Wendungen verwirrten einen deshalb, weil sie aus Worten bestanden, die ihren Ursprung in der Lautmalerei, nicht aber in nachweisbaren Sprachwurzeln hatten. Ein weiterer Stein des Anstoßes im Verständnis des volkstümlichen Französisch lag ferner darin, dass Bezeichnungen für Gegenstände verwendet wurden, die eigentlich anderen Dingen zugehörten. So wurde z. B. ein Kochherd *Piano* genannt und ein Bidet *Violine*.

Im Jahre 1923 waren die *Unsterblichen*, mit anderen Worten die Mitglieder der Académie Française bei ihrer Revision des offiziellen französischen Lexikons bis zum Buchstaben *M* gediehen, und in eben jenem Augenblick, da der Zuhälter Robert sich rachelüstern auf den Schanktisch in der Rue de la Huchette No. 5 lehnte, diskutierten die Gelehrten ein paar Häuserblocks weiter westlich die Frage, ob *Mimosa* männlich oder weiblich sei. Madame Berthelot bekannte sich zu der Gruppe, die *la mimosa* vorzog. Ihr empfindsames Ohr fand *la mimosa* wohlklingender als *le mimosa*. Hortense behauptete, dass Pierre Loti *la mimosa* sagte – damit war die Sache auch für mich entschieden.

Der Kuppler Robert, der sadistischerweise nur Suzanne im Sinn hatte, ignorierte Georges' Frage »Schon bestellt?« vollkommen und grunzte nur:

»Wo ist das Mädel?«

Hätte ich am Vorabend nicht den Besitzer Claude, mit Suzanne im Schlepptau, oder besser gesagt, einen Schritt vor ihm die Treppe hinaufschleichen sehen, hätte ich wirklich geglaubt, Georges wisse von nichts. Georges freute sich, wenn man ihm glaubte; ich ging meistens darauf ein und machte es ihm nicht schwer, mir von seinen kleinen Missgeschicken zu erzählen, die eine gelegentliche Anleihe von ein paar Francs notwendig machten. Verhaltene Tücke im Blick, machte sich Robert auf den Weg zur Treppe, die zu den oberen Zimmern führte, wo der besoffene *Patron* sich zweifellos mit Suzanne herumkugelte. Es stellte sich heraus, dass Madame Philomèle diese Nacht nicht in das eheliche Schlafgemach hineingekonnt hatte, sondern in einem anderen, kleineren Zimmer weinen musste.

Robert war noch nicht bei der Tür, als auch schon Georges, der den doppelten Weg zurückzulegen hatte, urplötzlich vor ihm auftauchte, immer noch lächelnd mit auf und ab wippendem Schnurrbart. Mit außerordentlicher Präzision packte er Roberts spitzige Nase und drehte sie wie einen Uhrzeiger um circa vierzig Grad. Und dabei lächelte er immer noch.

Robert stieß wilde Drohungen gegen Georges und Suzanne aus, während er durch die Tür auf die Straße zurückwich. Nie in meinem ganzen Leben sah ich einen so ungerührten Serben wie Georges.

Dieses unblutige Zwischenspiel versetzte Mme Berthelot in strahlend gute Laune. Sie war zwar immer freundlich und zuvorkommend, aber fröhlich sah sie eigentlich niemals aus. Als der Salat abserviert war und der Käse gereicht wurde (ein Port Salut, der meinen Respekt vor der dicken Köchin, die den täglichen Einkauf besorgte, noch steigerte), begann Hortense mir zu erzählen, wie sie mit ihrer Freundin, die jetzt im Magasin du Louvre Handschuhverkäuferin war, im Krieg gearbeitet hatte.

Ich erfuhr von ihr, dass die Angehörigen jener Franzosen, die im Dienst fürs Vaterland gefallen waren, damals brieflich, telegrafisch oder telefonisch von dem Unglücksfall verständigt wurden. Dies erwies sich als unwirtschaftlich. Etwa eine Stunde, ehe der Postbote um die nächste Ecke biegen sollte, wurde jede oder nahezu jede Arbeit – sei es zu Hause, im Geschäft, im Kaffeehaus oder in der Fabrik – eingestellt. Jede Frau, ja jeder alte Mann und jeder Jugendliche hatte in den Jahren 1914–18 irgendwelche lieben Menschen an einer der Fronten, und häufig bekamen die Nervösen oder weniger Widerstandsfähigen unter ihnen Ohnmachtsanfälle und hysterische Krämpfe, während sie das Schneckentempo des Briefträgers von Tür zu Tür verfolgten. In jenen Tagen gab es gewisse blaugraue Postkarten, auf denen dem Empfänger mitgeteilt wurde, dass der Betreffende verwundet oder vermisst sei, und dann gab es noch weiße mit schwarzem Rand, die einem die unwiderrufliche Trauerbotschaft kundtaten. Wenn die weibliche Bevölkerung aus der Ferne entdeckte, dass aus der Tasche des Postboten keine schwarz geränderten Mitteilungen hervor sahen, begannen sie ihm zuzuwinken und manchmal jubelten sie ihm förmlich zu, der Unterton der Angst verschwand allmählich aus ihren Stimmen – und langsam, langsam ging wie ein Aufatmen durch die Straße, in der die Leute warteten. Aber oft blieb diese Entspannung auch aus, und man musste warten, mit angehaltenem Atem, mit fiebernden Nerven, bis jemand zu schreien anfing oder sich wortlos abwandte und in sich zusammenfiel. Der Briefbote aber wischte sich, ehe er weiterging, mit dem Handrücken eine Träne weg.

Das *Gouvernement Français*, das neben viel Ungeschicklichkeit auch manchmal Gemüt zeigte, engagierte gegen Ende des Jahres 1916 eine Gruppe taktvoller, gebildeter Frauen, die Beziehungen zu hohen Amtskreisen hatten und Arbeit suchten, um den Verwandten schonend zu übermitteln, wenn ein Soldat an der Front gefallen war. Diese Trauerboten wurden sorgfältig ausgewählt und ihre Qualifikationen einer strengen Prüfung unterzogen. Sie mussten würdig aussehen und weder so hübsch sein, dass sie den Kummer der männlichen Leidtragenden in andere Bahnen lenkten, noch so hässlich, dass die hart getroffenen Kinder sich erschrecken konnten. Sie mussten sich ferner ein wenig auf Krankenpflege verstehen, für den Fall, dass den Empfängern ihrer Hiobspost etwas zustieß, und sie mussten eine gewisse körperliche Gelenkigkeit besitzen bei vorkommenden Fällen von *Folie furieuse*, d. h. Anfällen von Wahnsinn, die durch den Schmerz ausgelöst wurden. Diese Frauen trugen tiefe Trauer, sprachen mit gedämpfter Stimme und gingen stets zu zweien.

So hatte Hortense Berthelot die letzten zwei Kriegsjahre verbracht, seitdem ihr Mann, der als Hauptmann bei der Artillerie gedient hatte und bei der heldenmütigen Verteidigung von Verdun umgekommen war, als er einen Traktor, der noch in Gang war, neu ankurbeln wollte. Sich von Haus zu Haus schleppend, machte sie durchschnittlich sechs Besuche am Tage. Als sie nicht länger in der Abteilung *Archives* gebraucht wurde, der die *Damen in Trauer* unterstellt waren, erhielt sie einen schlechter bezahlten Posten in der Passabteilung der Präfektur für circa fünfhundert Francs im Monat, da sie die angeheiratete Cousine eines Unterbeamten war, der den Spitznamen *der Krautkopf* hatte. Dort arbeitete sie fünf Jahre lang und verlor den Kopf auch dann nicht, wenn ihre Kollegen nahe daran waren, dies zu tun, indem sie wütend gegen die Wände anrannten und den erstbesten Ausländer beschimpften, der zufällig etwas verlangte, was er laut Vorschrift haben musste, aber nur selten erhalten konnte.

Hortense musste vier steile, enge Treppen erklimmen, um in unserem Hotel auf ihr Zimmer zu kommen – sie war aber vom zweiten Stock dort hinaufgezogen, um außer Hörweite zu sein, wenn Claude am Abend mit Philomèle die Kassenabrechnung machte. Madame Berthelot bewegte sich wenig, weil sie dazu weder Zeit noch Energie hatte, und wenn sie dann jeden Morgen zwischen eins und drei durch laute Geräusche, Tische rücken, flehentliche Bitten, Schluchzen und Fluchen geweckt wurde, schmerzten ihr am nächsten Tag die Augen, wenn sie stundenlang im schwachen Schein trüber, ungeschickt angebrachter Lampen auf der Präfektur versucht hatte, das unleserliche Gekrakel aller Nationen der Welt zu entziffern. Während der beiden ersten Jahre in der Passabteilung hatte Madame Berthelot die schwierigste Arbeit bewältigt: das Erstverhör mit den Ausländern. Aber der Krautkopf, der Beweismaterial gegen seinen Vorgesetzten sammelte – dieser frönte einem höchst seltsamen Zeitvertreib –, veranlasste Hortenses Versetzung an jenen Schalter, wo nach monate- oder gar jahrelanger Wartezeit manches Mal mittels eines Kautschukstempels die Aufenthaltsbewilligung erteilt wurde.

Madame Berthelots Beförderung – eine Beförderung ohne Gehaltserhöhung – war hauptsächlich dem Umstand zu verdanken, dass es auf der Insel Saint-Louis eine Institution gab, die einzig in ihrer Art war: ein Freudenhaus, wo die *Mädchen* samt und sonders älter waren als siebzig. Über ganz Europa verstreut gab es Männer, deren Typ Großmütter waren. Der Vorgesetzte des Krautkopfs, der kleine Sekretär eines Ministers, war Stammgast in obenerwähnter halboffizieller Institution. Wieso der Krautkopf ihm auf die Schliche gekommen war, erwähnte Madame Berthelot nicht, aber sie sagte rund heraus, dass sie ihre Beförderung seiner vertraulichen Mitteilung verdanke.

Gegen ein Uhr, knapp bevor Mme Berthelot Abschied nehmen, ihre Handschuhe anziehen und fortgehen musste, um eiligen, doch würdigen Schritts die Brücke zu überqueren und durch die Avenue de la Justice zur Präfektur zu gelangen, wurde leise die Tür zur Hoteltreppe geöffnet und Mary, die schlecht amerikanisierte Amerikanerin, erschien. Hinter ihr kam der junge Pierre Vautier, Schüler von Saint-Cyr, der mit rührender Selbstzufriedenheit seine Krawatte zurechtrückte. Mary trug nicht ihr gutes blaues Kleid aus den Detroiter Glanztagen, sondern ein neues, moderneres, an dem sie zärtlich mit der Hand hinabstrich.

Am Abend vorher entdeckte ich auf den ersten Blick, dass zwischen der verlassenen Griechin und dem französischen verlorenen Sohn eine gewisse geheime gegenseitige Anziehung bestand, für die wohl nur der Herrgott eine Erklärung geben kann, und darum zog ich mich von Marys Tisch in die Bar zurück, um dort mit Georges nähere Bekanntschaft zu schließen.

Pierre hatte vom Tage seiner Geburt mit seiner Mutter in einem Zimmer gewohnt, bis zu seinem neunzehnten Jahre, da er in die hoch noble Kadettenschule Saint-Cyr eintrat. Um seinen Vater Lügen zu strafen, der unter bitteren, verfrühten Vorwürfen mit dem Regenschirm auf ihn eingedroschen hatte, beschloss Pierre, sich ganz offiziell eine Mätresse zuzulegen. Als er Mary so völlig ohne Anschluss sah, hatte er sofort gehandelt. Die beiden waren ein rührendes Paar – denn Mary, selbstlos wie sie war, warf alle eigenen Kümmernisse über Bord und übertrug die ganze Fülle ihrer entgegenkommenden Anteilnahme auf den hübschen jungen Menschen. Als der Türke ihnen den Lunch aus der Küche hereinbrachte, inspizierte Mary die beiden Portionen Bœuf bordelais gründlich und wechselte in aller Eile die Teller, weil sie fand, dass ihre Portion appetitlicher und nahrhafter aussah; Pierre sträubte sich nicht, lächelte sie nur liebevoll an.

Mary und Pierre waren alle beide vollständig blank, nachdem das neue Kleid gekauft war, aber der Krautkopf, der mindestens zweimal täglich in die Bar kam, um die Leute dort über das, was sich im Lande zutrug, zu unterrichten, flüsterte Madame Philomèle zu, dass Vautier senior, seiner impulsiven Natur zum Trotz es doch niemals zugelassen hätte, dass die Familienehre durch kleine Schulden befleckt würde. Die Liebenden hatten also Kredit und keine unmittelbaren Geldsorgen. Auf dem Weg zur Küche, wo ich die dicke, ewig betrunkene Köchin zu ihrem fabelhaft gelungenen Menü beglückwünschen wollte, blieb ich einen Augenblick stehen, um dem Paar meinen Segen zu erteilen mit einem unverbindlichen *Bonjour, bon appétit, Comment allez-vous, Madame et Monsieur?* und *à tout à l'heure*. Pierre forderte mich höflich auf, Platz zu nehmen, worauf ich sagte, ich würde später wiederkommen. Diese rituellen Redewendungen wurden mit Wärme vorgebracht, im umgekehrten Verhältnis zur Wahrscheinlichkeit der Verwirklichung der von uns geäußerten Wünsche. Die berühmte *Politesse française* kennt Nuancen und Varianten, die jeder Gelegenheit angepasst werden können; verwendet man sie mit Geschick, so ermöglichen sie es einem, die richtige Distanz zu wahren und Dinge ungesagt zu lassen, die man nur erraten konnte, während man wohlklingende Effekte anbringen konnte, die wesentlich dazu beitrugen, den Reiz der alltäglichen Gespräche zu erhöhen.

Thérèse, die Köchin, war ein *Numéro* in des Wortes vollster Bedeutung. Wenn sie mit einem Schlachtermesser ausgerüstet war und drei Liter starken Rotwein konsumiert hatte (ihre Tagesration waren etwa fünf Liter), stand sie an Gefährlichkeit dem Gauner Robert nicht nach, der mit allen Wassern gewaschen war. Andererseits konnte sie, wenn man sie zu nehmen verstand, viel amüsanter sein als die Abgeordneten der französischen Kammer und hundertmal anständiger. Glücklicherweise wurde ich sofort in den engen Kreis ihrer Freunde und Vertrauten einbezogen.

Dieses wohlbeleibte Kraftweib, das ungefähr zweihundertfünfzig Pfund wog, war unverwüstlich; sie musste die Bänder der größten Schürzennummer, die es im Basar zu kaufen gab, noch mit einer Schnur verlängern, und sie hatte die Spaßvögel des ganzen Bezirkes auf ihre Seite gebracht, als sie einmal dem Krautkopf gefüllte Katze serviert hatte, nachdem er versucht hatte, ihr zu erklären, wie *Œufs au Vin* zum Sonntagsfrühstück in der Haute-Marne – Thérèses Heimat – zubereitet werden. Dass der Krautkopf, der aus dem Midi stammte, die Haute-Marne im Norden am Fuß der Vogesen nie gesehen hatte, störte ihn nicht im geringsten – das lag nicht in seiner Natur. Erst eine Woche nachdem er die Katze verzehrt hatte, erfuhr er das Ganze vom Austern- und Kastanienverkäufer aus Loire und dem Café de la Gare. Der Krautkopf provozierte den Austernmann, indem er behauptete, dieser, der eine wohlklingende Naturstimme hatte, hätte die Worte eines der schönsten Lieder aus der fruchtbaren Loire-Gegend verstümmelt. Ein Feuer unausgesprochener Feindschaft hatte lange zwischen dem Austernmann und dem Krautkopf geschwelt. Als es schließlich wirklich in Flammen ausbrach, verbrachte der Krautkopf ganze Tage in seinem Büro und stöberte im Verein mit seinen Untergebenen in alten Gesetzen und Verordnungen, um irgendeinen Paragrafen ausfindig zu machen, der gegen des Austernmannes Gewerbeausübung angeführt werden konnte. Dieser nun, der weit weniger rachsüchtig war, hielt sich wacker, indem er den Krautkopf noch überschrie und seine Ansichten über das politische und soziale Leben in einer Form kundtat, die dem Krautkopf den Appetit raubte und ihn dermaßen aufbrachte, dass er seine taube Frau Jeanne und seinen Sohn Eugène misshandelte.

Rabelais berichtet, wie Panurge, als er den Wahrsager Trippa besucht, auf der engen Steintreppe über dessen Frau und einen Pagen stolpert. Der Leser wird sich erinnern, dass Panurge gewisse Zweifel an den professionellen Fähigkeiten des Hellsehers hegte, der als Einziger im weiten Umkreis nicht wusste, dass er mindestens dreimal am Tage zum Hahnrei gemacht wurde. Ähnlich war es mit dem redseligen Krautkopf; die Bewohner der Rue de la Huchette misstrauten seinen Erklärungen und schwelgten im lokalen Intrigenspiel zwischen der holden, geduldigen Gattin Jeanne und einem Sozialreformer aus Dijon.

Die Köchin Thérèse hatte eine noch größere Verantwortung in Bezug auf das Ansehen des Hotels unter der Führung der schwachen Philomèle als Georges. Wenn auch der eine oder andere von Thérèses Triumph über den Krautkopf nichts wusste oder fand, sie sei damals zu weit gegangen, so waren sie sich dennoch alle in der Verachtung einig, die Thérèse dem *Patron* Claude entgegenbrachte, und auch in ihrer Weigerung, von ihm Weisungen entgegenzunehmen oder ihn auch nur in ihre Küche hineinzulassen, die sich einmal dahin ausgewirkt hatte, dass sie Philomèle mit Fäusten verteidigte, als diese eines Sonnabends einen Tritt in den Unterleib bekam. Thérèses Devise lautete »Auge um Auge«, und ihr Dazwischentreten hatte die heilsamsten Folgen, die sich drei Tage später zeigten, als Claude wieder gehfähig war und sich zur Polizei an der Ecke begab. Dort sagte ihm der Beamte, dass er im ganzen Viertel bereits genügend Dummheiten gemacht und nunmehr zwischen dem Loch oder der Toilette der Polizeistation als Aufenthaltsort zu wählen habe – die Wahl konnte einem sauer werden –, für den Fall, dass er noch einmal das Maul aufmachen würde.

Ich muss hier eigens betonen, dass sich das republikanische Frankreich fast nie in eheliche Streitigkeiten einmischte. Mein Freund und Mitarbeiter auf allerlei Gebieten, Wolfe Kaufman, lief sich schon im ersten Monat seines Pariser Aufenthalts in dieser Beziehung die Hörner ab. Als er die Place Saint-Sulpice überquerte, sah er einen Wagenführer in erregtem Wortwechsel mit einer Konduktorin stehen. Als dieser die Dame schließlich mit hörbarem Nachdruck ins Hinterteil puffte, entwickelte sich Wolfe, der von Natur aus sanfter Gemütsart und frisch aus Amerika gekommen war, automatisch zu einem Sir Galahad. Statt über Wolfe herzufallen, setzte der Wagenführer eine Miene gekränkter Unschuld und Würde auf und begann schmerzerfüllt und leidenschaftslos die lange Liste der Beleidigungen herunterzubeten, die seine rechtlich angetraute Gattin ihm, dem geduldigen, gesetzestreuen Manne, zugefügt hatte, sodass er schließlich einem unwiderstehlichen und berechtigten Impuls nachgegeben hatte. Die sich ansammelnde Volksmenge, die in Paris sowohl neugierig als auch urteilskräftig ist – sie umfasste bei dieser Gelegenheit auch zwei Polizisten und einen Beamten des nahe gelegenen Rathauses –, nickte zustimmend, als der Wagenführer die einzelnen Punkte aufzählte. Als er am Ende angelangt war, erwartete die Zuhörerschar von Wolfe eine deutliche Antwort. Was blieb ihm übrig, als sich nach der Frau umzusehen und sich zu überlegen, ob er sie nun selbst boxen sollte oder nicht. Als er sich entschlossen hatte, keine körperliche Gewalt anzuwenden, ging er so weit, sich zu entschuldigen und den Wagenführer zusammen mit den aktivsten Herren aus der Menge auf einen Trunk in der nächstgelegenen Bar einzuladen. Und so endete der Zwischenfall, der im ersten Stadium die freundschaftlichen Beziehungen zwischen Frankreich und Amerika zu bedrohen schien, die gerade damals im Brennpunkt des Interesses standen, weil Poincaré, der eben die Hand auf das Ruhrgebiet gelegt hatte, Hardings Stütze gegen England brauchte – endete mit einer Festigung der traditionellen Freundschaft, wie Lafayette sie verkörperte.

La vie intime

Einer der lustigsten Farbkleckse in den Auslagen der Rue de la Huchette war der Garnladen von Madame Absalom. Ihre Ware lag in Pappschachteln ohne Deckel auf, in allen Regenbogenfarben, vom leuchtendsten Orange über Zinnober und Karmin, Smaragd, Türkisblau, Ultramarin, Gummigutt bis zu den wässrigen bräunlichen Tönen und dem Blassblau und Rosa, die Mütter gern für kleine Kinder kaufen. Das komische alte Weiblein, das den Laden von einer Tante, die sie nicht ausstehen konnte, geerbt hatte, fand, dass Stricken ein Zeitverlust sei, gab sich also nie damit ab und hasste Handarbeit dermaßen, dass sie nicht einmal ihre baumwollenen Strümpfe stopfte. Alle nannten sie nur Absalom, mit Ausnahme einiger alter Frauen, die ab und zu aus der Vorstadt hereinzottelten, um mit ihr über Lappalien zu streiten, auf lederne Wangen Küsse zu drücken und schließlich wieder zu verschwinden. Diese Weiblein nannten sie Lucie.

Madame Absalom hatte ihren Spitznamen ihrem Haar zu verdanken, das ihr in grau melierten Strähnen bis zu den hervortretenden Schlüsselbeinen reichte, wenn sie es nicht, mit einer schwarzen Korsettschnur hinaufgebunden, in einem Knoten im

Nacken trug. Vor etwa fünfundzwanzig Jahren hatte sie eine späte Ehe mit dem Besitzer einer Apotheke zweiten Ranges (nicht der am nahen Boulevard Saint-Michel) eingegangen, und in der ersten Zeit unserer Bekanntschaft fand ich sie häufig eifrig in den Spalten des Lokalblattes von Clermont-Ferrand lesend und sich im Voraus des Ablebens ihres *Ex*, wie sie ihn verächtlich nannte, freuend, der in Clermont eine recht hohe Position hatte und an Rheuma litt, das sich auch manchmal im Kopf auswirkte, in einer krampfartigen Verzerrung der linken Gesichtshälfte. Selbst habe ich den *Ex* nie zu sehen bekommen, aber Madame Absalom war geschickt im Nachahmen.

Sie las beständig Zeitung und trocknete ihr struppiges Haar in den Sonnenstrahlen, die den Weg in ihren kleinen Laden fanden. Ihren Standpunkt in Bezug auf die französischen Politiker und die Möglichkeit einer Veränderung des deutschen Nationalcharakters, aufgrund derer ein harmonisches, friedliches Europa würde entstehen können, fand ich damals, um die Mitte der Zwanzigerjahre, außerordentlich pessimistisch.

Jeden Tag nachdem sie alle Pariser Zeitungen gelesen hatte, erklärte Madame Absalom feierlich, dass nichts unternommen werden könnte, um die Lage zu verbessern oder zu verhindern, dass alles noch schlechter werden würde. Die französischen Politiker waren Gauner, die in die eigene Tasche arbeiteten; die Arbeitgeber Blutsauger; die Arbeitnehmer Banditen; die Bauern dickköpfige Narren, die zu nichts anderem als zur Arbeit taugten. Deutschland war nicht zahlungsfähig. Und wenn die Deutschen auch hungerten – was schadete das? Massenweise waren Franzosen wegen der Deutschen den Gastod gestorben und totgeschossen worden. Frankreich war bankrott und konnte Amerika nichts bezahlen. Wozu also das ganze Gerede und wozu Geld hinauswerfen für Kommissionen, die Vergnügungsreisen machten?

Mitten in die Reden, die Madame Absalom führte, umgeben von ihren bunten Wollen und Kästchen mit aufgespultem Baumwollzwirn, tauchte zweimal wöchentlich aus einer Wohnung in

No. 32 (der Krautkopf wohnte im gleichen Haus) ein reizendes kleines Mädchen von sechs Jahren auf, das sehr sorgfältig gekleidet war, gute Manieren zeigte, selbstbewusst auftrat und ein Korbwägelchen mit einer Puppe schob, die ihr glich. Sie hieß Hyacinthe Goujon, und ihre großen runden Augen sahen mich abschätzend an, ehe sie mir die Hand gab und mich anlächelte. Zuerst musste sie natürlich vor Madame Absalom knicksen, wie es die Höflichkeit angesichts der Herrin des Hauses und ihres Standes als Geschäftsinhaberin erforderte. Ich, als Ausländer, ließ mich in den Augen der Kleinen in keine Kategorie einreihen, vor der man Respekt zeigen musste. Die Tatsache, dass ich nachmittags nicht arbeitete, deutete an, dass ich weder Kaufmann war noch sonst einen Beruf hatte. Meine Kleidung fand sie unelegant und mein Französisch ziemlich schäbig.

Als ich draußen war, bemerkte Hyacinthe zu Madame Absalom: »Ich möchte keinen Ausländer heiraten, ich würde nie wissen, wie ich mich in seinem Land benehmen müsste, und er würde sich in Frankreich nie heimisch fühlen.«

Darauf erwiderte die alte Frau, dass dies immer noch besser sei, als einen Apotheker zweiten Ranges zu ehelichen.

Hyacinthe besaß mit ihren sechs Jahren schon eine winzige Puderdose und einen kleinen Lippenstift, benutzte ein spezielles Parfüm eigener Wahl, legte die erstaunlichsten Ansichten über ihre Kleidung und die anderer »Frauen« an den Tag und erzählte mir, ohne mit der Wimper ihrer veilchenblauen Augen zu zucken, und ohne den geringsten Nebenton von Vulgarität in ihrer angenehmen Stimme, dass sie die Dienstage und Freitage bei Madame Absalom zubrachte, da an jenen Tagen ihre Mutter, Madame Goujon, ihren Liebhaber empfing.

»Er ist zwar verheiratet, aber ein sehr feiner Herr«, fügte sie hinzu. Hyacinthes Hals zierte ein Kreuzchen, von dem eine winzige Replik um den Hals der Puppe hing. Das Kind achtete auf religiöse Formen, aber es wäre ihr nicht eingefallen, ins Kloster von Saint-Séverin einzutreten – das war nichts für sie, nur für die

Canaille. Aber in die Madeleine fuhr sie, per Autobus, mit ihrer ebenso frommen Mutter. Hyacinthe wäre noch lieber mit einer *Voiture* oder im Taxi gefahren, aber sie verstand, wie viele der Besten ihres Landes, dass man kein Geld ausgeben darf, wenn man nicht viel verdient.

»Fast niemand, der was auf sich hält, geht in die Nachmittagsandacht«, erzählte sie mir, als sie eines Sonntagabends aus der Kirche kam; vom Pont Saint-Michel konnte man zwischen den historisch berühmten Brücken den Sonnenuntergang im Wasser sich spiegeln sehen, in zartestem Grau, von rotgoldenen Streifen durchzogen, die ganze Strecke vom Jardin des Plantes mit seinen Tieren, die brüllend die Fütterungszeit erwarteten, vorbei am Pont du Louvre, dem Pont du Carrousel, dem Pont Royal, bis zum Trocadéro, von wo aus der Blick über den Champ de Mars glitt, wohin die kleine Hyacinthe so gern ging, ihre paar Eintrittsgroschen zahlte und dafür in der Reitallee auf einem eisernen Stuhl sitzen und den hübschen Offizieren zuschauen durfte, die auf feurigen Zuchtpferden vorbeiritten.

Hyacinthe hätte natürlich nicht allein im Park sitzen dürfen, wenn Madame Goujon davon gewusst hätte. Aber dem Cousin, dem die Kleine anvertraut wurde, hatte es ein gewisses Kartenspiel namens *Belote* angetan, und außerdem hatte er ein paar Busenfreunde im Gros-Caillou Viertel. Er riskierte es also, Hyacinthe allein gehen zu lassen, in der Hoffnung, es werde ihr schon nichts passieren. Und es passierte ihr auch wirklich nichts. Dieses Arrangement war zwar nicht gerade ideal, aber dennoch besser, als das System jener Eltern, die ihre Sprösslinge mit den Dienstmädchen im Luxemburggarten spazieren schickten. In diesem Viertel hatte nämlich eine unternehmungslustige Tanzbude ihre Zelte aufgeschlagen; die Kinder wurden dort in einem eigenen Raum gegen eine kleine Gebühr, die die Kindermädchen zu bezahlen hatten, gehütet, und diese konnten dafür mit jungen Männern in eng anliegender Kleidung und Halstuch den ganzen Nachmittag tanzen, bis es Zeit war, die Kinder einzusammeln und mit ihnen nach Hause zu gehen.

Die kleine Hyacinthe interessierte sich nicht für die Stallburschen in der Allee. Der Mann, dem sie ihre Liebe schenken wollte, vorausgesetzt, dass die Familien zustimmen und seine Eltern sie wegen ihrer Schönheit und Eleganz ohne große Mitgift akzeptieren würden, war ein Hauptmann hohen, schlanken Wuchses, erstklassiger Reiter, der eine freundliche Art hatte, aber dennoch an Gehorsam gewohnt war; er hatte tiefblaue Augen, eine freie Stirn und einen schwarzen Schnurrbart. Hyacinthe hatte diskret die alte Sesselvermieterin im Park bestochen, um den Namen des Offiziers herauszukriegen, und als sie ihn erfuhr, fand sie ihre Intuition voll bestätigt: er lautete Costa de la Montaigne, und sollte später einmal den ihm väterlicherseits angestammten Grafentitel führen.

Madame Goujon, die Mutter des frühreifen kleinen Mädchens, hatte einen Mieter, der in dem Zimmerchen über dem Korridor wohnte, neben ihrem Salon. Im rückwärtigen Teil ihrer Wohnung hatte sie eine Art Waschraum eingerichtet, den sie und die Installateure der Umgebung für ein regelrechtes Badezimmer hielten – jedenfalls war dort das einzige fließende warme Wasser der gesamten Rue de la Huchette zu finden. Die Wanne war enorm und von oben bis unten mit grauer Bootsfarbe angeschmiert, die an nassen Lehm erinnerte. Sie stand auf vier Beinen wie der sagenhafte Greif. Die Beine waren zwar gleich lang, aber der Fußboden uneben, sodass die Wanne, wenn man hineinstieg, wie eine Wiege zu schaukeln begann. Den Gasofen hatte Madame Goujon auf dem Trödelmarkt aus zweiter Hand erstanden.

Der Mieter dieses Zimmers und Baderaums war Aufseher in der Samaritaine, dem einzigen Gebäude in ganz Paris, das wegen seiner Hässlichkeit von Amtswegen abgerissen wurde. Monsieur Panaché war ein bleicher, streng blickender Mann von achtundzwanzig Jahren, kleinlich und unangenehm und bei den

Mädchen, die unter ihm arbeiteten, verhasst, von seinen Vorgesetzten geduldet, weil er es verstand, seine Leute rücksichtslos anzutreiben. Als Hyacinthe ihn einmal dabei ertappte, wie er sich mit einem Handtuch der Goujons den Staub von den Schuhen wischte, musste er dafür bezahlen und sie bedeutete ihm, dass, wenn er so etwas nochmals machen würde, er sich sein Quartier drei Häuser weiter, im Hôtel Normandie suchen müsse. Panaché hasste Madame Goujon, angefangen von ihrem üppigen Busen bis hin zu ihren dicken Fesseln und den Füßen mit den Hühneraugen. Madame errötete sehr leicht, wenn sie sich ärgerte, aber nicht aus Verlegenheit, denn sie war nie verlegen. Täglich jagte der Aufseher Madame Goujon das Blut ins Gesicht durch seine Bemerkungen über das Badezimmer, für das er fünfzig Francs im Monat extra bezahlte. Panaché hatte sich zu diesem Luxus verleiten lassen, weil der Oberaufseher in der Samaritaine sich darüber beklagte, dass er stinke.

Am Tag der Installation füllte Panaché die Wanne. Kaum war er hineingestiegen, als das Wasser überlief und beim Krautkopf durch die Decke sickerte, was einen Wortwechsel heraufbeschwor, der in der ganzen Straße historisch wurde, denn er war von Madame Goujons tauber *bonne à tout faire* – dem Mädchen für alles – belauscht worden. Die Sache endete mit einer Ausbezahlung von fünfundzwanzig Francs, die Madame Goujon hereinbrachte, indem sie bei der Abgabe des täglichen Lunchs an einen Schreiber vom Palais de Justice, der die Gasthauskost nicht vertrug, knauserte. Kurze Zeit darauf behauptete Panaché steif und fest, der Gasofen sei gefährlich, und weigerte sich, ihn anzuzünden. Madame versuchte, ihm zu demonstrieren, dass dem nicht so war, dabei explodierte aber der Ofen fast, jedenfalls versengte sie sich die Augenbrauen und einen Teil ihrer Kräusellöckchen; dies entzückte den Aufseher dermaßen, dass er am Nachmittag jenes Tages die neu angestellte Verkäuferin im Geschäft, die eine französische Füllfeder fallen ließ, als sie diese einem Kunden zeigte, nicht hinauswarf.

Im Ersten Weltkrieg arbeitete Anne Goujon bis zu dem Tage als freiwillige Krankenpflegerin in einem Etappenlazarett, an dem sie eine Seite überschlug, als sie einem jungen Mediziner in einem chirurgischen Nachschlagewerk eine Stelle zeigen sollte, weil er plötzlich eine Operation ausführen musste, die er in seinem Leben noch nie hatte durchführen sehen, geschweige denn selbst gemacht hatte. Der Patient, ein Infanterist (Croix de Guerre mit einfacher Palme) erduldete also die erste Hälfte einer Operation und den Schluss einer anderen – dass er die Sache überstand, war ein Beweis für die Zähigkeit der guten französischen Rasse aus der Gegend von Ain.

Annes Vater, *Monsieur le Juge*, zugleich der vernarrte Großvater der kleinen Hyacinthe, fuhr meist im Taxi von der Avenue de la Bourdonnais zur Rue de la Huchette. Er war siebzig Jahre alt, trug einen weißen Spitzbart und sprach leise und freundlich, etwa wie der Heilige Franziskus; er erwartete eigentlich keinen Respekt von Seiten der Gemeinde. In seinem Geburtsnachweis stand er als Honoré François René Martin Lenoir verzeichnet, er unterschrieb aber nur mit *Lenoir*, sogar ohne Initialen der Vornamen. Er hatte das Richteramt aufgegeben, um sich zu verbessern, und auch als Protest gegen die offizielle Trennung von Kirche und Staat – damals war die nun so üppige Anne zwölf Jahre alt gewesen.

Trotzdem sprach sie, außer in der direkten Anrede, wo sie ihn *Papa* nannte, nie anders von ihm als *der Richter*.

Wenn der Richter mit dem Taxi von der Place Saint-Michel aus in die Rue de la Huchette kam, ließ er immer auf der falschen Seite halten, weil er an Dienstagen oder Donnerstagen kam und diese zu den Tagen zählten, wo man, laut Beschluss der Pariser Stadtverwaltung auf der linken Straßenseite parken musste. Um den Geschäftsleuten und Cafés auf beiden Seiten der Straße gleiche Chancen zu geben, hatte man beschlossen, dass am Montag, Mittwoch, Freitag und Sonntag rechts geparkt werden sollte, an Dienstagen, Donnerstagen und Sonnabenden auf der linken Seite. Das war eine der wenigen Anordnungen, bei denen die Polizei auf genaueste Durchführung bestand. Ein Freund von mir wurde vom gleichen Polizisten auf der gleichen Brücke sechs Nächte hintereinander ungefähr zur gleichen Stunde angehalten und aufgefordert, seine Scheinwerfer anzuzünden; hätte er aber auch nur einmal am Montag auf der rechten Straßenseite geparkt, wäre er vor das lokale Polizeikommissariat geladen worden, und die Akten wären langsam zu einem hohen Stapel angewachsen. In jener sorglosen Zeit gab es nur zwei Vorschriften, die buchstabengetreu beobachtet werden mussten: eine Prostituierte durfte nicht unter einer brennenden Straßenlaterne stehen, und Schwestern durften nicht im gleichen Bordell arbeiten.

Der Krautkopf verließ das Büro nicht selten früher, von der stillen Erwartung getrieben, auf diese Weise dem Richter zu begegnen. Kam dieser dann in die schlecht erleuchtete Einfahrt, – kontrolliert von den scharfen Augen der Concierge, die ihn mit heimlichem Stolz kommen und gehen sah –, dann trat der Krautkopf aus irgendeinem dunklen Winkel auf ihn zu, lüftete seinen schwarzen steifen Hut und grüßte ihn mit einem unterwürfigen:

»Bonjour, Monsieur le Juge!«

So wurde der Richter manchmal aus seinen träumenden Gedanken geschreckt. Er blieb dann stehen, wechselte einige höfliche, reservierte Worte, hie und da gab er dem Krautkopf auch die Hand, und wenn nur der eine oder andere der Vorübergehenden von dieser dem Krautkopf erwiesenen Ehre Zeuge wurde, dann fand er, dass das Risiko, vor dem festgesetzten Amtsschluss das Büro zu verlassen, sich wohl gelohnt habe. Der Krautkopf hätte es gerne gesehen, dass die Leute den Eindruck bekamen, der Richter lege Wert darauf, ihn dort zu treffen. Er bot dem Richter niemals den Arm beim Ersteigen der steilen Treppe, denn als er dies sieben Jahre zuvor, als dieser erst vierundsechzig Jahre alt war, getan hatte, schien den alten Mann dies als Beweis seiner Hinfälligkeit zu irritieren.

Bei dieser losen Verbindung zwischen dem Krautkopf und dem Richter blieb es. Im Bereich der Präfektur jedoch und in der Bar des Hôtel du Caveau sprach der Krautkopf vom Richter als von seinem alten Freunde, dem Richter Lenoir, und zitierte den alten Herrn häufig, wenn er seine eigenen Ideen an den Mann bringen wollte.

Wenn der Richter am Treppenabsatz des dritten Stockwerkes angelangt war, wartete er so lange, ehe er bei seiner Tochter anläutete, dass sie bei ihrem pflichtschuldigen Begrüßungskuss auf seine beiden Wangen sagen musste, dass er weit besser als sie diese grässlichen Treppen meisterte. Was sie bei diesen Gelegenheiten sagte, hörte der Richter nie ganz genau, denn er trippelte immer gleich in die winzige Küche zur bescheidenen Marie hinaus, für die die Morgenstunden seinetwegen eine Hölle gewesen waren. Madame Goujon war nämlich, gelinde gesagt, eine anspruchsvolle Hausfrau. Wenn sie ihren Vater erwartete, jedoch nicht sicher sein konnte, ob er wirklich kommen würde, da der Richter nie das Telefon benutzte, ja nicht einmal Rohrpostkarten, hielt sie die alte Marie ständig in Atem, und diese sagte unaufhörlich, wie eine aufgezogene Puppe: *Parfaitement, Madame.* Marie wurde stundenweise bezahlt und zwar so schlecht, dass es für einen gewöhnlichen Sterblichen kaum gereicht hätte, nicht einmal, wenn man die gleiche Anzahl Stunden im Bett zugebracht hätte. Zweiundsiebzig Jahre war sie schon alt, aber weder Madame Goujon noch der Richter schienen sich dies je klar zu machen.

Der Richter war damals wegen Deutschland nicht beunruhigt und noch weniger wegen England und der Vereinigten Staaten, wo man, wie in der *Action Française* zu lesen stand, zum ersten Frühstück eine Frucht verzehrte, die aussah wie ein kleiner Kürbis und gelb war wie eine Zitrone, aber eine dünnere Schale hatte als jene. Ein paar Radikalisten (die Radikalen wurden damals Anarchisten, nicht Kommunisten genannt) schössen in jenem Jahr 1923 auf Léon Daudet, den Royalistenführer, dessen

Jugendorganisation, die Croix de Feu, damals oft eine Neigung zum Randalieren zeigte. Hieraus schloss Herr Lenoir, dass Paris von gefährlichen Elementen durchsetzt war, denen die gottlose Republik um den Bart ging.

Die taube Marie war eine äußerst gediegene Person. Ihr Leben war so untadelig, dass sie nie häufiger als einmal im Jahr zur Beichte ging, auch nicht in ihrer Jugend. Dies hielt aber Madame Goujon, die die Vorsicht in Person war, nicht davon ab, Butter, Zucker, Wein usw. hinter Schloss und Riegel aufzubewahren, während die alte Marie in der Wohnung war. Wurde etwas zum Kochen gebraucht, dann musste Marie zu Madame gehen und sie um den Schlüssel zum Wandschrank bitten. Das einzige Mal, wo Marie nahe daran war, Madame Goujon zu kündigen, war damals gewesen, als diese vier Sous auf einer Anrichte liegen lassen hatte. Der alte Dienstbote vermutete, Madame Goujon verdächtige sie des Diebstahls und habe ihr eine Falle gestellt. Daraufhin hatte aber damals Madame Goujon einfach den Arm um sie geschlungen und war bis in die Haarwurzeln errötet. Die weitere Folge war, dass Marie tief gerührt gewesen, in Tränen ausgebrochen war und Madame um Verzeihung gebeten hatte, worauf sie dann einen oder zwei Tage nicht unaufhörlich beschimpft worden war, weil sie sich ständig die Finger verbrannte bei ihrem Bemühen, die Speisen heiß auf den Tisch zu bringen; Madame hatte nämlich Angst vor etwa auftretenden Infektionen, deren ärztliche Behandlung sie Geld gekostet hätte.

Nachdem der Richter mit seiner Tochter zu Mittag gegessen hatte, wobei er seine Tochter behandelte, als sei sie etwa vierzehn Jahre alt, durfte sie ihm beim Ablegen des Überrockes und der Schuhe helfen, und er hielt eine Siesta, die gewöhnlich fünfviertel Stunden dauerte. Dann verabschiedete er sich und ging fort. Wenn die Concierge seine Gamaschen oben im ersten Stockwerk auftauchen sah, stürzte sie auf die Straße, um den eingenickten Chauffeur zu wecken, oder, wenn dieser schon wach war und seinen *Paris-Midi* las, ihm zu melden, dass der Richter im Anrollen war. Der Chauffeur brummte ein Schimpfwort, das aus fünf Buchstaben bestand und meist in Verbindung mit dem nachgesetzten *alors* gebraucht wird, faltete die Zeitung zusammen, rülpste und erhob sich schwerfällig von seinem Platz am Lenkrad, um, sobald er den gnädigen Herrn sah, den Finger an die Mütze zu heben und ihm den Wagenschlag offen zu halten. Dafür nannte ihm der Richter höflich eine Adresse in der Rue Cadet, wo die Mätresse des alten Herrn wohnte, eine stattliche Person namens Victoria, die am Odéon kleine Rollen spielte.

Nach dem Ersten Weltkrieg ging es dem Odéon, der zweitgrößten Bühne Frankreichs, herzlich schlecht. Selbst für die *Comédie-Française* waren keine Gelder vorhanden, sie ging in künstlerischer Beziehung vor die Hunde und war bis zu ihrer Umgestaltung im Jahre 1938 die reinste Travestie ihrer selbst. Die Zugluft im Odéon war sprichwörtlich. Der Franzose hält starr an dem alten Aberglauben fest, dass ein Lufthauch, und sei er noch so schwach, für den Menschen schädlich ist. Wenn ein Franzose oder eine Französin *Zug* spürt, muss sofort etwas dagegen unternommen werden. Ein französischer Arzt, der am amerikanischen Spital in Neuilly angestellt war, gefährdete einmal bei einer Entbindung das Leben von Mutter und Kind, weil er sich über einen *Courant d'air* im Operationssaal beschwerte und daraufhin Schiebefenster und Wandschirme in Ordnung gebracht werden mussten, um ihn gegen Erkältung zu schützen.

Das Einkommen des Richters belief sich auf ungefähr zwanzigtausend Francs jährlich. Die Tage, die er für Besuche ausersehen hatte, gehörten naturgemäß zu jenen, wo er am aktivsten war. Zwischendurch las er oft eine Woche lang nur die *Action Française*, schrieb auch wohl ein Kapitel seiner Memoiren, die noch kein Mensch gelesen hat, und trank einen Apéritif in einem Royalistencafé in der Nähe, bei der Ecole Militaire.

Erst im Jahr 1925, als er den ersten Schlaganfall erlitt, zog er zu seiner Tochter Anne, in deren Wohnung er auf einer Tragbahre gebracht wurde. Infolgedessen musste sie Monsieur Panaché absagen und zwei Monate lang auf seine Miete verzichten, denn der Richter war damals so leidend, dass sie aus Gründen des Taktes ihn nicht bitten konnte, die finanzielle Lücke aus seiner Tasche auszugleichen.

Vielleicht war es der hingebungsvollen Pflege der alten Marie zu danken, dass der Richter sich wieder einigermaßen erholte, vielleicht auch der Tatsache, dass diese die verschiedenen Arzneien, die der Arzt verschrieb, regelmäßig in den Küchenausguss schüttete und sie durch eigene Mixturen ersetzte, die sie nach altehrwürdigen Rezepten aus der Aube-Gegend zusammenbraute.

Moderner Komfort

Einer der Trinksprüche, den die Amerikaner auf ihre französischen Freunde ausbrachten, lautete:

»Vive la France et les pommes de terre frites!«

Dies war natürlich ein Scherz – aber dennoch lag darin ein Körnchen Wahrheit. Ein französischer Küchenchef oder eine französische Hausfrau stellten nämlich geradezu kleine Wunderwerke her aus dem bescheidenen irischen Knollengewächs, das von dem großen Gastronomen Parmentier im Lande eingeführt wurde – der goldbraune Ton, der ideale Grad von Knusprigkeit außen und mehliger, weicher Konsistenz innen waren unübertrefflich! Sie waren der Geschicklichkeit und dem außerordentlich sicheren Instinkt zu danken, die den natürlichen Trieb nach Nahrung mit künstlerischem Beiwerk umkleidete.

Auf diesen Toast reagierten die Franzosen mit nicht minder überzeugtem Schwung:

»Vive l'Amérique und die Zentralheizung!«

Der Winter spielte in Paris in Hotels wie dem Ritz, ja, sogar auch in der Plaza Athénée, dem Georges V oder dem Continental keine Rolle. Dort wurden den amerikanischen Gästen Gelder abgeknöpft, die eine französische Familie eine ganze Ewigkeit versorgt hätten. Diese Art Hotels mussten, um ihre Gäste zu befriedigen, Berge von Kohle verheizen und Kubikkilometer Dampf erzeugen. Diese kostspielige Heizmethode verursachte in den Leitungen unwilliges Grunzen und Knurren, Ächzen, Stöhnen, Knacken und Klopfen, nebst seltsamem Tropfen und Gurgeln. Drehte man die Heizung auf, so funktionierte sie meist nicht, und umgekehrt. Aber sie hielt doch, teilweise wenigstens, die Feuchtigkeit der regnerischen Jahreszeit ab, und auch die elektrischen Beleuchtungskörper, die stets aufs Geratewohl angebracht waren, manchmal sogar in der Mitte der Decke, taten das ihre, um die Düsterkeit zu verjagen.

In New York z. B. legen es die besten Hotels gar nicht darauf an, einer exotischen Rasse von Millionären gerecht zu werden, die aus irgendeinem sagenhaften Kontinent jenseits des Ozeans herüberkommen, Menschen mit fremden und deshalb rauen Sitten, mit Stimmen, die jene der Eingeborenen wie ungeölte Bremsvorrichtungen übertönen. So schlimm sie auch schien, so hätte unsere Wirtschaftslage auf ihrem Tiefpunkt auf den Europäer noch paradiesisch gewirkt.

Die Heizanlagen in der Rue de la Huchette waren für Paris und ganz Frankreich charakteristisch. Allen guten Absichten zum Trotz gab es nämlich überhaupt keine. Das eine der beiden Hotels, das Hôtel Normandie, annoncierte zwar *Confort moderne*, inklusive Zentralheizung und elektrischem Licht. So weit schien der Komfort zu gehen. Sogenannte türkische Toiletten befanden sich hinter konkaven Türen, an den Kurven der schmalen Treppen. Sie bestanden aus einem emaillierten Metalltrichter im Fußboden mit einem runden exzentrisch angebrachten Loch von etwa acht Zentimetern Durchmesser. An der Vorderseite waren rechts und links in einem ungeschickten Abstand zwei Fußstützen vorhanden, die aus einem Material waren, auf dem man mit feuchten Schuhsohlen leicht ausglitt. In der hinteren Ecke, dort wo Rechtshänder nur schwer hingreifen konnten, befand sich eine rostige Kette, von der der Griff abgegangen war, sodass nur ein scharfkantiges Metallteil übrig war, an dem man sich leicht verletzen konnte. Irgendwo an der feuchten, schmutzigen Wand war ein Nagel eingeschlagen, von dem eine alte Nummer einer Pariser Zeitung heruntergefallen war, deren billige Druckerschwärze sich verschmierte. In mehr als fünfzig Prozent der Fälle war kein Zeitungspapier vorhanden.

Nachdem einen nun die Natur dazu verleitet hatte, diese Einrichtung aufzusuchen, bestand das Kunststück darin, die Kleider zuzuknöpfen, die ausgebauchte Tür zu öffnen und, so weit als möglich außerhalb stehend, eben noch die Kette zu erwischen, diese rasch anzuziehen und dann in halbwegs anständiger Haltung die Treppen hinunterzukommen. Die wütende Sturzflut, die sich über den ganzen Boden des Cabinets ergoss, war ungefähr zwei Zentimeter hoch und ließ nur jenen Fleck trocken, wo Reinigung not getan hätte. Das eigentliche Säuberungsamt versah der einarmige Garçon, der sich an der Somme ausgezeichnet hatte, und nun an fröhlichen Abenden mit dem Kastanien- und Austernmann zusammen Loire-Lieder sang.

Im Gegensatz zum Hôtel du Caveau schienen die Gäste und das Personal des Hôtel Normandie keine so seltsame Familie zu sein. Dort schlug der arische Besitzer nicht seine Frau, eine melancholisch blickende Jüdin aus dem Quartier du Temple, sondern ließ sie eigentlich alle Arbeit tun, die der einarmige Garçon Louis nach seiner enormen Tagesleistung nicht freiwillig tat. Es gab eine Menge Antisemiten in der Rue de la Huchette, von denen der tückischste der Krautkopf war und der Zuhälter Robert der geräuschvollste. Louis, der Garçon des Normandie, gehörte der Gruppe nicht an. Er hatte herausgefunden, dass Madame Sara, wie er seine Chefin nannte, eine der sanftmütigsten, geduldigsten Frauen der Welt war, und als ich sie im Laufe der Jahre näher kennenlernte, gab ich ihm vorbehaltlos recht. Ganz selten konnte es geschehen, dass Sara einen Augenblick für sich hatte, spät abends oder am frühen Morgen, wenn sie nicht wie sonst an ihrer kleinen, mit Zinkblech ausgekleideten Bar arbeitete oder versuchte, ihre Kasse mit den Eintragungen ihres Notizbuches in Übereinstimmung zu bringen, einem zukünftigen Gast ein Zimmer zeigte oder eine Rechnung für einen abreisenden ausstellte. Ging jemand an ihrem Fenster von No. 18 vorbei, dann blickte sie auf, wenn sein Schatten auf die Scheibe fiel. Resignation lag auf ihren Zügen. Wenn einmal der Vorübergehende grüßte, was kaum je vorkam, dann lächelte sie pflichtgemäß zurück, seufzte und nahm ihre Arbeit wieder auf.

Sara war in der Rue des Hospitalières-Saint-Gervais geboren, über dem Laden eines rituellen Schlachters; der Erste Weltkrieg hatte sie in eine Munitionsfabrik verschleppt, wo ihr die Arbeit gelbe Flecken im Gesicht und an den Händen eintrug, die immer noch zu sehen waren. Trotz dieser Schutzfärbung hatte Guy, ihr späterer Gatte, sie ziemlich gewalttätig verführt, eigentlich um einer Wette willen, die er mit ein paar Arbeitskollegen abgeschlossen hatte, die nie mit einer Jüdin geschlafen hatten und sich davon die wildesten Vorstellungen machten. Sara wurde schwanger, und es stellte sich heraus, dass ein Onkel von ihr durch eine kleine Privatbank auf den Direktor der Munitionsfabrik Einfluss hatte. Guy wurde vermöbelt und hinausgeworfen; als er dann erfuhr, dass der Onkel willens war, die Sache mit einem ziemlich großzügigen Geldbetrag in Ordnung zu bringen, fand er doch, dass er fein raus war und bei den Kameraden, die ihn wegen seines Malheurs so gehänselt hatten, Oberwasser hatte. Guy, der sich im Rathaus des 4. Arrondissements so anständig benommen hatte, war der Ansicht, ein für alle Mal das Seine getan zu haben, und offenbar war dies auch Saras Ansicht, denn sie machte ihm nie Vorwürfe. Wenn er z. B. erst um neun Uhr morgens erwachte, bereitete sie sorgfältig für ihn das Frühstück und sandte Louis damit zu ihm hinauf; wohlweislich hielt sie sich im Hintergrund, wusste sie doch, dass ihr Anblick zu so früher Stunde den schweigsamen Gatten irritiert hätte.

In dem gediegenen Mietshaus von No. 32, wo Madame Goujon und der Krautkopf die Nobelmieter waren, gab es keine Zentralheizung. In den Wintermonaten musste man sich einfach durchfrieren, wie es offenbar in Gottes Ratschluss lag. In ganz seltenen Ausnahmefällen, wenn man etwa am Sonntagabend Gäste erwartete oder zu Weihnachten oder Sylvester es sich behaglicher machen wollte, kauften die Mieter Kienholz in kleinen Bündeln, das in puncto Größe und Form auffallend an ein Bund Spargel erinnerte. Diese Stäbchen waren an einem Ende in Harz getaucht und mit dünnem Draht umwickelt. Das Brennmaterial, das gewöhnlich verwendet wurde, war Kohlenstaub, der in Brikettform gepresst war und an riesige schwarze Tränen erinnerte – er fing auch ungefähr so leicht Feuer wie diese. Man konnte auch kiloweise hartes und weiches Holz kaufen, das für die kleinen Marmorkamine geeignet und derartig teuer war, dass der bloße Anblick des brennenden Holzes eine kleine Katastrophe war. So behalf man sich denn auch meist mit Schaufeln voll glühender Kohlen und Asche aus der Küche. Auch Handschuhe aus Katzenfell wurden fleißig verwendet, um erstarrte Gliedmaßen warm zu reiben. Kleine Holzkohlenbecken waren stark in Mode gekommen.

Das erinnert mich an André und seine junge Gattin mit den blauen Augen und dem honiggelben Haar, die Alice hieß und von ihrem Mann, der ein Riese aus der Auvergne war, *mon cœur* genannt wurde. Diese Bezeichnung wurde auch verwendet von Kunden aus unteren Schichten, die nur kamen, um Wein zu kaufen, sich aber Holz und Kohle nicht leisten konnten. In Frankreich war ein Kohlenhändler nach alter Tradition immer auch zugleich Weinhändler. Andrés Wein hieß Mâcon, es war ein sehr guter Wein aus dem Rhonetal, nahe der Burgunder Grenze.

André, dessen Hände, Arme und Gesicht immer schwarz waren, ähnlich wie die der Straßensänger in alter Zeit, war der stattlichste, gutmütigste Mann der ganzen Rue de la Huchette. Er arbeitete im Winter außerordentlich hart, weil er auch die

Rue de la Harpe (wo einst Madame de Staël gewohnt hatte) und etliche große Häuser auf der Place Saint-Michel und am Boulevard versorgte. In einigen dieser Gebäude gab es eine Einrichtung, die die Franzosen für einen Aufzug hielten, die manchmal Leute sowohl hinunter- als auch hinaufbeförderte und darum unter der Bezeichnung *Ascenseur et descenseur* ging. Aber Kohlenmänner, die auf ihren kräftigen Rücken hundert Kilo Briketts oder Holz schleppten, durften diese Aufzüge nicht benutzen; die waren nur für Mieter aus dem Mittelstand und Besucher da, die einen weißen Kragen trugen. Sie durften auch nicht die Lastaufzüge im rückwärtigen Gebäudeteil benutzen, denn von diesen behauptete man, dass sie noch gefährlicher als die anderen und nicht für schwere Lasten bestimmt wären. Außerdem konnten die Eigentümer des Hauses haftbar gemacht werden, wenn der Aufzug mit dem Kohlenmann und seiner Ware verunglückte.

André musste also alles die Treppen hinaufschleppen, die so steil und eng waren, dass normale Menschen schon schnauften, wenn sie nur sich selber und die Kleider, die sie am Körper trugen, in den vierten oder fünften Stock hinaufschleppen mussten. Während des Winters verdiente er so viel, dass er seine Gattin, sein *Herz*, zu ihrer Mama aufs Land schicken konnte (an die bretonische Küste hinauf), zusammen mit ihrem blauäugigen, neunjährigen Jungen, der auch André hieß und im Jahr 1939 gerade fünfundzwanzig Jahre werden sollte, deshalb also viel gute Seeluft brauchen konnte.

Eines Tages verletzte André, der Vater, sich den Daumen an einem rostigen Nagel, und der Daumen begann anzuschwellen, schließlich auch die Hand und dann der ganze Arm. Die blauäugige Alice, vor deren Stirnrunzeln dieser Riese zitterte, legte ihm Leinsamen auf und er schleppte mit echt Auvergnater Eigensinn weiter seine Säcke und Weinfässer, schleppte und schleppte immer schwerer, weil die neue Gleichgewichtslage, die er einnehmen musste, ihn dauernd behinderte; das Blut brauste und pochte in seinen Ohren, der Schweiß floss in Strömen auf seiner schwarzen Stirn herab, wo er helle Bahnen hinterließ, und beim Erklimmen der endlosen Treppen wurden ihm die Stunden zu Tagen, die Minuten zu Stunden und jede Treppe zu einer Leidensstation. In der Nacht warf er sich fantasierend umher, so dass schließlich Alice in ihrer Verzweiflung den Kastanienverkäufer bat, er möge André überreden, ins Spital zu gehen oder doch wenigstens einen Zehnfrancs-Doktor zu konsultieren.

In jenem Jahr kam der Frühling zeitig, und als das Kohlengeschäft langsam zu Ende ging, konnte André nach und nach die Hand wieder gebrauchen, die steif war wie ein Brett; er begann an der Brücke, in der Nähe der Büchertrödler, zu fischen und sah den vorüberziehenden Kähnen nach, auf denen an flatternder Leine bunte Kleiderfetzen trockneten, wo an den Fensterchen Geranientöpfe standen und an Deck Hunde und Kinder spielten. Einige Kähne waren mit Zement beladen und André überlegte sich in seiner Fantasie, wie er sie die Steintreppen des Kais und die Conciergerie hinauftransportieren würde – die Geschichte der Conciergerie war ihm fremd – und dann über die abgebröckelten Drachen an der Tour Saint-Jacques. André jagte eine hellgelbe Biene von seiner nunmehr stets sauberen Schläfe fort, und schon tauchte der grellrote Kork an seiner Leine unter; aber es war falscher Alarm. Es gab keine Fische, es gab nur die nass glänzende Angelschnur, den baumelnden Köder und das Bleigewicht. André seufzte und fischte erfolglos, jedoch mit unbeschreiblichem Vergnügen, während der böse Winter wie ein Albtraum sich in seinem Gedächtnis immer mehr verflüchtigte und der Sommer immer näher rückte, der ihm für eine Weile sein *Herz* und den Buben rauben sollte; aber dafür durfte er dann immer abends bei der Kerze im Schlafzimmer Wort für Wort ihre Briefe entziffern.

Wie viel noch in Andrés Gedächtnis haftet von seinem *Herz*, von den Bienen im Frühling, den engen Treppen und der Blutvergiftung, und wie weit sich heute, da diese Zeilen geschrieben werden, die Erinnerung an den dunklen Mord in seinem schlichten Gemüt mit all dem andern mischt, das weiß ich nicht. Ich weiß auch nicht, ob er jemanden beschuldigt und wen er beschuldigen sollte, der Sträfling André, der irgendwo in Deutschland Straßen bauen muss, und der so gut erhalten ist, dass kein SS-Mann ihn jemals für fast sechzig halten würde. Und ich weiß auch nicht, wie dies alles einmal enden wird.

Ihr Männer, die ihr schwer schleppen müsst, und die ihr am Sonntag anderthalbfachen oder doppelten Lohn bekommt, vergesst André nicht, gebt ihm die Hand, ich bitte euch! Denn euch geht es an, gerade euch, und wenn ihr nicht zu helfen bereit seid, wird's keiner tun.

Zeitungen, Geschäfte und Bartflechte

Die Zeitungen waren im Dasein der Rue de la Huchette von lebenswichtiger Bedeutung, denn wie alle Pariser las jeder, der dort wohnte, das Blatt, das seine Vorurteile und fixen Ideen bestätigte.

Das größte lokale Verteilungszentrum war der Zeitungsstand gegenüber dem Café de la Gare auf der Place Saint-Michel. Der Mann, der ihn führte, verkaufte an das Métropersonal, an die Stammkundschaft der drei großen Cafés und an die wohlbestallten Bewohner der Mietshäuser beim Boulevard. Am östlichen Ende der Straße aber, neben dem Hôtel du Caveau, lag der winzige Papierladen von Achille und Geneviève Taitbout, ein bescheidenes, schielendes Ehepaar, das, schwerfällig umherschlurfend, in seinen Bewegungen – wie Figuren auf der Bühne – eine ständige gegenseitige Beziehung aufrechterhielt. Jeden Tag standen sie automatisch um fünf Uhr früh auf, um ein Bündel Zeitungen in Empfang zu nehmen, das ein Radfahrer abgab.

Kam der Bursche einmal zufällig nicht oder war er verspätet, dann gingen sie beide ratlos herum und brummten dazu, genau wie ein ablaufendes mechanisches Kinderspielzeug.

Monsieur Achille, wie er genannt wurde, brachte es fertig, eine unerhörte Anzahl von Fehlleistungen auszuführen, während er seinen täglichen Morgengang von Tür zu Tür machte, beladen mit Exemplaren des *Petit Journal*, *L'Intransigeant*, *Le Journal*, *Le Temps*, *Le Matin*, *L'Action Française* und *L'Œuvre*. Die beiden Exemplare der *Humanité*, die er täglich verteilen musste, – die *Humanité* war das Sozialistenblatt – behandelte er ängstlich und zögernd, als erwartete er jeden Augenblick, sie in schwefelgelben Flammen aufgehen zu sehen.

Obwohl Monsieur Achilles kleiner Laden von No. 32 weit weg lag, stellte dessen Inhaber doch täglich die *Action Française* dem Krautkopf und Madame Goujon zu, indem er die Stunde seines Besuches so wählte, dass die Zeitung rechtzeitig zu des Krautkopfs Frühstück um 8 Uhr 20 da war. Einmal gab Achille aus Unachtsamkeit *L'Œuvre* ab, ein gemäßigt liberales Blatt, in dem Georges de la Fouchardière eine Spalte mit gelindem antiklerikalem Stoff füllte. Durch ein merkwürdiges Zusammentreffen von Umständen bemerkten weder die Hausbesorgerin, noch die wachsame taube Gattin rechtzeitig die Verwechslung. Der Erfolg war, dass der Krautkopf, sich selbst übertreffend, den armen Alten eine halbe Stunde lang einen solchen Tanz machte, dass sie noch tagelang mit Schaudern daran dachten. Durch List und Tücke brachte der Krautkopf heraus, dass zwei Leute aus dem Kundenkreis der Taitbouts die *Humanité* kauften, und machte ein Verzeichnis aller Kunden, die in der Straße wohnten. Er wollte den Anschein erwecken, als stehe er mit der Geheimpolizei in Verbindung.

L'Œuvre hatte drei Abonnenten: Monsieur Noël, den Präparator, Madame Mariette vom *Panier Fleuri* und Madame Absalom. Die beiden *Humanités* gingen an den Austernmann und an Madame Absalom. Der einzige Luxus, den sich Madame Absalom leistete, war der, fast alle Zeitungen zu abonnieren und, ähnlich wie ein Verleger auf Urlaub, mit Hochgenuss die Irrtümer und Unstimmigkeiten zu vergleichen. Natürlich wagte der Krautkopf nicht, seine Vorgesetzten mit seiner privaten schwarzen Liste zu behelligen, aber er untersagte seiner Frau, Zwirn oder Wolle bei *cette vieille crotte* einzukaufen. Von Stund an kaufte Jeanne, die bisher kein bestimmtes Geschäft bevorzugt hatte, absichtlich nur noch bei Madame Absalom ein, die niemals erfuhr, wem sie den bescheidenen Aufschwung ihres Umsatzes zu danken hatte.

Ein eifriger Zeitungsleser war auch Henri Julliard, der im Jahr 1924 das Hôtel du Caveau dem schweigsamen Claude und seiner Frau Philomèle abkaufte. Monsieur Henri, wie er gern genannt wurde, war ein verständnisvoller Mann von bedächtigem Urteil. Dass er es trotz seines friedfertigen, gutmütigen Naturells verstand, ein Restaurant und ein Hotel zu führen, ist ein schlagender Beweis für sein Format und seine Vielseitigkeit. Teilweise war der gute Geschäftsgang allerdings auch seiner dicken kleinen Frau Marie zu danken, denn sie bestimmte mit Strenge, wer Kredit bekommen konnte und Ähnliches, und danach traf sie ihre Maßnahmen, während Monsieur Henri in wohlverdientem Schlaf lag.

Die Vorgeschichte des Julliardschen Hotelkaufs war folgende: der frühere Inhaber, Claude, verschwand eines Morgens mit Suzanne, nachdem er sie mit etwas adäquaterer Garderobe eingekleidet hatte. Zuletzt hatte man von ihnen in Chambery gehört, wo Claude Suzanne in ein Bordell gesteckt hatte, während er selbst sich mit Absinth-Schmuggel aus der Schweiz befasste. Philomèle aber vereinigte sich mit dem freundlichen Türken, der sie mit unpersönlicher Herzlichkeit behandelte.

Monsieur Henri stammte aus Savoie und hatte einen ähnlichen Schnurrbart wie Georges, nur war er grau statt rot und nicht halb so beweglich. Er hatte dunkelbraune, blinzelnde Augen, eckige Knie und tüchtige, unermüdliche Ellbogen und verfügte über einen wahren Schatz menschlicher Güte. Im ersten

Jahr war sein Bruder Jacques sein Partner; der wollte auch ein guter Kerl sein, aber er war zu ungeschickt und schüchtern. Dieser Jacques hatte eine schlanke Frau namens Berthe, deren Charakter dem Henris stark ähnelte. Viele von denen, die die beiden Paare kannten, fanden, dass es schade war, dass Henri nicht mit Berthe verheiratet war und Jacques mit Marie. Aber hierin hatten sie vollkommen unrecht. Das Paar Henri und Berthe hätten ihr letztes Hemd verschenkt. Die knauserige alte Marie aber, die neben ihrem distinguierten Mann wie eine Karikatur wirkte, liebte Henri mit einer Hingabe, die umso intensiver wirkte, da sie die übrige Menschheit so offenkundig verachtete.

Mit Monsieur Henri diskutierte ich zu jener Zeit immer die Ereignisse des Tages, und geduldig schöpfte er immer wieder aus seinem Vorrat an verlässlichen Informationen, bis ich schließlich die französische Innenpolitik besser erfasste. Im Regime Poincaré gab es viel zu diskutieren. Frankreich brach mit England der Ruhr wegen, besetzte das Gebiet und füllte die Pariser Zeitungen mit Nachrichten über zivile Gräueltaten der Deutschen, um seine eigene Brutalität zu rechtfertigen. Poincaré belegte Eisen und Stahl mit Embargo, so dass diese Waren nicht nach Deutschland eingeführt werden konnten, denn Reparationen konnte er aus Deutschland nicht herauspressen, weil die Deutschen zu arm waren oder auch zu große *passive Resistenz* ausübten. In der großen Industriestadt Essen wurde die deutsche Polizei aufgelöst und nichts an ihre Stelle gesetzt. Achtbare Bürger wagten sich also nach Einbruch der Dunkelheit nicht aus dem Hause. Baron Krupp von Bohlen wurde verhaftet und von einem französischen Kriegsgericht zu fünfzehn Jahren verurteilt. Aus Koblenz wurden die amerikanischen Truppen abgezogen, zum Entsetzen der deutschen Bevölkerung, und dafür rückten französische Truppen ein; Blutvergießen und allgemeiner Hass waren die Folge.

Mit einigen Worten wurde der Tod Präsident Hardings von fast allen französischen Blättern erwähnt, und viele europäische Publizisten verwechselten Calvin Coolidge, von dem sie nie etwas gehört hatten, mit Professor Archibald Coolidge aus Harvard, der Europa bereist hatte und mehrere Sprachen beherrschte – er wurde als der kommende Retter begrüßt, bis diese Illusion zunichte wurde.

Jeden Montagfrüh wurden Poincarés Sonntagspredigten vollinhaltlich veröffentlicht; der Kehrreim war stets, dass der Versailler Vertrag buchstabengetreu durchgeführt werden müsse, eventuell unter Zuhilfenahme des Bajonetts. Kein einziges Blatt, weder katholischer noch kommunistischer oder irgendeiner anderen Färbung, teilte seinen Lesern mit, dass die amerikanische Kriegsschuld, die der neue Präsident Coolidge eintreiben wollte, nicht jenes Geld betraf, das Frankreich während des Krieges geliehen worden war, um diesen weiterzuführen, sondern sich auf die Bezahlung amerikanischer Waren bezog, die nach dem Waffenstillstand laut Vertrag mit der französischen Regierung in Frankreich zurückgelassen worden waren. Die Vereinigten Staaten wurden als eine Art Shylock dargestellt, der dem darniederliegenden Frankreich ein Stück Fleisch aus dem Körper schneiden will, wo doch Frankreich die Reparationsgelder vom deutschen Schuldner nicht erhalten konnte, weil England sich weigerte, Frankreich zuliebe den Boches die Daumenschrauben anzusetzen.

Monsieur Henri durchschaute ein Gutteil der verkappten Manöver, unter deren Flagge verschiedene Interessenströmungen, jede über eine oder zwei Zeitungen verfügend, eigene Zwecke verfolgten. Er meinte, dass Frankreich sich selbst helfen müsse, indem es seinen Mitbürgern und Mitbürgerinnen ermöglichte, einen gerechteren Anteil am Nationaleinkommen sowie an den zivilen Rechten und Privilegien zu erhalten. Sein Urteil in Bezug auf soziale Fragen war weitblickender und weniger durch provinzielle Interessen begrenzt als das der meisten Franzosen, aber er war doch der Ansicht, dass Frankreich der wichtigste und zivilisierteste Teil der im übrigen exotischen Welt sei. Einen Planeten ohne Frankreich konnte er sich überhaupt nicht vorstellen.

Zu Lebzeiten von Jacques Julliard besorgte Monsieur Henri den Morgendienst von sechs Uhr bis nach dem Lunch, schlief dann etwas am Nachmittag, überwachte das Abendessen und übergab Jacques die Bar wieder gegen neun Uhr. Aber nach Jacques plötzlichem Ableben – er hinterließ die schmächtige Berthe, die wie eine ältere Schwester der Gioconda im Louvre aussah – begann er den Dienst vor dem Frühstück und dann wieder um die Abendbrotzeit bis nach zwei Uhr früh. Vormittags und nachmittags führten die beiden Frauen das Geschäft, die eine in Grau, wie ein unansehnliches Heimchen, die andere rund und reizend im schwarzen Kleid.

Grünes Gemüse, Fleisch, Geflügel, Fisch und dergleichen kaufte Monsieur Henri mit Geschick und Sachverständnis in der Zentralmarkthalle, *Les Halles*, ein. Manches besorgte er in der Nachbarschaft, bei dem Krämer von No. 27, genannt *L'Epicerie Danton*, deren Besitzer Jean-Baptiste Emile Denis Emanuel Corre und seine Frau Gabrielle waren, die wie eine Porzellanpuppe aussah. Madame Corre hatte einen gewissen Stil, aber keinen chic, sie war schön, ohne reizvoll zu sein. Daran änderte sich im Wandel der Jahre nichts.

Aus dem Namen *Danton*, der auf dem schmucken Grünzeuggeschäft Monsieur Corres stand, zu schließen, dass der Eigentümer den großen Revolutionshelden verehrte, der den Tod durch die Guillotine erlitt, wäre falsch gewesen. Monsieur Corre war ein biederer Bretone, und in seiner Heimat herrschte der Katholizismus in jenen mittelalterlichen Formen, wie es ihn eher in Spanien gab als im übrigen Frankreich. Er hielt sich den *Matin*, weil seine Gattin, eine tüchtige Geschäftsfrau, fand, dass es besser sei, eine Zeitung zu abonnieren, die Freidenker nicht so gewaltsam vor den Kopf stieß wie die *Action Française*.

Die Epicerien in Paris hatten das frische Gemüse nicht im Schaufenster und eine Fleischbank rückwärts im Geschäft, wo es auch gläserne Behälter für Fische und einen großen Eisschrank mit Eiern, Milch und Butter gab. Fleisch kaufte man beim Schlachter, dessen Geschäft eine vertikal gestreifte Markise hatte, bei der das Rot genau zu den blutbespritzten Karren passte, die viermal die Woche morgens übel riechende Kadaver ohne Eisverpackung brachten. Der Schlachter durfte kein Schweinefleisch, keine Wurstwaren und kein Pferdefleisch verkaufen – nur Rindfleisch und Lamm. Nicht einmal Geflügel gab es in der Auslage, aber das konnte man in der *Laiterie*, dem Milchgeschäft, bekommen. Der Schweinefleischladen handelte auch mit Delikatessen, mit Wurstwaren aus Lyon und Genua, *Rillettes* und *Pâtés*, Käse, rosigen Würsten mit kleinen grünen Pünktchen aus Pistazien, dem französischen Äquivalent für Bologneser Wurst und Salami, auch die herrlichsten Mischungen von Kaninchenfleisch mit Trüffeln u. Ä. waren dort erhältlich. Ein goldener Pferdekopf oberhalb der grünweiß gestreiften Markise von No. 15, bei der Rue Zacharie, war das Emblem des Pferdefleischhändlers, Monsieur Monge, der nur Pferdefleisch verkaufte und zwar sehr gutes.

Eine der zahlreichen abergläubischen Vorstellungen, die es in Frankreich gab, bestand darin, dass man sich einbildete, dass ein Beefsteak aus Pferdefleisch, das in dünner Bouillon weich gekocht war, für Kranke und Rekonvaleszenten besonders empfehlenswert sei. Jedenfalls war Pferdefleisch billiger als Rindfleisch und wurde in billigen Restaurants zu den Gerichten verwendet, die nicht die spezielle Bezeichnung *Bœuf* auf der Speisekarte trugen. Die Speisekarte bestand in diesen billigen Gaststätten aus einem schwarzen Brett oder einer Schiefertafel, auf die das Menü mit Kreide geschrieben wurde. Als erstes Gericht gab es dort – wo stets die traditionelle Anzahl Gerichte serviert wurde, nämlich eine Vorspeise, Suppe, Fisch, Fleisch, Salat, Käse und eine Süßspeise – häufig das sogenannte belgische Pâté, das halb aus Pferdefleisch, halb aus Kaninchen bestand; nämlich im Verhältnis von einem Pferd zu einem Kaninchen.

Der Pferdeschlachter in der Rue de la Huchette No. 15 beschäftigte sich nebenamtlich auch mit der Reparatur von Jagdhörnern, so dass man, wenn man an der mit Vorhang und Markise versehenen Eingangstür, über der der goldene Pferdekopf prangte, vorüberging, häufig präludierende oder klagende Töne vernehmen konnte. Eben dieser Monsieur Monge blies ein veraltetes Instrument, wie in Hoffmanns berühmtem Chapeaux chinois, in einem Amateurorchester, das mit der Gesellschaft zur Erhaltung altertümlicher Musik in Verbindung stand. Er war ein Mann mittlerer Statur, mit zwei Extrawülsten im Nacken und am Kinn, sodass wenn er mit dem riesigen Präparator, Monsieur Noël ausging, die beiden wie eine Karikatur von Willette aussahen.

Das Butter- und Eiergeschäft lag fast genau gegenüber der Epicerie Danton, der No. 24, und wurde von Odette, einer achtbaren Frau mit einem langen, dreieckigen Gesicht geführt, die schwarzblaue Augen hatte, große Füße und knochige Handgelenke. Sie trug grünschwarze Kleidung und sah fromm und ehrbar aus, war aber in Wirklichkeit ungläubig und Sozialistin. Ihr bescheidener kleiner Gatte Jean hatte ein dünnes Stimmchen und einen borstigen Schnurrbart. Einmal war er in seiner Heimatstadt in der Vallée de la Chevreuse an fünfter Stelle als Abgeordneter aufgestellt worden. Die Milch holten Monsieur und Madame Odette zu bestimmten Stunden in großen verbeulten Blechkannen bei einem Grossisten der Zentralmarkthalle, zu dem sie auf Karren vom Land, etwa dreißig Kilometer von Paris entfernt, geliefert wurde. Für amerikanische Begriffe war diese Milch bläulich und wässerig und schmeckte noch fader als sie roch. Sie wurde an die Stammkunden der Straße in Wein- oder Branntweinflaschen geliefert, die in nicht fließendem, abgestandenem Wasser gereinigt und nicht gründlich gespült worden waren.

Die Austrägerin war ein nach Milch riechendes, rundliches Mädchen von sechzehn Jahren, die in Tuchpantoffeln ging und keine Strümpfe trug, sicher auch kein Mieder, und deren dralles Hinterteil mindestens zweimal am Tag von jedem Garçon im Viertel scherzhafte Klapse bekam oder gezwickt wurde. Sie hieß

Colette und teilte mit der Sklavin Eugénie im Café Saint-Michel den lokalen Ruf der Keuschheit. Colette diskutierte offenherzig und mit entwaffnender Schlagfertigkeit das, was die Männer am meisten interessierte. Sie sparte, indem sie Pfennig auf Pfennig legte, um einen Pflegerinnenkurs machen zu können, weil Pflegerinnen gute, haltbare Schuhe tragen, die sie sich nie leisten konnte, und weil sie in einer Atmosphäre chemischer Gerüche arbeiten, die in nichts an die Gerüche von Milch oder Käse erinnerten. Sie bewunderte die adrette, energische Madame Mariette, die im benachbarten Bordell Ordnung hielt.

Colette scheute sich nicht im geringsten, den Männern und Burschen, die sie ins Hinterteil zwickten, wenn sie die dunklen Treppen auf- und ablief, zu sagen, dass, wenn sie der *Type* dazu wäre, sie verkaufen würde, was der Herrgott ihr geschenkt habe, und es solchen Leuten nicht gratis überlassen würde.

Die Eier *chez Odette* zeigten oft untrügliche Spuren davon, dass sie sich in der Nachbarschaft von Hennen befunden hatten. In manchen Milchgeschäften in den eleganteren Wohnvierteln bekam man weiße, sauber gebürstete Eier. Madame Odette und ihre Kunden glaubten, dass ein Geschäftsinhaber, der seine Eier scheuerte, einen Hintergedanken haben müsse, und dass, wenn es einmal gescheuert war, ein frisches Ei und ein altes einander viel zu sehr ähnelten.

Man hatte die Wahl, entweder keine Milch zu haben, die diesen Namen verdiente, oder sich die Missbilligung der sparsamen Dienstmädchen und Nachbarn gefallen zu lassen und bei der Luxusmolkerei einzukaufen. In einzelnen, seltenen Fällen konnte der Franzose eine solche Verschwendung verzeihen, dann nämlich, wenn man im Interesse eines kranken Kindes männlichen Geschlechts handelte. Aber dass ein gesunder Erwachsener den zehnfachen Preis wie im gewöhnlichen Milchgeschäft zahlte und die Milch ungekocht trank, war unerhört taktlos.

Seit zehn Jahren hatten sich die besseren Cafés und Restaurants zu einem Fruchteis aufgeschwungen, das etwa gleichwertig war mit dem auf einem Jahrmarkt in der amerikanischen Wüste. Bis zu jener Zeit gab es außer bei Rumpelmayer und in einigen Zuckerbäckereien, die für die *Haut Monde* bestimmt waren, nur Fruchteis, das wie Schnee war, auf den irgendein tristes Etwas geträufelt war.

Der Gemüsebedarf für die Rue de la Huchette wurde durch Karren in der Rue Zacharie gedeckt, in der es einen heruntergekommenen kleinen Marktplatz gab. Die Kohlköpfe, der Blumenkohl, die Zwiebeln, Karotten, Pastinakenwurzeln, die Steckrüben, Kartoffeln, Zichorie und andere Salatarten, Tomaten und Paprika und viele andere Bodenprodukte machten durch unappetitliches Aussehen und ihre Frische die wenig anziehenden Schlachterei- und Molkereiwaren wett, die ungebührlich teuer waren. Gemüse war so billig und in so reicher Fülle vorhanden, dass es sich für die Verkäufer kaum lohnte, den Kunden zu prellen. Trotzdem versuchten sie es gelegentlich ohne viel Erfolg.

Die Männer und Frauen, die diese Karren führten, kauften ihre Ware um fünf Uhr morgens in der prachtvollen Zentralmarkthalle ein und verkauften sie am Vormittag in den kleinen Seitenstraßen. Der größte Teil des grünen Gemüses wurde am Nachmittag des vorhergehenden Tages geschnitten und, auf den Karren sauber verpackt, in der Nacht in die *Halles* befördert.

Es ist ja ohne Weiteres klar, dass für Monsieur Corre, den Grünzeughändler, nicht viel mehr zu verkaufen übrig blieb als getrocknete Bohnen, Erbsen, Konserven, Gewürze und eingelegte Früchte, da man Gemüsehändler, Milchgeschäfte, Rind- und Lammfleischgeschäfte, Schweinefleisch- und Delikatessen-Verkaufsstellen hatte und dazu noch einige andere Spezialhändler. Monsieur Corres Spezialität waren, dies war für jeden ersichtlich, getrocknete Bohnen, die er mit liebevoller Sorge behandelte und arrangierte, immer wieder mit schrägem Blick musterte, wie sie da zu tausenden in ihren flachen Holzkästen lagen. Diese Behälter hatte er mit großem Fleiß mit Etiketten versehen, sodass es selten vorkam, dass eine gelb gesprenkelte Bohne in die Abteilung geriet, die für kleine, nierenförmige Bohnen bestimmt war, und die violette indische Bohne, die die Form einer länglichen Perle hatte, war selten bei den *Flageolets* oder *Soissons* zu finden. Selten geschah es, dass Monsieur Corre von einem Interessenten für seine riesigen *Fèves*, Saubohnen, aufgesucht wurde, die viermal so groß waren wie die großen altmodischen Limabohnen, aber er führte sie trotzdem und wurde zwei- oder dreimal im Jahr belohnt, wenn irgendein reisender Spanier oder Katalane bei ihm eintrat und sagte, er sei von einem Herrn Soundso geschickt, den Monsieur Corre total vergessen hatte.

»Mais, oui«, pflegte Monsieur Corre stolz zu sagen, auf die Frage, ob er *Fèves* habe.

Die Epicerie Danton hatte natürlich Limas, in normaler Größe und im Babyformat, Canterburybohnen, rote Bohnen, Wachtelbohnen, tropische Taubenbohnen, Rosenbohnen, Bauernbohnen, Muschelbohnen, die onyxartig marmoriert, oder blaue Bohnen, die goldgeädert waren, sowohl als Weizen, Hafer und Mais (rot, orange und weiß), Reis von den besten Feldern aus Annam, wilden Reis aus Valencia, Kartoffelmehl gegen Bartflechte und noch zwei amerikanische Artikel, vor allem Maismehl, von dem es hieß, die Amerikaner benutzen es zum Braten von Fischen und Kalbskotletten. Von Zeit zu Zeit ließ Monsieur Corre eine Prise dieses Mehls durch seine kurzen Finger gleiten und schnupperte dann mit Kennermiene daran. Keiner hatte in all den Jahren, da er die Epicerie Danton besaß, jemals für die Küche dieses Maismehl gekauft, aber der Monsieur Pferdehändler (Monsieur Corre hatte ein schlechtes Namengedächtnis, selbst wenn es Nachbarn und Kunden betraf) versuchte es einmal, um Bartflechte zu heilen, weil gerade kein Kartoffelmehl vorrätig war.

Bartflechte, die in Paris recht häufig auftrat, zog man sich nicht nur beim Friseur zu, sondern oft in der öffentlichen Badeanstalt oder manchmal auch in der Kirche. Hat man Bartflechte, dann juckt einen der ganze Körper, als eine Art Begleiterscheinung des geradezu diabolischen Juckreizes, der einem an den

Schultern, an Rücken und Rumpf hinauf- und hinunterkriecht. Er wird ausgelöst durch ein mikroskopisch kleines Lebewesen, das wenig anderes zu tun hat. Die Unbemittelten, die von dieser Teufelei heimgesucht wurden, suchten das Spital Saint-Louis auf, wo die Hautspezialisten eine Kur erfunden hatten. Der Patient wurde nackt unter eine Dusche gestellt, die schwefelhaltiges Wasser herabsprühte – auch noch andere mysteriöse Ingredienzien waren beigemengt – und dann gönnte er oder sie sich die Lektüre der *Katholischen Welt* oder *La Vie Parisienne*, während sie trockneten. Schließlich zog das Opfer saubere Wäsche und Kleider an – nicht eines der mitgebrachten Stücke durfte verwendet werden, außer den Schuhen, in denen sich die Laus nicht aufhielt – und fühlte sich auf dem Heimweg wie ein geheilter Lazarus. Die infizierte Wäsche und Kleidung hätte von Rechtswegen verbrannt werden sollen, aber kaum jemand der Gratispatienten von Saint-Louis konnte sich das leisten, auch wenn es ihn ständig juckte. Aus diesem Grunde bat der freundliche diensthabende Arzt die Maschinisten, die den Heizapparat bedienten, einen Vergaser aufzustellen, der wohl die Bakterien des Juckteufels, nicht aber die Kleider selbst zerstörte. Aber, wie so oft im Frankreich der jüngeren Zeit, konnten die einzelnen Zweige der Wissenschaft nicht miteinander Schritt halten. Der Vergaser tötete Krätzmilben und alles, was sonst noch umherkroch, zu gleicher Zeit schrumpften aber auch die billigen Überzieher, Unterhosen und Hemden ein, und die billigen Farben rannen zu einem hässlichen neutralen Ton ineinander.

Die Geplagten, die dem Mittelstand angehörten, waren zu stolz, um sich mit der Plebs des Hôpital Saint-Louis zu mischen; sie suchten also einen Zehnfrancs-Arzt auf, der dem Patienten anriet, die Bettwäsche mit Kartoffelmehl zu bestreuen und sich darin zu wälzen, wenn der Juckreiz unerträglich würde.

Ich weiß nicht, auf Grund welcher Hellsichtigkeit Madame Absalom immer herausfand, wenn jemand in der Rue de la Huchette die Krätzmilbe hatte. Sie, die mit den bösen Geistern, die diese Art Qualen verursachen, im Bunde schien, war immun. Vom Augenblick an aber, da einer ihrer Nachbarn das erste flüchtige Symptom zeigte, war Madame Absalom hocherfreut und in vollstem Schwung.

»Wird der schön ausschauen, wenn er sich wie ein Frosch im Mehl wälzt! Der ist sicher am ganzen Körper behaart. Pas? Für so einen *Type* ist die Sache am ärgsten.« Und die Alte kam auch an den folgenden Tagen gar nicht mehr aus dem Lachen heraus. Einer ihrer besten *Fälle* war Monsieur Panaché, der Aufseher aus der Samaritaine, den die Bartflechte erwischte und dies der Griechin Mary zur Last zu legen versuchte. Nachdem Monsieur Panaché sein Zimmer und Bad bei Madame Goujon von No. 32 verloren hatte, zog er in das renovierte Hôtel du Caveau unter Monsieur Henri Julliards neuer Leitung. Der Kastanienverkäufer hasste Panaché vom ersten Augenblick an, weil dieser dem Krautkopf schöntat.

Um Monsieur Panaché ständig in einer Hölle von Wut und Verdacht zu halten, blies ihm der Kastanienverkäufer ein, dass Monsieur Henri, der keiner Fliege etwas zuleide tun konnte, Panachés Zimmer ab und zu für zwanzig Minuten an nicht reglementierte Straßenmädchen vermietete. Als der empörte Aufseher Monsieur Henri stellte, lachte dieser nur, denn er glaubte, Monsieur Panaché scherze mit ihm. War aber einmal ein Verdacht in Panachés Sinn erwacht, dann saß er fest. Er wusste es so einzurichten, dass er zu unerwarteter Stunde heimkam, was nicht leicht war, weil er das Warenhaus nicht vorzeitig zu verlassen wagte. Er schnüffelte umher, kniete nieder, um den Staub zu inspizieren, lehnte Zahnstocher gegen die Tür, horchte an der Wand, ehe er ins Vestibül hineinging, versuchte Georges auszuforschen, der genau im Bilde und daher völlig unergiebig war. Schließlich bekam Panaché die Krätze, und diesmal wartete Madame Absalom nicht ab, bis die Kunden zu ihr kamen, ehe sie die frohe Botschaft verkündete. Flugs machte sie sich auf und klapperte die ganze Straße ab. Wo immer Panaché sich zeigte, streckten sich Köpfe aus Fenstern und Türen. Madame Absalom ging in Panachés Abteilung in der Samaritaine und erzählte die Geschichte brühwarm einer der Verkäuferinnen. Diese machte ihrem Chef davon Mitteilung, der Panaché in das gefürchtete *Bureau* kommen ließ und auf sichere Entfernung mit ihm ein offenes Wort redete. Im Interesse der Samaritaine, sagte der Chef, müsse er eigentlich Panaché kündigen, aber da dies Panachés Karriere zerstören würde, hatte er beschlossen, ihm drei Tage freizugeben, unbezahlt, die von dem jährlichen achttägigen, ebenfalls unbezahlten Urlaub abgezogen werden würden, damit er zwecks Behandlung ins Hôpital Saint-Louis gehen könne. Panaché habe ein ärztliches Zeugnis vorzuweisen, dass er weder an der Krätze noch einer anderen ansteckenden Krankheit leide, ehe er wieder in das Geschäft kommen könne – so das Urteil.

»Jetzt werden wir ja hören, ob der *Salaud*, der Dreckskerl, Syphilis hat oder nicht – jedenfalls muss er dem Doktor fünfundzwanzig Francs blechen, auch wenn er nichts hat. So haben sie es in Clermont mit meinem Verflossenen gemacht, als sich das alte Scheusal versichern lassen wollte«, sagte Madame Absalom.

Mehr tot als lebendig wanderte Panaché vom Geschäft über die Seine auf den Place Saint-Michel, wo aus der Bar des Café de la Gare und dem Café Saint-Michel verstohlene, boshafte Blicke sich auf ihn hefteten und ihn verfolgten. In der Rue de la Huchette sprachen die Geschäftsinhaber mit allzu betonter Höflichkeit mit ihm. Für gewöhnlich ignorierten sie ihn. Der Tonfall ihrer Stimmen und jeder flüchtigste Ausdruck auf ihren Gesichtern verriet ihm, dass sie von seinem Übel wussten und sich darüber freuten. Als er ins Hôtel du Caveau kam, saß die Griechin Mary auf dem Stuhl, den er gewöhnlich benutzte.

Panaché wandte sich nicht direkt an Mary. Er erbleichte, ballte die Fäuste, drehte sich um und sagte zu Monsieur Henri: »Das fremde Straßenmädel da hat mir eine schweinische Krankheit angehängt, für die mich entweder sie selbst oder Sie, Monsieur Henri, schadlos halten werden.«

Monsieur Henri lächelte bloß und streichelte seinen grauen Schnurrbart.

»Sie übertreiben, Monsieur«, sagte er, nicht ohne einen leise warnenden Unterton. Panaché überhörte die Warnung in seiner Wut.

»Das Mädel sitzt auf *meinem* Stuhl«, sagte Panaché.

»Die Stühle gehören allen«, sagte Monsieur Henri.

Der Kastanienverkäufer, der zugehört hatte, hörte zu lachen auf, um die Marseillaise zu singen.

Mary, die nur halb erfasste, dass der Streit um ihre Person ging, stand auf und sah mit ihren ausdrucksvollen Augen auf Monsieur Henri.

»Wünscht Monsieur diesen Stuhl?«, fragte sie und schob ihn freundlich Monsieur Panaché zu.

Georges, der Garçon, trat ein und wischte demonstrativ mit einem Handtuch darüber, indem er mit der freien Hand tat, als finge er hüpfende Tierchen. Madame Maries kleiner Terrier *Maggie* fing an, sich wild zu kratzen, sich zu wälzen und in die Flanke zu beißen. Das war zu viel für Panaché, dessen weißglühende Empörung die Jucktierchen gereizt hatte. Verfolgt von den dröhnenden Heiterkeitsausbrüchen der Leute, die Tränen lachten, zog sich Panaché ins obere Stockwerk zurück und erschien in jener Nacht nackt inmitten der trostlosen Patientenschar des Hôpital Saint-Louis. Zwölf Stunden später wurde er für gesund erklärt, als er aber ein Attest verlangte, wurden die überanstrengten Schreiber im Spital ärgerlich. Binnen weniger als zwei Stunden hatte sich Panaché zum unbeliebtesten Patienten des ganzen Jahres gemacht. Er war schon bis zum dritten Assistenten des Chefarztes vorgedrungen, als ihm endlich bedeutet wurde, er möge den Ort sofort verlassen.

Der Türsteher in der Samaritaine war ebenfalls hart wie Stein. Er hatte die Instruktion, Panaché nicht ohne einwandfreies Gesundheitszeugnis einzulassen. Kein Zeugnis, kein Zutritt. Panaché verlangte den Chef zu sprechen.

»Da müssen Sie ihn in seiner Wohnung aufsuchen. Irgendwo wird er schon wohnen«, sagte der Türsteher.

Am späten Abend jenes Tages, als niemand in der Bar war, erzählte Panaché dem Krautkopf von seinen Leiden. Der Krautkopf war bei einer Versammlung der Rechten gewesen und auf dem Heimweg auf ein Gläschen eingekehrt, in der stillen Hoffnung, Jeanne endlich mit einem Geliebten zu erwischen. Er hatte Jeanne listigerweise gesagt, er komme abends überhaupt nicht nach Hause. In der Rue de la Huchette erfuhr er so wenig Respekt, nach dem er trachtete, dass er froh war, wenn sich wenigstens der servile Panaché mit ihm abgab. Er versprach Panaché also, das erforderliche Zeugnis durch einen Arzt in der Präfektur (natürlich unter dem Siegel tiefster Verschwiegenheit) beizubringen, nicht zum vollen Preis von Versicherungsattesten, also nicht für fünfundzwanzig, sondern für zwanzig Francs. Panaché schrieb seinen vollen Namen auf, sein Alter und alles, was der Krautkopf sonst noch wissen musste, und am nächsten Tag brachte ihm dieser höchst geheimnisvoll das Attest. Es hieß darin, dass Gaston Panaché – den der Arzt nie gesehen hatte – frei war von jeglicher ansteckenden Krankheit und in guter körperlicher Verfassung.

»Ich hab's gleich gewusst«, sagte Madame Absalom, als sie hörte, dass Panaché wieder im Geschäft war. »Der ist zu gerissen, um auch nur den Tripper zu erwischen. Oder, und das ist eher möglich, das Zeugnis war *truqué* – gefälscht.«

Eine pikante Geschichte

Die Wohnung im vierten Stock des Hauses No. 32, oberhalb von Madame Goujon, bewohnte ein fideler Bonvivant unbestimmbaren Alters, Monsieur de Malancourt, dessen häufige Ankunft im Taxi noch auffallender war, seit der Richter Lenoir zu Bett lag. Monsieur de Malancourt hatte eine komplett eingerichtete Wohnung in einem der teuren Palais am rechten Seine-Ufer, ein Schloss mit Wallgraben in der Chevreuse und war nominell Direktor einer Privatbank, bei der er so viel Geld abhob, wie er ausgeben konnte, und worüber er niemandem Rechenschaft schuldig war. Seine Freunde und Angestellten fanden ihn exzentrisch, weil er kein Verantwortungsgefühl besaß, sich vor dem Jenseits nicht fürchtete, sich nicht über Frankreichs Lage aufregte und einfach vergnügt in den Tag hineinlebte, wozu er das Requisit mitbekommen hatte, das des Franzosen seltenstes Gut ist: eine ausgezeichnete Gesundheit.

Monsieur de Malancourt wäre vielleicht nie in die Rue de la Huchette gekommen – was sowohl für diese wie für ihn sehr bedauerlich gewesen wäre – wäre er nicht von einem amerikanischen Millionär, der Trophäen für Autorennfahrer stiftete, eines Nachmittags überredet worden, zu einer Modenschau bei Maggy Rouff zu gehen. Als die beiden fröhlichen alten Knaben in den Salon traten, stand eben ein polnisches Modell, Nadia Visnovska, vor einem dreiteiligen Spiegel, die Hände auf den Hüften, splitternackt wie eine Göttin und noch weit schöner als eine solche. Sie hatte eine Haut wie Elfenbein, blauschwarzes Haar, schmale Hände und Füße, ihr junger Körper war kräftig, doch ohne ausgearbeitete Muskeln, und sie sprach mit einer reichen Altstimme, die ihren polnisch-französischen Akzent noch reizvoller machte.

»Der erste Zuschneider hat mir erzählt, dass sie vollkommen unberührt ist«, flüsterte der amerikanische Philanthrop Monsieur de Malancourt zu.

Von diesem Augenblick an hatte de Malancourt etwas, was seine lebhafte Fantasie beschäftigte. Er folgte Nadia diskret in die Rue de la Huchette, wo sie in No. 32 hineinging. Die Concierge zu bestechen, wäre zu plump gewesen, auch wollte er es nicht riskieren, das Mädchen in Verlegenheit zu bringen und womöglich Anlass zu einer Delogierung zu geben, für den Fall, dass das Justizministerium sich nach den näheren Umständen ihres Aufenthaltes erkundigt haben sollte. Er ging also in ein Blumengeschäft auf der Place Vendôme, wo er seit Jahren ein großzügiger Kunde war, und verabredete dort, dass ein Austräger jeden Tag, knapp bevor Nadia abends nach Hause kam, in No. 32 Blumen abgeben sollte, und zwar nicht ein gewöhnliches Arrangement, sondern sorgfältig zusammengestellte kleine, entzückende Bouquets, mit blassen Vergissmeinnicht, Rosenknospen oder Maiglöckchen.

Nadia wurde bei ihrer Arbeit von allen möglichen Menschen angesprochen, angefangen von amerikanischen Einkäufern bis hin zu lesbischen Schauspielerinnen. Da sie aber wählerisch und unabhängig war und zudem so wenig gewinnsüchtig, wie es nur Slawen sein können, hatte sie sich so vollständig zurückgehalten, dass die Keuschheitslegende, die zu de Malancourt gedrungen war, in der Schneiderbranche allgemein bekannt war. Sie war von Natur aus warmherzig und gesellig, und de Malancourts feinfühlige und kostspielige Annäherungsversuche ließen sie nicht ganz kalt. Als sie ihn schließlich nach den umständlichsten Verhandlungen in der Poire Blanche, einem Teesalon am Boulevard Saint-Germain traf, verliebte sie sich aus voller Seele. Ein- oder zweimal hatte sie schon geliebt, mit ihrer ganzen Herzenswärme und slawischen Leidenschaftlichkeit, aber jedes Mal war der Gegenstand dieser Liebesglut ein armer, aber stolzer Mann gewesen, und beide Partner hatten gewusst, dass die Sache schließlich ein Ende nehmen müsste. Monsieur de Malancourt aber war nicht nur hübsch, gesund, zärtlich und kultiviert, sondern hatte offenkundig auch massenhaft Geld. Trotzdem ließ Nadia es sich nicht nehmen, weiter zu arbeiten, was einerseits die Leidenschaft des alten Lebemanns noch lebhafter entflammte, andernteils ihn quälte, weil er vor Eifersucht verging, wenn er sich vorstellte, wie sie sich im Schneidersalon vor aller Welt aus ihren Kleidern schälte.

Um die Sache gemütlicher zu machen, mietete Monsieur de Malancourt die Wohnung unter Nadias Dachstube und richtete sie für sie in einem Stil ein, dass sich die Concierge nur noch wundern konnte.

Man stelle sich also die Aufregung in der Rue de la Huchette vor, als ihre Bewohner eines Nachmittags in allen Zeitungen das freundlich lächelnde Bildnis Monsieur de Malancourts, ihres Nachbarn, fanden. Der dazugehörige Artikel behandelte ein pikantes Vorkommnis, wie es zeitweilig die Gemüter in Paris bewegte und unter der Bevölkerung ein Gefühl von Verwandtsein und Zusammengehörigkeit schuf, das sich um Barrieren zwischen den Klassen nicht bekümmerte.

Die nackten Tatsachen waren folgende: Monsieur de Malancourt, der jedem herkömmlichen Tun abhold war, saß einem Fotografen – wobei der Ausdruck *saß* hier eigentlich nicht am Platz ist, weil de Malancourt den erstaunten Fotografen beorderte, eine künstlerische Aufnahme seines unverhüllten, wohlgerundeten Hinterteils zu machen. Nachdem er aus etwa einem Dutzend Probeaufnahmen die besten gewählt hatte, ließ de Malancourt kostspielige Abzüge machen und montieren; sodann zeichnete er sie mit seinem Namen und sandte sie per Post oder mit Boten an seine besten Freunde und einige andere Leute, denen er sich auf eine diskrete, aber unmissverständliche Art in Erinnerung bringen wollte. Ein pompöser Herr aus der Gruppe der Letztgenannten, der sich einbildete, Kunstsachverständiger zu sein, bekam sein Exemplar zusammen mit einem von Watteau signierten Ölgemälde zugestellt, das er Monsieur de Malancourt zu verkaufen versucht hatte. Zufällig kursierten damals in Europa eine ganze Reihe gefälschter Watteaus, so viele, dass sogar der Louvre, der doch die berühmtesten Experten ganz Frankreichs beschäftigte, zwei Fälschungen erworben hatte, die angeblich aus dem Pinsel des Meisters stammten.

Monsieur Latour Latour, der Kunstsachverständige, der Monsieur de Malancourts Aufmerksamkeit erhalten hatte, glaubte darin einen Beweis dafür erblicken zu müssen, dass de Malancourt den retournierten Watteau nicht für echt hielt, und fühlte sich gröblich beleidigt. Monsieur Latour Latour behauptete, dass seine Würde und sein Ruf nicht wieder gut zu machenden Schaden gelitten, und wäre er zehn Jahre jünger gewesen, hätte er de Malancourt zu einem Duell im *Bois* beim Morgengrauen herausgefordert. Wie dem auch sei, er sandte durch einen Boten ein Schreiben an de Malancourt, in dem er Abbitte verlangte. Durch irgendeinen Zufall geriet dieser Brief in die Hände eines Klatschjournalisten des *Figaro*, und ganz Paris begann hinter dem gelehrten Rücken des Herrn Latour Latour zu kichern.

Ehe die Geschichte von der Boulevardpresse aufgegriffen wurde, ging noch ein aufgeregter Briefwechsel hin und her; als aber zu guter Letzt Latour Latour gegen de Malancourt die Ehrenbeleidigungsklage einreichte, wurde die Affäre Allgemeingut. Das heißt, sie wurde überall als Gemeingut angesehen, nur nicht in der Rue de la Huchette. Dort war sie lokaler und privater Besitz, der jedem Bewohner das Gefühl gab, durch die Teilnahme am Leben der großen Welt ausgezeichnet zu sein. Wenn Mademoiselle Nadia (mit deren polnischem Familiennamen man sich gar nicht erst bemühte) auf der Straße sichtbar wurde, machte man ihr auf dem Trottoir Platz wie einer Königin. Die Ankunft Monsieur de Malancourts im Taxi, nachdem er einer Verhandlung beigewohnt hatte (im Ganzen dauerte der Prozess zehn Tage, zum wachsenden Vergnügen der Richter, Advokaten, Journalisten, Zuschauer und der Pariser aller Schichten), wurde aus Türen und Fenstern mit Hochachtung und Verständnis beobachtet. Monsieur de Malancourt, der sich über die Anteilnahme seiner Nachbarn freute, verbeugte sich, lächelte und lüftete beim Aussteigen höflich den Hut. Seine Aussprüche, wahre Perlen von Geist und Humor, waren in aller Mund, und Nadias Arbeitgeber, schon früher ein berühmter Schneider, bekam so viele Bestellungen, dass er täglich Kunden wegschickte, denn er fand dies der Würde seines Hauses besser entsprechend, als wenn er eine Dependance angebaut oder ein Lokal dazu gemietet hätte.

Monsieur de Malancourt verschmähte den Beistand eines Advokaten, verteidigte sich selbst, und seine Verteidigung war der edlen französischen Tradition, wie sie von Rabelais und Voltaire verkörpert wird, würdig. Das Bildnis des Hinterteils eines Menschen, so argumentierte er, hatte intimeren und persönlicheren Wert als die Fotografie des Gesichtes. Dies Bildnis an Freunde oder Bekannte zu senden, war also keine Beleidigung, sondern ein Zeichen von Freundschaft und Wertschätzung. Außerdem war es dauerhafter und ehrlicher als die herkömmliche Fotografie, da das Hinterteil des Menschen sich weniger rasch und gründlich verändert als sein Gesicht, das sowohl Wind und Wetter als auch den Verheerungen der Zeit ausgesetzt ist. Das menschliche Antlitz, so ließ sich Monsieur de Malancourt vernehmen, gleicht einem Fischkopf und wird als künstlerischer

Vorwurf stark überschätzt, weil es seit unvordenklichen Zeiten von Künstlern dargestellt wird, gleichgültig, ob sich das Modell für stundenlanges Stillhalten eignete oder nicht. Solche Überlegungen waren heute hinfällig, da der fotografische Apparat rasch zur Hand war, und selbst die längsten Zeitaufnahmen nur einige Sekunden beanspruchten.

Bevor noch der erste Verhandlungstag zu Ende ging, war es dem Gericht schon nicht mehr möglich, den Anschein der Unparteilichkeit zu wahren. Monsieur Latour Latours Empörung wirkte umso komischer, je höher sie stieg. Er war von einer ganzen Eskorte der berühmtesten Rechtsanwälte des Pariser Barreaus umgeben, und das sagt einiges. Der Richter und seine beiden Beisitzer gingen auf den Geist der Sache ein und ließen der Diskussion breiten Spielraum. Den Gentleman nicht verleugnend, unterließ es de Malancourt, in der Öffentlichkeit die Frage der Echtheit des Watteau zu erörtern, den er nicht gekauft hatte. Latour Latour, zornbebend in seiner gekränkten Würde, verlangte, dass das Gemälde dem Gerichtshof vorgelegt und dem Urteil von Sachverständigen unterworfen werde. Dies geschah, und von den fünf versammelten Experten erklärten drei es für unecht. Es stellte sich heraus, dass Latour Latour es von einem anderen Sachverständigen gegen einen Corot eingetauscht hatte, den er jetzt zurückverlangte. Vier von fünf Experten erklärten den Corot ebenfalls für eine Fälschung.

Jeden neuen Triumph, den de Malancourt buchen konnte, bejubelte die Rue de la Huchette als ihren eigenen. Madame Absalom humpelte glückstrahlend von einem Geschäft zum anderen. Der Präparator, Monsieur Noël, und sein massiger Freund, der Pferdeschlachter und Hornbläser, debattierten mit Monsieur Henri in der Bar Caveau bis spät in die Nacht über Kunst, und die Griechin Mary, Madame Berthelot, Pierre Vautier, die Köchin Thérèse und der Garçon Georges hingen förmlich an ihren Lippen und tranken die ganze Zeit in bester Laune. Der Krautkopf behauptete, er habe von den falschen Watteaus, die der

Louvre gekauft hatte, schon vor dem anderen Handel gewusst, und er würde den Direktor gewarnt haben, wenn dieser in seiner Jugend nicht für Dreyfus eingetreten wäre und sich dadurch als Judenfreund und Verräter gezeigt hätte.

Der Kastanienverkäufer schlug vor, Monsieur Panaché solle dem Beispiel de Malancourts folgen und die bloße Fotografie noch überbieten. Er riet nämlich dem Aufseher, in seinen Hosenboden ein Loch zu schneiden und ständig auf den Händen zu gehen, um hübscher und gefälliger auszusehen.

In Zeiten von Erregung und allgemeinem Wohlbehagen in unserer kleinen Straße blühten menschliche Verbundenheit und Duldsamkeit und erfüllten die dunkelsten Winkel mit ihrem frischen Hauch. Ein Gläschen, das man mit einem Freund zusammen leerte, wurde in solchen Augenblicken zu einem Sinnbild, das weit in die Vergangenheit zurückreichte und sich noch auf ferne zukünftige Tage erstreckte. Ein Kopfnicken, ein gewöhnlicher Gruß wurden von einem freundlichen Lächeln begleitet. Feindschaften wurden, wenn schon nicht begraben, so doch zeitweilig auf Eis gelegt. Eines der wichtigsten Elemente im nationalen oder Gemeinschaftsleben ist das Vergnügungsleben; nicht jene Vergnügungen, die wie Konserven zu fixen Preisen abgegeben werden, sondern vielmehr pikante Ereignisse, mit denen die Menschen sich identifizieren und bei denen sie sich zumindest einbilden können, Mitwirkende zu sein.

Während der *Procès de Malancourt* im Gange war, ließ Madame Mariette vom *Panier Fleuri* häufig ihr Etablissement in der Obhut des braven, mittelalterlichen »Mädchens« Armandine und stahl sich auf eine halbe Stunde, kurz nach Mitternacht in unsere kleine Bar herüber, wo sie, zeitweise ein wenig melancholisch, dem Gespräch lauschte und stets mit einer schlagfertigen Bemerkung zur Hand war. Mariette war im ganzen Viertel beliebt und einige Jahre zuvor hatte sie Paris fast in ebenso große Aufregung versetzt, wie es anlässlich des Prozesses von de Malancourt geschah. Sie war klein und zartgliedrig, aber fraulich und nicht puppenhaft. Sie war gut gewachsen, hatte rosige Wangen und offene graublaue Augen mit weder zu kurzen noch zu langen Wimpern. Ihre Stimme war wohlklingend, ihre Hand- und Fußgelenke waren schlank, ohne gebrechlich zu wirken. Wenn sie in Ruhe war, hatte ihr Gesicht einen ernsten Ausdruck, belebte sich aber freundlich, sobald sie mit jemandem sprach.

Madame Mariette hatte eine ganze Reihe von Jahren gespart, um einen ordentlichen, gediegenen Mann zu bekommen, der so wie sie von einem eigenen Heim auf dem Lande träumte, mit einem Gärtchen und Haustieren – so wollte sie es haben, wenn sie das Bordell einmal aufgeben würde. Sie hatte niemals als Prostituierte in den Bordellen gearbeitet, denen sie vorstand; die Klienten nannten sie alle *Madame* und schätzten ihre Person sowohl als ihren Scharfsinn. Als nun der Zeitpunkt nahte, da Mariette ihren Erwählten, einen Eisenbahnschaffner, heiraten sollte, waren sich die Pfarrer von Saint-Séverin nicht einig, ob sie, rein technisch gesprochen, im weißen Brautstaat, dem Symbol der Unberührtheit, getraut werden konnte. Als Mariette dies hörte, löste sie das Problem auf eigene Art. Sie ließ sich bei einem der besten Couturiers von Paris ein Brautkleid machen und wies ihn an, alle Farben des Regenbogens zu verwenden. Diese Création, die nur in der Kirche getragen werden sollte, war eine Zeit lang große Mode. Mariette ließ sich auch eine weiße Brauttoilette anfertigen, für das Hochzeitsessen oben im Salon des Café Saint-Michel. Sobald die kirchliche Zeremonie vorüber war, legte sie die Regenbogencréation ab und zog die weiße an, und alle Nachbarn kamen zum Festmahl und tranken Champagner, auch Pater Panarioux und Pater Desmonde, die sich an einem Extratisch, den man für sie in einem kleinen Alkoven aufgestellt hatte, gütlich taten.

Politik und Gewürze

Kurz nachdem ich in die Rue de la Huchette eingezogen war, teilten die Zeitungen den Tod mehrerer wichtiger ausländischer Politiker mit, deren Hinscheiden mit lebhafterem Für und Wider kommentiert wurde als der Tod unseres guten Harding. Der erste aus der Reihe war Lenin, den niemand, außer einem serbischen Studentenpaar im Exil, das ein Zimmer im Hôtel du Caveau bewohnte, unter dem Namen Wladimir Iljitsch kannte. Milka, so hieß die Studentin (auf Französisch Amélie) war schmerzgebeugt und schwer erregt und versuchte, in ihrem mangelhaften Französisch zu erklären, was die Welt verloren hatte. Da Panaché hörte, was sie sagte, und dem Krautkopf davon erzählte, kam am nächsten Tag die Polizei zu ihr, sie wurde zum Verhör achtundvierzig Stunden festgehalten und wäre um ein Haar nach Jugoslawien zurückgeschickt worden, wo sie Folter und Hinrichtung erwartet hätten.

Obgleich Lenins politische und soziale Bedeutung in der Rue de la Huchette wenig verstanden wurde, interessierte sich doch fast jeder ungemein lebhaft für den Bericht über seine Einbalsamierung. Ungefähr gleichzeitig wurde Tutanchamun ausgegraben und der publizistischen Schilderung ausgeliefert, und viele Pariser meinten, Wladimir Iljitsch werde wie der Pharao ausstaffiert werden, und waren dann enttäuscht, als die Illustrierten ihn mit Kragen und Krawatte brachten. Wo immer in Paris das Gespräch auf eine Behandlung des Körpers nach dem Tode auftauchte, wurde lebhaft debattiert. Als die Leiche des allgemein beliebten amerikanischen Botschafters Herrick von Bernard Lane, dem amerikanischen Leichenbestattungsunternehmer und Sensationsmacher, einbalsamiert wurde, brachte eine französische Tageszeitung ein zwei Spalten langes Interview darüber, wie Herricks Eingeweide ausgenommen und eingepökelt worden waren.

Die nächste berühmte Figur auf der Liste des Charon war in diesem Jahr Hugo Stinnes, der deutsche Multimillionär, der sein Vermögen zu einer Zeit erwarb, als andere in Deutschland auf der Straße hungerten. Madame Absalom neigte zu der Ansicht, dass ein französisches Expeditionscorps nach Deutschland entsandt werden sollte, um Stinnes' Geld in Beschlag zu nehmen, und als Monsieur Henri ihr sagte, dass das bewusste Geld in den Banken der ganzen Welt verstreut wäre, die viel sicherer seien als deutsche Banken, akzeptierte die alte Frau dies als einen erneuten Beweis deutscher Perfidie. Der Krautkopf, der hierin ausnahmsweise vollkommen recht hatte, schwor, dass sich ein ansehnlicher Brocken aus der Stinnes-Beute in Paris befand, in sicherem Gewahrsam für die Erben. Die Mächtigen dieser Erde hielten zusammen, behauptete er, ungeachtet aller Grenzen.

Keiner in der Straße wusste, dass ein österreichischer Tapezierer, der Schickelgruber hieß, sich aber Hitler nannte, in München verhaftet und gefangen genommen worden war. Der Tod Eleonora Duses überschattete vollkommen diesen kleinen Zwischenfall.

Der Matteotti-Mord erweckte in der Rue de la Huchette kaum einen Widerhall, weil in jenem Bezirk nur wenig Italiener lebten. Italiener und Serben kommen kaum je zusammen, und wenn dies doch einmal geschieht, dann haben die Italiener ungefähr so viel Chancen wie das Kaninchen gegen das Pferd in einer belgischen Pastete.

Der Tod Woodrow Wilsons verknüpfte sich in den Köpfen der Bewohner der Rue de la Huchette, soweit sie mit der Zeit gingen, mit dem, was Monsieur Henri als *Strampelpolitik* erschien und von dem neuen Präsidenten Coolidge angekündigt wurde: Frankreich sollte die Kriegsschulden bezahlen; Anleihen sollten an Deutschland vergeben werden; die Vereinigten Staaten würden nie in den Völkerbund eintreten, der nicht leben und nicht sterben zu können schien, sondern beabsichtigten, sich für einen nicht existierenden *Weltgerichtshof* in einer anderen Stadt als Genf einzusetzen. Unterdessen arbeitete Präsident Dawes, so hieß es in der Pariser Presse, einen Plan aus, auf Grund dessen Frankreich weniger und weniger erhalten, Deutschland jedoch finanziert und rehabilitiert werden sollte.

Der Krautkopf verkündete, dass Hardings Tod sorgfältig inszeniert war, damit Dawes und Coolidge den Dienst an Deutschland ausführen könnten.

Ich bemerkte, dass in der Bar Caveau, wo jede Nacht Männer und Frauen zum Plaudern zusammenkamen, die wenigen Ausländer, die wie ich andere Länder kannten, fast gar nicht mitredeten, weil sie in der Konversation so gehandicapt waren, dass es geradezu taktlos schien, sie mit hineinzuziehen. Meine französischen Freunde wollten lieber von seltsamen Dingen wie Grapefruits und getöntem Toilettenpapier hören. Aber derlei Informationen trugen nicht dazu bei, das Ansehen eines Amerikaners als Vermittler seriöser Informationen zu heben.

Es ist kein Zufall, dass jener französische Schriftsteller, der die reizvollste Beschreibung des fernen Afrika geliefert hatte, Afrika nur von Saint-Cloud kannte. Die Pariser träumten unendlich gern von fernen Ländern, bereisten sie aber nur selten. Monsieur Corre, der Spezereiwarenhändler, dessen praktische Ader sich in seinem reichhaltigen Lager getrockneter Bohnen offenbarte, hatte auch eine romantische Seite. Er konnte oft stundenlang mit den Händen auf dem Rücken dastehen, seufzend, mit leicht zurückgeworfenem Kopf und sehnsüchtig seine Gewürze betrachten. Der Anblick von Zimt versetzte ihn in Träumerei, auch der wundersame Ingwer hatte es ihm angetan, von Muskatnuss ganz zu schweigen ...

Als ich ihm einmal erzählte, dass in einem kleinen amerikanischen Département Muskatnuss aus Holz angefertigt und verkauft würde, da war Monsieur Corres schmerzliches Erstaunen bezeichnend. Seine Zwiebelaugen traten hinter den dicken Brillengläsern hervor. Er schnaufte und pustete. Seine kurzfingrigen Hände zuckten krampfhaft.

»Nicht wahr!« war alles, was er herausbringen konnte, aber als ich das Geschäft verlassen hatte, untersuchte er mit größter Genauigkeit jede Muskatnuss in seinem Vorrat – laut Gabrielle, seiner Porzellandame. Er kratzte jede einzelne mit seinem Taschenmesser ab und klopfte sie gegen den Verkaufstisch aus hartem Holz, in der stillen Hoffnung, eine hölzerne, *amerikanische* zu entdecken, die er als Souvenir behalten hätte.

Die Epicerie Danton führte zwar Cassia, Gewürznelken, Kümmel, Koriander; Muskatblume, Kumin, Anis, Kapern; Cardamom, Kerbel, Basilikum, Estragon, Bohnenkraut, Curcuma, Fenchel und andere Schätze Arabiens, aber an den Tagen, an denen Monsieur Corre in der Nähe der Madeleine zu tun hatte, gönnte er sich ein oder zwei Stunden, um sich bei den allerersten Importeuren des Viertels umzuschauen. Da ging er dann seufzend herum und bestaunte Bambussprossen aus China, eingelegte Tamals aus Mexiko, kuriose Erzeugnisse aus Amerika, in Pappschachteln verpackt, auf denen *Quaker Oats* zu lesen stand. Monsieur war seinerzeit zwar nicht mit *Sabots* nach Paris gekommen, wohl aber in Schuhen mit Gummizug an den Seiten, denen er bis zum Schluss treu blieb; er stammte aus dem kleinen bretonischen Dorf Erqy, das über einen Miniaturstrand verfügt, Flusskrebse hat und eine Art Schlange, die man dort Vipern nennt, die zwar noch nie ein Lebender gesehen hat, an die aber alle Einwohner glaubten. Monsieur Corres heißer Wunsch war stets gewesen, einmal nach Versailles hinaus zu kommen. Nachdem er zweiunddreißig Jahre lang in Paris auf die passende Gelegenheit für diesen Ausflug gewartet hatte, kam er hinaus, dreißig Minuten ehe die deutschen Panzer den Autobus, in dem er saß, eingeholt hatten.

Dies konnte ihn jedoch nicht aussöhnen mit dem Verlust seines Sohnes, seines Warenlagers, seines Geschäftes, seines Vaterlandes und der einzigen Medizin, die seine Zuckerkrankheit in Schach hielt und nunmehr in Berlin gebraucht wurde.

Monsieur und Madame Corre hatten für ihren Sohn ganz andere Pläne gehabt, diesen Sohn, der als einer unter Wenigen durchgehalten hatte, als ihn bei Sedan seine Offiziere verließen. Sie hatten ihn nach Berlin geschickt, um Deutsch zu lernen, nach London fürs Englische und nach Rom fürs Italienische und hofften, dass er einmal nicht Bohnen, Konserven und Gewürze würde verkaufen müssen, sondern selbst Importeur werden und eine große Niederlassung in einem anderen Stadtteil aufmachen würde, wo er chinesische Bambussprossen, amerikanische Produkte und das gelbe Schnupfpulver führen würde, aus dem die Inder Curry erzeugten. Dieser Sohn hatte ein stilles, großes, katholisches Bauernmädchen aus guter Familie geheiratet, die in der Nähe von Dijon zu Hause war und heute in aller Stille hungernd im Sessel sitzt, allein in einem Zimmer, in dem Kissen mit Spitzenbesatz liegen, gehäkelte Schoner auf den Stühlen, und wo eine handgemalte grüne Schutzhülle aus Samt das Pianino verdeckt, das sie nie mehr anrührt. Diese junge Frau, die pflichtgetreu und folgsam von ihrem ersten Lebenstage an gewesen, versucht den nagenden Hunger und den Schmerz über ihren Verlust dadurch zu stillen, dass sie die schwache Hoffnung nicht aufgibt, das Jenseits, das nicht mehr allzu fern sein kann, werde sie nicht enttäuschen, und dass irgendwo über den Wolken Gottschalks *Letzte Hoffnung* oder der *Liebestraum* erklingen oder die Engel Madame Butterfly singen und ihr junger Gemahl auferstehen wird, ohne in alle Ewigkeit eine *Gueule cassée* zu sein.

Einer Ziehharmonika zum Gedenken

Während eines Sommers in den späten Zwanzigerjahren, in dem es fast alle Tage regnete und die Stadt triefend den Kopf hängen ließ unter den Wolken, die leck waren wie die Rohrleitungen in Frankreich, tauchte ein witziger Schlager auf mit dem Titel: *Il n'y a plus de saisons!* Dies traf für manche Jahre zu, aber im Allgemeinen werden in Paris die Jahreszeiten nach herkömmlicher Art ohne Rücksicht auf die Witterungsverhältnisse festgesetzt.

Im Frühjahr merkte man plötzlich einen würzigen Duft in der Atmosphäre, noch verstärkt durch Benzindämpfe. Auf dem Weg zum Mittagessen konnte man ein Hündchen erblicken, das sich – wenig standesbewusst – auf einem besonnten Fleck wälzte. Junge Blätter erschienen an den Platanen und Rosskastanienbäumen. Turteltauben, Hühner, Kanarienvögel und Papageien wurden in Käfigen vor die Auslagen der Tierhändler und Lebensmittelgeschäfte gestellt. Der erste kleine Passagierdampfer, das *Bateau mouche*, fuhr mit seiner Last fröstelnder Passagiere unter den Brücken durch. Kaffeehausgärten schossen aus der Erde und belebten sich zusehends. Bleichwangige Kinder tauchten aus dem Winterschlaf auf mit ihren Pflegerinnen, die in den verschiedenen ortsüblichen Trachten gekleidet gingen, oder mit flachgesichtigen Frauen aus Annam in ihren Pyjamas. Dann dauerte es nur noch wenige Wochen, bis die Touristenscharen aus den Vereinigten Staaten eintrafen und sich in den Nobelvierteln am rechten Seine-Ufer häuslich niederließen, um den American Express, das Café de la Paix und die Luxusgeschäfte der Place Vendôme herum. In der Rue de la Huchette gab es weder Bäume noch Touristen, aber gerade gegenüber der Rue des Deux-Ponts, von den Fenstern des obersten Stockwerks im Hôtel du Caveau deutlich sichtbar, lag der friedliche, Mauern umfriedete Garten von Saint-Julien-le-Pauvre – da gab es Bäume und Wiesen, alte Bänke aus Stein und einige, ganz wenige Nachbarn, die den stillen Winkel schätzten. Mit jedem Tage schien die Morgensonne ein wenig zeitiger in unsere kleine Gasse und schuf tanzende Wunder aus dem Staub von Teppichen, die aus dem Fenster geschüttelt wurden. Für den Rindfleisch- und Lammschlachter, den radikalsozialistischen Pferdeschlachter, für Madame Absalom und viele andere bedeutete der Beginn des Frühlings einen Niedergang ihres Geschäfts und gab ihnen somit auch die Möglichkeit, etwas mehr auszugehen. Die Frauen und Männer, die das Karrengeschäft hatten, sowie der Besitzer des Milchgeschäftes und die Inhaber aller Cafés rüsteten sich für den kommenden Geschäftsaufschwung, ebenso wie der Zuhälter Robert, Madame Mariette vom *Panier Fleuri* und Madame Lanier vom *Clandestin* und der Wäscherei.

In jenen Tagen entdeckte Frankreich plötzlich sein Interesse am Sport. Man vernahm das Wort Sport selbst in Nebenstraßen wie der Rue de la Huchette, wo Monsieur Corres Sohn dann und wann zu einem Fußballspiel ging, Monsieur Henri Julliards Sohn (der Papa hatte eine Anstellung in einer schlecht gehenden

Schreibmaschinenreparaturwerkstatt) warf sich in ein Tennisdress und schubste seiner Braut schmutzige Bälle hin, wozu sie lustig quietschte und mehr guten Willen als Sinn für Zusammenspiel zeigte. Im Jahre 1924 tagten in Paris die Olympischen Spiele, und während die deutschen Athleten ausgeschlossen waren – dies war wohl kein Verlust zu nennen, da sie dermaßen unterernährt waren, dass ein Wettbewerb nicht fair gewesen wäre – wurden die österreichischen und ungarischen Körpersportler mit selbstbewusster Gastfreundschaft aufgenommen.

Beim Sport galt das gleiche wie für die Musik: der Franzose war, individuell genommen, häufig ein erstklassiger, wenn auch unzuverlässiger Spieler. Im Team ließ er zu wünschen übrig. Er sträubte sich im Unterbewusstsein andauernd gegen jegliche Art der Reglementierung und darum war er stark im Hintertreffen in einer Zeit, die geprägt war durch Rationalisierung und aufkommende Massenproduktion. Die Franzosen wetteten nicht so eifrig beim Rennen wie die Engländer, aber sie nahmen sich die Niederlage ihres Pferdes Epinard, das in Belmont Park von Wise Counsellor geschlagen wurde, sehr zu Herzen. Monsieur Henri war selbstverständlich kein schlechter Verlierer, aber er hielt Epinard für den besseren Renner und meinte, er habe nur durch die lange Seefahrt an Form eingebüßt. Er selbst hatte einen Vorgeschmack von Seekrankheit gehabt, als er an einem freien Wochenende mit Monsieur Corre bei Erqy auf Makrelenfang gewesen war, und darum verstand er schaudernd, was Epinard während einer achttägigen Seereise durchgemacht haben musste.

In Vierteln wie dem von Saint-Michel, wo Touristen selten auftauchten, war der Sommer durch geschlossene Fensterläden gekennzeichnet. Die meisten Geschäfte waren den ganzen August hindurch geschlossen. Auch der ärmste Geschäftsmann unterließ es einen Monat im Jahr, Geld zu verdienen oder zu verlieren, je nachdem, und ging aufs Land. Es kam vor, dass das *Land* nur eine halbe Stunde weit weg war, aber es konnte ebenso gut am anderen Ende Frankreichs sein. Auch viele kleine Gaststätten sperrten zu, und in der Rue de la Huchette waren in den beiden Hotels die Hälfte der Gäste verreist, im Bordell waren die Mädchen nicht vollzählig anwesend, in der Morgenmesse von Saint-Séverin waren nur wenige Leute zu sehen, die Straßenmädchen aus der Nachbarschaft sah man am Abend häufiger, die Wäscherei war geschlossen, nirgends ertönten die Stimme des Krautkopfs und sein selbstbewusster Schritt. Der Präparator war in der Normandie, der Schlachter in den Alpes-Maritimes, die Bohnen und Gewürze in Monsieur Corres Kramladen träumten in den Kästen und Regalen, die Studenten und auch die meisten Professoren waren verreist.

Madame Goujon konnte ihres leidenden Vaters wegen die Wohnung nicht verlassen, und die kleine Hyacinthe, die das Land nicht mochte, weil Bäume und Blumen die Aufmerksamkeit von ihrer niedlichen Kleidung und ihren frühreifen Bemerkungen ablenkten, wurde oft von Madame Absalom und, als ich das Vertrauen der Mutter gewonnen hatte, auch von mir, ins Kindertheater im Luxembourg mitgenommen, wo die Absalom und ich am äußersten Rand der Bestuhlung sitzen mussten, um den kleinen Zuschauern nicht die Sicht zu nehmen. Gewöhnlich gingen die Kinder mit Leib und Seele auf in dem, was gespielt wurde. Die Marionetten benahmen sich so, wie die Kinder sich gern benehmen wollten, denn sie waren frech, ungehemmt, nicht unterzukriegen und nur ihrem eigenen perversen Gesetz untertan. Die bravsten, ruhigsten kleinen Buben und Mädchen waren begeistert, wenn den Schurken seine gerechte Strafe ereilte. Aber am allerbesten unterhielt sich doch Madame Absalom. Sie schrie und protestierte, rief laut ihre Warnungen und Ratschläge, wenn der Held in Gefahr schwebte, und schlug sich auf die knochigen Knie, während ihre Augen glühten, wenn der Stock des Polizisten dröhnend auf Kasperls Haupt niedersauste. Ich bin überzeugt, dass für sie der Kasperl immer ihren Verflossenen in Clermont verkörperte. Die kleine Hyacinthe hatte gar keinen Spaß an der Vorstellung. Es war ihr nicht romantisch genug. Aber als ich sie eines Tages zu einer Matinée ins Variété mitnahm, wo die Loie Fuller Girls ihren Schleiertanz tanzten, begann ich Hyacinthe aufrichtig lieb zu gewinnen und verzieh ihr ihren Snobismus, ihre so sehr aufs Praktische gerichtete Lebenseinstellung und ihre egoistische Beurteilung der Umwelt. Es war geradezu ergreifend zu sehen, wie sie vor Begeisterung bebte. Spontan beschloss sie, Schauspielerin zu werden.

Der Herbst war durch den Schulanfang gekennzeichnet; schlecht aussehende Kinder mit müden Gesichtern in grauen Schulschürzen zogen schon zeitig früh los und kamen spät heim. Das französische Unterrichtssystem vermittelte seinen Opfern ein ziemlich umfängliches Wissen, aber es warf seinen dunklen Schatten über die Kinderzeit und presste aus den zarten jugendlichen Körpern ebenso viel, wie es in unterwürfige oder rebellische Geister hineinstopfte. Die Disziplin war streng und diente der Bequemlichkeit der unterbezahlten Lehrer, ohne Rücksicht auf das, was das Kind brauchte. In den katholischen Schulen erschöpfte sich die Gelehrsamkeit im verständnislosen Aufsagen des Katechismus, und wenn die Kinder sich dann im stockdunklen Zimmer auszogen, hatten die Schwestern ihre Pflicht getan.

Im Luxembourg, der nur ein paar Meter von unserer schmutzigen Straße entfernt war, hatte sich der Obergärtner auf das Ziehen spät blühender Blumen spezialisiert. Der Garten prunkte in einer Überfülle der reichsten Herbstfarben; Büsche glühten in rotem Blätterschmuck, Dahlien, Astern, Chrysanthemen, exotische Straucharten und Blumenrabatten in akkuraten Mustern gab es neben anderen weniger symmetrisch angeordneten, in Rot und Zartrosa, Pflaumenblau und Violett, Mahagonibraun, Ebenholz, Amethyst und Ockergelb, und all die Farben leuchteten in der schwächer werdenden Sonne und trotzten den immer kälteren Nächten.

Nicht weit vom Louvre, die Seine entlang, kehrte eine Kolonie riesiger kluger Krähen von den Kornfeldern am Stadtrand in ihr Winterquartier auf den alten Bäumen am Kai zurück. Diese Krähen hatten begriffen, dass es bequemer ist, in Paris zu leben, in der Nähe der Markthallen, wo täglich bei Tagesanbruch im Abfall all das, was Krähen mögen und brauchen, zu holen war, als sich auf dem Land herumzutreiben, wo man den Schießgewehren der Bauern ausgesetzt war.

Ein charakteristischer Zug des Pariser Winters ist das alljährliche Ansteigen der Seine. Dies gab zwischen Dezember und April reichlichen Gesprächsstoff überall dort, wo er auszugehen drohte.

Viel ist über die Gefahren der arktischen Kälte und der Hitze in Kalkutta geschrieben worden, aber ich habe so manchen robusten Abenteurer gekannt, der ohne Schaden jedes Klima ertragen konnte – mit Ausnahme des Klimas von Paris in Frankreich. Das Thermometer fiel kaum je unter Null, und es gab sehr selten Schnee. Manche Tage regnete es sogar nicht einmal, und gelegentlich kam die Sonne durch das Gewölk. Und trotzdem war es einem unmöglich, warm zu werden und warm zu bleiben, und noch weit schwieriger war es, trocken zu werden. Überall war es feucht. In den Mauern saß der Schwamm, die Trottoirs waren nass, die Kleidungsstücke feucht. Und was noch schlimmer war: alle waren erkältet. Es gab die unschuldigen Formen, über Halsschmerzen und Bronchitis bis zur Lungenentzündung. Ich konnte mit geschlossenen Augen durch die Rue de la Huchette gehen und dabei jeden Husten identifizieren.

Dass diese Erkrankungen der Atemwege übertragbar sind, war eine von den modernen Lehren, die weder Kirche, noch Staat noch die Pariser Bevölkerung wahrhaben wollten. Ohne sich Beschränkung aufzuerlegen, niesten, husteten und schnäuzten sich Küchenpersonal und Kellnerinnen, desgleichen die Kommis in den Geschäften. Alle gingen mit Fieber einher, mit geröteten Wangen, rinnenden Nasen, wässrigen, rot umränderten Augen, quietschenden und kratzenden Stimmen, entzündeten Mandeln, verstopften Luftwegen und rasselnden Lungen.

Wenn die Seine hochstand, waren die Keller in der Rue de la Huchette immer unter Wasser, und die Neigung des Wassers, stets überall das gleiche Niveau einzunehmen, überraschte die Bewohner immer wieder und verdarb eingelagertes Gemüse und gelegentlich ein paar Flaschen Wein. Jeden Tag veröffentlichten die Zeitungen Berichte darüber, wie Familien, die weiter flussabwärts wohnten, aus ihrem Heim vertrieben worden waren, und brachten auch einige Bilder, auf denen gezeigt wurde, wie sie in höchst dilettantisch bemannten Ruderbooten gerettet wurden.

Als ich eines Morgens vor Tagesanbruch auf dem Heimweg ins Hôtel du Caveau über die Place Notre-Dame ging, hörte ich ärgerliche Stimmen unterhalb der Brüstung, und als ich hinuntersah, bemerkte ich einen erzürnten Polizisten, der ein Tauende hielt und sich über das dunkle, böse Wasser beugte. Ich stieg die steinernen Stufen hinunter und konnte nun über das Geländer hinweg am anderen Ende des Strickes einen Menschen sehen, der entweder ins Wasser gefallen oder hineingestoßen worden war oder einen Selbstmordversuch begangen hatte. Er berief sich auf irgendein konstitutionelles Recht, aus dem man nicht klug werden konnte. Zehn Minuten lang sagten sich der Kerl im Wasser und der Polizeimann Grobheiten. Dann tauchte im verschwommenen Licht ein Bootsmann auf, der sich auf einem kopfschweren Kahn mühsam weiterbewegte.

»Was ist denn das für ein Rettungsdienst?«, fragte der Mann im Wasser. »Wenn ein Bürger ertrinkt, wie lang dauert's dann, bis ein Boot kommt?«

»Wenn Sie nicht sofort still sind, lass' ich Sie ersaufen«, schrie der Polizist.

»Ihr Polizisten seid mir die Rechten, so tut ihr eure Pflicht. Wer bezahlt euch denn? Die Bürger. Wenn ihr nicht einmal einen Strick halten könnt, während der andere Trottel da rudern lernt, dann lasst es bleiben! Ich hab' Sie ja gar nicht gebeten, mir einen Strick zuzuwerfen!«

Der Verkehr auf dem Flusse musste eingestellt werden, wenn die Seine die Knie des granitenen Zuaven auf dem Pont de l'Alma erreicht hatte. Die Schornsteine auf allen Flusskähnen konnten umgelegt werden, damit das Schiff unter der Brücke hindurchfahren konnte, wenn aber das Wasser auf eine bestimmte Höhe gestiegen war, die von der steinernen Zuaven-Figur gewissenhaft angezeigt wurde, dann war die Gefahr vorhanden, dass der gesamte Deckaufbau des Fahrzeugs rasiert würde. Während der kurzen Zeitspanne, da der Warenstrom nach Le Havre gestoppt werden musste, wurde es um die Place de la Bastille herum seltsam lebendig. Dutzende von Kähnen waren dort Seite an Seite vertäut, so dicht, dass man von einem Verdeck zum andern hinüberspringen konnte. Die wetterharten Bootsleute und ihre Frauen, Kinder und Hunde erneuerten alte Bekanntschaften, ruhten sich aus, tranken, tanzten und unterhielten sich; es war ihr einziger Urlaub in all den Monaten harter Arbeit.

Der freundliche kleine Belgier, Monsieur Léonard, der auf dem Bal Saint-Séverin Ziehharmonika spielte und das Dachzimmer neben dem meinen im sechsten Stock des Hotels bewohnte, kannte viele Schiffer, hauptsächlich seine Landsleute, und an Winternachmittagen nahm er oft seine Ziehharmonika und ging zur Bastille hinüber. Manchmal nahm er mich mit, und noch heute, wenn ich an jene Nachmittage denke, tauchen vor meinem geistigen Auge flatternde bunte Hemden und Unterröcke auf und Geranien an Kabinenfenstern und Kinder und Foxterrier, und ich sehe baumwollbestrumpfte Beine vorüberhuschen, die One-step und Foxtrott tanzen, und ich sehe die Menschen vor mir, wie sie aus Krügen und Töpfen starken Wein trinken und dazu Käse und frisches Brot essen – all die tausend Bruchstücke und Nichtigkeiten leben vor mir auf, die nunmehr im Aschenkasten der Geschichte und des Fortschritts ruhen.

In einer schmalen Seitengasse auf dem Weg zur Bastille war es, wo ich die Wäscherei für Männer, die bloß ein Hemd besitzen, entdeckte.

An einem Wochenendabend im Winter, es war ein Sonnabend, hatte sich der Garçon Georges, der bei lang anhaltendem schlechtem Wetter immer seine Depressionen bekam, betrunken und beim Versuch, sich die Gurgel durchzuschneiden, meine frisch gewaschene Wäsche, die gerade in seinem Zimmer lag, mit Blut bespritzt. Ich hatte kein sauberes Stück mehr anzuziehen und vertraute Monsieur Léonard, dem Ziehharmonikaspieler, mein Leid an. Dieser meinte, ich solle nur ruhig mit einem schmutzigen Hemd auf dem Leib mit ihm gehen – wir würden es auf dem Weg waschen und plätten lassen. Monsieur Léonard führte mich also in die Wäscherei für Notfälle, die *Blanchisserie des Imprévoyants*, wo ungefähr ein Dutzend Männer plaudernd und lesend auf einfachen Holzbänken, die an den Wänden entlang aufgestellt waren, gemütlich wartend saßen – alle mit nacktem Oberkörper. Alle Altersstufen von zwei-, dreiundzwanzig bis zu sechzig Jahren waren vertreten. Einige sahen verlebt, manche lasterhaft, andere nachdenklich und vergrämt aus, hie und da bemerkte man auch einen Philosophen unter ihnen. Ein zum Gerippe abgemagerter, zottiger Mann zeichnete mit Holzkohle die Karikatur eines anderen an die Wand. Ein altes Männlein mit silberig meliertem Bart las halblaut aus einem Band Verlaine. Vier Burschen spielten mit schmierigen Karten *Belote*.

Als ich mit Léonard eintrat, kam gerade ein verwegen aussehender Kerl in einem gestreiften Sweater und flotter Mütze mit einem blütenweißen Hemd, das gewaschen, gestärkt und geplättet worden war, und überreichte es dem alten Verlaine-Liebhaber, der sich eine Träne aus dem Auge wischte, die wie die des *Ancient Mariner* glitzerte, das Hemd in Empfang nahm und ehe er es anzog, vier Sous aus dem Gürteltäschchen am Spaltlederriemen herausnahm. Er gab sie dem Sweatermann in der Kappe, der sie im ersten Moment in seine Tasche stecken wollte, dann aber zur Tür hinsah, in der eine riesige, kampflustige Frau stand. Er lächelte die Frau an und überlegte sich's anders. Er warf die Münzen eine nach der anderen in die Kassenschublade.

Die andern im Zimmer gruppierten sich um Monsieur Léonard und seine Ziehharmonika. Ihre Sehnsucht nach Musik war so intensiv, dass sie befriedigt werden musste; Léonard nahm also sein Instrument von der Schulter und spielte ein Stück nach dem anderen aus seinem Repertoire. Er spielte seinen Part sehr gut in einem kleinen Orchester, wenn er markierte Klaviernoten vor sich hatte, aber er hatte während seiner ganzen langen Laufbahn als Ziehharmonikaspieler nur drei Stücke nach dem Gehör erlernt.

Einer der Vagabunden, der am übelsten aussah, tiefe Schmutzfurchen im Gesicht hatte, den rauen Bass des Whiskytrinkers und Narben an Armen und Oberkörper – auch fehlte ihm ein Ohr –, packte Madame, die sich vom Seifenschaum ganz glitschig anfühlte; sie gab nach, obgleich sie ihrem Partner einen Schubs durchs ganze Zimmer hätte geben können. Ein Polizist guckte herein, zögerte und begann zu grinsen. Er war gekommen, um die *Papiere* der Vagabunden zu kontrollieren. Als er aber merkte, wie gut sich alle unterhielten, begnügte er sich damit, mich um meinen Ausweis zu ersuchen. Ich zeigte ihm meinen amerikanischen Pass, und er ging seiner Wege. Ich ging, etwas zum Trinken zu kaufen und kam mit einer Flasche Cognac und ein paar Litern Rotwein zurück.

Um sieben Uhr abends waren noch vier Burschen auf den Beinen. Die dicke Wäscherin war mit ihrem Partner irgendwohin entschwunden, wo man sie nicht sehen, wohl aber hören konnte. Ich ging also in den hinteren Raum, wo die Waschkessel standen, wusch mein Hemd selbst, und nachdem ich es auf eine Wäscheleine hinter dem Ofen zum Trocknen gehängt hatte, beschloss ich, ein Nickerchen zu machen. Als ich erwachte, war ich steif und kalt, es war vier Uhr früh und das Feuer ausgegangen. Der biedere Sweatermann lag fest schlafend auf einer Bank im Vorderzimmer. Léonard war zu einem Schiff hinausgewackelt, wo ein paar Landsleute sich ihm und seiner Ziehharmonika annahmen.

Monsieur Léonards wohlgemeinte Bemühungen auf der Ziehharmonika befriedigten mich schließlich nicht mehr, und ich beschloss, selbst spielen zu lernen. Ich kaufte also ein Instrument auf der Place Clichy.

Nachdem ich mich damit eine Zeit abgeplagt hatte zu Georges, des Kellners, nachsichtigem Vergnügen, ging ich wieder auf die Place Clichy, um mich nach einem Lehrer zu erkundigen. Ich war in ein paar Tagen weiter gekommen, als Monsieur Léonard in mehreren Jahren, aber ich wollte gut spielen. Zu meinem Erstaunen gab man mir eine Adresse in der Rue Zacharie an, keine zweihundert Meter vom Hotel.

Der Lehrer war ein mächtiger, würdiger, barscher Franzose, der mit einem Marseiller Akzent sprach, an den er seine Zylinder hätte hängen können. Sein erster Rat ging dahin, ich solle mir einen Lederschurz besorgen, wie ihn Schmiede tragen, um meine Hosenbeine zu schonen. Dann spielte er mir eine Übung vor, die ich sofort nach dem Gehör nachspielte. Er sah unglücklich drein.

»Sie haben keine rechte Geduld«, sagte er vorwurfsvoll und brachte eine zweite, schwierigere Übung. Ich war mir bereits klar darüber, dass ich es mit einem empfindlichen Manne zu tun hatte. Ich spielte also die zweite Übung weniger geläufig und sagte, ich würde sie zu Hause gewissenhaft üben.

Tatsache ist, dass ich bei Monsieur Trexel wenig übers Ziehharmonikaspielen lernte. Er hatte andere Schüler, die sehr arm waren und sich geradezu erschütternd eifrig abmühten, um auf das Niveau von Tanzbarspielern zu kommen. Seine Anweisungen zielten darauf ab, einen zu einem unüberhörbaren Mitglied eines kleinen Tanzorchesters auszubilden. Monsieur Trexel hatte etwas Mächtiges, Überquellendes, Musikalisches und dies regte mich an, angestrengt zu üben und auf eigene Faust zu lernen. Da ich gerne wissen wollte, was sich mit zwei Ziehharmonikas machen ließ, schrieb ich den langsamen Satz von Beethovens Es-Dur Sonate für Violine und Klavier um, zeigte ihm das Manuskript, und wir spielten es zusammen. Monsieur Trexel war beeindruckt und erstaunt. Er hatte noch nie Ziehharmonikas so klingen hören. Wir wiederholten das Stück mehrere Male; als ich ihm aber am Ende der Stunde die gewohnten zehn Franken übergeben wollte, sah er mich gekränkt an.

Schließlich gelangten wir zu einem Kompromiss, der beide Teile befriedigte. Zweimal wöchentlich ging ich zur Stunde zu Monsieur Trexel. Wir spielten miteinander Salonstücke und Klassisches. Dann gingen wir in den Keller des Hôtel du Caveau, und ich gab meine zehn Francs für unsere Getränke aus. In jenen Tagen konnte man für diese Summe eine gewaltige Menge zu Trinken bekommen. Um 7.45 stolperte er dem Panthéon entgegen und ich schwankte gen Westen, in die Rue Lafayette, zum Bureau der *Chicago Tribune*, wo es auf einen betrunkenen Reporter mehr oder weniger nicht ankam.

Kunst und Inflation

So wie jenes Jahr – es war 1925 – die Seine hinaufging, ging der Franc hinunter. Der französische Mittelstand, der von Geburt an gewohnt ist, mit jedem Sou zu rechnen, wurde irritiert und verwirrt durch die ständig veränderten Preisauszeichnungen auf den Waren des täglichen Bedarfs. Die Regierungsmaschinerie knackte in den Fugen und kam nicht nach. Die Bauern weigerten sich zu produzieren. Die Industriearbeiter wurden immer mürrischer und ängstigten ihre Arbeitgeber, die nur widerstrebend die mit den gesteigerten Lebenskosten nicht in Einklang stehenden Löhne erhöhten. Die Armen hörten immer williger auf die Marxisten, die Reichen wurden immer unruhiger durch das Murren der Armen. Die französischen Abgeordneten spiegelten die Naivität des französischen Wählers wider und glaubten, dass der Wechsel von Ministerpräsidenten das beste Mittel gegen die Inflation sei.

Auf Poincaré folgte Herriot. Auf Herriot kam Aristide Briand, ein Redner, dessen Gesicht eine Zusammensetzung aus allen wilden Tieren des Zoos war. Was Lauteffekte betraf, reichte in der Kammer kein französischer Politiker an Aristide Briand heran, der ehrlich überzeugt war, dass der Friede etwas Wunderbares sei.

Gewisse Themen in den Nachrichten jener Zeit waren symptomatisch, wenn sie auch wenig beachtet wurden. Zwei Angestellte der Banque de France wurden während der Amtszeit Herriots verhaftet, verurteilt und eingesperrt, weil sie einigen Bauern geraten hatten, ihre französischen Staatspapiere zu verkaufen und ihr Geld anderswo zu investieren. Diese beiden Märtyrer litten nicht umsonst. Ihre Botschaft wurde von den Männern und Frauen der Rue de la Huchette vernommen. Madame Corre, die alle wichtigen Entscheidungen traf, verkaufte die Familienobligationen, nachdem ihr geplagter Gatte stundenlang über dem Hauptbuch gesessen, und steckte das Geld in niederländische Anleihen. Der Rindfleisch- und Lammschlachter verkaufte seine Prioritäten im Werte von 6.500 Francs, stopfte den Erlös in einen Zinnkrug auf dem Sims und schwitzte täglich Blut, wenn er von der sinkenden Kaufkraft des Francs las. Monsieur Henri verwendete jeden Franc, den er erübrigen konnte, um seine Schuld für das Hôtel du Caveau abzuzahlen. Zu diesem Zweck taugten die »Inflationsfrancs« genauso gut wie die anderen. Madame Absalom versuchte, ihren Verflossenen dazu zu bringen, dass er den von ihm schriftlich bewilligten, bescheidenen monatlichen Betrag erhöhte, und als ihr dies misslang, fuhr sie wütend herum wie ein Fisch in der Pfanne.

Der Krautkopf strahlte in eitler Selbstzufriedenheit, weil er durch heimliche Börsenspekulationen viel Geld verdiente; gelegentlich gab er an Monsieur Panaché einen Tipp weiter. Madame Mariette vom *Panier Fleuri* kaufte auf ungesetzliche Weise Schweizer Franken. Madame Sara vom Hôtel Normandie wallfahrtete jede Woche ins Ghetto und brachte ihre Einnahmen ihrem alten Onkel, den die Angst zu immer schlaueren Transaktionen trieb. Das Milchgeschäft von Odette und ihrem braven kleinen Jean erhöhte die Preise so rasch, wie die Behörden es nur zuließen. Die alten Taitbouts in ihrem winzigen Papierladen schliefen immer unruhiger.

Die französische Armee führte schließlich die unsystematische Evakuierung der Ruhr zu Ende, und deutsch-französische Verhandlungen über Handel und Zolleinnahmen schleppten sich mühselig weiter, bis sie sich endgültig festfuhren. Kellogg, der den amerikanischen Zeitungsleuten als *Nervous Nellie* bekannt war, avancierte vom Court of Saint James zum Staatssekretär und begann dort über den Ozean hinweg ein harmloses Ballspiel mit dem redegewandten Briand.

Frankreich, das eine Invasion Deutschlands als schlecht lohnendes Unternehmen aufgegeben hatte, schloss sich Spanien in einem Krieg gegen Abd al-Karim an und fand Unterstützung bei einigen kühnen Veteranen des amerikanischen Lafayette-Flugzeuggeschwaders. Diese Flieger fanden es ebenso wie Mussolinis Sohn besonders schön, wenn ihre Bomben über den Köpfen ahnungsloser Eingeborener in Afrika explodierten.

Trotz der obenerwähnten Umstände war das Leben in der Rue de la Huchette auch weiterhin reich und reizvoll. Die Sonne glühte im Osten hinter den Türmen von Notre-Dame, und drei Bewohner unserer kleinen Straße, ich selbst inbegriffen, gingen zu einer wundervollen Aufführung des Requiems von Berlioz in der majestätischen Kathedrale. Ich ging mit Milka, der kommunistischen Studentin, und einem einsamen Mann, der eine Dachkammer in No. 8 bewohnte und in der Nachbarschaft *der Satyr* genannt wurde, weil er angeblich exhibitionistische Neigungen hatte. Seine Anklägerinnen waren zwei Schwestern aus dem Elsass, die gemeinsam den Haushalt eines pensionierten Obersts im vierten Stock des Hauses No. 7 besorgten.

Berlioz hatte sein Requiem für die französische Regierung gegen Ende der 1860er Jahre geschrieben, es wurde aber von den Politikern, die seine Auftraggeber gewesen waren, nicht angenommen und nicht öfter als dreimal aufgeführt: das erste Mal bei Berlioz' Begräbnis als erster Beweis nationaler Anerkennung, ein zweites Mal in der geräumigen Kapelle im Dôme des Invalides, dem Heim der Nationalgarde, und vorher schon einmal in der Notre-Dame. Der freundliche alte französische Musiker Gabriel Pierné, dessen wohlklingende schlichte *Sérénade* alle Klavierschüler kennen, organisierte und dirigierte dieses musikalische Ereignis ersten Ranges. Er sah aus wie ein Weihnachtsmann in Zivil, wie er dort stand an der Spitze seines Chors von Herren und Damen und des voll besetzten Orchesters, das noch durch eine Militärkapelle und mehrere Bläser verstärkt war. Seine gütige Erscheinung war umso deplatzierter, als er mit großer Wucht und vollem Schwung dirigierte. Der Pferdeschlachter, Monsieur Monge, lag gerade damals an Bronchitis krank und in so hohem Fieber, dass er seine kostbare Eintrittskarte dem Satyr überlassen musste. Mein zweites Pressefreiticket schenkte ich Milka, weil sie so nach guter Musik hungerte, und auch wegen des Klatsches, den der Krautkopf über sie in Umlauf gesetzt hatte.

Ich muss wirklich sagen, dass ich beim Anhören jener überirdischen Klänge Tränen in die Augen bekam und mir klar wurde, dass Frankreich und der französische Genius nie untergehen können. Und als ich nachher meinem Marseiller Ziehharmonikalehrer sagte, dass dieses Erlebnis es mir eine ganze Woche lang unmöglich machte, den alten Kasten anzurühren, nickte er nur und schnäuzte sich – er hatte mich verstanden. Wir konsumierten, fast ohne ein Wort zu sprechen, Getränke im Wert von zwanzig Francs an dem Tage, da wir hätten Stunde haben sollen, und während ich trank, öffneten sich alle Gräber auf die Trompetenstöße von zwanzig der besten Bläser Frankreichs, plus dem Erzengel Gabriel, und Leben und Auferstehung dröhnten in meinem Ohr.

Ein anderes Mal ging ich mit Pierre Vautier in die Renoir-Ausstellung in der Rue La Boétie, wo ich mir den unsterblichen blauen französischen Himmel, eingefangene Sonnenstrahlen und Fleischtöne ansah, die der Académie entgangen waren. Und auch hier entschwanden das Murren der Arbeiter, die Wirtschaftsprobleme und der Francsturz außer Hörweite, gleich dem

Gezwitscher des *nervösen Nellie*, und Frankreich lebte, voll unzerstörbarer Vitalität.

Mein enterbter Freund Pierre, der ehemalige Schüler von Saint-Cyr, hatte Seelenstürme zu bestehen, die in keiner Beziehung zu den Weltgeschehnissen standen. Er vertraute mir an, dass die Griechin Mary nunmehr bei aller Liebe einen unverrückbaren Standpunkt einzunehmen begonnen hatte, der dem seines unverständigen Vaters sehr ähnlich war. Eines unseligen Tages hatte sie ihm in das Geschäft des Kunsthändlers einen eingeschriebenen Brief gebracht. Bei dieser Gelegenheit hatte sich bei ihr die gleiche unfreundliche Einstellung zu Pierres Kollegen herausgebildet, für die Vautier senior so drastischen Ausdruck gefunden hatte. Ihr ganz besonderes Missbehagen hatte der elegante ältliche Besitzer erregt, der rosige Wangen hatte, ein Korsett trug und der Pierre *Süßer* nannte. Auch der Besitzer fasste eine Abneigung gegen die dunkle weibliche Schönheit vom Mittelmeer.

Pierre schwor mit erhitzten Wangen und tiefernster Stimme, dass Monsieur Bertrand ihm keinerlei unanständige Avancen gemacht hätte. Er gestand mir auch, dass er selbst, seit Bertrand dies ihm gegenüber erwähnt hatte, bei Mary einen leichten Wildgeruch nicht leugnen könne, der sich auch der Seife gegenüber behauptete. Auch waren ihre Hüften und Brüste wahrlich nicht ästhetisch zu nennen, das musste ich doch wohl zugeben? War er widernatürlich, ein Verworfener? Sollte er in die Kadettenanstalt zurückgehen und sich dort eine Selbstdisziplin auferlegen, die ihn Frauen, Männern, Knaben und allen Verlockungen, die das Leben zu bieten hatte, entrückte?

»Wenn ich nur glauben könnte«, meinte er nachdenklich, »aber glauben ist die ekelhafteste aller Täuschungen. Heucheln kann ich nicht, und leider Gottes bin ich auch kein Narr.«

Ich wusste ihm keinen Rat. Bald darauf brach Pierre mit Mary, und sie ergab sich vor unseren Augen wieder dem Rotwein. Selten konnte sie ihre Miete bezahlen, aber Monsieur Henri ließ sie trotzdem im Hotel wohnen, obgleich seine Frau Marie dagegen protestierte.

Georges, der Garçon, war gut zu Mary, ohne dabei selbstsüchtige oder geheime Zwecke zu verfolgen. So seltsam dies scheinen mag, hatte Georges keine Schwierigkeit, mehr Beziehungen zu Mädchen zu unterhalten, als man bei seiner Armut und Bescheidenheit hätte vermuten können. Sobald eine der Frauen aus der Umgebung stehen gelassen wurde, was häufig vorkam, und nicht wusste, wohin sie gehen sollte, dann fanden sie meist den Weg in Georges Bett. Natürlich nahm er die Sache wie ein Mann und Philosoph.

In einer idealen Zivilisation müssten sich die meisten von uns grundlegend ändern. Georges jedoch würde meines Erachtens derselbe bleiben, als der unberechenbarste von Jesu Nachfolgern und vielleicht einer seiner liebsten.

Vom, für und durch das Volk

Der Briefträger Frémont wohnte mit seiner Frau Mathilde und ihrer blauäugigen Tochter Yvonne in der engen Hausmeisterwohnung im Souterrain von No. 11, dem schmalen vierstöckigen Miethaus zwischen Monsieur Monges Pferdeschlachterei und Dorlans Buchbinderei.

Mehrere Familien, die in der Rue de la Huchette wohnten, gerieten sich bei gelegentlichen Streitereien in die Haare. Die Frémonts aber lebten immer in größter Eintracht. An Sonn- und Feiertagen legte Frémont manchmal die Briefträgeruniform ab und zog einen hellgrauen Baumwollanzug von Bon Marché an. Seine Hemden besorgte er auf dem Boulevard Saint-Germain in einer der Filialen des Geschäftes *100.000 Chemises*, die Socken strickte ihm seine Frau und kaufte bei Madame Absalom die Wolle. Monsieur Frémonts Leidenschaft war die soziale Gerechtigkeit, seine schwache Seite war starker Rotwein. Frémonts Arbeitsbereich war in der Nähe der Porte Saint-Martin. In unserem Viertel machte er öfter kleine Gelegenheitsarbeiten, bei denen Schraubenzieher, Ölkännchen, Zange, Kitt, Bienenwachs,

Angelschnur, Zinn- und Zinkplättchen, ein ausgedienter Pinsel und in Notfällen Hammer und Säge benötigt wurden.

Er war immer freundlich und ließ sich nicht lange bitten, wenn er bei sich zu Hause oder aus der Bar Caveau geholt wurde. Er nahm die Mütze ab, wischte sich die Stirn, und dann behauptete er jedes Mal, er verstehe sich gar nicht auf die technische oder praktische Funktion eines reparaturbedürftigen Gegenstandes oder Apparates. Mit Freuden nahm er ein Glas Rotwein an, das er schwelgerisch genoss wie eine Eule junge Mäuse, plauderte ein Weilchen über die heikle nationale Lage und wanderte dann heim, um Material und Werkzeug zu holen und sich schließlich an die Arbeit zu machen.

Eines seiner größten Verdienste war, dass er die Waschschüssel des Obersts zusammenleimte, die eine der alten Jungfern aus dem Elsass hatte fallen lassen. So tadellos machte er seine Sache, dass der alte Offizier nie erfuhr, dass der Gegenstand zerbrochen gewesen war, und daher auch nie den Kaufwert vom Jahre 1907 von Elviras Lohn vom Jahre 1905 in Abzug brachte. Im Jahr 1926 besserte er beim Richter Lenoir ein Loch in einem Ölgemälde aus, das durch einen Besenstiel verursacht worden war. Ungefähr einmal in drei Jahren reparierte er Madame Corres Singer (sprich: Sänsché) und er war es, der im Café Saint-Michel die komplizierte vernickelte Kaffeemaschine wieder zum Laufen brachte, nachdem der Mann von der Fabrik die Sache noch mehr verkorkst hatte.

Eine ungewöhnlich große Anzahl der männlichen und weiblichen Bewohner unserer Straße stand in Diensten der französischen Republik. Außer dem Krautkopf, Hortense Berthelot, den Polizeileuten auf der kleinen Wachstube, einem Gasometerkontrolleur, der in No. 9 wohnte, einem arischen Inspektor von koscherem Fleisch von No. 22, dem Kutscher des Spritzwagens, einem Telefonisten und etlichen anderen, waren auch Frémont und sein Freund Pissy als Weichenwärter auf der Gare Saint-Lazare angestellt.

Diese *Fonctionnaires* waren durch den Francsturz am schwersten getroffen. Sie konnten nicht wie die Industriearbeiter streiken, und sie konnten auch nicht wie die Bauern die Lebensmittel für ihren eigenen Bedarf produzieren. Ihre unmittelbaren Vorgesetzten waren kleinliche Streber, die durch überlegene Gemeinheit arriviert waren. Die Ranghöheren kannten die anderen nicht einmal dem Namen nach. Nach zwanzigjähriger Dienstzeit (von 1919 bis 1939) erhielt Monsieur Frémont für sich und seine Familie pro Tag etwa 45 Francs. Monsieur Pissy war fast ebenso schlecht dran, aber er hatte statt einer Tochter einen Sohn, konnte sich also bei den ständig schlechter werdenden Zeiten besser über Wasser halten.

Eines Tages sah Monsieur Frémont nachdenklich seine Tochter Yvonne an und sagte:

»Schade! Um sie mit einem Arbeiter zu verheiraten, ist sie wirklich zu hübsch!«

Die Frémonts sparten ungemein, und da der Mann zudem noch seine Extraarbeiten machte, konnten sie für Yvonne von ihren fünfundvierzig Francs, abzüglich der Abgaben an die Gewerkschaft, eine Mitgift zurücklegen. Diese kleine Sparrücklage belief sich im Jahre 1920 auf 2.000 Francs, das waren 286 Dollars, und im Jahre 1926 auf 4.500 Francs, gleich 100 Dollars. Aus dieser Mathematik entstehen Weltkatastrophen.

Yvonne konnte, da sie ein Mädchen war, nicht ohne ihre Mutter oder den Vater ausgehen, und keiner von beiden hatte viel Zeit, so dass sie selten junge Leute traf. Sie lernte sticken und ihre Kleider nähen, wobei sie Geschick beim Kopieren guter Modelle zeigte, aber kein Talent für originelle Entwürfe. In der Schule bekam sie Durchschnittsnoten, versuchte die eine oder andere der marxistischen Broschüren des Vaters zu lesen und verstand nichts davon; ihr bescheidenes und einziges Laster bestand darin, dass sie gern heimlich vom *Bénédictine* der Familie nippte. Davon wurde ihr warm, und das Getränk schenkte ihr erregte Geduld und erwartungsvolle Ruhe.

Klassenbewusste und aggressive Typen wie der Krautkopf, der Aufseher Panaché und der knickrige Rindfleisch- und Lammschlachter, der glaubte, dass seine Francs, die er heimlich im Zinnkrug versteckte, an Wert verloren, weil die Gewerkschaften an Umfang zunahmen, denunzierten Frémont als einen Trunkenbold und gefährlichen Radikalen. Frémont betrachtete seine Verleumder als Opfer der Verhältnisse, die durch ihre kapitalistische Erziehung verblendet waren, weshalb man ihnen keinen Vorwurf machen konnte.

Der Krautkopf fürchtete sich eigentlich vor jedem, besonders aber vor Madame Mariette und ihren grauen Augen, die gelegentlich kalt wie der Tod blicken konnten; auch wusste Madame Mariette allerlei über den Krautkopf, und diese Tatsache hielt ihn stets in gewissen Grenzen.

Alle möglichen Leute fanden den Weg in Mariettes Etablissement. Es gab dort ein kleines Klassenzimmer mit Pulten und schwarzen Tafeln an der Wand, wo die ganz kleinen Frauen als Schulmädchen verkleidet auftreten konnten. Ferner gab es einen kleinen Salon, wo Filme gezeigt wurden, die man sonst nirgendwo sehen konnte, und bei deren Herstellung die Kosten für Kostüme die geringste Rolle spielten. Es gab auch einen schalldichten Raum, wo es regelrechte Peitsch-Szenen für jene wohlhabenden Kunden gab, die es nach solchen gelüstete. An derlei Galaabenden figurierten die alte Armandine und eine zähe junge Person namens Mireille als Empfängerinnen der Hiebe, und es hieß, dass Mireille sich gerne dazu hergab, wogegen die alte Armandine nicht entzückt war. In jenen Inflationstagen erschütterter Budgets konnte sich Madame Mariettes gute Kundschaft Champagner zu fünfzig Francs die Flasche leisten – die erste war stets echter Champagner – und oft wurden Madame kleine Geheimnisse anvertraut, die sie mit beruflicher Verschwiegenheit für sich behielt.

Unter der Tyrannei des Code Napoléon, der darauf abgestellt war, die französische Frau zu unterdrücken, und ihr nicht erlaubte, ein selbstständiges Bankkonto zu haben, Besitz zu erwerben oder zu verkaufen, schon gar nicht ohne Zustimmung des Ehegatten zu reisen, falls sie verheiratet war, des Vaters, falls sie ledig war, gelang es Madame Mariette besser als so mancher ihrer bürgerlicheren Mitschwestern, ihren Platz zu behaupten. Sie hatte einen anspruchslosen Mann und verfügte über so viele Staatsgeheimnisse, dass sie vor kleinlichen Verfolgungen geschützt war.

Dabei fällt mir eine pikante Geschichte zum Code Napoléon ein. Eine Bekannte von mir erhielt ein Telegramm, in dem ihr mitgeteilt wurde, dass ihr Gemahl, Hauptmann in der französischen Armee, in Algier im Sterben liege. Als sie um Erlaubnis fragte, ihn am Sterbebett zu besuchen, erklärten ihr die Polizeibeamten, dass sie diese ohne Zustimmung ihres Gatten nicht bekommen könnte. Da aber der Gatte nicht mehr in der Lage war, die erforderliche Zustimmung zu unterschreiben, musste sie in Paris bleiben und er sterben, ohne sie wiedergesehen zu haben.

Frankreich mit seinen vierzig Millionen unterhielt eine enorme stehende Armee, deren Offiziere meist sehr leicht über die republikanischen Ideale hinweggingen. Überdies beschäftigte Frankreich eine noch größere und noch untüchtigere Herde öffentlicher Angestellter, die die öffentliche Moral untergruben und die öffentlichen Mittel erschöpften. Diese Beamten wurden so schlecht bezahlt, dass sie eigentlich nur verbittert waren; Kaufkraft hatten sie kaum und auch keine Zukunftsaussichten, als mit der Zeit völlig apatisch zu werden.

»Wir haben in Frankreich doch wenigstens keine Arbeitslosigkeit«, sagte der Krautkopf einmal zu mir, als bei uns in Amerika die Depression herrschte. Die Sache verhielt sich aber in Wahrheit so, dass wohl nicht viele Franzosen arbeitslos waren, aber ein sehr hoher Prozentsatz unproduktiv beschäftigt war. Auf die Dauer ist dies schlimmer, als Arbeitslose zu haben. Es ist billiger, einen unbeschäftigten Menschen durchzufüttern, als einen, der ständig im Wege ist.

Man hätte glauben können, dass bei diesem Riesenschwarm von öffentlichen Angestellten die Ämter in Frankreich wenigstens einigermaßen gut funktionieren würden. Doch nichts wäre unrichtiger als diese Annahme. In unserer kleinen Straße gab es kaum ein halbes Dutzend Telefone. Die Bevölkerung dieses Viertels umfasste etwa 2.500 Menschen. Wünschte einer von ihnen sich mit einem anderen auf die Entfernung in Verbindung zu setzen, dann tat er im Allgemeinen gut daran, den Autobus, die Métro, ja sogar den Zug zu nehmen, um Zeit und Mühe zu sparen. Das Telefon im Café Saint-Michel, das auch für die Allgemeinheit da war, war die meiste Zeit defekt. Die viel beschäftigte Madame Trévise mochte es gar nicht anders haben. Wenn ein Kunde das Telefon benutzen wollte, musste er von ihr eine besondere Münze, einen Jeton kaufen. Dies berechtigte ihn dazu, ein Ortsgespräch zu führen, vorausgesetzt dass er a) die komplizierten Vorschriften entziffern konnte, die sich auf das Abheben des Hörrohres, das Einwerfen der Münze usw. bezogen, es ihm b) gelang, die Aufmerksamkeit einer überanstrengten und halbhysterischen Telefonistin zu erwecken, die Ausländer hasste wie die Pest und Eingeborene wie Medizin, dass er c) die richtige Nummer hatte, wenn diese nicht unterdessen geändert oder im Telefonbuch falsch eingetragen war, und d) der Betreffende zu Hause war und (was das Unwahrscheinlichste von allem war) ein Telefon hatte.

Der unglückliche Pariser, der hingegen unbedingt ein Ferngespräch führen musste, sah sich gezwungen, das nächste Postamt aufzusuchen und dort Schlange zu stehen, nicht unter dreißig Minuten und oft bis zu drei Stunden.

Die Installierung des automatischen Telefons nahm in Paris mehrere Jahre in Anspruch und komplizierte das bereits mangelhafte System dermaßen, dass das Telefonieren beinahe aus der Mode kam. Als man sich schließlich wieder daran wagte, zeigte sich der verbesserte Apparat im höchsten Grade widerspenstig.

Die Franzosen nahmen dies alles wie selbstverständlich hin. Pariser, die ihrer Großmutter ein falsches Gebiss missgönnten, nur um *zu sparen*, verstanden nicht, was es bedeutet, *Zeit zu sparen*. Niemals in der französischen Geschichte ist der einfache Bürger bei irgendeiner Gelegenheit gut bedient worden. Die schönste Gemäldesammlung der Welt, die sich im Louvre befand, war so angeordnet, dass das Tageslicht nicht zu den Bildern drang, und die künstliche Beleuchtung war schauerlich. Als man die Métro anlegte, war sie modern und fein gewesen, nach dem Ersten Weltkrieg war sie überlastet und unzulänglich.

Das Eisenbahnnetz war veraltet, schlecht verwaltet, gefährlich und hatte zu wenig Personal. Im Jahr 1925 herrschte eine solche Epidemie von Eisenbahnkatastrophen, dass das gesamte Personal von Panik ergriffen wurde. Lokomotivführer fuhren durch, ohne auf Signale zu achten. Die Weichen wurden falsch gestellt. Die Schienen gaben nach, die Schienenbetten senkten sich, Weichenwärter bekamen Nervenzusammenbrüche, nachdem sie Zugzusammenstöße verschuldet hatten, und einmal war ein Lokomotivführer so erleichtert darüber, dass er seinen Zug glücklich von Nancy bis zur Endstation Paris gebracht hatte, dass er vergaß, die Bremsen zu betätigen und auf diese Art in den Prellbock hineinfuhr. Resultat: sechs Tote, vierundvierzig Verletzte. Kam man mit heiler Haut von einer Eisenbahnfahrt zurück, so war man zumindest ordentlich durchgerüttelt worden und hatte überall Rußflecken, hatte Umwege gemacht, Unannehmlichkeiten aller Art gehabt und enorme Verspätung noch dazu. In der ersten Klasse frappierte einen das armselige Aussehen des Zugpersonals, und die Bedienung im Speisewagen war höchst nachlässig, vorausgesetzt, dass es überhaupt eine gab. Die zweite Klasse war mit Kleinbürgern vollgestopft, die dritte Klasse mit Bauern und Soldaten. Das Reisen war Plage und Qual, und alle fanden einen anspruchsvoll und kleinlich, wenn man sich irgendeine Kritik erlaubte. Die Züge waren schmutzig, ungeheizt, verkehrten unregelmäßig und mit Verspätungen.

Als sich einmal die Angestellten zu einem Streik aufrafften, um eine Besserung der unmenschlichen Arbeitsbedingungen zu erreichen, machte der damalige Ministerpräsident (ich glaube es war der friedliebende Briand) irgendein altes Gesetz ausfindig, demzufolge er die Aufrührerischen als Reservisten in die Armee stecken durfte; als Soldaten mussten sie sich dann gegenseitig wegen Hochverrats erschießen.

Die Post funktionierte um kein Haar besser. Briefe wurden langsam und unzuverlässig befördert; die Räumlichkeiten der Post waren unhygienisch, und es gab zu wenig Personal. Die Straßenreinigung beschränkte sich auf die von Touristen besuchten Viertel. Der Straßenkehricht wurde mittels altmodischer Spritzwagen, die wie Walfische schnaubten, vom Rinnstein auf das Trottoir befördert. Aschenkasten wurden gegen vier Uhr morgens von Straßenkehrern systematisch ausgeleert und durchstöbert und zwar mit derartigem Gerassel, dass man davon erwachte. Gegen sechs Uhr aber kamen die offiziellen Einsammler mit ihrem Geklapper und Getöse.

Die Gasometer leckten und explodierten nicht selten; das elektrische Licht flackerte, und überhöhte Rechnungen wurden ausgestellt, die Installationen waren veraltet und schadhaft, und der ganze überempfindliche Prozess wurde noch durch ein wahres Hexenaufgebot von Schaltungen und Zündungen kompliziert, so dass das Ganze dem Albtraum eines Lehrlings glich. Das Wasser in der Stadt war nicht trinkbar. Eine Steuer jagte die andere. Der Tabak war eine elende Mischung, roch widerwärtig und war zum Rauchen eigentlich ungeeignet. Die Zündhölzer, ein Staatsmonopol, stanken derartig nach Schwefel, dass einem die Augen zu tränen begannen; sie waren in Schächtelchen erhältlich, auf denen *Sicherheit* stand. Das Holzstäbchen solcher Sicherheitszünder war rissig und brüchig, das Zündköpfchen fing nicht Feuer, oder aber es begann zu glühen, ohne zu flammen, hüpfte einem auf die Hosen oder aufs Hemd, wo es ein Loch brannte, und man musste nachsehen, wo der Funke hingefallen war, um ihn auf dem Teppich krampfhaft auszulöschen, was einen verkohlten Fleck zur Folge hatte, für den man bei der Inventaraufnahme aufkommen musste, wenn man in Untermiete wohnte.

Man kann sich leicht vorstellen, dass diese Zustände unzulänglich und höchst ärgerlich waren. Ja, man kann gut verstehen, dass ein Amerikaner, der Heimweh hat nach der Zuverlässigkeit seiner Heimat, angesichts solcher kleinen Störungen geradezu ein Gefühl der Erbitterung empfindet. Vergebens konnte er sich umsehen nach den Straßen seiner Heimat, in denen der Verkehr ordentlich geregelt war. Abgedämpftes Licht und Geräte aller Art, die modern waren und funktionierten, gehörten einer anderen Welt an. Telefone und Kühlschränke und schalldichte Badezimmer waren in weiter, weiter Ferne von der Rue de la Huchette.

Aber diese Rue de la Huchette vereinigte die prächtigsten, tapfersten und umgänglichsten Männer und Frauen! Es gab dort außerdem zwei lichtscheue Fledermäuse und ganze Berge frischer Gemüse, die leuchtend auf kleinen Zugkarren getürmt lagen, und es gab die lockenden Rufe der Hausierer. Die Rue de la Huchette lebte, und ihr Leben fühlte sich an wie die wärmenden Strahlen der Sonne. Vor allem besaß sie neben einzelnen lasterhaften Individuen Männer und Frauen, die Verständnis und Mitgefühl hatten. Es gab einen Gelehrten, der beim Schein einer Straßenlaterne, die durch seine trüben Fensterscheiben fiel, Plato las, und ein gealtertes Straßenmädchen, das für ihre Nichten auf dem Lande strickte. Hinter den Fassaden der Häuser und Geschäfte gab es Schätze der Tradition und die feinen und gewöhnlichen Sorgen des Lebens in der Gegenwart. Liebe und Hunger und Hoffnung und Herzlichkeit und Angst und Humor und der Kampf ums Leben waren in der Rue de la Huchette genau wie im übrigen Frankreich und auf der ganzen Welt die Komponenten einer Komödie, die wir gewöhnlich als menschlich bezeichnen – in seltenen Fällen wohl auch eine göttliche.

Von unwichtigen Dingen

Fast alle Männer und Frauen in der Rue de la Huchette waren aktiv, ja sogar produktiv. Sie verkauften Lebensmittel und andere Produkte, verkauften Obdach, ihren Körper oder Erholung, oder sie füllten große Bücher voll mit Zahlen. Es gab andere nicht minder interessante Kategorien, die auf den ersten Blick zur Staffage gehörten. Ein Schwarm von Käufern drängte sich immer an der Ecke der Rue Zacharie um die Gemüsekarren, und es entstanden lebhafte Gespräche und heisere Wortwechsel. Männer gingen in den Bars ein und aus und Frauen in den Geschäften. Kleinlaute blasse Kinder marschierten in die Schule, nachdem sie sich mit Schokolade und einem Ei zum Frühstück gestärkt hatten.

Die Blumenverkäuferin von No. 23 zählte auch große Restaurants und Hotels zu ihren Dauerkunden. Madame Durands Geschäft lag nur wenige Schritte entfernt von dem duftenden *Marché aux Fleurs* hinter der Präfektur. Zwei Morgen in der Woche quoll dieser Markt über seine Grenzen am Kai und überflutete die nahen Brücken mit Topfpflanzen und Schnittblumen und zur

Weihnachtszeit mit Christbäumen. Aus diesem Grunde konnte Albertine Durand billiger sein als die anderen Blumenhändler, die ihre Ware nicht so leicht und billig an Ort und Stelle schaffen konnten. Im Verhältnis zum Format unserer Straße machte Madame Durand dementsprechend außergewöhnlich gute Geschäfte. Jeden Morgen stand sie um fünf Uhr auf und zog sich an, ohne ihren Mann zu wecken, der als arischer Inspektor von koscherem Fleisch von acht bis sechs arbeitete.

Sobald sie ihre Wahl an frischen Blumen für ihr Geschäft getroffen hatte, heuerte Madame Durand ein paar Burschen an. Diese Herumtreiber liehen sich dann eine Art Butte mit Schulterhaken, und die Blumenverkäuferin lud ihnen ihre Bürde auf, bis sie wie Blumenwagen beim Korso aussahen. Daraufhin trotteten sie hinter Madame her in die Rue de la Huchette. Für diese Hilfeleistung zahlte Madame Durand zwei Francs pro Mann, ohne Rücksicht auf gestiegene Lebenskosten und Inflation.

La Vie Silencieuse in No. 28 war ein Goldfischladen und, wie schon sein Name besagte, eine Stätte des Friedens. Manchmal blieb ein Passant stehen, um die Fische und Wasserpflanzen in den Glaskästen des Ladens zu bewundern, der nur vier Meter breit war. Etwa so oft wie die Seine-Fischer am Kai einen Weißfisch fingen, verirrte sich ein Käufer in das Geschäft. Vom kommerziellen Standpunkt aus gesehen lag der Laden nämlich ziemlich ungünstig. Man musste genau wissen, wo er lag und wie man hinkam, um ihn zu finden.

Der Besitzer hieß Monsieur Maurice und wurde nie anders genannt. Nur zwei Geschäftsleute in der Rue de la Huchette gestatteten sich den Luxus, erst um neun Uhr früh am Orte ihrer Tätigkeit zu erscheinen. Die beiden Spätaufsteher waren Monsieur Maurice, der pünktlich jeden Morgen mit seinem Fahrrad dastand, und Monsieur Noël, der hagere Präparator.

»Schon als Kind bin ich ein Präparator gewesen, wie mein Vater und mein Großvater«, sagte Monsieur Noël eines Tages. Und er setzte hinzu: »Im Lauf von drei Generationen ist nie jemand vor zehn Uhr früh gekommen, der ein Tier ausstopfen lassen oder ein ausgestopftes kaufen wollte.«

Monsieur Maurice hatte offenbar in Bezug auf tropische Fische die gleiche Erfahrung gemacht und wusste, dass man diese erst in den späten Nachmittagsstunden kauft, wenn sich in der *Vie Silencieuse* die Fische in der Sonne von ihrer besten Seite zeigten. Monsieur Maurice brachte jeden Tag sein Mittagessen mit, das er auf dem Gepäckträger seines Fahrrades aufgeschnallt hatte. Wenn die abflauende Geschäftigkeit der Straße andeutete, dass die Mittagsstunde nahte, dann rückte Monsieur Maurice seinen Küchenstuhl, das einzige Möbelstück in seinem Geschäft, das nichts mit Fischen zu tun hatte, ein paar Meter weiter nach hinten in den Laden, wickelte sein Päckchen auf und begann ein Butterbrot zu essen, das aus einem knusprigen Weißbrot bestand, und zu dem er knorrige kleine Pickles verzehrte, die vom Weinessig feucht glänzten. Dann schloss er sein Geschäft und wanderte zu den Bücherständen hinüber, wo er wahllos irgendein antiquarisches Buch kaufte, das er von Buchdeckel zu Buchdeckel las, wenn diese, was selten der Fall war, überhaupt vorhanden waren. Nachdem er es gelesen hatte, gab er es am nächsten Tage zurück als Anzahlung für ein anderes. Nicht ein einziges Mal in all den Jahren unserer Bekanntschaft entdeckte er ein Buch, das er hätte behalten wollen, um es ein zweites Mal zu lesen. Er war mittelgroß, hatte welliges Haar, kleidete sich unauffällig, antwortete höflich und mit einem warmen Lächeln, wenn er angesprochen wurde, und hatte die Angewohnheit, sich gemütlich die Hände zu reiben. Sein Lesegeschmack war ausgesprochen katholisch. An einem Tage folgte er einem geistlichen Pionier bei seinen Abenteuern im Wilden Westen Canadas, am Tage darauf staunte er bei der Lektüre über Mademoiselle de Maupin. Nacheinander las er mit höflicher Aufmerksamkeit und stillem Genuss ein Handbuch über Bienenzucht, einen Band einer veralteten Enzyklopädie von Fi bis Kl und die *Schwestern Marx* von Louisa May Alcott.

Niemand wusste, wohin sich Monsieur Maurice begab, wenn er während des stärksten Abendverkehrs auf dem Rad über die Place Saint-Michel fuhr. Die Gäste vom Café Saint-Michel und Café de la Gare, die ihren Apéritif nahmen, staunten über seine Geschicklichkeit und sein Augenmaß, denn jeden Abend steuerte er im Zickzack zwischen donnernden Bussen, tutenden Autos, wilden Taxis, Ambulanzen und erschöpften Fußgängern, ohne auch nur einen Menschen zu streifen oder selbst Schaden davonzutragen. Trinker hörten zu trinken auf, um seine haarsträubenden Kunststücke zu verfolgen, erzählten ihren Freunden davon und schlossen sogar Wetten darüber ab, was ihm noch alles glücken würde. Nichts von all dem schien Maurice zu bemerken. Gerade um diese Stunde musste er sich mit seinem Fahrrad an einen bestimmten Ort begeben. Seine Route ging über die lebhafte Place, und darum nahm er diesen Weg, genau wie eine Krähe, die ihren Flug nimmt.

An einem Morgen des Jahres 1927 blieb Maurices Geschäft geschlossen, bis ein fremder junger Mann mit ernstem Gesichtsausdruck gegen die Mittagsstunde kam, die Fische fütterte und die Wasserpflanzen in den Aquarien betreute. Am nächsten Tag erschien Maurice mit seinem Rad, auf dem allerlei Bündel und ein Strohkorb aufgeschnallt waren. Ein Karren mit etlichem anderen Zeug kam später nach. Maurice kaufte in dem kleinen Schnittwarengeschäft in No. 19 ein paar Meter geblümten Cretonne; er wählte eine Art orientalisches Muster, das zu Fischen passte. Im Farbwarengeschäft in No. 4 kaufte er etwas Draht, um Bilder zu befestigen. Die Nachbarn blieben stehen und drückten ihr Beileid aus, ohne recht Bescheid zu wissen; Monsieur Maurice trug nämlich um den linken Oberarm und seinen steifen Hut einen Trauerflor und eine schwarze Krawatte auf der sauberen weißen Hemdbrust. Mutter, Vater, Schwester oder Bruder war ihm nicht gestorben. Wahrscheinlich war es eine Tante. Wie dem auch sei, Maurice schlief von jenem Tage an bis zum Februar 1939 auf einem Feldbett im rückwärtigen Teil der *Vie Silencieuse*, und innerhalb eines Monats hatte er sein Fahrrad an einen der Lehrlinge in der Buchbinderei von No. 9 verkauft. Der Lehrling, der flussaufwärts wohnte, gegenüber der Halles aux Vins, überquerte abends nicht die Place Saint-Michel, sondern verließ die Rue de la Huchette in östlicher Richtung, gegenüber der Notre-Dame. Der junge Mann war erheblich weniger geschickt als Maurice, er wurde denn auch schon am dritten Abend von einem Spritzwagen angefahren und brach sich das Schlüsselbein.

Es war für Maurice ein ausgesprochenes Pech, dass jene Broschüre, auf die er damals im Jahr 1939 stieß, *Kommunistisches Manifest* betitelt war und dass sein Eindringen in Karl Marx' Gedankenwelt durch das Auftreten von Agenten der *Sûreté Générale* in Zivil unterbrochen wurde, die ihre übliche Razzia machten. Die Ausbeute dieser Agenten war sehr gering, denn die meisten Bewohner der Gegend waren schon weggezogen; die Herren schenkten Maurices Geschichte, wie er zu dem Buch gekommen sei, keinen Glauben und registrierten ihn als *Roten*. Seine Ausweispapiere waren seit Jahren abgelaufen, weil sich niemals irgendein Beamter um ihn gekümmert hatte.

Zwei Häuser weiter östlich, auf der gleichen Seite wie die *Vie Silencieuse*, gab es einen Laden, der nur zweieinhalb Meter breit war und sich auf dem Schild *Au Philatelogue* – zum Briefmarkensachverständigen – nannte. Der Besitzer, Monsieur Dominique, war ein grau melierter Mann, mit einem Gaunergesicht, Filzpantoffeln und ausgefransten Hemdärmeln. Er trug eine Brille, die so schlecht war, dass er sie immer abnehmen musste, wenn er seine kostbaren Einzelstücke untersuchte oder feine Kollektionen in kleine Kuverts füllte, und auf diesen mit Tinte den Preis vermerkte – zwischen fünf Francs und achtzig Francs. Die wertvollen Exemplare verwahrte er in einem kleinen altertümlichen Safe; es hieß, dass sie per Stück 1.500 Francs wert seien, laut Schätzung im Jahre 1907, als der Franc ein Fünftel-Dollar war.

Monsieur Noël hatte in Erfahrung gebracht, dass Monsieur Dominique in der gesamten Marken sammelnden Welt als eine

Autorität galt, dass er unter einem Pseudonym in mehreren internationalen Fachzeitschriften Artikel schrieb, und dass er einmal nach London gebeten worden war, um dort durch einen Dolmetscher an einem englischen Gerichtshof als Experte zu fungieren, wo er eine geschickte Fälschung entlarvt hatte.

Im Hochsommer, wenn die Klientel, die ausgestopfte Katzen schätzte, fort war, und wenn alle Tiere, dank den Vitaminen des Sonnenscheins, sich einer besonders guten Gesundheit erfreuten, hatte Noël viel Zeit. Die Sterblichkeit unter Schoßtieren war, so erzählte er uns, am höchsten in den Monaten April, Mai und zu Beginn des Juni. Zu dieser Zeit wendet sich ihre Fantasie gern den Liebesgedanken zu, sie werden dadurch unruhig und unvorsichtig, und dies führt sie schließlich ins Verderben.

Mocha, der Hund vom Hôtel Normandie, mit dem glatten Haar, war nicht reinrassig, aber von Kopf bis Fuß schwarz – kohlpechrabenschwarz. Sein kurzhaariges, gesundes Fell schimmerte und glänzte nicht, sondern schien vielmehr die Strahlen der Sonne zu absorbieren. Er hatte einen edlen Kopf, stille, braune Augen, eine Schnauze, die weder stumpf noch spitzig war, und einen langen Schwanz, mit dem er nicht jedermann wahllos anwedelte. Denn Mocha war ein vorsichtiger Hund. Das musste er auch sein, wenn er in dem kleinen billigen Hotel, wo so ausgiebig getrunken wurde, nicht getreten werden wollte. Er bekam niemals Fußtritte. Französische Städter sind ungemein rücksichtsvoll gegen die stummen Tiere, und auf dem Lande waren Pferde, Kühe, Schweine oder Ochsen zu teuer, als dass man sie hätte quälen oder vernachlässigen wollen. Immer wieder habe ich mich darüber gewundert, wie gut der in der Stadt aufgewachsene Franzose seine Lieblingstiere verstand, niemals ihre Gefühle verletzte, ihre kleinen Schwächen mit Nachsicht überging und sie in allem wie Ehrengäste behandelte. Die Katzen und Hunde zeigten sich erkenntlich, je nach ihrem Temperament. Maggie, das grässliche Terrierweibchen, das die geizige Madame Marie vom Hôtel du Caveau so heiß liebte, nützte die Nachsicht ihrer

Herrin in jeder Weise aus. Sie zerkratzte und zerbiss die Möbel, zerfetzte Teppiche und Schoner, wollte nicht ins Bad, auch wenn sie stank wie die Pest, und wälzte sich im Kot, wenn sie sauber war. Aber von dem Augenblick an, da Marie sich zu Bett begeben hatte und Monsieur Henri die Geschäftsführung übernahm, wurde Maggie aufmerksam, machte Kunststückchen, ging den Gästen aus dem Weg, schnappte nicht nach Unbekannten oder Bettlern – mit einem Wort, sie wurde ein Engel.

Mocha, aus der Normandie, blieb sich immer gleich, ob Regen ob Sonnenschein, bei Tag und Nacht, in kranken und in gesunden Tagen. Drei Menschen war er anhänglich: Louis, dem einarmigen Garçon, Sara und ihrem nichtsnutzigen Guy. Was Guy betrifft, lernte ich durch Mocha, der ihn achtete, verstehen, dass ich in meinem Urteil vorschnell gewesen war, und dass Mocha recht hatte.

Als eines Abends ein betrunkener Gast eine geringschätzige Bemerkung über Juden fallen ließ, erhob sich Guy wütend, ging zu seinem Tisch hinüber und sagte mit fester Stimme: »Meine Frau ist Jüdin, Monsieur!«

Damit nicht zufrieden, hielt er noch eine schlagende, leidenschaftliche Rede gegen Rassenvorurteile.

Die natürliche Folge hiervon war, dass Guy sich am nächsten Tag darüber beschwerte, dass Sara ihm eine verdrückte Serviette gegeben hatte, und sie dafür verantwortlich zu machen schien, dass die Hörnchen beim Bäcker kleiner wurden, im gleichen Maß wie der Franc sank.

Es war erstaunlich zu sehen, wie die Pariser auf Blumen reagierten. Man brauchte sich nur mit einem Strauß oder auch nur einer Rose oder Chrysantheme irgendwo in Paris auf der Straße zu zeigen – sofort drehten sich die Passanten um und gaben laut ihrer Bewunderung Ausdruck. Louis Aragon, ein fantasiebegabter Franzose par excellence, schenkte einmal einer alten Bettlerin fünfzig Francs und eine Orchidee, unter der Bedingung, dass sie den Namen der Frau, die er liebte, sich einpräge und ihn zeitlebens nicht vergesse. Ich möchte meinen Kopf wetten, dass die arme alte Hexe getreulich ihr Versprechen hielt. Denn man weiß in Frankreich eine Geste zu schätzen, so sehr man auch den Pfennig umdreht. Ich sah einmal in einem Autobus in Paris, wie ein höchst prosaisch aussehender Mensch sich eine Träne wegwischte, während er in der *Semaine Littéraire* einen Artikel las. Beim nächsten Zeitungsstand stieg ich aus und kaufte mir diese Ausgabe. Die Geschichte behandelte in gekürzter Form einen wenig bekannten Abschnitt aus Oscar Wildes Tagebuch, in dem er erzählt, wie er damals, da er versuchte, sich von den Leiden seiner Haft zu erholen, einmal in Paris über eine Brücke ging und einen Mann unten sah, der am Ertrinken war. Wilde war ein guter Schwimmer und wollte eben hinunterspringen, als er sich klar machte, dass diese Tat als theatralische Geste und als Appell an die Publikumsgunst gedeutet werden würde. Krankhaft sensitiv, wie er damals war, hielt ihn dieser Gedanke zurück und legte eine neue Bürde auf seine gequälte Seele.

Der Rasier- und Frisiersalon lag in der Rue de la Huchette No. 20, er hielt die Mitte zwischen Bedarfsartikeln und Luxuswaren. Unser lokaler Hauptfriseur hieß Julien. Er hatte bei dem berühmten Riess in der Nähe der Place Saint-Germain-des-Prés gearbeitet und seine unermüdliche Gattin, Elaine, wurde von Madame Riess so lange kontrolliert und angetrieben, bis sie genau wusste, was Aufsicht bedeutete. Wenn man sich dort rasieren ließ, steckte einem Julien zuerst ein Handtuch in den Kragen und zündete eine Gasflamme an, über der er etwa einen Viertelliter Wasser wärmte. Der Seifenschaum hatte Ähnlichkeit mit Baiser auf Zitronentarte bei Raumtemperatur und roch nach allem möglichen, so auch nach Bittermandel. Der Schaum trocknete schnell und gründlich, hauptsächlich um die Ohren herum. Das Rasiermesser wurde ordentlich abgezogen, und Julien ging damit sehr geschickt um; kaum hatte er einem jedoch den Bart abgenommen, hielt er sein Amt für beendet. Man musste sich zum Ausguss begeben, sich unter dem Hahn abspülen und dann an dem winzigen steif gestärkten Handtuch abtrocknen, das kaum Feuchtigkeit aufnehmen wollte.

Hatte man sich von Julien die Haare schneiden lassen, so sah man aus wie aus einer Annonce für Trinkschokolade aus dem neunzehnten Jahrhundert, aber der Haarschnitt war trotzdem künstlerisch und trug den Stempel seines Schöpfers.

Wie fast alle Friseure, hatte auch Julien seine Lieblingsanekdote, die gut war und außerdem wahr. Sein früherer Arbeitgeber Riess verlangte enorme Preise, um Damen das Haar zurecht zu machen, und hatte viele reiche Amerikanerinnen angelockt, denen er überzogene Preise machte. Eine solche – sie stammte aus der Reklamebranche und war kurz und untersetzt – konsultierte einmal Herrn Riess. Sie bezahlte den hohen Preis im voraus. Der Meister ging etliche Male um sie herum, strich ihr über dar Haar, rief schließlich seine Frau als Zeugin herbei und sprach:

»Madame! Sie sind bereits vollendet! Es wäre ein Frevel, auch nur ein Haar zu ändern.«

Mit dieser Geschichte prüfte er seine Kundschaft. Sahen die Leute am Ende der Erzählung verständnislos drein, widmete er ihnen in Zukunft wenig Aufmerksamkeit. Diejenigen, die herzlich lachten, wurden fortan mit besonderer Sorgfalt bedient.

Madame Goujon ging nach einem von ihr erdachten Schema vor, das sie bei allen Herren, die ihren Salon aufsuchten, anwendete. Es war keine ulkige Geschichte, sondern sie brachte das Gespräch nur auf ein etwas gewagtes Gebiet. Als ihr Mann noch lebte – mehr als dies erfuhr man nie von ihr über ihn – waren sie einmal bei Bekannten eingeladen, wo Gesellschaftsspiele gespielt wurden. Die Hausfrau hatte eine Vorliebe für Literatur im Genre von Paul Bourget und bat alle Gäste, einen kurzen Aufsatz über ein pikantes Thema zu verfassen, der dann vor dem versammelten Forum verlesen werden sollte; das Thema wurde - wie ein Los – aus einem dekorativen Glasgefäß gezogen. Von

Madame Goujon wurde verlangt, sie solle *les frissons* beschreiben, also jene Schauer der Erregung, die im Allgemeinen von den Schriftstellern durch Auslassungspunkte angedeutet werden.

»Was meinen Sie, Monsieur, wie soll man so etwas beschreiben?«, pflegte Madame Goujon zu fragen.

Das Einzige, was ich zu sagen wusste, war, dass viele große Schriftsteller es versucht hätten und fast keiner mit Erfolg.

»Höchstens vielleicht Proust«, sagte ich, ganz nebenbei.

Auf diese drei Worte hin kaufte Madame Goujon alle siebzehn Bände von »A la recherche du temps perdu«, denn sie war zwar eine sparsame Frau, aber doch auch eine Frau mit einem starken Gefühlsleben.

Glaubensbekenntnis

Es wäre grundfalsch zu behaupten, dass die Franzosen ihre Religion verloren hätten oder falsche Götter anbeteten. Nie habe ich in einem Lande gelebt, wo die Kirche weniger Verdruss erregt hätte als im Frankreich des zwanzigsten Jahrhunderts. Die berühmte *Séparation* vom Staat fand zu Beginn des Jahrhunderts statt und zerschlug die Macht der Priester über die Erziehung. Die Jesuiten dominierten nicht im Finanzwesen wie in Spanien, und mischte sich einmal die Geistlichkeit in die Politik ein, so geschah es auf diskrete Art, im Rahmen der überkommenen Vatikanpolitik, nach der man sich in schlechten Zeiten am besten im Hintergrund hält.

In groben Zügen gesehen war die Priesterschaft in Frankreich weder ignorant noch unmenschlich. Die Geistlichen wussten sogar manchmal in weltlichen Dingen besser Bescheid als der durchschnittliche weltliche Politiker. Einer der klügsten war der Abbé Alphonse Lugan von Saint-Germain-des-Prés, der als Missionar die ganze Welt bereist und auf Englisch mehrere Bücher über die amerikanische Regierung geschrieben hatte; sein tägliches Gebet berührte mich durch seinen tiefen Gehalt:

»Lieber Gott, mache mich weder reich noch arm!«

In Frankreich war der protestantische Einfluss gering. Entweder war man katholisch oder man war Freidenker und interessierte sich weniger für Himmel und Hölle als dafür, wer augenblicklich Ministerpräsident war oder ob man seiner Mätresse trauen konnte. Die Landbevölkerung war im Allgemeinen kirchlich eingestellt. Industriearbeiter waren keine Kirchgänger. Die Staatsbeamten waren gute Katholiken oder auch nicht, je nach dem religiösen Eifer ihrer Vorgesetzten.

In der Armee jedoch war der straff organisierte Katholizismus überaus mächtig. Hohe Offiziere mussten, falls sie nicht betont katholisch waren, außerordentlich begabt sein, um es zu etwas zu bringen. Die katholischen Offiziere bildeten eine mächtige Clique, und Reservesoldaten, die um Urlaub oder Vergünstigungen ansuchen wollten, gingen, wenn auch ohne rechte Überzeugung, dafür aber umso regelmäßiger zur Messe.

Selbst unter den einflussreichsten Stützen der Kirche gab es wenig Fanatismus. Als sich der Erzbischof von Paris beim Verlassen seiner Limousine den Fuß verstauchte, die ihn zur Kirche von Saint-Christophe gebracht hatte, um sie nach alljährlichem Brauch von dem Schutzpatron der Fahrzeuge segnen zu lassen, lachte niemand herzlicher als die Bischöfe und Generäle.

Kardinal Verdier, der als Kirchenerbauer in Paris bekannt war, besuchte einmal eine Kirche in halb fertigem Zustand und hörte, wie ein Maurer, als ihm ein Stein den Finger zerquetschte, ausrief: »Nom de Dieu!«

»So soll man nicht sagen, mein Lieber«, meinte der Kardinal. »Wenn etwas schief geht, sagen Sie ›Merde‹, wie jeder andere.«

Soweit mir bekannt ist, waren die beiden einzigen Dinge, über die der Pariser nicht lachen wollte, nur der Brotpreis und das Grab des Unbekannten Soldaten. Als eines Nachts die ewige Flamme ausging und die Arbeiter sie vierzehn Stunden lang nicht wieder zum Brennen bringen konnten, wurde dies nicht in sarkastischem Ton kommentiert. Herausgeber und Journalisten sprachen weiterhin von der *ewigen* Flamme, und die meisten erwähnten die Stunden, in denen ihr ewiges Dasein unterbrochen gewesen, überhaupt nicht, um nur ja nicht die Veteranen zu kränken.

Der frömmste Mensch von allen Leuten, die in der Rue de la Huchette lebten, war eine ernste, hübsche Person von dreißig Jahren, die im fünften Stock mit Blick zur Straße im Hôtel du Caveau wohnte. Madame Claire trug tiefe Trauer, hielt stets die Augen gesenkt und sprach mit keinem, außer mit Monsieur Henri, der sie mit ausgesuchter Ehrerbietung behandelte. Zwölf Stunden am Tag fertigte Madame Claire in einem großen Kleideratelier künstliche Blumen an, und die übrige Zeit betete sie, entweder in Saint-Séverin oder Saint-Augustin. Sie stand zeitig auf, um beim Frühstück im Café mit niemandem außer Monsieur Henri zusammenzutreffen. Sie betrachtete sich als unrein, als Aussätzige und den Schwefelflammen der Hölle verfallen, weil ihr Gemahl, dem sie bis ins kleinste die Treue bewahrte, sie verlassen und sich unter Nichtachtung der Kirche von ihr hatte scheiden lassen.

Die Leidensfähigkeit dieser sanftmütigen Frau war erschreckend, um nicht zu sagen, schockierend. Wenn sie ihren Mantel an- oder auszog, kroch sie jedes Mal förmlich in sich zusammen. Die scharfen, anzüglichen Blicke der Männer und ihre Bemerkungen trafen sie im Vorbeigehen wie die Hiebe einer Peitsche. Das Diesseits und das Jenseits war ihr zerschlagen worden, und was immer Pater Panarioux ihr auch sagte, es brachte ihr keine Erleichterung. Monsieur Henri achtete darauf, dass sie nicht verhungerte, und fütterte sie, als sei sie ein krankes Kind, was sie ja auch wirklich war.

»Das Traurige mit Madame Claire ist«, sagte die Köchin Thérèse mit Überzeugung, »dass sie keine eigenen Sünden zu beweinen hat.«

»Sie weiß nicht, was sie will«, meinte Georges, als ob *er* es ganz genau wüsste.

Ein betrunkener amerikanischer Berichterstatter, der sich im Stockwerk geirrt hatte, stolperte eines Nachts in Claires Zimmer und entdeckte erst, als es zu spät war, dass sie einer Ohnmacht nahe war. Wie so oft wandelten die unerforschlichen Ratschlüsse der Vorsehung dieses scheinbare Unglück in sein Gegenteil, denn nach Strömen von Tränen und Protesten und dreitägigem unablässigem Gebet schienen die Nebel über Claires gequälter Seele sich zu heben. Sie ging von da an weiter in die Messe, aber nicht im Übermaß, bekam eine bessere Stelle, zeigte sich an einem Ostermorgen in farbiger Kleidung und sagte zu jedem: »Bonjour«.

Das Geschäft Rue de la Huchette No. 1 verkaufte Kruzifixe, Gebetbücher, Glasmalereien, Altardecken und andere Dinge für Gläubige und die Kirchen. Der Besitzer war ein netter Elsässer, der mit peinlicher Genauigkeit die religiösen Pflichten erfüllte, weil er glaubte, sonst sein Monopol in der Nachbarschaft zu verlieren. Ich glaube, Monsieur Luttenschlager war ein verkannter Bildhauer oder Maler, denn er hatte zu Weihnachten eine erstaunliche Kollektion von Christgeburtskrippen. In kleinen Holztrögen lagen Wachspüppchen, die das Jesuskind darstellten, und daneben standen Josef und Maria und großäugige Kühe aus Pappmaché, und es gab Holzwolle statt des Strohs; und das kauften fromme Eltern für ihre braven Kinder zur Weihnachtszeit.

In Frankreich war es nicht Brauch, einander zu Weihnachten kostspielige Geschenke zu machen. Man sandte seinen Freunden zum Neuen Jahr eine kleine Aufmerksamkeit in Form von Blumen oder einer Künstlerkarte.

Zu Beginn des Monats Dezember konnte man Monsieur Luttenschlager in Hemdsärmeln in seinem Auslagenfenster knien sehen, wo er letzte künstlerische Hand beim Arrangement seiner verschiedenen kostbaren sinnbildlichen und gegenständlichen Kunstwerke anlegte. Hätte Salvador Dalí die Luttenschlagerschen Kreationen genauer betrachtet, dann wäre der Welt viel Geschrei erspart geblieben.

Der Tischler aus dem Haus daneben ging zur Kirche, wenn ein Angehöriger starb. Nach jahrelangem *Republikanismus* gab es in Frankreich immer noch genau eingeteilte Begräbnisklassen. Eines Tages kam ich zufällig in die Kirche von Saint-Séverin, nachdem eben eine Beerdigung zweiter Klasse stattgefunden hatte. Ein jüngerer Priester machte systematisch die Runde und blies jedes zweite Kerzenlicht aus. Ich konnte ihn ruhig fragen, warum er dies tue, weil wir Bridgepartner waren.

»Es kommt gleich ein Begräbnis dritter Klasse«, meinte er.

Die Gläubigen und Ungläubigen in unserer Straße verteilten sich ungefähr folgendermaßen:

Im Hôtel du Caveau No. 5: Madame Claire ... alle anderen Bewohner entweder neutral oder gleichgültig.

In No. 7 wohnte das fromme alte Ehepaar Taitbout, das die Zeitungen verkaufte, und die ältlichen elsässischen Mädchen mit ihrem Oberst a. D., die alle drei fromm waren.

Der Buchbinder, dem man nachsagte, er verwende Menschenhaut, war ein Freidenker, wenn er Zeit hatte. Frémont war ein ungläubiger Sozialist, desgleichen Monge. Monsieur und Madame Lanier (von der Wäscherei und dem *Clandestin*) besuchten jeden Sonntagmorgen die Messe und machten hierauf einen Ausflug mit einem Seine-Schiff oder fuhren nachmittags mit dem Autobus ins Grüne. Fast alle Mädchen vom *Panier Fleuri* schlüpften zitternd in Saint-Séverin hinein, wenn sie schlechte Nachrichten bekamen.

Am Nordende der Straße sah die Gruppierung so aus:

Der Lamm- und Rindfleischschlachter war von Geburt katholisch und hatte beschlossen, es dabei zu belassen.

Der Besitzer des Farbwarengeschäftes (während der Einkochzeit verlieh er prächtige Kupferkessel für zwei Francs täglich) ging ungefähr dreimal im Jahr zur Messe und schickte seinen Sohn in die Pfarrschule.

Der Schweineschlachter, ein Freund von Luttenschlager, hielt zwar etwas auf Religion, war aber am Sonntag zu müde, um zur Messe zu gehen.

Die Gepflogenheiten des Satyrs waren den Nachbarn nicht bekannt, aber es ließ sich annehmen, dass er es eher mit einer schwarzen als mit einer weißen Messe hielt.

Der Präparator Noël war ein hochintelligenter Mann und behauptete, keinerlei abergläubische Vorstellungen zu haben.

Madame Absalom hatte nach und nach aufgehört, an Gott zu glauben, je besser sie ihren unverlässlichen Verflossenen in Clermont kennengelernt hatte.

Odette und Jean vom Milchgeschäft waren Sozialisten und sprachen von Religion als dem Narkotikum für das Volk.

Hätte man Monsieur Corre gefragt, ob er christlich gesinnt war oder nicht, hätte er einem zugezwinkert und gesagt: Selbstverständlich!

Madame Corre war so rührend fromm wie eine Porzellan-Maria aus der Luttenschlagerschen Kollektion. Dr. Clouet, von dem wir später noch viel hören werden, war ungläubig und trank, im Übrigen nahm er aber keinerlei Rauschgifte. Der Zahnarzt hingegen war ziemlich genau im Einhalten der religiösen Vorschriften und erhielt daher eine Kleinigkeit aus dem Fonds der Pfarrgemeinde, wenn er den Zöglingen der Parochialschule die Zähne nachsah.

Der Militärschneider mit dem wallenden Vollbart, der wie Tolstoi aussah, war ein tadelloser Mann der Kirche. Sonst hätte er sich auf Sport-, Jagd- oder Abendkleidung verlegt.

Der Friseur Julien war ein freier Nicht-Denker; der Markensammler war ein wissenschaftlicher Gottesverächter; der Besitzer und die Verkäufer in der Musikalienhandlung gingen dann und wann zur Beichte; Maurice von der *Vie Silencieuse* war unentschlossen.

Der Verleger von No. 30 war fromm von Berufs wegen – er handelte ja mit halb-religiöser Literatur; der Krautkopf war ein

Eckpfeiler der Religion. Vom Richter Lenoir, Madame Goujon und der kleinen Hyacinthe war schon die Rede.

Im Gegensatz zu der ungemein starken Rückständigkeit der Kirche in Spanien, in Mexiko und auch in Südamerika und trotz der zweideutigen politischen Manöver des Vatikans, benahm sich die Kirche in Frankreich mit Umsicht. Der französische Klerus war außerordentlich patriotisch, und verhältnismäßig weltgewandt, und erzog oder ermunterte niemanden zum Fanatismus. Sowohl die hohe wie die niedrige Geistlichkeit war unglücklich über fanatische Einstellungen. Oft habe ich Amerikaner getroffen, die an der oberflächlichen, nachlässigen Art, mit der die französischen Gläubigen der Messhandlung während einer gesungenen Messe folgten, Anstoß nahmen. Sie knieten nieder oder bekreuzigten sich, als ob sie dabei an etwas ganz anderes dächten, brummten undeutlich die Responsorien, kamen und gingen während des Gottesdienstes und wurden vom Mesner nur dann streng in den Blick genommen, wenn sie nicht das erforderliche Kleingeld dabei hatten. Einmal sah ich eine Französin mit traurigem, blassem Gesicht, in schwarzer Kleidung und Schleier, wie sie mit der unbehandschuhten Hand über die anderen Leute hinweg in den Weihwasserkessel hineintippte wie ein Sperling, der seine Flügelspitzen kaum benetzt, so, als wollte sie ein Stäubchen von ihrem Kleide wegfegen. Weder die glühende Innigkeit noch die rohe Brutalität der spanischen Kirche traf man in Paris, und die künstlerische Ausstattung war im schlimmsten Fall nicht so abstoßend und im besten Fall nicht so großartig wie die in Burgos oder in Toledo. In einer der Kapellen von Saint-Germain-des-Prés waren Wandmalereien von Delacroix, in einer anderen gab es Werke von dem in Vergessenheit geratenen Lehrer Poussins, einem verkommenen Genie, dem eigentlichen Vater der französischen Malerei. Der Fremdenführer erwähnte sie wohl, aber niemand unternahm etwas, um sie richtig beleuchten zu lassen; folglich war es zu dunkel, um sie genau sehen zu können.

Der Durchschnittspriester in Frankreich stand wesentlich höher als der irisch-amerikanische in Bezug auf geistige Fähigkeiten und Erziehung, sein psychologisches Verständnis und seine Duldsamkeit, aber nicht in Bezug auf seine Wärme. Der französische Geistliche hielt sich nicht für eine Art besseren Polizisten. Es gab sehr wenige Skandalgeschichten über geistliche Würdenträger und die Frauen in den Pfarrgemeinden, und wenn es einmal vorkam, dass ein Geistlicher in ziviler Kleidung ein Etablissement wie *Le Panier Fleuri* aufsuchte, natürlich entsprechend weit weg von seiner Pfarrei, dann beanstandete dies niemand. Nichts deutete darauf hin, dass die Kirche für die unbemittelte Bevölkerungsklasse eine Last gewesen wäre. Geld und Ansehen bezog die Kirche offenbar von den Reichen. Tatsächlich hat sich ja auch in keinem anderen Land die katholische Kirche den modernen Erfordernissen mit so viel Grazie und so wenig Reibereien angepasst wie in Frankreich.

Pater Lugan erzählte mir mit einem lustigen Zwinkern seiner klugen alten Augen, dass er sich mehrere Tage, bevor er sich nach Amerika einschiffte, im *Hosentragen übte*, weil er, der in Frankreich an den priesterlichen Rock gewohnt war, drüben nicht immer mit aufgeknöpftem Mantel herumgehen wollte. Wie er auch gekleidet war, stets blieb er der gleiche gute, kluge Mensch. Als deutsche Geistliche nach Saint-Sulpice, dem Hauptquartier der Mission, kamen, sprach Pater Lugan mit ihnen Lateinisch und machte ihnen ab und zu freundschaftliche Vorwürfe darüber, dass sie die ehrwürdige Muttersprache nicht fließend genug beherrschten.

Das französische Volk hasst den Klerus nicht, wie es die gequälten Spanier tun. Die Franzosen wissen, dass ihre Geistlichen zu ihnen gehören und hinter ihnen stehen, dass sie Entbehrung und Erniedrigung mit ihnen tragen, dass sie sich für die Hebung ihrer Würde einsetzen, und dass es ihnen nie einfallen würde, sie zu verraten oder aus ihrem Elend Nutzen zu ziehen. Sie wissen, dass Franzosen im Ordenshabit, geweihte Priester, niemals ihre hilflosen Landsleute verfolgen oder deren Verfolgung entschuldigen oder veranlassen würden. Pater Lugans Gebet »Lass mich weder reich noch arm werden«, erweckte Widerhall im Herzen seiner Pfarrkinder einfach darum, weil sie wussten, dass er es in aller Aufrichtigkeit und Demut wirklich so meinte.

Kleider machen Leute

Um die Mitte der Zwanzigerjahre begann es den Leuten in der Rue de la Huchette zu dämmern, dass Frankreich den Krieg nicht gewonnen hatte, ja, dass niemand ihn gewonnen hatte. Zu Beginn des Jahres 1926 brachte Painlevé ein Gesetz ein, demzufolge die französische Armee von zweiunddreißig auf zwanzig Divisionen reduziert wurde. Ein Zusatzgesetz bestimmte, dass die allgemeine Wehrpflicht nicht wie bisher ein Jahr, sondern achtzehn Monate betragen solle. Die Mütter in unserem Viertel, besonders Madame Corre, Madame Marie vom Hôtel du Caveau, die Frau des Bäckers und Madame Trévise vom Café Saint-Michel, begannen verhärmt auszusehen und hatten häufig Tränen in den Augen. Diese Sparmaßnahme wurde durch ein Gesetz des französischen Senats ergänzt, das allen Ausländern, die in Frankreich lebten, eine Einkommenssteuer auferlegte – auch wenn diese nur Geld ausgaben, aber keines einnahmen.

Mit jedem Tage schrieben die französischen reaktionären Kolumnisten und Herausgeber giftigere Dinge gegen Ausländer, speziell gegen Amerikaner. Als einziger Amerikaner in der Rue de la Huchette (dabei wussten viele Leute dort gar nicht, ob ich aus Nord- oder Südamerika stammte) wurde ich nur allzu häufig gebeten, zu diesen sonderbaren Auslassungen Stellung zu nehmen und zu erklären, was Coolidge, Dawes, Owen Young, Kellogg, J.P. Morgan, die lächerlichen Prozesse von Tennessee, der Ku Klux Klan, Al Capone, die Fundamentalisten, Henry Cabot Lodge etc. eigentlich wollten. Dabei genügte es keineswegs, wenn ich beim Anfang zu erklären begann, sondern ich musste jedes Mal weit ausholen und auf die Ursprünge zurückgehen.

Am rechten Seine-Ufer trafen mit jedem anlegenden Dampfer massenhaft amerikanische Touristen ein und fingen an, Dollars auszugeben, die durch den Francsturz ordentlich an Wert gewonnen hatten; sie aßen wahllos das teuerste Essen, tranken gierig, weil zu Hause Alkoholverbot war, kauften Kunstgegenstände, schleppten sie *en masse* weg und bereicherten die Besitzer der großen Hotels. All dies hatte wenig Einfluss auf die Rue de la Huchette, außer durch die Tageszeitungen.

Ungefähr zur gleichen Zeit organisierte ein unternehmungslustiger amerikanischer Journalist, der gerade arbeitslos war, etwas, was unter der Bezeichnung *whoopee* die Runde machte; nämlich Ausflüge von dreißig Tagen, bei denen für fünfzig bis hundert meiner Landsleute (ohne deren Gattinnen) ausgiebige Saufereien und Orgien veranstaltet wurden, an die selbst eine Jahresversammlung der amerikanischen Legion oder eine Freimaurerzusammenkunft nicht heranreichten.

Ein amerikanischer Schwarzer erschien in ein Leintuch gehüllt und mit einem Riesenkopfschmuck aus Federn, stellte sich als Vertreter aller in Amerika lebenden Indianer vor und legte im Namen unserer sympathisierenden Rothäute einen Kranz auf das Grab des Unbekannten Soldaten nieder.

Der Mellon-Bérenger Kriegsschuldenvertrag wurde unterzeichnet, der Frankreich zweiundsechzig Jahre zubilligte, während deren das Land einen minimalen Bruchteil des enormen

Gesamtbetrages abzahlen sollte, und unser Außenministerium hob prompt das Verbot französischer Privatanleihen auf.

Dr. Coué starb im Alter von zweiundsechzig Jahren; Nicholas Murray Butler prophezeite ein französisch-deutsches Bündnis für die nächste Zukunft; achtzehn naturalisierte Amerikaner wurden in die französische Armee gemustert, Chamberlain und Mussolini inszenierten in Rom ein Liebesmahl; ein französischer Schriftsteller, Paul Claudel, wurde nach Washington als Botschafter entsandt; der amerikanische Botschafter Herrick warf das Gewicht seiner erstaunlichen Popularität in die Waagschale gegen die steigende Flut anti-amerikanischer Gefühle, die von der Presse im ganzen Lande genährt wurden. Caillaux wurde öffentlich von der Anschuldigung verbrecherischer Zusammenarbeit mit dem Feinde frei gesprochen, fand Wiederaufnahme im politischen Leben und reichte bei der amerikanischen Regierung eine Petition ein, um Sacco und Vanzetti das Leben zu retten. Der Friedensnobelpreis wurde zwischen Aristide Briand und Dr. Stresemann aufgeteilt, deren Friedenspakt von Locarno Calvin Coolidge umgangen hatte. Maschingeschriebene Dokumente wurden offiziell als Beweismittel anerkannt und den Archiven der französischen Gerichtshöfe einverleibt.

Es wurde lebhaft über das Für und Wider diskutiert, dass Touristenhotels am rechten Seine-Ufer die amerikanische *Cocktail hour* eingeführt hatten. Eines Nachmittags baten mich meine Freunde in der Bar Caveau, ihnen einen amerikanischen Cocktail zu mixen, damit sie sich selbst ein Urteil darüber bilden könnten, ob die Fremdenhasser, die den Apéritif der Neuen Welt verpönten, recht hätten, oder jene duldsameren Kritiker, die der Ansicht waren, dass es ganz gleichgültig ist, was die Amerikaner trinken, bevor sie ihre landesübliche Mahlzeit einnehmen.

Meiner Verantwortung als *inoffizieller Botschafter* voll bewusst, mixte ich einen halben Liter *Gordon Gin* mit einem Viertel trockenen Vermouth, ohne darauf zu achten, dass der Gin laut Etikett englisches Fabrikat war und der Vermouth aus Frankreich stammte. Ich ging auch über die Tatsache hinweg, dass der halbe Liter Gin so viel kostete, dass eine französische Familie eine Woche oder noch länger davon hätte leben können. Zum Schluss träufelte ich ein paar Tropfen Angostura-Bitter hinein, für dessen Beschaffung ich kilometerlange Strecken hatte zurücklegen müssen, und ließ alle meine Freunde zuerst an dem geheimnisvollen Fläschchen riechen und dann vorsichtig den Inhalt kosten.

Monsieur Henri prüfte den Dry Martini als erster. Er war höflich, aber zurückhaltend.

»Er ist stark«, sagte er.

Der Kastanienverkäufer verschluckte sich an der Olive, die ihm in der Luftröhre stecken blieb.

Monsieur Noël fand, dass der Drink ohne Vermouth und Bitter besser schmecken würde.

Ich beeilte mich zu erklären, dass dies nicht die einzige amerikanische Cocktailmischung sei, und dass die meisten Barmixer wenigstens zwanzig verschiedene Mischungen in petto haben, und versuchte vergeblich, die Bezeichnungen *Side-car* und *Bronx* zu erklären. Zu guter Letzt trank der Garçon Georges den Rest, also ungefähr die Hälfte, und von den anwesenden Herren und Damen bekehrte sich niemand zur *Cocktail hour*. Sie tranken lieber vor dem Abendessen etwas, was ihre Geschmacksnerven nicht paralysierte, sie plötzlich für Fremde einnahm und gegen Familienmitglieder feindselig stimmte, sie einschläferte, ohne ihnen Zeit zu lassen sich auszukleiden und sie dazu veranlasste, zu Autobussen und Zügen zu spät zu kommen.

Als ich einmal Austern in Milch kochte, blieben meine französischen Bekannten hart wie Stein: sie waren einfach nicht dazu zu bringen, das Gericht zu kosten. Als ich mit einem Päckchen *Quaker Oats* ins Hotel kam, machte die wohlmeinende Thérèse eine Suppe, wobei sie sich an ein Rezept für Kürbissuppe hielt, weil sie überzeugt war, dass ich etwas anderes meinte, als das, was ich ihr gesagt hatte.

Die jüngeren Franzosen, manche unter ihnen Intellektuelle, beteten alles an, was amerikanisch und *modern* war. Was ein französischer Schneider zustande brachte, als ich ihn bat, meinen amerikanischen *Business*-Anzug zu kopieren, kann nur mit der Leistung eines französischen Berufsmusikers verglichen werden, der amerikanischen Jazz zu spielen versucht.

Der bärtige Monsieur Saint-Aulaire, der dem zweimannstarken Schneidergeschäft von No. 21 vorstand, konnte sich ein Lokal am Boulevard nicht leisten. Er hatte nie geschäftlichen Erfolg, aber er war auch niemals zugrunde gegangen. Er benahm sich also, als wäre er der Hofschneider des Duc de Guise, des Thronprätendenten, und obgleich seine Manieren stets untadelig waren, erschien es ihm doch als eine geringere Ehre, einen Kreidestrich auf der Achsel des Senators Bérenger zu ziehen, als auf jener des unbemittelten Honoré de Senlis, der mit einem Herzog Billard spielte.

Als ich das erste Mal Monsieur Saint-Aulaires Geschäft betrat, weil ich ein Anhänger des nachbarlichen Prinzips war, wusste ich dies alles über seinen Besitzer und Leiter noch nicht. Heute, nach Jahren, muss ich lachen, wenn ich daran denke, was Saint-Aulaire von mir gedacht haben muss, als ich, ein schäbiger, unerfahrener, obskurer Ausländer (noch dazu ein Amerikaner) bei Saint-Aulaire nicht eine seiner imposanten Créations für den Morgen, Nachmittag oder Abend bestellte, sondern eine Kopie eines Anzuges, der meines Erachtens von einem guten New Yorker Schneider gemacht worden war.

»Können Sie so einen Anzug machen?«, fragte ich, nachdem die *Bonjours* und üblichen Höflichkeitsformeln erledigt waren.

Hier nun bemerkte ich, was ein Paar ziemlich buschiger Augenbrauen auszudrücken imstande ist. Monsieur Saint-Aulaire blickte auf die Kleidungsstücke, die ich auf dem Tisch ausgebreitet hatte, sodass sie beinahe seine illustrierte Modezeitung verdeckten, und machte eine gewaltige Kraftanstrengung, um nicht die Fassung zu verlieren, was ihm auch teilweise gelang.

Er nahm das Sakko aus abgetragenem blauem Serge in die Hand, als sei es das Corpus Delicti in einem Hochverratsprozess, betrachtete es und legte es wieder hin.

»Genau so?«, fragte er.

»Ja, genau so«, sagte ich.

»Ich habe leider keine amerikanischen Stoffe«, sagte er, und hoffte damit den Fall artig erledigt zu haben.

Daraufhin sagte ich, dass mir auch französischer Stoff recht sei, wenn er nicht einginge, oder englischer, falls dieser nicht zu teuer sei. Er brauchte wohl sehr notwendig Geld, denn er rief den Verkäufer herbei, der Stoffe aus den Regalen zog. Um das Eis zu brechen, das sich zusehends zwischen uns bildete, sagte ich, wie traurig ich es fände, dass die Kaiserin Charlotte gestorben war.

»Sie war sechsundachtzig«, bemerkte Monsieur Saint-Aulaire kühl.

Meine Wahl fiel auf einen Serge aus Lyon, von dem Monsieur erklärte, dass er *naturgemäß* eingehen würde, aber bevor er zugeschnitten würde. Ich ließ ihm meinen alten Anzug als Modell, und wir verabredeten, dass ich am Donnerstag in einer Woche wiederkommen sollte. Ich machte eine Anzahlung von zweihundert Francs – der Gesamtpreis sollte vierhundertfünfzig Francs ausmachen, also etwa neun Dollars – und dann wurde Maß genommen. Damit hatte ich nicht gerechnet. Mein alter Anzug passte mir und in meiner Unschuld nahm ich an, dass ein Schneider am Anzug Maß nehmen könnte und mich dazu nicht brauchte.

Daraufhin übertrafen die Augenbrauen sich selbst, und der Angestellte sah entschieden beunruhigt aus, so als würde er verhaftet oder hinausgeschmissen werden. Er war ein stilles Männlein, hatte unzählige Stecknadeln im Mund, und seine Haltung war ein wenig schlottrig. Er sah häufig auf seinen Herrn, wie ein Hund, der Kunststückchen macht, während er schon dringend hinaus muss. Das Maßnehmen dauerte nicht länger als eine

Stunde, und während dieser Zeit versuchte ich ein Gesprächsthema nach dem anderen, weil ich hoffte, Saint-Aulaire werde schließlich auftauen. Beim sechsten oder siebenten Versuch traf ich ins Schwarze. Dieser Meister, der so hoch über allem Materiellen stand, liebte Amateurtheatervorstellungen, wo man, seiner Ansicht nach, Molière, Racine und Shakespeare spielen müsste. Bei einer von der Duchesse de Rohan veranstalteten Wohltätigkeitsvorstellung hatte er den Hamlet gegeben und den Shylock, nach seiner eigenen Auffassung, die, wie ich hörte, sich mit jener des Regisseurs vom Odéon nicht deckte.

An diesem Punkt unseres Gesprächs riskierte ich es, ein Urteil abzugeben, das mir Saint-Aulaires Freundschaft sicherte.

»Man tut bestimmt recht daran, wenn man anderer Ansicht ist als er«, sagte ich schüchtern. Sogar der Angestellte lächelte, und Saint-Aulaire erkannte, dass mir trotz meiner, schneidermäßig gesehen, so uneleganten Linie und meiner grauenvollen französischen Aussprache verfeinerte Kultur nicht abzusprechen sei. Von da an besserte sich alles – mit Ausnahme des Anzuges.

»Alles hat man den Juden weggenommen, nur nicht ihre Gabe, sich lächerlich zu machen«, meinte Monsieur Saint-Aulaire. »Wenn sie ihr Geld oder anderen Besitz verlieren, geht einem dies nicht zu Herzen – man lacht nur darüber.«

Saint-Aulaires Shylock war also offenkundig eine komische Figur, und sein Publikum bog sich vor Lachen, als seine liederliche Tochter ihn satt hatte und mit einem Christen anbändelte. Und was den Geldschatz anbelangt – »Monsieur, wissen Sie, da wird das Unglück geradezu lyrisch. Man nimmt doch an, dass, wenn ein Jude Geld einnimmt – das weiß er, und das wissen Sie, Monsieur – einmal Einer kommt und es ihm wegnimmt, *n'est-ce pas?*«

Mit einer geschickten Wendung brachte ich ihn von Shylock weg und kam auf Dänemark zu sprechen. Die bekannteste französische Hamletfassung ist in Reimen gehalten, so dass das unsterbliche *Sein oder Nichtsein* etwa folgendermaßen lautet:

»Etre, ou ne pas être? […]
Dormir! Rêver peut-être!«

Vom Fenster ihres *Salons* im dritten Stock schaute Hyacinthe Goujon ständig in das Fenster des Schneiders hinüber, weil der Märchengraf Costa de la Montaigne gewöhnlich seine Uniformen bei ihm machen ließ. Es war vielleicht unrecht von mir, aber ich sprach mit der kleinen Hyacinthe genau wie mit einer verschrobenen Erwachsenen, weil sie mit mir so offen sprach. Hyacinthe hatte beschlossen, so lange Jungfrau zu bleiben, bis sie in ein Alter käme, wo man Costa de la Montaigne Gelegenheit geben könnte, sie zu verführen. Ich weiß heute noch nicht, woher dieses Kind so viel wusste und so unglaublich gebildet war. Sie erzählte mir treuherzig, dass, als sie die höhere Töchterschule der Madame Soundso besuchte, sie sich vornahm, ein Verhältnis mit einer der jungen Lehrerinnen zu beginnen, damit ihre Nerven keinen Schaden durch unnatürlich lange Jungfräulichkeit erleiden sollten.

Als der berühmte, aber unter nazistischem Einfluss stehende Verfasser von *Voyage au bout de la nuit* behauptete, dass zehnjährige französische Schuljungen sich ein Taschengeld verdienen, indem sie an unschuldigen Männern, deren homosexuelle Neigungen sie entdeckt hatten, Erpressungen begingen, glaubten ihm die amerikanischen Leser nicht. In diesem Punkt hatten die Amerikaner unrecht.

Am zweiten Donnerstag nach meinem ersten Besuch im Geschäft in No. 21 begann mir in Bezug auf den in Arbeit befindlichen Rock Böses zu schwanen. Es zeigte sich nämlich, dass der Zuschneider keinen Rock mit geradem Rücken machen konnte. Die Macht der Gewohnheit war zu stark. Monsieur Saint-Aulaire hatte mich nicht ernst genommen, als ich ihn bat, meinen amerikanischen Anzug zu kopieren. Dies wäre von seinem Standpunkt aus gesehen eine unfreundschaftliche Handlung gewesen. Mein neuer Anzug hatte eine markierte Taille und starke Hüftlinie, von den Hosen ganz zu schweigen, die zu eng waren und einen Zentimeter zu kurz. Ferner waren die Achseln nur wenig gepolstert, das Uhrentäschchen fehlte, und etliche als außerordentlich haltbar bezeichnete Knöpfe, die für Hosenträger bestimmt waren, ersetzten die Gürtelspangen des Originalmodells.

Entweder musste ich den Auftrag rückgängig machen, meine zweihundert Francs einbüßen und mich wegen weiterer zweihundertfünfzig gerichtlich belangen lassen, oder ich musste meinen Geschmack revidieren. Ich hätte natürlich meinen Kopf durchsetzen können, aber ich wollte Monsieur Saint-Aulaires professionellen Stolz nicht verletzen.

»Es ist eben nicht Ihr Genre, Monsieur Elliot«, meinte Hyacinthe nachdenklich, »aber Sie werden damit weniger auffallen.«

Handwerkerstolz

Ein einziges Mal schämte ich mich in Grund und Boden und fühlte mich außerdem namenlos einsam in all den Jahren, die ich in der Rue de la Huchette lebte, und das war in der Nacht des 22. August 1927. In jenen Stunden wurden nämlich im fernen Massachusetts, dem Staat, in dem ich geboren bin, nach sieben Jahren seelischer Tortur »ein redlicher Maurer und ein armer Fischverkäufer« für ein Verbrechen hingerichtet, das sie nicht begangen hatten.

Die Leute in meiner kleinen Straße und die Arbeiterklasse in Paris überhaupt waren sich darüber im Klaren, was in Beacon Hill entstellt und verzerrt worden war, dass nämlich Sacco und Vanzetti ermordet wurden, weil sie *Anarchisten* und Ausländer waren, und dass die Richter Thayer und Alvan T. Fuller sie zugunsten der eigenen bevorzugten Klasse vernichteten.

Schon vorher war mir bewusst geworden, dass die Redewendung: *Zuerst der Franzose und dann der Partisane*, noch immer uneingeschränkt gültig war, aber in den kleinen Seitengassen wie der meinen und auf dem breiten Boulevard de Sébastopol löste die Hand, die im Gefängnis von Massachusetts auf den elektrischen Knopf gedrückt hatte, die grollenden Vorläufer einer Reihe von Erdbeben aus, die Frankreichs feindselig gegeneinander eingestellte Gesellschaftsklassen immer schärfer trennten und mit dem Tod einer Nation endeten.

An jenem Abend besorgte Monsieur Henri Julliard den Betrieb in der Bar, und um den Schanktisch saß schweigend eine kleine Gesellschaft, bestehend aus dem Austernverkäufer, den Herren Noël und Monge, Frémont, dem sanften kleinen Jean (dem Milchhändler), Madame Mariette (die es an diesem Abend vor Nervosität nicht aushielt, in ihrem Bordell zu bleiben), der unerschütterlichen tapferen Mireille, dem Garçon Georges und Maurice von der *Vie Silencieuse*. An einem Tisch nicht weit davon saßen Hortense Berthelot, ganz in Schwarz gekleidet, Madame Berthe Dossot und die versoffene Alte, die glaubte, sie singe wie Yvette Guilbert.

Die Gesellschaft wurde ganz still, als Monsieur Henri wiederkam, der von dem Apparat an der Straßenecke telefoniert hatte Auf seinen Zügen lag ein namenloser Schmerz; abbittend sah er von einem zum andern und senkte dann den Blick.

»Haben sie die beiden umgebracht?«, fragte Noël mit seiner tiefen Bassstimme, ganz leise.

Monsieur Henri senkte den Kopf noch ein wenig tiefer. Die Frauen seufzten auf.

»Das ist eine Gemeinheit«, sagte Madame Berthe Dossot.

Der Krautkopf, Monsieur Panaché, der Rindfleisch- und Lammschlachter, der knebelbärtige Monsieur Saint-Aulaire und all die anderen von der äußersten Rechten, die sich reichlich offen über den Fall geäußert hatten, hielten sich in auffälliger Weise unserer kleinen Straße fern. Gewisse Geschäfte hatten schon bei Einbruch der Dämmerung ihre Rollladen herabgelassen; manche Leute unternahmen am Nachmittag Pilgerfahrten in ruhigere Viertel, wo die Arbeiter nicht in der Überzahl waren. Der *Panier Fleuri* hatte nur wenige Gäste aus angesehenen Kreisen;

Geschäftsinhaber und Fabrikdirektoren, die das Etablissement sonst frequentierten, zeigten sich ungern in der Öffentlichkeit.

»Die Canaille wird diese Sache zum Vorwand nehmen und die ganze Nacht überall einbrechen und randalieren«, sagte der Krautkopf zu seinem Sohn. Und vertraulich setzte er hinzu: »Ich habe von jemandem, der dem Kommissar nahesteht, gehört, dass die Polizei auf sie scharf schießen wird. Höchste Zeit, dass diese Leute eine Lektion kriegen.«

Prompt darauf ging der Sohn und schloss sich den Demonstranten auf dem Boulevard de Sébastopol an, wo der empörte Mob, angefeuert durch Vanzettis letzte Worte, mit den bloßen Händen einige gusseiserne Laternenpfähle aus dem Asphalt gerissen hatte und damit die Auslagenfenster zertrümmerte.

Wäre ich mit dem Sohn des Krautkopfs gewesen und den verschiedenen mehr oder weniger verhungernden Häftlingen, hätte ich für meinen Schmerz und meine Beschämung ein Ventil gehabt. So aber war ich der Herr aus Boston, und wohin ich auch ging, begleitete mich Massachusetts – um ein Wort des englischen Dichters zu variieren.

In Frankreich war es nichts Neues, dass Unerwünschte unter einem nichtigen Vorwand hingerichtet wurden. Aber die Leute hatten irgendwie gehofft, dass dies in Amerika nicht vorkommen könne – auch ich in meiner Unschuld. Wären meine Freunde im Café nicht so taktvoll gewesen, wäre alles leichter zu ertragen gewesen.

An jenem Abend gab es wenig Betrunkene. Die Trunkenbolde begannen zu saufen, entdeckten jedoch bald, dass das Zeug nicht so gut schmeckte wie sonst, und das verstimmte und entmutigte sie. Ich stand eine angemessene Weile am Schanktisch, dann machte ich mich auf, um in mein Zimmer zu gehen. Ich befand mich kaum auf halbem Weg ins erste Stockwerk, als ich mir darüber klar wurde, dass ich nicht allein sein mochte. Es fiel mir jedoch niemand ein, mit dem ich hätte beisammen sein wollen. Ich ging wieder ins Café hinunter und setzte mich zu

Hortense Berthelot. Sie verbarg ihr Erstaunen, als ich sie bat, mit mir im Taxi irgendwohin zu fahren, und willigte ein, sie, die seit den Vorkriegstagen kein Taxi mehr benutzt hatte. Wir fuhren in ein russisches Nachtlokal in der Rue Henri-Martin, wo die Wände mit Teppichen behängt waren; ein großes Balalaikaorchester spielte, ein Kaukasier mit einem Reifen tanzte und ein Lied sang, das mir ewig unvergesslich bleiben wird, von einem zahmen Bären, der es nicht ertragen konnte, eine Frau leiden zu sehen, und darum in den Wald lief, und sie verstand nicht warum und war beleidigt. Ich trank mit Madame Berthelot ein champagnerähnliches, sehr kostspieliges Getränk, sie nippte zwar nur, wollte aber doch keine Spielverderberin sein. Im Morgengrauen nahmen wir ein Taxi in den Bois de Boulogne und fuhren langsam um den Teich herum – die Bäume standen schweigend, ihre Stämme waren mit grünem Moos bewachsen, ein Schwan zog auf der Wasserfläche dahin … Und Madame Berthelot, ihre behandschuhten Finger auf meinem Arm, sagte mit ruhiger Entschiedenheit:

»Er hat seine Worte ganz richtig gewählt, der arme Vanzetti, ich vergebe einem *Teil* dieses Volkes …«

Eben zu jener Zeit unterzeichnete einer der harmlosesten Präsidenten der verewigten Dritten Republik, Papa Doumer, eine Gesetzesvorlage, der zufolge sechs neue Kriegsschiffe für die französische Marine gebaut werden sollten – zugleich kochte Briand mit Kellogg und dem vorsichtigen Coolidge den Kriegsächtungspakt zwischen Frankreich und den Vereinigten Staaten aus. Die französische Kammer stimmte für die *Nationalisierung* der gesamten Industrie für den Kriegsfall.

»Wir wurden reingelegt«, sagte Monsieur Henri Julliard. »Wenn man so viel vom Frieden redet, dann bekommen wir bestimmt wieder Krieg.«

»Das können wir uns nicht leisten«, sagte der Pferdeschlachter.

»Trotzdem werden wir ihn haben«, sagte Monsieur Henri traurig.

Innerhalb einer Woche gingen sieben Milliarden Francs zum Bau von etwas, was sich schließlich als Maginot-Linie entpuppte.

All diese Ereignisse hatten irgendwie Einfluss auf die Rue de la Huchette, hemmten aber nicht die Abwicklung der üblichen Geschäfte. Die verschiedenen Artikel waren auch weiterhin gefragt: Devotionalien, Kunstmöbel, Frauen, Farbwaren, Frisuren, Garne und Wollen, Goldfische, Seife, Filzpantoffeln, gebrauchte Briefmarken, Straßenmusik, Blumen, Spezereien, Arzt- und Zahnbehandlungen und so weiter. Der Mann, der die welterschütternden Strömungen und die bösen Vorzeichen wohl am geringsten zu spüren bekam, war der Buchbinder Monsieur Dorlan.

Bei seiner Arbeit – diese erstreckte sich fast über die ganze Zeit zwischen sieben Uhr morgens und Mitternacht – trug Monsieur Dorlan einen Kittel, der mit Druckerschwärze, Kleister und anderen Materialien seiner anstrengenden Tätigkeit verschmutzt war, auf seiner Nase thronte eine schlecht sitzende Brille, die hinaufgeschoben oder abgenommen werden musste, wenn er besonders heikle Arbeit hatte. Weder er noch seine beiden bleichen Angestellten sprachen in der Geschäftszeit, außer mit Kunden. Alle drei waren mit Dingen beschäftigt, die untereinander keinerlei Zusammenhang zu haben schienen. In den Fensternischen häuften sich abgegriffene zerrissene Bücher, die auf Reparatur warteten. Auch auf den Regalen und in den Ecken lag alles voll, ein großer Teil des Fußbodens war ebenfalls bedeckt und auch das winzige Hinterzimmer.

Die Erfahrung, die ich mit ihm machte, dürfte als charakteristisch anzusehen sein. Zeit existierte für Monsieur Dorlan nicht. Wichtig war ihm nur eines: seine Arbeit ebenso gut oder noch besser als alle Anderen zu machen. Im Laufe eines Jahres waren wertvolle Bücher in Sanskrit und Hebräisch, Babylonisch, Arabisch, Latein, in provenzalischer und den modernen Sprachen durch seine Hand gegangen. Er selbst verstand nur Französisch.

Ich beauftragte ihn, die zwölf Monatshefte einer modernen Zeitschrift in zwei Bände zu binden, die nebst anderen höchst kuriose Einzelheiten einige Reproduktionen von Malereien zeitgenössischer Expressionisten enthielt, von denen ich annehmen konnte, dass Monsieur Dorlans Angestellte sie möglicherweise verkehrt einbinden würden, um ihr Sujet verständlicher zu machen. An einem Nachmittag im Februar übergab ich Monsieur Dorlan die Hefte, und wir verbrachten mehrere Stunden zusammen; er fragte und machte sich Notizen auf Papierfetzchen, die von gebrauchten Briefumschlägen herrührten, und ich erklärte ihm, was ich wünschte.

Wir vereinbarten einen Preis, der mein Gewissen bedrückte – so gering war er.

Am 1. April sollte ich die Bücher abholen. Am 15. April blickte ich durch die verstaubten Fensterscheiben und sah beim Schein einer Straßenlaterne, dass meine Zeitschriften noch genau dort lagen, wohin Dorlan sie zwei Monate zuvor gelegt hatte. Aus Taktgefühl wollte ich den gewissenhaften alten Mann nicht zur Eile treiben. Als jenes Jahr die Blätter zu fallen begannen, ging ich einmal am Sonntag am Kai Saint-Michel spazieren und wurde dabei von einem Mann in schwarzem Anzug und steifem Hut (aus dem Dritten Kaiserreich) angehalten, der von seiner zahlreichen Mittelstandsfamilie umgeben war, nämlich einer stattlichen Frau und einer Schar Kinder im Alter zwischen vierundzwanzig und neun Jahren. Erst als er zu sprechen begann, erkannte ich Monsieur Dorlan. Er erzählte mir, dass dies sein Hochzeitstag sei und er darum nicht ins Geschäft gehe. Er wollte mich auch etwas fragen wegen der Zeitschriften, die ich ihm gegeben hatte. Würde es mir passen, in etwa vierzehn Tagen bei ihm vorbeizukommen?

Wieder wartete ich, bis eine angemessene Zeitspanne verflossen war, und knapp vor Weihnachten besuchte ich ihn (nachdem ich in der Zwischenzeit mindestens zweimal täglich am Geschäft vorbeigegangen war), und wir machten aus, dass das Inhaltsverzeichnis nicht nach französischem Brauch auf der letzten Seite, sondern nach englischem am Anfang stehen sollte.

Im März bemerkte ich, dass eine Anzahl meiner Zeitschriften, genügend um Band I zu füllen, von ihrem verstaubten Platz in der rechten Ecke des Vorderzimmers verschwunden waren.

Kurz darauf musste ich nach Amerika reisen und blieb etwa ein Jahr fort.

Als ich zurück war, sandte Monsieur Dorlan einen seiner geplagten Lehrlinge ins Hôtel du Caveau, um mir sagen zu lassen, dass meine Bücher nahezu fertig seien, und in den ersten Tagen des darauffolgenden Januar holte ich sie ab und bezahlte fünfzig Francs per Band, was beim damaligen Kursstand ungefähr zwei Dollars ausmachte.

Damals aß ich täglich bei Madame Goujon zu Mittag, denn ihre wacklige, taube Marie kochte famos. Da ich auf diese Art das Goujonsche Budget stützte, gewährte man mir häufiger die Erlaubnis, Hyacinthe in die *Comédie-Française*, in den *Grand-Guignol* und zum Tee bei Rumpelmayer oder der Poire Blanche einzuladen.

Man kann dies finden wie man will, aber ich interessierte mich wirklich für dieses phänomenale junge Mädchen, das Theatervorstellungen genoss, bei denen einem Mann der Kopf abgehackt wurde, sodass das Blut über die ganze Reihe der Rampenlichter spritzte, oder wo eine alte Hexe in der Anstalt für Tobsüchtige einer jungen Person mit einer Stricknadel die Augen ausstach. Aber Hyacinthe konnte auch wie eine empfindsame Geige erzittern, wenn ein gemütvolles Stück in der *Comédie* über die Bretter ging. Sie konnte moderne oder klassische Meisterwerke in sich hineintrinken und treffendere, intelligentere Kommentare dazu geben als neun Zehntel der Pariser Berufskritiker – sie, die keinerlei musikalische Bildung genossen hatte und unter dem unbeschreiblich schlechten Geschmack ihrer Mutter aufwuchs.

Die Bände Prousts, die Madame Goujon vor kurzem gekauft hatte, halfen der Mutter gar nichts, wohl aber verwandelten sie Hyacinthe. Sie begann nacheinander Villon, Rimbaud und Baudelaire zu verschlingen – Dichter geringeren Formats lehnte sie mit sicherem Instinkt ab.

»Lieber Freund«, sagte sie mir eines Nachmittags, als unsere Blicke von Fouquets Cafégarten die Champs Elysées hinauf- und hinunterschweiften, »Sie werden mich bald begehren. Wir haben so viel Gemeinsames. Sie haben so tief in mein Herz geblickt, Sie haben so viel Geduld mit meiner Unreife gehabt – so viel schmeichelhaftes Vertrauen gehegt zu meinen schlummernden Fähigkeiten, die Sie und nur Sie allein ahnen, lieber Elliot.«

»Aber ich meine doch, es sei klüger, anregender und im Grunde auch befriedigender, wenn wir die bleiben, die wir heute sind. Ich kann Ihnen schwören, dass mir nie jemand näher stehen wird. Das wissen Sie auch. Wir brauchen einander nicht alles zu sagen. Erklären heißt Zerstören. Schließlich haben Sie ja genug Mätressen. In dieser Hinsicht beneide ich Sie als Mann. Ich werde Sie stets verstehen, und keine wird je so sein wie Hyacinthe.«

Es wäre ungalant gewesen, hätte ich nicht im gleichen Ton geantwortet, und deshalb zitierte ich etwas von Huysmans. Sie merkte es, glitt darüber hinweg und verlor vor mir nicht die Achtung. Auch dies war ein Teil unseres Spiels.

»Sie führen mich in Versuchung«, sagte ich, »denn ich habe ja Teil an Ihrem Werden. Sünde ist stets eine Wonne, aber eine neue Sünde, die man gegen die eigene Schöpfung begeht, das ist eine verfeinerte Form des Inzests und fordert Deutung von theologischer Seite.«

»Bitte, keine Blasphemie«, sagte sie ernst.

Über Kokotten und Musik

In gewisser Hinsicht waren die Franzosen die unmusikalischsten Leute der Welt. Diese Beurteilung ist vielleicht zu apodiktisch und nicht gerecht. Ich will damit nur sagen, dass es niemals eine Volksmusik gegeben hat, die den Franzosen im Blut lag, wie der Flamenco den Spaniern oder der Jazz den Amerikanern. Der Geschmack war individuell und wechselnd; es gab Cliquen und Schulen und Manieren. Konzerte waren in Paris billig und mittelmäßig. Es gab eine etwas dekadente Richtung des Klavierspiels, die hauptsächlich von Alfred Cortot vertreten wurde, die eine kristallklare Technik lehrte und von sehr teuren Klavierlehrern vermögenden, ehrgeizigen Schülern vermittelt wurde. An Sonnabenden und Sonntagen spielten drei oder vier Orchester im Stil der Vereinigung *Pasdeloup* deutsche klassische Musik mittelmäßig und russische Musikstücke in gallischem Stil; die gute bodenständige französische Musik des achtzehnten und frühen neunzehnten Jahrhunderts wurde – der Menge zuliebe – zugunsten banaler Programme vernachlässigt.

Bis Amerika sickerte die Nachricht durch, dass Koussevitzky ein Engagement mit Paris gelöst habe, weil die französischen Künstler nicht proben wollten – es konnte sie nämlich niemand bezahlen. Ich sah den armen Schneevoigt einmal in höchster Erregung den Herren des Orchesters gegenüber – nur dass er ihnen nicht seinen Dirigentenstab hinwarf – aber er konnte kaum ihre oberflächliche Aufmerksamkeit gewinnen. Die Opéra Comique bestand nur für amerikanische Tenöre oder Sopranisten, die Presseausschnitte über einen europäischen Erfolg haben wollten, und eigentlich jeder, der tausend Dollar zur Verfügung hatte, konnte die Mimi oder Madame Butterfly singen. Die französischen Kritiker waren so korrupt und schamlos, dass sie für Gegenleistungen in Form von einem Mittagessen bis zu einer Zehn-Dollarnote dem Künstler eine nicht beleidigende Rezension schrieben. Auf dieselbe Art konnten Schriftsteller literarische Anerkennung käuflich erwerben, Maler ihre Bilder ins Luxembourg Museum bringen und so weiter. In Amerika wird mit Recht viel über die Verdorbenheit der Presse Klage geführt. In Paris waren die einzelnen Zeitungen noch käuflicher und skrupelloser, aber niemand erwartete von ihnen etwas anderes, und sie waren so zahlreich, dass jede Gruppe in jedem Blatt Sitz und Stimme hatte.

Ein Querschnitt durch die Musik in der Rue de la Huchette ist für das Paris der Pariser charakteristisch, und dieses Paris – ich kann es nicht oft genug wiederholen – hatte nichts gemein mit dem American Express, dem Café de la Paix, dem Ritzhotel, der Zwiebelsuppe im Escargot, oder im Dôme etc. Von Osten nach Westen gehend lassen sich die musikalischen Entwicklungsstufen, Gewohnheiten und Interessen etwa in folgender Art darstellen:

Der Rindfleisch- und Lammschlachter hatte zur Musik überhaupt keine Beziehung. Er war darin wie der alte Papa Doumergue, der ehemalige Präsident der gewesenen Republik, der bei festlichen Anlässen einen speziellen Sekretär neben sich haben musste, der ihn stupste, wenn die Marseillaise gespielt wurde, damit er die passende offizielle Miene dazu aufsetze.

Monsieur Luttenschlager, der Devotionalienhändler, summte elsässische, meistens germanische Lieder, die ergreifend schön und poetisch waren; er sang ziemlich rein, aber unrhythmisch.

Der Besitzer des Farbwarengeschäfts, Monsieur Villières, war indifferent, und die Tischler gegenüber von No. 3 hatten keine Lieder, die sie zu ihrer Arbeit hätten singen können, um das monotone Geräusch von Säge und Hobel erträglich zu machen. Der Delikatessenhändler hatte die gleiche Einstellung wie Monsieur Luttenschlager und sang, während er mit seinen Wurstkränzen hantierte, mit Vorliebe Kinderlieder, die vom Schnee handelten, in einer Stadt, in der Winter Matsch, Influenza und Nieselregen bedeutete.

Das Hôtel du Caveau zählte verschiedene Musiker zu seinen Gästen, die meisten waren jedoch Ausländer und kamen selten zusammen, wenn sie nüchtern waren. Monsieur Léonard, der dilettantische Ziehharmonikaspieler, war Belgier; die Griechin Mary sang den Missouriwalzer ohne Worte, Pierre Vautier schwor auf Les Six, sechs moderne französische Komponisten, die sich von Satie herleiteten, und war gut auf Ravel zu sprechen, bis sein *Boléro* mit dem Aufkommen des Radios zum öffentlichen Ärgernis wurde. Georges, der Garçon, summte Zirkusmusik, die Köchin Thérèse liebte laszive Lieder.

Der Satyr war genau wie Monsieur Noël ein großer Anhänger der bezaubernden, völlig vernachlässigten französischen Musik eines Rameau und Couperin. Die Taitbouts hatten kein Gehör; die alten Jungfern aus dem Elsass sangen nie, weil das den Herrn Oberst a. D. gestört hätte. Madame Absalom ihrerseits mochte Musik nicht leiden, weil diese mit ihrem Klatsch konkurrierte. Der Buchbinder Dorlan betrachtete die Musik nach den frühkatholischen Begriffen, wie sie in alten Manuskripten zu finden sind. Lanier, der Familienvater und ehemalige Kriegsteilnehmer, sang dann und wann *Madelon*.

Am meisten, wenn auch in bescheidenem Rahmen, bedeutete Musik für den *Panier Fleuri*. Mireille mit der unverwüstlichen Haut und den blauen Schelmenaugen hatte einmal im Chor vom Casino de Paris gesungen, vor dem Auftauchen der Josephine Baker, und trug viel zur Hebung der gedrückten Stimmung bei, die sich so manches Mal in das Freudenhaus einschlich. Sie setzte sich auf das zersessene Kanapee neben die alte Armandine, die auch etwas von einem Clown an sich hatte, und machte singend und gestikulierend die Chormädchen nach, wie sie ihre Reize spielen lassen. Und wenn reiche Kunden eine Vorführung lebender Bilder zu sehen wünschten, dann spielte ein traurig aussehendes, schlichtes Mädchen, die das Haar in einer Krone trug wie die Heilige Cäcilia, den Schleiertanz der Chaminade auf einem billig dekorierten Klavier, wozu sie ein geschlitztes Badekostüm trug, das neckisch die eine Brust entblößte und die Narbe von ihrem Kaiserschnitt eben noch verdeckte.

Sara, die Jüdin von No. 18, sang spät abends, wenn sie in dem kleinen Café allein war, wehmütige Klagegesänge, z. B. »Eli, Eli«. Ihr getreuer Garçon und platonischer Verehrer, der einarmige Louis, sang hingegen gerne wie die Spanier, Schweden oder Russen, und als Monsieur Henri Julliard anfing, seine mittelalterlichen unterirdischen Gewölbe, die Robespierre häufig besucht hatte, geschäftsmännisch auszunutzen, bekam Louis ein altfranzösisches Kostüm und durfte, gegen eine kleine Entschädigung, Lieder singen wie »Ma femme est morte«, das den amerikanischen Touristen, die man in den *Lapin Agile* in der Nähe des Sacré Cœur geführt hat, nicht unbekannt ist.

Monsieur Henri hatte mit dem Versuch, aus seinem prächtigen Besitz ein Nachtlokal zu machen, wenig Glück, dazu war das Hotel selbst und die Lieder und die ganze Umgebung zu echt. Die Fremden hatten sich so an einen gewissen Klimbim gewöhnt, dass sie gar nicht mehr ohne ihn sein konnten. Monsieur Henri erfasste dies nicht. Sein unterirdischer Nachtklub wurde ein Stelldichein für die Nachbarn, der wirklich interessant und malerisch war, aber sich nicht rentierte.

Vom Mann, der Frau und dem Sohn, die das kleine Manufakturgeschäft in No. 19 hatten, wo die Dienstmädchen und Arbeiter aus der Umgebung ihre Filzpantoffeln, Schürzen, Overalls und sonstigen einfachen Kleidungsstücke besorgten, habe ich nicht viel gesprochen, weil nicht viel von ihnen zu sagen ist. Die Leute hießen Luneville, stammten alle aus Nordfrankreich und sprachen das »r« in der Kehle. Sie führten ihr Geschäft ordentlich, waren aufmerksam im Verkehr mit der Kundschaft, nahmen im Hinterzimmer pünktlich ihre Mahlzeiten ein und schliefen alle drei im Souterrain. Ihre Rede war »ja, ja« und hie und da, jedoch selten »nein, nein«. An Protesten nahmen sie nicht teil, tranken nicht im Café, lasen den *Intransigeant*, bekannt als das Blatt der Hausbesorger, sperrten das Geschäft im August zu, verbrachten die Ferien in der Nähe von Lille und waren im Übrigen das Rückgrat in einem sich auflösenden und im Schwinden begriffenen Frankreich.

Monsieur Saint-Aulaire, der ja seinem ganzen Wesen nach künstlerisch war, hatte sein Urteil über Musik, genauso wie er es über das Theater und über die Gesellschaft hatte.

»Mozart«, sagte er hohepriesterlich, »a fait une belle petite musiquette, mais, pour la vraie musique, donnez-moi Massenet.«

Monsieur und Madame Corre hatten für Musik nie Zeit, aber sie besaßen ein Klavier, und es freute sie, wenn ihre junge Schwiegertochter, die in Paris furchtbar an Heimweh litt, in ihrer damenhaften Art Gottschalk spielte und Nevins »Narcissus«.

Dass der Krautkopf dort, wo andere Menschen die Seele haben, keine Musik hatte, versteht sich von selbst. Leute seiner Gattung, wo immer man ihnen auch begegnet, beschäftigen sich niemals mit Kunst, außer um sie zu zerstören.

Die einzigen Männer, die also aus innerem Bedürfnis sangen, waren der Kellner Louis und der Kastanien- und Austernverkäufer aus der Loire-Gegend, und der einzige, der ein Musikinstrument beherrschte, war Monsieur Monge, der Waldhorn blies und ein altmodisches Instrument, das wie ein chinesischer Hut aussah. Die besten französischen Komponisten sind immer von Deutschen entdeckt worden, einer Sorte von Deutschen, die sich heute im Hintergrunde hält oder ausgestorben ist. Das gleiche gilt auch von den Werken moderner französischer Maler. Als im Jahre 1923 die ringende deutsche Republik das ehemalige Palais des Kronprinzen als Museum einrichtete, erwarben die neuen Direktoren eine ausgezeichnete Kollektion von Cézannes, Renoirs, Vlamincks, Utrillos, Picassos (übrigens wurde Picasso fast immer mit der *Französischen Schule* verwechselt, die durch ihn so gut wie vernichtet wurde), Braques, Matisses und andere gute Künstler geringeren Formats wie Masson, Chirico und der fantastische elsässische Metzger Hans Arp.

Bei den französischen Museen lag die Sache wesentlich anders. Als letzter öffnete der Louvre den französischen Impressionisten seine Tore.

Jean de Reszkes Tod regte die Menschen in der Rue de la Huchette nicht auf, wohl aber schmerzte sie der Tod des großen Schauspielers Lucien Guitry, dessen einziges Abweichen von der großen Kunst sein Sohn Sacha war.

»Alle unsere großen Männer sterben«, sagte Monsieur Henri bekümmert. »Man kann nur hoffen, dass andere geboren werden.«

»Wahrscheinlich ist das nicht«, gackerte Madame Absalom.

Bei Rudolph Valentinos Tod verbreiteten sich in unserem Viertel die unglaublichsten Nachrichten über die Demonstrationen, die von amerikanischen Frauen bei dem Begräbnis des großen Filmhelden veranstaltet worden waren; die sensationellen anti-amerikanischen Leitartikler hatten Großkampftage und lieferten noch weitere Ausschmückungen. Für mich aber wurde jeder Gang auf die Straße zu einem wahren Spießrutenlauf.

»Hallo, Amerikaner«, brüllte Madame Absalom aus No. 10, als sie mich vorübergehen sah. »Was hat denn dieser Typ an sich gehabt, was andere Männer nicht haben? Der muss ja die Hälfte aller Amerikanerinnen verführt haben!«

Ich war damals schon so gut bekannt mit Madame Absalom, dass ich erwidern konnte: »Sogar Sie alte Xanthippe hätte er klein gekriegt!«

»Wenn ich als junge Frau gewusst hätte, was ich heute weiß«, sagte die Alte, »dann hätte ich meinem Verflossenen früh und abends die Hörner aufgesetzt. Ich war gar nicht übel. So wie alle anderen, letzten Endes, denke ich.«

»Es gibt aber doch Schönere und weniger Schöne!«, sagte Monsieur Maurice lächelnd und stieg von seinem Fahrrad herunter.

Als ich an No. 27, der Epicerie Danton, vorüberkam, stellte sich mir Monsieur Corre aufgeregt in den Weg, flankiert von seiner Porzellandame. Über den entschlafenen Scheich von Arabien und Hollywood machten sie sich keine Sorgen, aber Madames *Singer* funktionierte nicht, und da ich ihnen gesagt hatte, dass ich Amerikaner sei, setzten sie ihre Hoffnung auf mich, um die Maschine repariert zu bekommen. Die Corres, wie viele andere Pariser und französische Kleinbürger, hielten die Welt für eine Art Teller: der Boden war Frankreich und alle anderen Länder und Völker waren auf dem schmalen abschüssigen Rand gruppiert, sodass von Zeit zu Zeit ein Mensch oder Gegenstand zu ihnen hinunterrutschte. Sie glaubten, dass alle Amerikaner miteinander bekannt waren, alle Ereignisse in Amerika deuten konnten und sich auf alle amerikanischen Maschinen verstanden.

Das Musikaliengeschäft in No. 26 war Eigentum eines unmusikalischen Junggesellen namens Gion, der wie Madame Absalom eine Tante beerbt hatte und dadurch zu einem Lebensunterhalt gekommen war; eine kleine Auswahl alter farbiger Stiche lag bei ihm im Schaufenster. Diese Stiche wurden Monsieur Gion gelegentlich von Kunden gegen Notenhefte oder Notenblätter überlassen, und er seinerseits verkaufte sie an Sammler, die gewöhnlich Stammkunden am rechten Seine-Ufer waren und auch an dahergelaufene Fremdlinge, wie ich einer war. Als ich das erste Mal an dem Geschäft vorbeikam, lag im Fenster, unter einer Reihe gebrauchter Geigen, die wie prächtig lackierte Schinken etwas über Augenhöhe hingen, eine Serie von Stichen, die das Alltagsleben der amerikanischen Indianer darstellte. Ich war zwar total blank, aber diese Stiche musste ich haben.

Die Indianer waren sehr gut gewachsen, die Frauen hatten eine Gestalt wie die von Gaby Deslys, und die Männer glichen dem christlichen Heiligen, der mit unbewegtem Gesichtsausdruck an einer korinthischen Säule lehnt, den Körper von Pfeilen gespickt. Alle hatten sie Josephine Bakers Hautfarbe, mit einem Stich ins Lavendelfarbige. Sämtliche Indianerinnen waren etwa zwanzig Jahre alt, trugen Stirnbänder um ihr Haar, hatten Ringe und Reifen an Fingern, Armen und Fußknöcheln und hüpften umher wie Mary Pickford im Film, ehe sie gerettet wird. Die dargestellten Männer nahmen Posen ein, die an das russische Ballett erinnerten, und auf einem der besten Stiche hatten sie Hängematten aus geflochtenen Tiersehnen für die Mädchen aufgehängt, die darin ruhten und dabei ein vollendet schönes Bein sehen ließen, während die tapferen Männer sie sanft schaukelten.

Mein Liebling war ein alter Häuptling, der seine Söhne in den Krieg hinausschickt. Würdig und kerzengerade stand er da und vor ihm die Schar der Söhne in Federschmuck und Kriegsbemalung; er umarmt sie und küsst sie auf die Wange, während die Squaws dem Beschauer den Rücken zuwenden und hinter säuberlich beschnittenen Weiden schluchzen. Als Pariser hatte der Hersteller des Stiches niemals eine wild wachsende Weide gesehen.

Monsieur Gion war ein bleichsüchtiger junger Mann, in der Art wie der Aufseher Monsieur Panaché. Er äußerte sich nie über seine politischen Anschauungen, aber man fühlte instinktiv, dass sie alle falsch waren. Seine Freundin war ein unbeholfenes, scheues, stilles junges Ding; auch sie war im Geschäft angestellt. Dieses Mädchen, Bernice mit Namen, war Waise und hatte bisher in zwei Warenhäusern gearbeitet, aus denen man sie hinausgeschmissen hatte, weil sie, sobald sich ihr ein begehrliches Männchen näherte, sich so benahm, wie die Schwestern im Waisenhaus es sie gelehrt hatten.

Monsieur Gion hatte sie in seine Dienste genommen, weil sie um zwei Francs billiger war als alle anderen, die sich vorgestellt hatten. Sie staubte sorgfältig ab, was in einem Musikgeschäft von entscheidender Wichtigkeit ist. Einmal jedoch passierte es ihr, dass sie eine Geige, die zweihundert Francs wert war, fallen ließ, weil sie kalte Hände hatte; daraufhin wurde sie so angefaucht, dass sie bei dem Versuch, ihrem Chef den Hergang zu erklären, auf das Instrument trat und seinen gebrechlichen Bauch eindrückte.

Von diesem Tage an staubte sie bei Monsieur Gion sehr sorgfältig ab, führte ihm den Haushalt und teilte sein Zimmer im vierten Stock des Hôtel Normandie. Bezahlt wurde sie nicht mehr, und sie erfasste immer besser, wie recht die Barmherzigen Schwestern mit ihrer Warnung vor der Erbsünde hatten.

Die Allerärmsten unter der Pariser Bevölkerung wussten, dass ein paar Tropfen eines gewissen giftigen Medikaments, das ich nicht mit Namen nennen will, das aber ohne Rezept in französischen Drogerien erhältlich ist, in einem Glas Weißwein eine Frau für einige Tage ganz krank machen können, um dann manchmal das gewünschte Resultat zu zeitigen. Bernice nahm diesen Zaubertrank etwa dreimal im Jahr ein, bis zu dem Augenblick, da sich in ihrer Verdauung und ihrem Gedächtnis, das nie sehr gut war, merkwürdige Dinge begaben. Dies beunruhigte Monsieur Gion, der Unannehmlichkeiten zu fürchten begann. Er warf sie also im Jahr 1932 nach vierjährigem Eheglück ohne Ehe und ohne Glück hinaus, und sie versuchte sich in der Seine zu ertränken, unweit des kleinen Parks Henri IV, kam aber mit einer Lungenentzündung davon. Nach einer langen Erholungszeit im Hôtel-Dieu, sah Bernice so frisch und gesund aus, dass Monsieur Gion sie zurücknahm – unter einer Bedingung, die das Risiko einer Schwangerschaft nahezu auf Null reduzierte.

In Frankreich predigte man nicht den Unsinn über die Würde der Arbeit, und außerhalb der Kirche redete man wenig über die Möglichkeit, glücklich und zufrieden zu sein, selbst wenn man arm ist. Das mochte auf dem Lande möglich sein, aber nicht in Paris. Wenn die Töchter armer Leute hässlich waren, mussten sie einfach Sklavenarbeit tun. Waren sie hübsch oder nicht direkt abstoßend, rechnete man damit, dass sie ihre Einkünfte und häufig auch die der Familie dadurch aufbesserten, dass sie Männern das gaben, was diese zu brauchen schienen und wofür sie, wenn es sein musste, zahlten. Geschickte Mädchen oder solche, die Glück hatten, bekamen gute nachsichtige Männer. All dies war ein Teil des Systems und trug dazu bei, dessen Räderwerk in Gang zu halten, bis zu dem Tage, an dem es zerbrach. Das System als solches wurde als eine Selbstverständlichkeit hingenommen. Ob es besser oder schlechter war als irgendein anderes System, entzieht sich meiner Beurteilung. Oft schien es Härten im Gefolge zu haben, aber ebenso oft zeitigte es auch ausgezeichnete Resultate, die allen Beteiligten zugute kamen. Das System gehörte zur französischen Sparsamkeit, zu den Kompromissen von klerikaler Seite, zu einer hochzivilisierten Gesellschaft, deren natürliche Hilfsquellen spärlich flossen, und zu den gefährlichen nationalen Grenzmauern und nationalen Feindschaften.

Madame Mariette vom *Panier Fleuri* gestattete es zum Beispiel, dass man für fünfzig Francs die alte Armandine peitschte, bis ihr die Haut am Rücken in Fetzen hing, weil sie wusste, dass die wunden Stellen heilen würden, und dass Armandine bei ihrem Alter auf keine andere Art so leicht fünfzig Francs verdienen konnte. Aber die Atmosphäre ihres Etablissements war, vom Standpunkt der Angestellten aus betrachtet, geradezu Gold gegen die in Madame Durands Blumengeschäft, Monsieur Gions Musikgeschäft, der Blutsaugerbude, wo Madame Claire mindestens zehn Stunden täglich im Akkord arbeitete, oder dem Bureau auf der Präfektur, in dem Hortense Berthelot angestellt war.

Offiziell war das Bordell von zwei Uhr nachmittags bis zwei Uhr morgens geöffnet. Aber für Männer, die die Nacht nicht im Bett zugebracht hatten oder keine Ruhe finden konnten und am Vormittag Zeit hatten, fand sich ein Mädchen in schlichter Straßenkleidung um zehn Uhr ein, zog sich aus, wusch sich am ganzen Körper mit Hilfe eines Bidets, wurde von der *Unter-Mätresse*, die an dem betreffenden Tage Dienst hatte, einer oberflächlichen Begutachtung unterzogen und setzte sich dann in den kleinen dreieckigen Salon auf eine rotsamtene gepolsterte Bank, wo sie mit der stellvertretenden Hausdame plauderte, bis die Klingel in der Einfahrt anzeigte, dass jemand hereingekommen war, ohne zu klopfen, genau wie es der Anschlag an der Tür vorschrieb.

Die Hausdame, die immer komplett konservativ gekleidet ging, und von deren Taille als Dienstabzeichen der Schlüssel zum Champagnerschränkchen herabbaumelte, kam dann immer in den Korridor hinaus und begrüßte den Kunden mit einem freundlichen: *Bonjour, Monsieur*, oder sie sagte, wenn es sich um einen Stammkunden handelte, der auf eine gewisse Vertraulichkeit Wert legte, etwa: »Bonjour, Monsieur Albert.« Dann führte sie den Gast in einen kleinen Empfangsraum gegenüber dem Zimmer, in dem das Mädchen wartete.

»Mademoiselle«, rief die Hausdame dann mit sorgfältig modulierter Stimme.

Daraufhin kam Mireille oder Mado oder Suzie oder Daisy oder Claude oder Germaine auf den Korridor hinaus und blieb lächelnd einen Augenblick in der geöffneten Türe stehen.

»Bonjour«, sagte die Betreffende zu dem Herrn, hie und da kam es auch vor, dass sie ehrlich erfreut rief: »Ah, c'est vous! Aber Sie sind heute früh wach.«

Der Besuch lief unter der Bezeichnung *un petit moment*, … *une demi-heure* oder *une heure* und wurde je nachdem berechnet. Für das kurze Weilchen bezahlte der Gast zehn Francs – dafür durfte er etwa eine Viertelstunde bleiben; eine halbe Stunde kostete zwanzig Francs und eine ganze dreißig. Die Hausdame ging mit dem glücklichen Paar die kleine steile Treppe hinauf und wies ihnen das Zimmer an: das »rote Zimmer«, das »blaue Zimmer«, das »orientalische Zimmer«, und so weiter. Auf das Nachttischchen legte sie zwei kleine, frisch gewaschene Handtücher.

Am Morgen hatten nur weiße Mädchen Dienst und keine aus der Schwergewichtsklasse Armandines, auch nicht die kleinen Dämchen, die Schulmädchen spielten; die dunkelhäutige Dora aus Martinique blieb in jenen Stunden unsichtbar. Die Möglichkeit, dass betrunkene Bummler oder Schlaflose sich vielleicht eine ungewöhnliche Nummer in Bezug auf Umfang oder Aussehen in den Kopf gesetzt hatten, war zu groß, als dass man es hätte riskieren wollen, nur ein schmächtiges Mädchen auf Lager zu haben, wenn Monsieurs Sinn nach beleibten, entgegenkommenden Typen stand. Die Morgengäste mussten also mit mittelgroßen Schönheiten vorlieb nehmen und sich bis zwei Uhr gedulden, falls sie an dem Tag ausgefallene Wünsche hegten.

Um diese Stunde belebte sich das Wartezimmer unten. Einige Mädchen wohnten in Dachkammern hoch oben im gleichen Haus, aber etwa die Hälfte der Schar musste um zwei Uhr morgens ihre Zuhälter aufsuchen, um ihnen den Tagesverdienst abzuliefern, oder einen späten Autobus, eventuell auch ein Taxi nach Hause nehmen. Die Mädchen lasen nie, auch nicht, wenn das Geschäft flau war. Die einzige Literatur, die zur Verfügung stand, waren sechs oder acht verbotene illustrierte Bücher, die jenen Gästen zur Anregung dienen sollten, die gern ein, zwei obszöne Kapitel schluckten, ehe sie ans Werk gingen. Die Mädchen schauten diese Bücher nie an. Auch ins *Album*, das die Hausdame verwahrte und dem Gast auf Verlangen diskret aushändigte, schauten sie nicht hinein. Das *Album* zeigte eine Fotografiensammlung, die der Fantasie nicht mehr den geringsten Spielraum ließ, höchstens insofern, als man sich, wenn man in der Mitte angelangt war, zu fragen begann, was es denn noch zu fotografieren gebe. Inwiefern das *Album* bei Madame Mariettes erschlaffenden Gästen die Dinge erleichterte, weiß ich nicht, aber es veränderte jedenfalls das Leben eines jungen Franzosen, der zu Beginn der Zwanzigerjahre die Sorbonne besuchte. Jacques war hochbegabt, hatte aber gar keinen Ehrgeiz und wusste nicht, was er mit seiner Begabung anfangen sollte. Er studierte, weil seine Eltern das Studium bezahlen konnten, und weil das Studentenleben sorgloser und weniger mühselig war als Arbeit in einer Bank oder im Büro irgendeiner Fabrik. Eines Nachmittags, als er zum Zeitvertreib *chez* Mariette war, begann er im *Album* zu blättern, und dabei fiel ihm auf, wie seltsam zahlreich die Variationen einiger einfacher Handlungen waren, bei denen zwei bis drei, höchstens vier Personen beteiligt waren. Er fing an, die Sache vom mathematischen Standpunkt aus zu betrachten: in Permutationen und Kombinationen. Noch am selben Abend stürzte er sich in seine lange vernachlässigten mathematischen Lehrbücher, und es dauerte nicht lange, da hatte er alle seine Kollegen in der höheren Mathematik und der Integralrechnung überflügelt. Heute ist er einer der bedeutendsten theoretischen Mathematiker Londons und gibt offen zu, dass er dies lediglich Mariette verdankt.

Eine Besonderheit vom *Panier Fleuri* war das, was Mariette das geheime Amüsierkabinett nannte, in dem der Kunde – aber nur wenn er ihr gut bekannt oder entsprechend eingeführt war, - von einem Lehnstuhl aus, neben sich ein Gläschen, durch ein Loch in der Wand, das geschickt durch das Dessin der hochroten Tapete maskiert und, wenn es nicht benutzt wurde, auf der Seite des Beschauers von einem Bild verdeckt war, einem nichts ahnenden Mann zusehen konnte, der mit einem oder mehreren Mädchen seiner Wahl das »rote Zimmer« bezogen hatte. Die Mädchen waren natürlich genau eingeweiht, und wenn die würdige Hausdame sie mit ernster Miene dorthin geleitete, kicherten sie insgeheim und warfen alle Hemmungen zugleich mit den spärlichen, hauchdünnen Gewändern weg, die sie unten bei der Vorführung an sich trugen.

Madame Mariette erzählte mir, dass viele, die Psychologie und das Wesen der Menschen studierten, ihr geheimes Amüsierkabinett aufsuchten. Sie schätzte diese gelehrten Herren nicht, die wissenschaftliches Interesse an dem Gebotenen vorschützten und dann, wenn sie ihre Beobachtungen gemacht hatten, den Rest des Nachmittags oder Abends nicht in ihren Salons verbrachten, sondern in ein anderes Etablissement gingen, in der Rue de la Harpe oder der Rue Mazet, weil sie Mariettes Illusion hinsichtlich der Echtheit ihres unbeteiligten Interesses nicht zerstören wollten.

Einer ihrer Kunden, der sich kleidete wie der verstorbene Berry Wall, tauchte regelmäßig jeden zweiten Montagnachmittag auf, weil dies der Tag war, an dem der Arzt kam. Er pflegte im Garten des Café de la Gare seinen Vermouth Cassis zu schlürfen, das Geld für die Zeche vor sich auf dem Tisch. Sobald er Dr. Clouet aus *Le Panier* herauskommen sah, nahm der fröhliche Alte Hut und Handschuhe und begab sich humpelnd zu No. 17. Er wusste, dass die Mädchen von Amts wegen am Montag keine Gäste empfangen durften, bevor nicht der Arzt da gewesen war, und es machte dem alten Herrn Spaß, der erste Besucher zu sein. Er wählte stets Consuela, so lange diese bei Mariette war, und war außer sich, als sie Paris verließ und nach Madrid fuhr. Consuela war eine zarte Spanierin mit anziehenden, feinen Gesichtszügen; sie trug eine hohe Frisur mit einem spanischen Kamm und war die *Braut* des Etablissements, das heißt, sie erschien nicht im Korso der anderen Mädchen, wenn irgendein zufälliger Besuch kam, sondern wartete in einem dämmerigen Zimmer auf den Erfahrenen, dem nicht so leicht eine gefiel. Sie trug ein weißes Brautkleid, eine weiße Spitzenmantille und lange weiße Handschuhe, und in der Hand hielt sie ein Sträußchen Rosenknospen und Vergissmeinnicht, die zwar künstlich waren, aber sehr bräutlich wirkten.

Eine der beliebtesten Spezialitäten war bei Mariette eine skandinavische Blondine, die alles, was sie an Haaren hatte, hellgrün färbte und vor den Gästen erschien, wie Gott sie erschaffen hatte, nur mit einem durchsichtigen Regenmantel aus grünem Zellophan bekleidet.

All dies war fürs Geschäft. Die Mädchen selbst waren eigentlich genau wie andere Mädchen. Eine Zeit lang arbeiteten sie in einem billigeren Hause, wie dem von Mariette, wo es lebhafter zuging als anderswo, später avancierten sie zu den besseren Etablissements im Montholon oder den Vierteln der Madeleine oder Etoile und erhielten dort hundert Francs statt zehn für die gleiche Leistung. Sie verdienten dabei ungefähr das gleiche, weil bei Mariette mehr zu tun war. Das war ihnen lieber, nicht weil sie sich dabei unterhielten, sondern weil die teuren Häuser auch teure Kleidung verlangten, auf die sie achtgeben mussten, und weil sie verpflichtet waren, korrekter zu sprechen. Die billigen, gut besuchten Häuser waren nicht so »einsam«.

Es möge nur keiner glauben, dass er und sein ganzes Tun nicht mit Heiterkeit und unter Anführung pikanter Details in jenem roten Plüschsalon beschrieben wurde, wo die wartenden Mädchen saßen. Im Allgemeinen kamen die Mädchen miteinander gut aus. Geriet eine von ihnen in Schwierigkeiten oder brauchte sie Geld, wurde sie bestohlen oder verlassen von einem Freund, den sie gerne hatte, dann hielten die anderen zu ihr. Alle wussten genau, dass, wenn zwei Mädchen sich nicht mochten und dies nicht unter einer höflichen Maske zu verbergen verstanden, eine von beiden fort musste. Männer reagierten schlecht auf eine gespannte Atmosphäre. Und das Mädchen, das Madame wegschickte, war natürlich immer dasjenige, das bei den Kunden am wenigsten beliebt war.

Ich mochte Madame Mariette sehr gern. Sie lebt in meinen Gedanken als ein mir befreundetes Wesen, eine schöne, interessante Frau mit wirklichem Verständnis, reicher Erfahrung und einer Tiefe des Wesens, an die noch kein Mann je herangekommen ist, ja sie kaum je geahnt hat. In unserer Straße gab es niemanden, der sich mit ihr hätte vergleichen lassen, höchstens Monsieur Henri, der die gleiche Liebe und Hingabe zu Frankreich empfand. Diese wohlgestalte Frau mit dem klaren Blick schämte sich nicht, noch rühmte sie sich ihres Gewerbes, das so viele verachten und beklagen. Es war eben da. Es war sozusagen eine Notwendigkeit. Sie versuchte, ihr Haus gut und ordentlich zu führen. Bei Mariette wurde nie jemand betrogen, und die meisten ihrer Besucher blieben ihr treu und wurden Stammgäste auf Jahre. Und damals, wie Frankreich unter Monsieur Blum sich zu den Friedensmachern in England schlug und schweigend zusah, wie anständige Männer und Frauen in Spanien vernichtet und zu Tode gepeinigt wurden, weinte Madame Mariette und biss sich ständig auf die Lippen vor Scham. Denn es gibt ein Schamgefühl, das zutiefst im Wesen des Menschen verwurzelt ist und auch den ganzen Menschen vom Kopf bis zu den Füßen in Besitz nimmt; Nerven und Eingeweide und Drüsen werden ergriffen wie von einem überall zugleich hervorbrechenden Übel. Als dann die Krise von München kam, da waren ihre Tränen versiegt, und ihre brennenden Augen blieben trocken.

Was mich am meisten beim *Panier Fleuri* fesselte, nachdem Mariette und die anderen mich als Nachbarn und Gefährten aufgenommen hatten, war das Büchlein mit den Aufzeichnungen und das, was es an statistischem Material enthielt. Ich versuchte, die seltsame Mireille mit neutralem, wissenschaftlichem Blick zu beurteilen, um dahinter zu kommen, wieso tagtäglich, ob Sonne oder Regen, egal ob Mai oder Dezember war, etwa drei Fünftel der Männer, die physische oder seelische Entspannung suchten, Mireille zunickten, auf sie wiesen oder ihr zulächelten, obwohl ihnen acht gut gewachsene, herzige, geschickte und entgegenkommende Mädchen vorgeführt wurden. Mireille war nicht die anziehendste, vom Standpunkt einer illustrierten Wochenschrift aus gesehen, sie war sogar etwas mager und eckig, hatte überlange Beine und Arme, und ihre Brüste waren ein wenig verwelkt. Ihr Gesicht war nicht schön und nicht besonders interessant. Wohl waren ihre Augen groß und ihre Wimpern lang und geschwungen, aber sie verrieten nichts von ihrem trockenen Humor und ihrem perversen, wüsten Geist. Ihre Stimme war unvergesslich, aber sehr viele Gäste hatten Mireille gar nicht sprechen hören, ehe sie zum ersten Mal ihre Wahl trafen.

Im Allgemeinen ging es mit den Mädchen so, dass die Kunden zwei- oder dreimal mit ihnen gingen und dann diskret zu einem entgegengesetzten Typ hinüberwechselten. Bei Mireille aber war dies anders. Sie wollten keine andere haben, auch wenn sie warten mussten, was allen verhasst war.

Hingegen gab es dort eine kleine Brünette mit viel chic, die ein Baby bekommen hatte, ohne dass man ihr das geringste anmerkte – sie hätte jedem kommerziellen Maler als Modell dienen können. Mariette sagte von ihr immer, sie sei *extrêmement gentille et caressante*. Sie hieß Mado und ihr Durchschnittsverdienst war der niedrigste des ganzen Hauses, wie immer es auch ging. Jeder Mann, der sie wählte, mochte sie gern leiden, er versicherte Madame, dass Mado sehr nett sei – aber er wählte sie nie wieder.

In allen öffentlichen oder privaten Bordellen gab es immer einen erklärten Liebling und eine andere, die es zu nichts brachte – die übrigen Mädchen kamen auf einen annehmbaren Durchschnitt. Um ihre unglückliche Mitschwester bei Kasse zu halten, sagte jedes Mädchen, wenn ein Mann sie fragte, wen sie am liebsten zu einer Partie zu dritt mitnehmen wollte, immer sofort *Mado* und versprach unerhörte Genüsse.

Die Mädchen vom *Panier Fleuri* nahmen etwa hundertfünfzig Francs pro Tag ein, von denen die Hälfte an Mariette ging, die alle Rechnungen für den Hausstand bestritt, im Speisezimmer des obersten Stockes die – übrigens ausgezeichnet zubereiteten – Mahlzeiten servieren ließ, alles mit der Polizei regelte und dem Haus ihre Persönlichkeit lieh und seinen Ruf für korrekte Bedienung. Ihr Profit als Eigentümerin belief sich auf rund 100.000

Francs im Jahr. Etwa ebenso viel trugen ihr die Tipps an der Börse ein, die sie von den Bankiers bekam, die ihr Etablissement frequentierten.

Mireille verdiente ungefähr 65.000 Francs jährlich; die arme Mado musste sich mit 12.000 durchschlagen, wie Monsieur Frémont, der Briefträger, Hortense Berthelot und andere unserer Bekannten, die sich ihren Lebensunterhalt erarbeiten mussten.

Amerika und Frankreich

Der Leser ist sich bereits darüber klar geworden, wie wenig die Spezereihandlung in der Rue de la Huchette den Lebensmittelgeschäften in anderen Länder ähnelte, eben weil Monsieur Corre von Spezialisten umzingelt war, bei denen man bestes Fleisch, Fisch, Milch und Molkereiprodukte, Gemüse, Delikatessenwaren usw. bekam. Es war ferner erstaunlich, wie viel mehr Artikel es im Farbwarengeschäft in No. 4 zu kaufen gab, als man hätte erwarten können. Der *Marchand de couleurs* lebte genauso wie der Tischler in No. 3 gemütlich mit seinen Nachbarn auf freundschaftlichem Fuß, ohne seinen politischen oder religiösen Ansichten Ausdruck zu geben. Monsieur Villières entwickelte die Parteilosigkeit zu solcher Vollendung, dass ein Einkauf bei ihm sich gelegentlich recht schwierig gestaltete. Er mochte z. B. nicht zwischen konkurrierenden Nägeln- oder Schraubensorten wählen und den Kunden nicht beraten, welche Farbe sich für einen Holzanstrich am besten eigne. Alle Muster und Stärken seines Wachstuchs hatten in seinem vorsichtig abwägenden Sinn ebenfalls ihre Vorzüge und Nachteile.

Monsieur Villières führte Werkzeug und verschiedene Sorten kleinerer Eisenartikel, Mal- und Zeichengeräte, Schulartikel, Blumen- und Gemüsesamen, ferner das, was die Franzosen für modernen Bürobedarf hielten, alles was zur Buchführung gehörte, Spielzeug, Puzzles, Scherzartikel, die plötzlich wie Kühe muhten, wenn man sie in Schubladen versteckte, Blechfrösche, die unversehens in die Höhe sprangen, Stäbchenspiele, Schach- und Dominospiele, Desinfektionsmittel für häuslichen Gebrauch, Möbelpolitur, Maschinenöl – die Liste war sozusagen unerschöpflich. Und Monsieur Villières wusste haargenau, was er in seinem Geschäft hatte und wo es zu finden war. Der Kunde musste nur wissen, was er wollte und sich präzise ausdrücken. Hatte der Käufer einmal seine Wünsche artikuliert, dann bediente ihn der Farbwarenmann, auch wenn er wusste, dass die Haken, die der Betreffende verlangte, zu den Ösen, die er schon hatte, nicht passen würden. Das war nicht seine Sache.

Sein persönliches Leben spielte sich in folgender Weise ab: Im Hôtel du Caveau nahm er seine Mahlzeiten ein und während er aß, vermied er es sorgfältig, den Blick vom Teller zu heben, was auch immer am Schanktisch gesprochen wurde; am Abend fertigte er endlose Inventarlisten seines Lagers; acht Stunden verbrachte er in seinem Bett im Hinterzimmer, und ab und zu nahm er ein Bad in seiner Gummiwanne, die er gegen eine bescheidene Abgabe an Interessenten aus der Nachbarschaft, derer es nicht viele gab, vermietete. Wenn ein amerikanischer Wildwest- oder Chaplinfilm im nahen Kino auf dem Boulevard Saint-Michel gespielt wurde, ging er jedes Mal; alle vierzehn Tage um halb acht Uhr ging er zur alten Armandine, und jeden zweiten Sonntag verbrachte er mit Verwandten in.Saint-Germain.

Der Farbwarenmann schwelgte geradezu im Zählen seiner Kamelhaarbürsten, seiner Schachteln mit Reißnägeln, der drei Tuben mit einer höchst widerwärtigen Ölfarbe, die *Italienisch Rosa* hieß, und von denen er nicht eine einzige in den zwanzig Jahren eifrigen Geschäftsbetriebes verkauft hatte – er zählte alles und jedes, was sich in seinen Regalen befand. Er ging systematisch vor, notierte die Ziffern in seinen Büchern, verglich sie zur Kontrolle mit den Zetteln, die er tagsüber in das Kassenschubfach gesteckt hatte und war mit sich und der Welt zufrieden, wenn das Ganze die Summe aller Teile ergab und umgekehrt. Die einzige Information, die ich von ihm während einer Bekanntschaft von sechzehn Jahren unaufgefordert zu hören bekam, war die schlichte Feststellung, dass man Anilinfarben nicht mischen könne, sondern sie so verwenden müsse, wie sie in der Packung sind. Dies erwies sich als unrichtig und ich war versucht, es ihm zu sagen. Aber ein Instinkt hielt mich noch im richtigen Moment davon ab. Wollte man in Paris ruhig und friedlich leben, musste man anderer Leute Meinung achten und durfte die Menschen nicht beständig über alles Mögliche eines Besseren belehren.

Während der Einkochsaison, die im sparsamen Frankreich sowohl in Paris wie auf dem Lande sehr ernst genommen wurde, erschien jeder Farbwarenhändler mit einer prachtvollen Garnitur riesiger Kupfer- und Bronzekessel auf dem Plan, die er an die Hausfrauen für zwei Francs täglich abgab. Ich mietete mir einmal einen solchen Kessel zwei Monate lang und stellte ihn in meinem Dachzimmer auf den Tisch, um die sonst so unscheinbaren Gegenstände um mich herum in den spiegelnden Reflexen umso schöner zu sehen. Diese Sache mit dem Kessel irritierte Monsieur Villières mehr als alles, was ihm seit dem Ersten Weltkrieg passiert war. Ich bezahlte ihn regelmäßig jede Woche, um mich an seinem verdutzten Gesicht zu weiden. Ich versicherte ihm, dass ich das schöne Erzeugnis der entschwundenen Kupferschmiedekunst nicht zu unwürdigen Zwecken verwendete, etwa darin badete oder es als Nachtgeschirr benutzte – das Stück gefiel mir einfach nur.

Zweifellos habe ich damit die Franzosen in dem Glauben bestärkt, dass alle Amerikaner verrückt sind.

Man stelle sich mein Erstaunen vor, als Monsieur Villières eines Tages ins Caveau kam, blutrot im Gesicht, wütenden

Blicks, eine illustrierte Zeitschrift in der geballten Hand, und auf dem Weg zu seinem Tisch vor mir stehen blieb. Er stellte mich mit einer solchen Schärfe und persönlichen Erbitterung in Ton und Benehmen zur Rede, dass ich wirklich befremdet war, wie auch meine Zechkumpane, der Kastanienverkäufer Monsieur Frémont und der Kellner Georges.

»Das ist ein Verbrechen!«, rief der Farbwarenverkäufer und schlug mit der zusammengefalteten Zeitschrift auf den Schanktisch. »Amerika ist ein barbarisches, unzivilisiertes Land!«

So rasch es sich machen ließ, ging ich der Ursache dieser übermäßig lebhaften Parteinahme auf den Grund. Ein Blick auf die Zeitschrift genügte mir. Charlie Chaplin saß in der Tinte. Er war, so berichtete das Blatt, einem hinterlistigen Weib zum Opfer gefallen, von ihr verfolgt und bestohlen worden. Die Betreffende hatte ihre junge Tochter als Köder benutzt, den bedeutendsten Charakterdarsteller der Welt in eine Ehe mit ihrem Kinde hineingelockt und forderte nun ein Riesenvermögen von Charlie, das er aus seinen Einnahmen zahlen sollte.

Die Art, wie die amerikanischen Männer von ihren Weibern getäuscht wurden, regte die Pariser unerhört auf. Es gab in Frankreich zwar eine schwache Bewegung, die für das Frauenstimmrecht eintrat, die Sache verlief aber immer wieder im Sande, weil weder die Männer noch die Frauen in Frankreich in abstrakten Rechtsbegriffen denken konnten. Keines der gefühlsmäßigen Argumente zugunsten der Gleichberechtigung der Geschlechter schlug in Frankreich wirklich ein. Kluge Frauen bekamen alles, was sie wollten, wenn sie Glück hatten, und handhabten hohe Staatsmänner, Finanzleute und Stromliniendirektoren, als seien diese die reinsten Marionetten. Die französische Ehefrau glaubte nicht, es gehe die Welt unter, wenn ihr Mann gelegentlich ein Bordell aufsuchte; sie sah sich auch noch nicht auf ewige Zeiten verraten und verkauft, wenn sie ihn einmal in einem Hotelzimmer mit einer Frau in Unterwäsche erwischte. Was sie unter allen Umständen zu bekommen hatte, stand ganz genau im Ehekontrakt, den das Oberhaupt ihrer Familie und das der Familie ihres Gatten unterschrieben hatten.

Männer in öffentlichen Stellungen, Geistliche ausgenommen, brauchten sich nicht zu verstecken wie Wasserkäfer, wenn sie auf nette lose Damengesellschaft Lust hatten. Nie habe ich eine Französin darüber jammern hören, dass ihr Mann etwas tat, wovon sie nichts wusste. Die meisten Frauen wussten genau, wie hoch oder wie tief sie bei ihrem Mann im Kurs standen, und richteten sich ihr Leben dementsprechend ein. Verlor einmal eine eifersüchtige Frau den Kopf und erschoss ihren ungetreuen Liebhaber, dann wurde sie vom französischen Schwurgericht in 99,9 von 100 Fällen freigesprochen und in den übrigen Fällen vom Präsidenten der Republik begnadigt. Dass dies auf die ausschweifenden Männer einen abschreckenden Einfluss ausgeübt hätte, war nicht zu bemerken.

Einige Tage lang war Charlie Chaplins schlimme Lage in ganz Paris in aller Leute Munde und wurde durchwegs zugunsten Charlies kommentiert; die Mutter fanden alle empörend, das Mädchen wurde kaum erwähnt – man betrachtete sie als eine Art *Theaterfundus*, der beliebig in dem einen oder anderen Stück eingesetzt werden konnte. Einmal bemerkte ich, wie der Kastanienverkäufer mit gerunzelter Stirn unverwandt auf einen Zeitungsausschnitt sah, auf dem das Mädchen abgebildet war, das einen Tag lang die Gattin des Komödianten sein konnte.

»Da sind mir schon bessere auf der Place Zacharie am vierzehnten Juli über den Weg gelaufen«, sagte er.

Pierre Vautier äußerte die Ansicht der Nachbarschaft über die ältlichen Amerikanerinnen, als man ihm das Foto einer Klubdame in Ohio oder Wisconsin zeigte.

»Was für eine Frechheit!«, rief er aus.

Die Franzosen sind eine komische Rasse, hört man in Amerika oft sagen. Anlässlich der Parade der amerikanischen Legion, die man in Paris zu Isadora Duncans Begräbnis veranstaltete, wurde mir klar, dass wir in Bezug auf Komik keinem nachstanden.

Irgendetwas hielt mich davon ab, Hyacinthe Goujon zu diesem amerikanischen Festmarsch mitzunehmen, bei dem betrunkene Veteranen in kunterbunten Kostümen vorbeiwackelten, die nicht im Geringsten einen Hauch von künstlerischem Geschmack oder von Fantasie zeigten, in Begleitung von weiblichen Trommelschlägern, die so aussahen, dass man sie im Moulin Rouge nicht die Türklinken hätte putzen lassen. Ich nahm also lieber Madame Frémont und Yvonne mit; keine von beiden lachte oder weinte beim Anblick dieser ältlichen Männer, die noch seltsamer wirkten, wenn sie eine gewisse kraftvoll-männliche Haltung bewahrt hatten, als wenn sie sich gehen ließen, und die da vor unseren Augen eine der erstaunlichsten Schaustellungen des guten Willens und schlechten Geschmacks boten. Die Gesichter der ehemaligen Kämpfer wirkten in dem fremden Milieu nahezu verkommen, die Kostüme waren ungeschickt gewählt, die Leute waren im Durchschnitt nicht betrunken genug, um komisch zu wirken, und nicht nüchtern genug, um mit Würde aufzutreten. Weder Mademoiselle noch Madame Frémont hatten Tränen im Auge, aber bei mir war dies, offen gestanden, der Fall. Denn es lag etwas im Takt dieses alten Marsches, der da zwischen den französischen Häusern dröhnte, und etwas im strammen, unnachgiebigen, eindrucksvollen Rhythmus dieser Trommeln, das in mir die jahrelang zurückliegende Erinnerung an meine ehemaligen Kameraden in Kakiuniform wachrief. Es erinnerte mich daran, wie ich einmal ganz früh am Tage in der Tür des Güterwagens eines Truppentransportzuges stand; es war irgendwo in Frankreich, schneeweißes Vieh weidete auf den grünen Wiesen, und eine alte Bäuerin fiel auf die Knie, um ein Dankgebet zu verrichten, angesichts so vieler kräftiger, junger Leute, und dies tat sie mit der gleichen Natürlichkeit, mit der sie zu ihrer Heugabel griff.

Die Rue de la Huchette wusste von den Wahlkämpfen um die Person des Präsidenten nur wenig, und zwar, dass Al Smith gewöhnlich einen braunen *Chapeau melon* trug, und dass er wie jeder gegen die Prohibition war.

»Smith kann nicht gewählt werden, weil er katholisch ist«, sagte ich zu Monsieur Monge, der ganz für Al war und für ein Glas Wein zu seinen Mahlzeiten.

Monsieur Monge versuchte sich zu erinnern, ob Papa Doumergue, der damalige Präsident der französischen Republik, Katholik oder Freidenker war. Aber es gelang ihm nicht, und in der Bar wusste keiner darüber Bescheid.

Dann sagte ich, dass Al ganz gewöhnliche amerikanische Worte falsch ausspräche, wenn er im Radio seine Wahlreden hielt.

»Das hat nichts zu bedeuten«, sagte Madame Berthelot. »Neulich habe ich Tardieu gehört, und er hat drei Grammatikfehler gemacht. Blum hat offenbar eine gute Schulbildung genossen. Er macht fast gar keine Fehler.«

»Alle Juden machen den Fehler, auf die Welt zu kommen«, sagte der Krautkopf. »Es erschwert ihnen und uns das Leben.«

Der Fall von Jericho scheint weniger lang zurückzuliegen als die sorglosen Zwanzigerjahre. Man hat in seinem Leben Zeit gehabt, sich daran zu gewöhnen, dass die Mauern jener Stadt eingestürzt sind. Wir haben uns auch mit der Tatsache abgefunden, dass der Leichnam eines Helden um die Festungsmauern von Troja geschleift wurde. An das grauenvolle Halbdunkel, das über Frankreich liegt, kann man sich jedoch schwer gewöhnen. Noch höre ich die Stimmen aus der Rue de la Huchette. Mit verbundenen Augen würde ich Madame Berthelots behandschuhte Rechte in der meinen identifizieren können oder die abgearbeitete Hand des Kastanienverkäufers; ich höre die längst verklungene Stimme der kleinen Hyacinthe noch in jeder Schwingung und empfinde die Kraft von Mireilles unbesiegbarer Verve. Täglich gedenke ich Monsieur Henri Julliards in Dankbarkeit. Monsieur Henri, der so menschlich gelebt hatte, wusste auch den rechten Augenblick fürs Sterben zu wählen.

Im Jahr 1929 erschienen in der Deputiertenkammer zwei neue Männer, die beide eine wichtige, wenn auch schmähliche Rolle im französischen öffentlichen Leben zu spielen berufen waren. No. 1 war Léon Blum, der andere war Marty, der Kommunist, der die Revolte der französischen Schwarzmeerflotte angezettelt hatte. Damals gewannen bei den Wahlen in Deutschland sowohl die Kommunisten als auch die Hitlerpartei an Stimmen auf Kosten des Zentrums. In England kam Ramsay MacDonald wieder ans Ruder, nachdem die führende Clique sich überzeugt hatte, dass es völlig falscher Alarm war, ihn als Arbeiterführer zu bezeichnen. In den Vereinigten Staaten saß der verstaubte Hoover im Weißen Haus und war fleißig mit Schweigen beschäftigt, weil er eben nichts zu sagen hatte.

Marschall Foch starb und wurde mit übergroßem Pomp auf Staatskosten zu Grabe getragen. Botschafter Herrick starb und mit ihm der letzte Rest an Zusammenarbeit und Verständnis zwischen Frankreich und Amerika. Als schließlich jedermann in Paris genug hatte von den Superlativen, die anlässlich der Todesfälle und Begräbnisse üblich waren, entdeckte plötzlich ein obskurer General namens Sarrail zwei Jahre im Nachhinein, dass er das biblische Alter überschritten hatte. Nun mussten bei seinem offiziellen Begräbnis die ganzen Phrasen von neuem heruntergeleiert werden, Dr. Stresemann, der mit Briand übereingekommen war, dass die Serie deutsch-französischer Kriege abgeschlossen sein solle, starb, und die Presse nahm davon weniger Notiz als von Sergei Djagilew, Mitglied des russischen Balletts. Die *Bremen* trat ihre Jungfernfahrt nach New York an und stellte einen Geschwindigkeitsrekord auf. General Maginot erklärte, dass die französisch-deutsche Grenze auf der französischen Seite befestigt werden müsse, ehe das Rheinland ohne Risiko geräumt werden könne.

Innerhalb des radikalen Flügels der sozialistischen Partei spielte sich ein heftiger Kampf ab, der Monsieur Noël, den Satyr, und den Pferdefleischer Monsieur Monge ständig in Atem hielt. Der Sohn eines Bäckers namens Daladier widersetzte sich, als Herriot, der führende Politiker von Lyon, ein Literat und netter

Mensch mit dem Wesen eines Gentleman, der so anständig war, wie es einem Staatsmann in Amt und Würden überhaupt möglich ist, zur Führung der mächtigen Zentrumspartei vorgeschlagen wurde. Von Sozialismus war im Wesentlichen nichts mehr übrig innerhalb der radikalsozialistischen Partei, aber Daladier wollte dieses Wenige auch noch eliminieren. Daladier war ein unsympathischer Mensch ohne persönlichen Charme und von höchst bescheidenem Intellekt, war aber niemals Ministerpräsident gewesen und hatte darum weniger Feinde als Herriot, der dieses Amt zum wiederholten Male bekleidet hatte.

Die drei »Radikalsozialisten« in unserer Straße stimmten alle für Herriot – und Daladier gewann. Was dies für Frankreich und schließlich auch für die Tschechoslowakei bedeuten würde, davon hatte man damals noch keine Ahnung. Für den Krautkopf und Monsieur Panaché, für den Rindfleischschlachter, für Monsieur Saint-Aulaire, Madame Durand, die Blumenverkäuferin und selbst für den friedlichen Monsieur Corre und seine Frau bedeutete Daladier einen gefährlichen Radikalen, der das Geschäfts- und Familienleben untergraben würde. Andererseits war Daladier in den Augen der Studentin Milka und des Kastanienverkäufers ein verächtliches Individuum, da er ein reaktionärer Stümper war, der sich der Politik zugewandt hatte, weil die Arbeit im Bäckerladen schwerer war und weniger einbrachte. Daladier bot alles auf, um Ministerpräsident zu werden, drang aber nicht durch, weil Briand mit ihm nicht Ballspielen wollte. Es wurde also, nachdem Clemenceau, der Tiger, gestorben war, Tardieu Ministerpräsident, ein Mann reaktionärer, nationaler Gesinnung, der die »Haute Finance« anbetete. Hoover wurde Präsident der Vereinigten Staaten und Senator Edge kam als Botschafter nach Paris. Die Pariser Bevölkerung erfuhr nicht einmal seinen Namen.

Durch meine Verbindungen zur Presse bekam ich immer Eintrittskarten zu den verschiedenen Staatsbegräbnissen und anderen offiziellen Veranstaltungen. Zu der prunkvollen Grablegung von Marschall Foch nahm ich Hyacinthe natürlich mit. Wir standen nebeneinander auf dem Altan in der Rue de Rivoli und sahen drei Stock unter uns die Prozession vorüberziehen. Es lässt sich in Worten nicht beschreiben, wie stark meine Begleiterin beeindruckt war, als das schneeweiße Pferd des toten Marschalls mit wallender schwarzer Schabracke, ohne Reiter, in Richtung der Place de la Concorde vorbeigeführt wurde. In ihren roten Talaren zogen die Kardinäle vorbei und in ihren hohen Bärenmützen die Coldstream Garde, die man eigens zu diesem Anlass von jenseits des Kanals hatte kommen lassen. Die französischen Elitetruppen marschierten schnellen, nervösen Schritts vorbei. Sie gingen im Takt mit den Herzschlägen eines dreizehnjährigen Mädchens, dessen Wangen in reizvoller Blässe schimmerten und die höchst geschmackvoll tiefschwarz gekleidet war; nicht Jeanne d'Arc war sie, sondern die Tochter ihres Landes, und wie eine Orchidee aus einem tropischen Sumpf, so wuchs sie aus ihrer in Zerfall begriffenen Gesellschaftsklasse heraus.

Als die Reihe an den weniger bedeutenden Marschall Sarrail gekommen war, konnte ich der Versuchung nicht widerstehen und nahm Mireille mit. Als sie sich, wenige Schritte vom Sarge entfernt stehend, eine Zigarette anzündete, während sich eben ein besonders feierlicher Teil der Zeremonie abspielte, war mein erster Impuls, sie ihr wegzunehmen, mit dem Fuß auszudrücken und mit einem scheuen Blick auf Polizei und Militärgarde das Beste zu hoffen. Mein zweiter und zweifellos richtigerer Impuls war, Mireille gewähren zu lassen.

Wohin die französische Einigkeit, die Sicherheit, die Solidarität und der französische Geist entschwunden waren, ist heute deutlicher erkennbar, als es damals war. Clemenceau hatte den einzigen vielversprechenden Vorschlag für den Weltfrieden, den es seit der Bergpredigt gegeben hatte, sabotiert. Die Pfuscher vom Quai d'Orsay stießen alle ehemaligen Alliierten Frankreichs vor den Kopf. Ihr Versuch, die Ruhr, das Rheinland und die Saar an sich zu bringen, war fehlgeschlagen. Frankreich hatte keine gesunde wirtschaftliche Basis, war finanziell bankrott, moralisch krank und stand, rein physisch gesprochen, auf unsicheren Beinen. Von einer Macht ersten Ranges war Frankreich zu einer drittklassigen Reliquie herabgesunken.

Wie spiegelte sich dieses Debakel nun in der Rue de la Huchette?

Das Fleisch wurde teurer und zäher, und eine Familie mit mittleren Einkünften konnte es sich nur noch zweimal die Woche leisten.

Bei den Devotionalien gegenüber dem Fleischerladen wuchs der Staub in der Auslage. Frömmigkeit gedeiht nicht *vor*, sondern *nach* Kriegen und nationalen Zusammenbrüchen.

In No. 4 wurden weniger Farben verkauft, die Aufstellung der Inventurlisten war demgemäß wesentlich einfacher.

In No. 3: Infolge der emporschnellenden Holzpreise wurden weniger Möbel erzeugt. Einer der beiden Lehrlinge wurde entlassen.

In No. 6 waren teure Wurstwaren und Delikatessen unverkäuflich.

In No. 5 wurde es immer schwieriger, Hotelrechnungen einzutreiben, und es kamen keine Touristen mehr ins Cabaret.

In No. 10 stiegen die Preise für Wolle und Garn in schwindelerregende Höhen. Genauso Madame Absaloms Schimpfworte.

In No. 9 merkte der Buchbinder Monsieur Dorlan kaum eine Veränderung. Seine Kundschaft war so oder so exzentrisch.

In No. 12 wurde die Milch wässeriger, und die Eier kleiner und schmutziger. Das Milchmädchen probierte, was die Männer schon lange von ihr haben wollten, war aber nicht beeindruckt.

In No. 15 erhöhte das *Clandestin Lanier* die Preise von fünf auf zehn Francs. Der Umsatz sank um zwanzig Prozent. Die Preise in der Wäscherei stiegen ebenfalls auf das Doppelte.

In No. 14 sank die Bezahlung der Polizeibeamten im Verhältnis zu den Lebenskosten so stark, dass die Gattin eines Polizisten in Warenhäusern nach reichen Herren zu fischen begann, weil sie sich keine elegante Wäsche mehr leisten konnte. Das Familienleben wurde unerträglich.

In No. 17 gingen die festbesoldeten Männer aus der Nachbarschaft nicht mehr in den *Panier Fleuri*, hingegen zog dieser immer mehr und mehr reiche Kundschaft aus den Kreisen der Textilfabrikanten und -verkäufer an, die aus der Gegend des Châtelet und des Boulevard Saint Sébastopol stammten.

In No. 16 beklagte sich eine Engländerin, die im dritten Stock wohnte, dass das Brot, das jeden Morgen vor ihrer Tür abgegeben wurde, unrein sei, weil es nicht in Papier gewickelt war. Von da an nahm die Austrägerin immer einen Bogen Zeitungspapier mit, den sie in der Bluse verwahrte, an ihrem übrigens recht sauberen Körper, und in diesen schlug sie den Brotlaib ein, ehe sie ihn an Madame Spooks Tür lehnte. Madame Spook hieß eigentlich gar nicht so, sondern Root, aber das konnten die Franzosen offenbar nicht aussprechen.

In No. 18 kamen zwei Gäste an, von Saras reichem Onkel aus dem Quartier du Temple zu ihr gesandt; entfernte Verwandte aus Deutschland, die einen Teil ihres Vermögens außerhalb Deutschlands bringen wollten, für den Fall, dass sich dort die antisemitische Stimmung weiter ausbreiten sollte.

In No. 19 verließ Monsieur und Madame Lunevilles Sohn das Geschäft, um seine achtzehnmonatige Dienstpflicht beim Militär zu absolvieren. Madame Luneville, die eine Kriegsbraut des Ersten Weltkrieges gewesen war, begann jedes Mal zu weinen, wenn sie Jacques in Uniform ansah. Dafür wurde sie von ihrem Mann, dem ehemaligen Kriegsteilnehmer, ausgescholten.

In No. 20 erhielt Julien, der Haarschneider, Besuch von seinem früheren Chef, Monsieur Riess, dem berühmten Friseur. Riess erzählte ihm, dass er wegen des amerikanischen Bankenkrachs seine besten Kunden aus Übersee verloren habe. Der alte Mann war erregt und mutlos. Geld hätte nirgends mehr einen Wert, behauptete er.

In No. 21 saß Monsieur Saint-Aulaire mit einem wertlosen Warenlager himmelblauer Stoffballen. Die Kammer hatte beschlossen, dass die französischen Soldaten und Offiziere fortan nur mehr kakifarbene Uniformen tragen sollten. Über diese Neuerung jammerte der knebelbärtige Schneider, wie übrigens über alle Neuerungen.

In No. 22 hatte die Putzerei und Färberei weniger zu putzen und mehr zu färben. Dies wiederholte sich immer wieder in schlechten Zeiten, meinte der Geschäftsinhaber. Er erhöhte also seine Preise fürs Färben, um den Verlust an Putzaufträgen wettzumachen.

In No. 23 entließ Madame Durand Amélie, ihre neunzehnjährige Gehilfin, weil sie einen Stammkunden dadurch verärgert hatte, dass sie sich weigerte, eine Nacht mit ihm auf dem Lande zu verbringen.

In No. 24 machte Monsieur Dominique eine Reise nach Bayonne, um von Jesuitenpriestern, die aus Spanien geflohen waren und Geld brauchten, Briefmarkensammlungen zu kaufen. Er machte einige sehr gute Geschäfte.

In No. 25 entschloss sich der Kohlenhändler André zum ersten Mal seit achtzehn Jahren, in die Auvergne zu fahren. Er wollte zum Begräbnis seiner Schwester, stieg in Langres in einen falschen Zug und landete in Bourbonne-les-Bains. Der Stationsvorstand ließ ihn nicht im Wartesaal schlafen, weil es schon zwei Uhr morgens war. Der Park war auch zugesperrt, er musste also auf dem Bahnsteig auf und ab gehen, bis er den Frühzug nach Paris nehmen konnte. Noch mehrere Tage lang war er daraufhin zu Hause wortkarg und fuhr einmal seinen kleinen Sohn an.

In No. 26 begann Bernice im Akkord zu sticken, weil das Musikgeschäft immer schlechter ging. Für den Erlös kaufte sie Monsieur Gion Essen, weil sie genau wusste, dass er schlecht aufgelegt und unangenehm werden würde, wenn er sein Geld auf der Bank würde angreifen müssen. Monsieur Gion sah es nicht gern, wenn das elektrische Licht brannte, während er aus dem Haus war; sie setzte sich also ans Fenster und arbeitete beim Schein der Straßenlaterne. In dieser schlechten Beleuchtung brauchte sie eine Brille, die sie für zehn Francs im Bon Marché erstand, wo Brillen verschiedener Stärken in einem Korb auslagen.

In No. 27 entschlossen sich Monsieur und Madame Corre, später einmal eine kleine Wohnung in der Rue du Bac zu nehmen, anstatt, wie sie ursprünglich geplant hatten, eine größere in der Avenue du Maine, nachdem ihr Sohn geheiratet und das Geschäft übernommen hatte.

In No. 28 fühlte man lange nichts von der allgemeinen Depression, denn im Goldfischgeschäft waren die Einnahmen ja immer eher zufälliger Natur. Maurice entdeckte Fenimore Cooper, und zum ersten Mal im Leben versuchte er ein zweites Buch von einem Autor, auf den er zufällig gestoßen war, zu erhalten. Aber die Bücherstände am Kai hatten kein anderes.

In No. 29 nahm Dr. Clouet an einer Sitzung französischer Ärzte teil und stimmte für die Begrenzung der Ausfuhr von Jod nach Deutschland. Mit der gleichen Begeisterung wäre er auch für jede andere Warenausfuhrbeschränkung nach Deutschland eingetreten.

In No. 32 gelang es dem Krautkopf, sich durch Anwendung einer List eine höhere Bezahlung zu sichern, indem er nämlich einer Geheimorganisation gegen den Kommunismus beitrat, die von dem Polizeichef Chiappe protegiert wurde und dem Grundsatz huldigte, dass kein Mensch frei geboren wird und unter den Menschen keineswegs Gleichheit herrscht.

In der *Brasserie Dalmatienne*, die zum Boulevardviertel gehörte und in der gut situierte Serben und andere Balkanleute ein und aus gingen, lag die Polizei auf der Lauer und hatte Befehl, Ausländer zu stellen, die als Rote verdächtig waren und keine Pässe bei sich hatten. Die Serben in diesem Café waren nicht rot, sondern reaktionär, aber die Polizei erfasste, wenn es sich um Slawen handelte, diesen Unterschied nicht.

Wenn sich die Gäste im Café Saint-Michel darüber beklagten, dass die Hörnchen immer kleiner wurden, dann machte Madame Trévise den Kriegsminister Maginot dafür verantwortlich, denn der hatte erst vor kurzem zwölf Milliarden Francs jährlich für die Armee gefordert.

Die Zentralmarkthalle

Les Halles, die Zentralmarkthalle, ist vielleicht der vitalste Punkt von Paris, den die Deutschen besudelt und zerstört haben. Alle Straßen und Bezirke hatten an *Les Halles* gleichermaßen Anteil, und von ihr bezog die Rue de la Huchette wie die ganze übrige Stadt ihren Lebensunterhalt. Auf das gesamte Stadtgebiet, das sich von der Rue du Louvre und dem Boulevard de Sébastopol, westlich von der Rue de Rivoli bis zur Rue Etienne Marcel hinzieht, ergoss sich vom fruchtbaren Land herein täglich ein Strom von Nahrungsmitteln – Obst, Käse, Eier, Gemüse, Fleisch, Fisch, Wildbret und Geflügel – und wurde in die Hotels und Restaurants und auch an die kleinen Lokalmärkte verteilt und verkauft, manchmal auch ohne weitere Förmlichkeiten im Detailhandel an den Glücklichen abgegeben, der in der Nacht zufällig auf der Straße war oder mit der Sonne aufstand.

Das hier genannte Stück des früheren Frankreichs hatte Farben und Formen, die einen so anregen konnten wie die berühmte lange Galerie des Louvre Museums, es übertraf die Anmut der wogenden Pastellgewänder einer Loïe Fuller in seiner Bewegtheit, es hatte ein Tempo, das die Bahnen der Moleküle, im Mikroskop betrachtet, in den Schatten stellt, seine Gerüche stachen Parfümerien und blühende Gartenanlagen aus – und daneben gab es auch Brutalität, Geiz, Gestank und Verwirrung. Es war, kurz gesagt, die erste Lebensnotwendigkeit und das historische Vorrecht des Menschengeschlechtes, in ein einziges Wort zusammengefasst: es war Essen.

Im Schatten der Strebepfeiler von Saint-Eustache konnte man um zwei Uhr morgens stehen – in dieser Kirche war die Weihnachtsmusik so bezaubernd, dass die Eintrittskarten mindestens ein Jahr vorher besorgt werden mussten – und, wenn man dazu die Kraft hatte, gen Südwesten blicken. Der Duft der Walderdbeeren ließ einen tiefer atmen und die Augen schließen. Es gab da im Mittelgrund zu Pyramiden aufgetürmte Mohrrüben, die im künstlichen Licht in Henna, Orange und Grüngold schimmerten und Berge von Blumenkohl in Mattgelb in bläulich grüner Umrahmung, aber es gab vor allem eines, und das waren Walderdbeeren!

Frankreich hatte, weise wie es war, angeordnet, dass alle Walderdbeeren die im Umkreis von Kilometern aufzutreiben waren, an einer ehrwürdigen alten Kirchenmauer kurz nach Mitternacht aufgestapelt werden sollten, in sauberen Strohkörben oder Kisten, mit frischgrünen Blättern garniert. Wenn ein Mensch eine Walderdbeere auf eine Entfernung von eineinhalb Zentimetern riechen kann, wie groß ist die Entfernung, aus der vier Millionen Menschen den Duft von einer Million fünfhunderttausend Walderdbeeren riechen können, die da in kühlen Blättern eingebettet auf dem alten Katzenkopfpflaster aufgestellt sind?

Ich habe viele Touristen und sogar Fremde, die in Paris ansässig waren, getroffen, die ziemlich häufig bei Tag durch den Marktbezirk fuhren und nichts sahen außer schäbigen Geschäften und Verkaufsständen in nichtssagenden, wenig sauberen Straßen. Es gab dort wohl Verkehr, auch in gewissem Sinn Detailhandel, aber frische Lebensmittel waren nicht zu sehen. Das Wunder jeder Nacht wurde vor neun Uhr früh erledigt, fortgescheuert, weggefegt und aufgewaschen. Die Bauern und Produzenten verteilten sich zu dieser Stunde schon wieder auf dem Land, auf Straßen wie die Speichen eines Wagenrads, dessen Nabe Paris war. Um vor Mitternacht anzukommen und wieder abzufahren, sobald ihre Ware verkauft oder eingelagert war, mussten diese französischen Mitbürger, die einen so gewaltigen Beitrag zur Lebenserhaltung lieferten, eine Unzahl von Gefährten verschiedenster Art und Gattung benutzen, die aus den verschiedensten Zeiten stammten und in Bezug auf ihre Tauglichkeit höchst ungleichartig waren.

Es war ein erfreulicher, beruhigender Anblick, wenn in den späten Abendstunden die Landbevölkerung nach Paris hereinströmte, um im ersten Morgengrauen wieder hinauszuziehen über all die weltbekannten breiten Straßen und Brücken, hinter ihren riesigen Ackergäulen, die nur dadurch, dass sie im schweren Geschirr gingen, einigermaßen lenkbar waren. Diese Marktkarren stammten nicht unbedingt aus unserem Jahrhundert. Ein paar rumpelten immer an unserer kleinen Straße vorüber auf dem Boul' Mich' und über den Pont Saint-Michel. Andere wieder rasselten am östlichen Ende unserer Straße dahin und fuhren über die beiden Brücken bei der Rue des Deux-Ponts. In den späten Dreißigerjahren wurden viele dieser Pferdewagen durch billige Lastautos ersetzt, die mit einem fürchterlich stinkenden Benzin betrieben wurden, das den Erd- und Gemüsegeruch bekämpfte.

Um Mitternacht standen in der Rue Montmartre, der Rue Montorgueil gleich daneben am nördlichen Ende und in allen Straßen rund um die *Halles* herum in dichten Reihen die Marktwagen; Gäule und Bauern schliefen. Manche waren schon abgeladen worden, aber die meisten warteten noch, bis die Reihe an sie kam. In einigen kleinen billigen Gaststätten in der Nähe gab es einen Raum im oberen Stock, wo die ankommenden Bauern ein paar Stunden Schlaf finden konnten, eng aneinandergerückt, die Ellbogen auf einem Seil oder einem Geländer. Das Essen in all den Marktrestaurants war gut. Das war notwendig der hungrigen Bauern und der lebenslustigen Händler wegen.

Rind- und Schaffleisch war in riesigen Schuppen mit hoher Decke zu finden, die wie enorme Hangars wirkten; auf Haken in endlosen Reihen hingen Talg und Fleisch und ganze Eimer mit Blut und daneben Kilometer Eingeweide und Lungen und Leber. Warum sollten wir die Nase rümpfen beim Anblick von fünfzigtausend Tierleichen, wo doch Rembrandt eine des Malens Wert befand? Schlachter, Wiederverkäufer und Angestellte, kleine Beamte, Frauen, deren Gesichter und Hände vom ständigen Aufenthalt im Freien rot waren, arbeiteten unermüdlich beim Schein der Lampen, die tiefe Schatten warfen, inmitten unübersehbarer Käuferscharen. An manchen Tagen traf man dort den griesgrämigen Monsieur Salmon, den Schlachter aus der Rue de la Huchette No. 2, der beim Einkaufen immer meckerte und ein paar Groschen abzwacken wollte, aber sehr klug zu wählen verstand und für sein Geld das meiste bekam.

In der Rue de la Ferronnerie warteten Männer und Frauen mit ihren Zugkarren; sobald die Leute, die in der Rue de la Huchette und der Rue Zacharie wohnten, aufgestanden waren und ihre Tageseinkäufe besorgen wollten, waren sie zur Stelle. Der Kastanienverkäufer, der auch Austern, verschiedene Muschelsorten, Pistazien und die besten Erdnüsse aus Perpignan verkaufte, frequentierte eine kleine Bar, das sogenannte Café Jean Bart, das für einen nächtlichen Trunk und ein Plauderstündchen bestens geeignet war. Um den Schanktisch herum und an den Tischen im großen Zimmer saßen die Männer und Frauen vom nahen Markt. Nicht selten konnte man dort die rote Strumpfmütze der französischen Revolutionäre erblicken und noch viel häufiger blaue Halstücher und Holzschuhe. Das Hinterzimmer war für gelegentliche Touristen reserviert, denen man etwas höhere Preise abnahm, und für die Straßenmädchen aus der Gegend, die bis vier Uhr in den Bordellen in der Rue du Louvre und dem Quartier Saint-Paul, oder über der Seine in der Rue des Rosiers arbeiteten. Gegen vier Uhr kamen die Zuhälter ins Café in ihren flotten, eng anliegenden Überröcken und bunten Halstüchern, oder bei ungünstigem Wetter in abgelegten militärischen Regenmänteln. Wenn es stark regnete, brachten sie Galoschen oder Regenschirme für ihre nicht voraussehenden Lieferanten mit.

Alle im Quartier aßen ausgiebig und gut, nur nicht die zitternden, übel riechenden Vagabunden, die die Polizei unter den Brückenbögen hervor jagte. Die mussten nehmen, was sie fanden, um irgendwie das Leben zu fristen.

An dem Morgen, als die Zeitungen den Tod des berühmten Karikaturisten Willette verkündeten, traf ich auf l'Hibou – die Eule – der auf der steinernen Schwelle des Hauses No. 30 in der Rue de la Huchette saß, in dem der Verlag mit dem religiösen Anstrich untergebracht war. Es war etwa fünf Minuten vor zwei Uhr. L'Hibou hatte einen leichten Schlaf. Er war einer aus der Schar der Herumstreicher, der unsere Straße zu seinem Nachtquartier ausersehen hatte. Auf dem Trottoir, genau bei No. 30, befand sich das Gitter einer Lüftungsanlage, die von der Métro heraufführte; aus diesem Schacht wehte in sachten Wellen aus der Tiefe der Station Saint-Michel ein warmer Luftstrom herauf, der, es war dies wenigstens zu hoffen, einigermaßen filtriert war, ehe er an die Oberfläche gelangte. Hier war l'Hibous Liegestatt, und die Passanten, die auf dem Trottoir, das kaum einen Meter breit war, zwischen elf Uhr abends und zwei Uhr früh an ihm vorübergingen, achteten darauf, dass sie nicht auf die schlummernde Gestalt traten.

Es war interessant festzustellen, dass l'Hibou sich berechtigt fühlte, diesen Platz einzunehmen, denn an den Tagen, da er erwachte, ehe *Reveille* geblasen wurde und die Polizei durch die ganze Stadt patrouillierte, um die schlafenden Vagabunden aufzuscheuchen und sie zur Markthalle abzuschieben, wo sie in den Abfällen herumzustochern begannen, wartete unser Vertreter der Vagabundenklasse in voller Seelenruhe, bis man ihn in der herkömmlichen Form abholte. Folglich musste ein Polizist den ganzen Weg von der Wachstube in No. 14 bis zum Verlag in No. 30 zurücklegen, um dieses Amt auszuführen. Die Dialoge, die sich allnächtlich daraus ergaben, sind der Nachwelt nicht erhalten, aber ab und zu hatte ich das Glück, zu hören, was sie zueinander sagten.

Der Polizeibeamte, manches Mal war es der sarkastische Agent Benoist mit dem Leberleiden, ging immer sehr selbstbewusst auf dem schmalen gepflasterten Trottoir und lauschte seinen eigenen hallenden Schritten. Früher einmal hatte die Polizei l'Hibou aus der Ferne gerufen, darüber hatten sich aber die dort Wohnenden beklagt, weil sie davon aufwachten, und l'Hibou war auch nicht dazu zu bringen, sich vom Fleck zu rühren, wenn eine Anordnung aus ungebührlichem Abstand an ihn erging. Er hatte einen Militärdienst nach dem Ersten Weltkrieg absolviert, war hauptsächlich in Koblenz und Ehrenbreitstein gewesen, und er wusste, dass man einem Mann den Tagesbefehl auf keine größere Distanz als vier Schritt geben kann.

»Dis donc, toi! Tu as bien reposé?«, fragte ihn der Agent Benoist und wiegte sich dabei auf den Absätzen seiner vorschriftsmäßig blank geputzten Stiefel vor und zurück.

»Pas mal, je vous remercie«, erwiderte l'Hibou.

Darauf Agent Benoist: »Dann zum Teufel, schau, dass du weiterkommst! Warum kannst denn du altes Arschloch nicht von selbst gehen, wenn du hörst, dass Appell ist? Wozu muss ich da erst in die Kälte hinaus …?«

L'Hibou: »Monsieur, Sie haben sonderbare Begriffe von Ihrem Dienst. In die Kälte hinaus – ist denn das auch schon was? Sie werden ja nicht dafür gezahlt, dass Sie Ihren Hintern am Ofen rösten. Sie gehören hinaus, um den Hilflosen und Obdachlosen das Leben sauer zu machen, und sie jede Nacht anzuschnauzen, während die reichen Leute …«

Madame Absalom, vom zweiten Stock in No. 28, wo sie wohnte: »Alors, bavardeurs, est-ce que vous allez trompeter pendant toute la nuit, pour embêter les gens honnêtes? Foutez le camp, tous les deux. Vous valez également à deux fois rien.«

Agent Benoist (streng): »Madame, meine Pflicht …«

An diesem Punkt brach l'Hibou in lautes Gelächter aus.

L'Hibou: »Ich weiß genau, wo Sie Ihre Pflicht tun, Monsieur l'Agent! Bei der Tür von No. 15 in der Rue Zacharie! Einmal in der Nacht wird das Luder die Türklinke in den Hinteren kriegen und Sie werden müssen …«

Madame Absalom (erscheint mit Nachtmütze am Fenster, belustigt): »Schämt ihr Euch nicht? Was sind denn das für Reden, wo Euch eine anständige Frau zuhört?«

Was l'Hibou mit übertriebener Höflichkeit Madame Absalom vorschlug, mit ihren Ohren anzustellen, das bleibt in dieser Reportage besser unerwähnt.

Zu jener frühen Morgenstunde, von der ich zu erzählen begonnen habe, fand ich l'Hibou, der gewöhnlich ganz ruhig, wenn auch nicht gerade heiter war, trübselig auf seiner Türschwelle sitzend und auf eine Morgenausgabe des *Petit Journal* starrend. Die Tränen rannen ihm die Wangen herunter. Auf dem Staub, der aus der Untergrundbahn heraufwirbelte und sein Gesicht bedeckte, hinterließen die Tränen helle Spuren, und darum bemerkte man sie sogleich.

»Ist was passiert?«, fragte ich.

»Il est mort«, sagte l'Hibou nur und senkte den Kopf. »Un grand homme, il n'y a plus comme lui en France, Monsieur Heliot *(kein Franzose war imstande, den Namen Elliot anders auszusprechen)*. Nous sommes tombés dans les jours maigres …«

Ich wollte, ich könnte den beredten Ausdruck wiedergeben, den l'Hibou in die langsam hervorgebrachten Silben z. B. des Wortes *maigre* hineinzulegen verstand. Villon konnte, wenn er *Ma pauvre mère* rezitierte, keine nuanciertere Klangfarbe herausbringen. Selbst ein Briand musste neidisch werden.

»Wer ist gestorben?«, fragte ich. Ich hatte mich eben eine Stunde lang mit der ersten Seite der *Tribune* beschäftigt, und dort stand nur eine Todesanzeige, nämlich die von Willette. »Meinen Sie Willette?«, fügte ich noch hinzu, etwas zögernd.

Mit dramatischem Schmerz stand l'Hibou auf. »Wen denn sonst?«, fragte er. »Ah, les gosses! Die armen Dinger von Montmartre! Wer wird jetzt ihr Lachen, ihre Streiche, ihren Herzenskummer der Welt vermitteln?«

L'Hibou und sein kleiner Kreis von Freunden und sozial Gleichgestellten, die sich am Fluss zwischen dem Pont du Louvre und dem Pont du Carrousel um das offene Feuer zusammenscharten, übergingen die politischen Ereignisse in ihrem Lande und der großen Welt fast vollkommen. Aber alles, was das Pariser Leben betraf, wie die Zeichnungen Willettes, das gehörte ihnen.

Ich sagte Henri Julliard einmal, dass ich nie genug Pilze auf einmal zu essen bekäme. Pilze, die bestimmt das wundersame Manna der Heiligen Schrift sind, werden als Garnitur verwendet, werden gehackt und verlieren sich in Saucen und Omeletten, selten werden sie gefüllt, gebraten und auf gerösteten Brotscheiben serviert. Aber was mir immer vorgeschwebt hatte, das war eine Mahlzeit, die hauptsächlich aus Pilzen bestehen sollte, aus frisch gepflückten Pilzen, die noch richtig den Geschmack und Duft des Erdreichs an sich haben.

»Kommen Sie mit mir!«, sagte Monsieur Henri.

Es war ungefähr vier Uhr morgens und der Himmel hinter Notre-Dame erhellte sich eben, um für das erhabene Beispiel französischer Gotik einen imposanten morgendlichen Hintergrund zu bilden. Die Luft war kühl und prickelnd, die ewige Stadt (wir hielten sie damals dafür) schwieg in ihrem Schlummer. Aus dem tiefen Dunkel schimmerten die Straßenlaternen in rosanem und zitronengelbem Licht in den großen Avenuen, den Boulevards und an den Brücken der Seine. Jede zweite Laterne sandte rosig getönte Strahlen aus und die dazwischenliegenden gelbliche. Beim Herannahen des Morgens vermählten sich diese beiden Farben immer mehr, als suchten sie einen gemeinsamen Nenner. Wir gingen nicht in die Richtung von Châtelet, dem Zentrum der *Halles* entgegen, vielmehr führte mein Begleiter mich nach Westen, zur Rue du Louvre. Ich weiß noch so gut, wie wir beide stehen blieben, festgebannt von dem gleichen Wunsch, die großen Beete mit Fleurs de Lis, den blauen Schwertlilien zu betrachten, die das Nordende des ehemaligen Palais Bourbon verschönten, das in den Tagen der Dritten Republik das größte Nationale Museum beherbergte. Es lag in diesem langsamen Hellerwerden eine Verschmelzung vom natürlichen Licht des grauenden Tages und der schwindenden Künstlichkeit des von Menschen hergestellten Lichtes, die den bläulichen Tönen ein Strahlen verlieh, das die Mitte hielt zwischen Wärme und Kühle und in einem die Empfindung wachrief, dass man in all den Jahren, die man über den Erdball hin gestolpert war, nur immer Rot und Gelb wahrgenommen und das Wesen des Blauen übersehen hätte, weil der Himmel so fern war.

»Formidable!«, sagte Monsieur Henri.

Der Stadtgärtner, der seine Sache so ausgezeichnet verstand, musste ganz in der Nähe sein, denn das schwarze Erdreich um die Schwertlilien war frisch umgegraben, und sein Duft war eine gute Vorbereitung für das, was ich erleben sollte.

Die Ironie des Schicksals wollte es, dass jener Fleck der *Halles*, der für die vom Himmel gesandten Pilze reserviert wurde, bei der Börse liegt, wo Männer im Schweiße ihres Angesichts sich mit Papieren plagen, von denen sie die Leute glauben machen wollen, sie seien Gold. Dort, in einem Raum von etwa zweitausend Quadratmetern, gab es Pilze in hölzernen Kästen und in Körben – nicht nur die gewöhnlichen Sorten, wie man sie im Restaurant vorgesetzt bekam, sondern auch scharf duftende kleine Cèpes aus Südfrankreich, die den Menschen zu Ausschweifungen und heilsamer Sünde verführen können, große Fichtennadelpilze aus der nördlichen Liller Gegend, die spezifischen mittelgroßen Pilze, die bei Rouen gefunden werden und die Fleischtöne einer Jeanne d'Arc aufweisen, Pilze, in die man gleich unehrerbietig hineinbeißen möchte, wie um sich ein Zaubermittel einzuverleiben. Zweitausend Quadratmeter Pilze, Rücken an Rücken aufgereiht, genau zusammenpassend wie Tanzpaare bei Degas, ein Korb wie der andere, voll sauberer, ungewaschener Pilze mit leuchtender, gerundeter Oberfläche, wie ein gelbliches Meer.

»C'est bien la France«, sagte Monsieur Henri. »Gibt es so etwas in Amerika auch?«

Ich versuchte, den Washington-Markt von New York zu beschreiben, den Fultoner Fischmarkt, die Faneuil-Hallen in Boston, den Markt in Mexico City, zu dem die barfüßigen Indianer mit ihren Kakteen aus der Steppe viele Meilen weit herkommen. Aber nirgends gab es in der Vorkriegswelt einen Ort, der von einem Mammontempel wie von einem Wächterhaus umgeben war, bei dem in der Morgendämmerung alle zusammenfanden, die Interesse an Pilzen hatten und dort alle Pilze fanden, die die Erde hervorbringt, die von kundiger Hand gepflückt und gereinigt waren und dann in saubere, gleichartige Behälter geordnet wurden.

Ich hoffe, dass dereinst, wenn der Schaden errechnet werden wird, den die Panzer, die Lastkraftwagen, die Artillerie und der schwere Schritt fremder Stiefel über die Felder und Gehöfte verursacht haben, von den Statistikern auch ein Posten für die vernichteten Pilze reserviert werden wird.

In Frankreich, wie auch in Spanien, waren die Kirchen im Allgemeinen von außen sehr schön, nur nicht ganz so prunkvoll wie dort. Der Plan des Kirchengebäudes stammte von Männern, die wussten, was sie taten, und auch Empfindung für ihr Tun hatten. Leider war fast immer das Innere der Kirchen mit dem geschmacklosesten Kram aus billigem Material vollgepfropft, das mit einer noch billigeren Lackschicht überzogen war; das Ganze in einem mehr als grotesken Geschmack gehalten. In *Les Halles* waren die Häuser an sich hässlich und verwahrlost, was man aber drinnen vorfand, nahm einem geradezu den Atem, so bezaubernd war es. Um zum Zentrum des Marktbezirks zu kommen, musste man von der Rue de Rivoli aus hinabtauchen in das brodelnde Leben des Marktes, das sich beim Schein der Laternen oder im Morgengrauen abspielte. Man verließ das Taxi bei einer Reihe von Geschäften, vor denen Körbe mit Tauben standen, Lattenkisten, in denen Hühner gackerten, und wo es hennafarbene Haushähne mit korallenroten Kämmen, kohlschwarzen Augen, Elfenbeinschnäbeln und gespaltenen Schweifen gab, in deren Halsgefieder ein türkisblauer Schein spielte. Da gab es vierschrötige Enten, dickleibige Frösche, verschlafene junge Hunde, Papageien, Kakadus und oft auch in kleinen Behältern, die mit Moos und Steinchen gefüllt waren, winzige Schildkröten.

Zwischen den Läden mit Geflügel und Haustieren führte ein schmaler Durchgang westlich zu einem Gässchen, wo Zugkarren bepackt wurden. Plötzlich sah man sich vor einer wahren Sturzflut der verschiedensten und buntesten Farben, deren Duft stärker war als der Geruch von Menschen und Gemüse; eine samtig getönte Sturzflut, in der das Grün überwog und an der eine gewisse Ordnung zu bemerken war. Ich meine das Gässchen, in dem Schnittblumen feilgeboten wurden.

Hier konnte man häufig den Haarschneider Julien antreffen, der, da er mit Albertine Durand von No. 23 in Fehde lebte, das Sträußchen nicht von ihr kaufte, das, wie Monsieur Riess, der Meisterfriseur, ihm gesagt hatte, in keinem Salon de Coiffure für feines Publikum fehlen dürfe. Julien hatte irgendein Nierenleiden, das ihn, wenn er Glück hatte, zeitig morgens weckte. Da er ein fein besaiteter Mensch war, hinderte ihn die Unheil künden-de Atmosphäre, die über Paris lag, daran, wieder einzuschlafen. Er verließ also seine schöne Gattin, die in den ersten Nachtstunden ebenso ruhelos war wie er, aber gegen Morgen totenähnlich schlief, und vertrieb sich die Zeit, bis das Café Saint-Michel aufmachte, mit Umherwandern auf dem Markt.

Juliens Streit mit Madame Durand entstand über einen Strauß Dahlien. Er hatte die Blumen, im Ganzen sechs Stück purpur- und granatrote, bei Jacqueline gekauft, einem halbgelähmten Mädchen, das etwa zehn Tage bei der anspruchsvollen Albertine arbeitete. Die Dahlien waren welk, noch ehe Julien in seinem Geschäft in No. 20 angelangt war. Er trug sie zurück und beschwerte sich, worüber Madame Durand in weißglühende Wut geriet. Sie schmiss die verkrüppelte Jacqueline stehenden Fußes hinaus, weil sie die Stängel der Blumen nicht gebrannt hatte, nachdem sie so viel abgeschnitten hatte, wie Julien es gewünscht – fragte Julien aber nicht, ob er sein Geld zurückhaben wollte, sondern gab ihm dafür einen Strauß Petunien vom Vortage, die sich auch nicht länger hielten.

Von dem Tage an waren Dahlien Juliens Lieblingsblumen, und er hatte während der ganzen langen Dahliensaison stets ein paar davon in seinem Geschäft. Er entdeckte, dass fast keiner seiner Kunden wusste, dass Dahlien verwelken, wenn die abgebrochenen Stängel nicht mit Hitze behandelt werden. Es machte ihm Spaß, derlei nützliche kleine Ratschläge zu sammeln und sie kostenlos an die Kundschaft weiterzugeben. Als er von Monsieur Luttenschlager, dem Mann, der Gebetbücher und Kruzifixe verkaufte – in letzter Zeit übrigens immer seltener – einmal hörte, dass Kaninchen niemals trinken, weder Milch noch Wasser, nahm Julien auch diese Tatsache gleich in sein Repertoire auf. Keinem von jenen Kunden, die Julien schätzte, wurde dieses Juwel der Wissenschaft vorenthalten. Ich gab mir Mühe, Juliens Vorrat durch einige *Americana* zu bereichern, indem ich ihm z. B. erzählte, dass das Kentucky-Frühstück aus purem Whisky und feinem Beefsteak besteht, dass man drüben parfümierte, leicht getönte Badehandtücher benutzt, und dass Liebespaare, die für eine kurze Zeit sich in einem amerikanischen Hotel ein Zimmer nehmen, Handköfferchen bei sich haben müssen, die sie, mit Ziegelsteinen und Zeitungspapier gefüllt, in Pfandleihanstalten in der Nähe der großen Kopfstationen für billiges Geld ausleihen können. Den allergrößten Eindruck machte es aber auf Julien, als ich ihm sagte, dass in den Apotheken in den Vereinigten Staaten auch Spielkarten, Musiknoten und Farbbänder für Schreibmaschinen erhältlich waren.

Wenn man neben dem von Blumen erfüllten Durchgang in den Marktstand mit dem verkupferten Dach eintrat, sah man auf leicht geneigten Ladenbrettern eine unermessliche Anzahl von Fischen, die besten Seefische und Süßwasserfische aus Flüssen, Seen, Teichen und Bächen, ja selbst Fische aus Brutanstalten.

Seefisch kam zum Markt aus den Hafenorten am Kanal und vom Mittelmeer. Stockfisch, la Morue, wurde von Island und Neufundland nach Frankreich verschifft. Forellen kamen aus den Vogesen, den Pyrenäen und Alpen und aus den Gebirgsgewässern von Elsass-Lothringen. Aal kam aus den weit gestreckten Sumpfgeländen der Bretagne oder Normandie. Das sind Gebiete, die förmlich überquellen von Nahrungsmitteln aller Art und in denen die besten Gourmets leben.

Die Provinces Maritimes belieferten den riesigen Fischstand in *Les Halles*, und es gab dort Meeresgetier aller Formen, Farben und Musterungen zu sehen. Mächtige Langusten, die zu den wohlschmeckendsten Schaltieren zählen, Hummer, riesige, zartrosa Krabben, blaugrüne Königskrabben, durchsichtige, weichschalige Krabben, die flachen, kleinen aber wohlschmeckenden europäischen Austern in allen Arten, von den grünlichen portugiesischen bis zu den Marennes, und es gab den Stolz Pruniers, die unübertrefflichen Belons. Da waren die unschönen John O'Dorys, deren Physiognomie Raimu ähnelte, Blaufische, die Hoover glichen, silberglänzende Stinte, Doraden mit den trügerischen goldenen Flecken, die wie Sonnenlicht glänzen, um ihre Räuberaugen zu maskieren, geräucherter Schellfisch in Scheiben aufgeschnitten, gewöhnliche Rochen und Stachelrochen und portugiesische *Kriegsschiffe*, und daneben Dutzende verschiedenartigster Krevetten, Krebse, Muscheln und Schneckenarten, Lachs, *Lottes* (der einzige Süßwasserfisch, der sich für das Festgericht eignet, das an der Seeküste unter dem Namen Chowder genossen wird und aus frischen Fischen, Schweinefleisch und Schiffszwieback besteht); die flachen Steinbutte; philosophisch blickende Aale in ihren Aquarien; Tintenfische; spitzbübische junge Haifische; Makrelen (bei Makrelen kann man sich ein Bild von Gottes Auffassung über Massenproduktion machen!), die einander ähnelten wie ein Ei dem anderen.

Seezunge gab es, deren Fleisch so fest war, dass es im Restaurant erst zerlegt werden musste, ehe die grätenlosen Filets mit einer Soße auf den Tisch kamen; die großen Hotels und Restaurants kauften sie und verwendeten sie so gut es ging. Die kleinen Flundern, die mürber waren, landeten in der Küche der Hausfrauen.

In aufdringlichem Ton und mit heiserer Stimme priesen die Weiber ihre Ware an, während man von einem Stand zum anderen ging, denn dort, wo die Natur die Familie der Makrelen so gleichartig geschaffen hat, dass man eines ihrer Mitglieder vom anderen nicht unterscheiden kann, macht sich in der Verkaufskunst das persönliche Element geltend. Der nächste Fischladen war für uns Bewohner der Rue de la Huchette gleich um die Ecke, in der Rue Zacharie, die so ganz und gar den Charakter der Provinzgasse trug. Aus klar ersichtlichen Gründen mochte kein Geschäftsinhaber unserer Straße ein Fischgeschäft, wo nicht einmal die primitivsten Regeln der Frischhaltung auf Eis beobachtet wurden, dicht vor der Nase oder auf nur wenige Meter Entfernung jenseits der Straße haben.

Thérèse, die Köchin vom Caveau, liebte Fisch, weil Fisch ihren Durst anregte. Sie zeigte geradezu Talent bei der Fischzubereitung. In der Nacht ließ sie immer ihre Zimmertür offen, damit Monsieur Henri sie in der Früh gegen halb sechs bei der Schulter packen und wach schütteln konnte, denn sie wusste, dass ein bloßes Klopfen an die Wand oder eine Sirene oder auch Geschützdonner sie nicht aus ihrem trunkenen Schlaf zu erwecken vermochte. Gleich so vielen anderen männerlosen Frauen war auch Thérèse gegen jede Berührung von Seiten eines Mannes außerordentlich empfindlich und feindlich. Wäre es jemand anderem als Monsieur Henri eingefallen, sie an der nackten Schulter zu fassen – sie schlief in ihrem tief dekolletierten Taghemd – es hätte ihn das Leben kosten können. Ein ahnungsloser Gast des Hotels hatte sie einmal in fröhlicher Weinlaune gezwickt, als sie mit einer Schüssel Ragout an ihm vorüberkam, und noch nach Jahren erinnerte er sich zwar dunkel, aber mit frommem Schaudern des Zwischenfalls.

Der Tag begann für Thérèse also damit, dass sie an der Schulter gepackt wurde, darauf unwillig blinzelte und die schöne savoyardische Erscheinung Henri Julliards vor sich gewahrte. Sehr häufig blieb er noch bei ihr, während sie mühsam das Bett verließ und sich ebenso schwerfällig anzog und übers Wetter und den Speisezettel des Tages plauderte. Unten in der Bar gab er ihr Kaffee mit Rum. Daraufhin ergriff sie dann ihren riesigen Einkaufskorb und ging zu Fuß auf den Markt. Im Café Jean Bart kehrte sie auf ein Glas Rotwein ein und schwätzte ein Weilchen mit dem Kastanienmann, den sie ganz kameradschaftlich behandelte. Dann kaufte sie auf der Straße ihr Gemüse ein. Der Bursche ihrer Wahl, der ihr tragen helfen sollte, folgte ihr mit der Schubkarre von Stand zu Stand, aber Kostbarkeiten wie Fleisch, Fisch und Geflügel brachte sie in ihrem eigenen großen Korb unter. Wenn sie dann schließlich in die Rue de la Huchette zurückkam, war sie innerlich warm geworden und mit sich und der Welt zufrieden, und der Tragbursche nicht minder. Und alles war da, was auf Monsieur Henris Liste gestanden hatte, vollzählig und komplett, und wenn sie etwas nicht hatte bekommen können, dann hatte sie anstatt dessen etwas anderes, ebenso Gutes eingekauft.

In der Markthalle, wo es so viel wunderbar Schönes zu sehen gab, war die Zone zwischen den Fischen und dem Obst dem Reich des Geflügels eingeräumt. Dort lagen die Tiere der Luft, die durch Gewöhnung oder Zwang schon längst an die Erde gefesselt waren, nebeneinander in langen Reihen, ihres Federkleides beraubt, und zeigten ihre zarte Haut und ihr rundliches Fleisch darunter, eben fett genug und doch nicht allzu fett. Ihre Augen waren geschlossen; ihre Hälse und Köpfe drückten Resignation aus und den Frieden des ewigen Schlafs. Ihre peinlich sauberen Krallenfüße waren unter ihnen versteckt. Alle Hühner aus Bresse, die an Pappel- und Weidenzweigen gebraten oder am Spieß geröstet werden, in Küchenrohren zubereitet oder an heißen Tagen in gekochtem Zustand kalt auf eisgekühlten Platten serviert werden; all das Federvieh, das im Vereine mit Flaschen voll guter Tropfen bei Verführungen und Überredungen eine Rolle spielte, das Geflügel, das am Sonntag die Kinder froh machte, das Rekonvaleszenten im düsteren Spital Hôtel-Dieu aufrichtete, das Hühnersuppe mit Curry ergab, das teuren Banketten zur Zierde gereichte – all dies ist heute nichts mehr als ein Schimmer entschwundener fetter Jahre.

Mene Mene Tekel

Die Leute, die in der Rue de la Huchette lebten, veranschaulichten so ziemlich den Typ des Durchschnittsparisers und anderer Franzosen, die in Städten lebten. Die Garçons, Stubenmädchen und viele umherziehende Obst- und Gemüsehändler entstammten der bäuerlichen Klasse. Sie behandelten unsere Straße, als sei sie ein Weg auf dem Lande; Gas und Telefon sowie der Verkehr auf der Place Saint-Michel regte sie sehr auf.

Man brauchte nur ein paar Minuten in Richtung Place Saint-Germain oder der Ile de la Cité oder in die Notre-Dame zu gehen, wenn die Kirche offen war, um Franzosen zu finden, die mehr Geld hatten als die Menschen in der Rue de la Huchette. Andererseits genügte ein noch kürzerer Weg über die Deux-Ponts, um in ein Quartier zu gelangen, wo ein solches Elend herrschte, dass wohl kaum je ein Amerikaner, der ein wenig herumgekommen war, etwas Ähnliches gesehen oder sich auch nur träumen lassen hat. Von der östlichen Einfahrt zu unserer Straße, dort wo der Schlachterladen und die Devotionalienhandlung gleichsam als Eckpfeiler dastanden, kamen die Wissenschaftler und Universitätsstudenten von der Sorbonne. Die Geistlichkeit war im Straßenbild bei uns stark vertreten, weil die Arbeiterkirche Saint-Séverin so nahe war und Saint-Julien-le-Pauvre, die Kirche der Passanten; auch Notre-Dame lag ja in der Nachbarschaft, die Kirche der habgierigen Bande, die zu guter Letzt ihr Land verschacherte.

Am Westende war unsere Gasse von zwei ansehnlichen, gut gehenden Cafés, der Brasserie Dalmatienne und dem Café Saint-Michel flankiert. Von dieser Seite kamen die respektablen Standesleute aus der mittleren und höheren Klasse, in ihren steifen weißen Kragen, ferner Geschäftsleute von der Place Saint-Michel und dem Boulevard Saint-Germain und Kunden, die etwas bei Maurice in der *Vie Silencieuse* oder bei unserem Markensammler besorgen wollten; es erschienen Bücherfreunde mit ihren Bänden unterm Arm, Schriftsteller, die zögernd in der Sonne blinzelten, ehe sie nach No. 30, dem Hauptquartier des Verlages, Ausschau hielten, und Zwanzigfrancs-Patienten für Dr. Clouet und den Zahnarzt Dr. Roux. Die Geschäfte im nächsten Umkreis hatten ausgedehnte Lager von allem, was die Nachbarschaft zum Leben brauchte, und die Bewohner unserer Straße deckten ihren Bedarf an Erholung und Abwechslung in jenen Stadtteilen, die für die gesamte Pariser Bevölkerung zugänglich waren, so wie es *Les Halles* und die zoologischen und botanischen Sehenswürdigkeiten im Jardin des Plantes waren – all das gehörte gewissermaßen zum Leben unserer Straße. Im Westen wickelte sich das Verkehrswesen ab, an dem wir teilnahmen – die Métrostation lag nämlich keine fünfundzwanzig Schritte von der Ecke, und der Bahnhof kaum einige hundert Meter weit davon entfernt. Mehrere Straßenbahnlinien kreuzten die Place, und Autobusse, die nach allen Richtungen führten, hatten ihre Endhaltestelle auf der Place Saint-André-des-Arts, gegenüber vom Geschäft des Präparators Noël.

Als es nicht mehr gelang, den Oustric Bankskandal in den Zeitungen zu vertuschen (es war dies das erste Sturmzeichen der darauffolgenden Stavisky-Affäre), zeigte es sich, dass Mitglieder der

Kammer und der Banque de France, sowie ein Kabinettsminister und ein Unterstaatssekretär in die Geschichte verwickelt waren, und es wollte ihnen nicht gelingen, sich herauszureden. Wie immer, wenn etwas Verhängnisvolles geschah, so versuchten auch diesmal Caillaux' Feinde alles auf ihn abzuschieben, aber Caillaux konnte sich sofort reinwaschen.

Wenn Nachrichten dieser Art in der Bar Caveau gelesen, meist über die Schulter eines Tischnachbarn vorgelesen wurden, dann zeigte sich in den Gesichtern der Anwesenden etwas wie ein gelinder Ekel, der sich zuweilen bis zum Unwillen vertiefte. Thérèse und der Kastanienverkäufer nannten die Diebe und Gauner mit allen möglichen Schimpfnamen; Monsieur Henri und Madame Berthelot senkten den Blick und wendeten sich ab. Frémont und Pissy arbeiteten noch intensiver, um Regierungsbeamte in die Gewerkschaften hineinzubekommen, aber die Opposition gegen sie verdichtete sich auf allen Seiten, weil sie Sozialisten waren und von der Linken her die Kommunisten, von der Rechten die Radikalsozialisten unter Daladiers Führung sie herunterzureißen begannen.

In den ersten Monaten des Jahres 1931 gelang es dem Schakal Pierre Laval, sich zum Ministerpräsidenten wählen zu lassen, nach vielen Schikanen und einigem Hin und Her von Seiten des Friedensmaklers Briand. Am 26. Januar 1931 erklärte Briand vor der Öffentlichkeit, dass er auf keinen Fall mit Laval zusammenarbeiten würde, denn Briand war zwar dumm, aber ehrlich. Am 27. Januar wurde er etwas weniger ehrlich und viel dümmer, und durch seine Mitwirkung gelang es Laval, sich bis zum ersten Platz durchzuschlängeln. Diesem Kabinett von Gralsrittern gehörte auch Tardieu an, der ein paar Wochen zuvor wegen der Oustric Affäre ausgebootet worden war.

Daladier griff Maginot in der Kammer an, weil er nach Ansicht Daladiers zu viel Geld für militärische Zwecke verlangte. Gleichzeitig wurde Rumänien eine kolossale Anleihe bewilligt. Die Forts von Verdun wurden wieder in Stand gesetzt. Eine

Henne mit abgeschnittenem Kopf hätte auch nicht sinnloser handeln können als die französische Regierung.

Die eben hier angeführten Ereignisse wurden diskutiert und trugen dazu bei, die auf allen lastende trübe Stimmung noch zu verschlechtern. Was die Rue de la Huchette aber wirklich bis in die Grundfesten erschütterte, war der Sturz des König Alfons von Spanien und die Proklamierung der spanischen Republik. Es ist bekannt, dass es gewisse Mineralien gibt, die dem bloßen Auge farblos erscheinen, die aber, sobald sie von ultravioletten Strahlen getroffen werden, im intensivsten Rot, Purpur, Blau und Gelb erglühen. Eine ähnliche Verwandlung geht mit einer Bevölkerung vor sich im Augenblick, da ein historisches Ereignis bekannt wird. Politische Feindschaften, die bislang unter der Asche glühten, brechen in helle Flammen aus, und Affinitäten, die auf ideologischer Grundlage beruhen und kaum sichtbar gewesen waren, verbinden plötzlich jene Menschen, die bis zur Stunde aneinander vorübergegangen waren oder einander vielleicht sogar gemieden hatten.

Der Krautkopf raste und stampfte vor Wut und bezeichnete die spanischen Patrioten als Galgenvögel und Halsabschneider. Sogar der sympathische Lebemann Monsieur de Malancourt wurde blass und schüttelte traurig den Kopf. Er glaubte absolut nicht an eine Volksregierung. Er glaubte nicht an eine Wiederherstellung der Monarchie in Frankreich, hätte aber gerne im benachbarten Spanien einen König, statt der grässlichen Roten, die sich Heuschreckenschwärmen gleich breit machten und sich auf die Eroberung der Welt vorbereiteten.

Monsieur Panaché schob die Schuld an der spanischen Erhebung auf die Juden, und als man ihn darauf aufmerksam machte, dass die Juden ja bereits vor sechshundert Jahren aus Spanien vertrieben worden waren, wurde er nur noch hitziger in seinen Anschuldigungen und behauptete, dass die Juden außerhalb Spaniens die Revolution angezettelt hätten, um dadurch ihren Einfluss zu erweitern.

Selbstverständlich strahlten unsere drei Kommunisten, Milka, Stefan und Pierre Vautier, vor Freude. Sie hielten die Sozialisten in Spanien nicht für echte Revolutionäre und nahmen an, dass sie bald durch ganz bestimmt auftauchende Proletarierführer ersetzt werden würden.

Unsere Radikalsozialisten, Monsieur Monge, Monsieur Noël und der Satyr, waren richtig gute Jungen und sympathisierten daher hundert Prozent mit den befreiten Spaniern, obgleich ihre Partei sich wie gewöhnlich passiv verhielt.

Die Sozialisten, Monsieur Frémont, der Kastanienverkäufer, Monsieur Pissy und Odette und Jean vom Milchgeschäft, waren Feuer und Flamme für die Freiheit. Im *Panier Fleuri* taten sich die Mädchen zusammen, um Consuela, der Spanierin, die immer als Braut gekleidet ging, Geld zu geben, damit sie nur schnell nach Madrid fahren und dort freie Luft atmen könne.

In jeder noch so kleinen Bar in unserer Straße freute man sich für die Spanier. Der Kohlenverkäufer André und seine blauäugige Alice saßen mit ihrem Söhnchen bis lange nach Mitternacht im Kreise ihrer Freunde, tranken Obstwein in bescheidenen Mengen und debattierten mit leuchtenden Augen und nachdenklich mit dem Kopfe nickend all die Dinge, die der Amerikaner schon von den ersten Schuljahren an zu lieben gelernt hat: keine Steuern ohne Volksvertretung, keine grausamen, ausgesucht harten Strafen, die Trennung von Kirche und Staat, Redefreiheit, allgemeines Stimmrecht und freies Verfügungsrecht über Grund und Boden. Die Eigentümer des Café Saint-Michel waren reaktionär, aber die Stammkunden in der Bar waren Arbeiter, und als sie in jener Nacht von der Republik redeten, widersprach ihnen Madame Trévise ausnahmsweise nicht mit ihrer gewohnten Schärfe und tischte ihnen auch nicht in warnendem Ton wie sonst ihre eigene Weisheit auf.

Wenn nur alle Menschen an jenem Abend im Hôtel Normandie das Gesicht der Jüdin Sara mit den sanften Augen hätten sehen können! Denn nicht nur, dass Louis, der Garçon, bei seiner

Arbeit summte und pfiff – Saras Mann Guy zog auch wirklich und wahrhaftig den Rock aus und half seiner Frau bei der Arbeit, wobei er sie von Zeit zu Zeit liebevoll anlächelte. Ja, Glücklichsein ist etwas Wundervolles.

Wir schrieben den 14. April 1931. Der Tag ging vorüber, und damit versank die Erinnerung an ihn wie an viele andere inhaltsreichere oder weniger inhaltsreiche Tage. Der 14. Juli, der Tag der Erstürmung der Bastille, ist verweht. Und ebenso sind gefeierte Jahrestage in Polen, der Tschechoslowakei, in den Niederlanden, Belgien, Norwegen, Griechenland und fast überall auf unserer armen Erde in das Meer der Vergessenheit gesunken. Nur Weniges ist erhalten geblieben.

Wenn es bloß gelänge, die kleine, bescheidene Rue de la Huchette, die kaum ein paar hundert Meter lang war, zu neuem Leben zu erwecken, es wäre schon damit ein Stück Frankreich geschaffen, das heute in den Herzen der Menschen einen Funken Hoffnung hätte entzünden könnte. Wenn es uns gelänge, diese kleine Gruppe französischer Bürger und Ausländer aus Entwürdigung und Schrecken zurückzurufen, wenn wir all dies wiedererwecken könnten, was es gab an Geschäften und Wohnungen, an Seife und Olivenöl, an Wein und Brot und Frömmigkeit und Humor; all die Verbrechen und Opfer; das Wissen, die Liebe und den Hass, neben der Gleichgültigkeit und den Vorurteilen; wenn diese Gesichter von einst wieder lächeln könnten, die Hände sich regen, die leise tröpfelnden Wasserhähne wieder mit ihrer kaum hörbaren Musik die Nacht erfüllen und die geistlichen Herren wieder mit dem Gebetbuch in den auf dem Rücken verschränkten Händen unter den Bäumen von Saint-Julien-le-Pauvre umherwandeln könnten, die Mädchen vom *Panier Fleuri* noch ein Mal wie ehedem sagen könnten: »Avec plaisir, Monsieur«, wenn der Briefträger Frémont wie früher mit verrosteten Türklinken klirren könnte und der Kastanienverkäufer laut schallend seine Loirelieder singen, wenn l'Hibou wieder wie sonst über dem vergitterten Luftschacht der Métro sich betten und Sara beim Abrechnen ihrer Bücher am Bleistift nagen könnte und Dorlan seine Bücher weiter binden, Monge Pferdefleisch verkaufen dürfte und die Polizisten auf dem Bahnhof herumwandern würden wie in alten Tagen – wenn nicht mehr der Tod die einzige Erlösung und das Geborenwerden die schlimmste Katastrophe bedeuten würde, also mit einem Wort, das Schicksal oder die Geschichte oder der Fortschritt oder Gott die Rue de la Huchette verschont hätte, dann könnte vielleicht aus ihr ein neues Frankreich erblühen.

Auszüge aus Briefen

Vom Verfasser in Madrid, Alicante, Barcelona, Santa Eulalia, Palma de Mallorca, und Ibiza in Spanien erhalten.
Die Verfasser sind Bewohner der Rue de la Huchette in Paris, Frankreich; die Korrespondenz stammt aus der Zeit zwischen Juli 1931 und November 1934.

Diese Zeitspanne von Juli 1931 bis November 1934 bezeichnet meine längste Abwesenheit von der Rue de la Huchette im Laufe der verflossenen achtzehn Jahre. Ich war also vom Augenblick der Revolution in Spanien, die Alfons zu Fall brachte, bis zu dem Zeitpunkt, wo die Vereinigten Staaten die sechzehn Jahre alte russische Revolution zur Kenntnis nahmen, auf Nachrichten meiner Freunde in Paris angewiesen, auf ihr Talent zum Briefschreiben und das, was ich zwischen den Zeilen der korrupten französischen Zeitungen lesen konnte. Auf der Insel Ibiza erhielt ich die Pariser Blätter zwei oder drei Wochen im Nachhinein, aber ich hatte reichlich Zeit, sie zu lesen und ihren Inhalt zu verdauen.

Eine Stadt, die man liebt, bleibt bestehen, auch wenn man noch so weit von ihr entfernt ist, und ihre Symphonie erklingt manchmal deutlicher, wenn man weg ist, so wie für das Publikum eine Orchestermusik klarer verständlich ist als für die Ausführenden auf dem Podium selbst. Hätte ich in einem anderen europäischen Lande gelebt, so hätten mich vielleicht die lokalen Geschehnisse verwirrt und mein Verständnis der Vorgänge in Paris beeinträchtigt. Aber Frankreich war ein Sinnbild des verfallenden Europas, und Spanien war eine erwachende neue Welt. Die Pyrenäen und nicht die Straße von Gibraltar bilden die wirkliche Grenze zwischen den Kontinenten. Die kurze Fahrt von Biarritz bis Burgos führt einen im wahrsten Sinne des Wortes über eine Kluft von etwa sechs Jahrhunderten.

Paris, den 17. Juli 1931

Cher Ami,
Die Mittagspause, wo ich diesem schmutzigen Lokal entfliehen kann, ist nicht mehr das, was sie war, ehe Sie uns verlassen haben, respektive es für notwendig fanden, ihre rege Wissbegier in anderen Gefilden zu befriedigen. Sie haben ganz Recht gehabt, und wenn ich könnte, würde ich Ihrem Beispiel folgen. So aber bleibt mir nichts übrig, als mich auf Ihre Berichte über das Leben in Spanien zu freuen und auf lange Gespräche mit Ihnen bei Ihrer Rückkehr. Sie dürfen es mir nicht übelnehmen, wenn ich Ihnen sage, wie sehr ich Sie vermisse, besonders zur Mittagsstunde, wo Sie so gut waren, meinen Tisch und so manche meiner Zweifel mit mir zu teilen. Ehe Sie auftauchten, hatte ich mich daran gewöhnt allein zu essen, aber Freude hat es mir nie bereitet. Im Geschmack unseres Essens liegt etwas, was man gemeinsam genießen muss. Man muss jemanden haben, zu dem man über den Tisch hinsehen kann, und seit Sie nicht mehr da sind, habe ich dies so häufig getan, dass meine Augen bestimmt den Firnis von dem leeren Stuhl etwas abgenutzt haben.

Der einzige Klatsch, mit dem ich Ihnen aufwarten kann, ist eine Sache, die Monsieur Henri recht quält, obwohl er als Heiliger, der er ist, nicht klagt. Ein junger Boxer aus Jugoslawien, der früher, glaube ich, dort Champion war, ist bei uns ins Hotel eingezogen und wohnt in Zimmer No. 6, das ich früher hatte, bevor ich hinaufzog, um die Schläge und das Gekreisch nicht mehr mit anhören zu müssen. Er hat begonnen, warum, weiß ich nicht, sich für Madame Berthe zu interessieren, die mit jedem Tage mehr einer Madonna von Botticelli ähnlich wird. Der Betreffende heißt Daniel. Er ist hübsch, nett und lustig, geht sehr flott gekleidet und spricht Französisch mit einem Akzent, der allem, was er sagt, einen übermäßigen Nachdruck verleiht.

Unsere französische Sprache, die Sie ja mit fast hundertprozentigem Erfolg amerikanisiert haben – Sie wissen ja, dass ich Ihren Akzent liebe und auch Ihre Art, bezeichnende Worte und Wendungen zu finden, die sprachlich nicht korrekt sind –, sollte nicht immer so peinlich korrekt gesprochen werden. Sie ist vieler Nuancen fähig, vieler Andeutungen und subtiler Nebenbedeutungen. Monsieur Daniel benutzt die Sprache nicht in diesem Sinn.

(Anmerkung: Jene Berthe, von der hier die Rede ist, ist die Witwe von Jacques, Henri Julliards Bruder, der früher zusammen mit Henri das Hôtel du Caveau besaß. Sie war damals etwa vierzig Jahre alt, ging stets in Schwarz, was ihren etwas italienischen Schönheitstyp noch unterstrich – sie war übrigens nicht eigentlich schön, sondern eher anmutig. Nach Jacques plötzlichem Tode hatte Madame Berthe den Barbetrieb übernommen, während Monsieur Henri nachmittags schlief, und machte sich auch sonst im Hotel nützlich, dessen Mitbesitzerin sie war.)

Die Veränderung, die mit unserer Madonna ohne Kind vor sich geht, ist erstaunlich. Mit jedem Tag sieht sie jünger aus, wie eine welke Pflanze, die man mit Wasser wiederbelebt. Es ist dies keine Einbildung, sondern wirklich eine physische Veränderung.

Die Falten ihres Gesichts sind im Verschwinden; sie trägt wohl noch immer das gleiche schwarze Kleid, aber ihre Gestalt ist geschmeidiger geworden. Madame Julien hat irgendetwas mit ihrem Haar gezaubert, es ist noch immer ganz schwarz, gar nicht grau. Sie lächelt die Gäste an und spricht mit Maggie [dem unartigen Terrier]. Georges [der Garçon] schmunzelt den ganzen Tag vielsagend und ein bisschen ironisch und wackelt mit seinem Schnurrbart, sobald Berthe und Daniel in Sicht kommen.

Wie wird dies enden? Wer kann es wissen? Wie wird überhaupt alles enden, und wird es jemals enden? Die Präfektur einmal bestimmt nicht; wir zwiebeln dort die Ausländer mit jedem Tage mehr, vom höchsten Beamten bis zum kleinsten Angestellten. Der Krautkopf ist so wütend über die ausländischen Anleihen, die die Regierung beschlossen hat, dass er neulich der armen Jeanne eine Ohrfeige gegeben hat. Gottlob sind ja die Ohren bei ihr nur Ornamente. Ihr Sozialist Lothario hat sie verlassen, ich vermute, weil er irgendeinen kleinen Posten im Midi bekommen hat. Am Tage nachdem er mit der ehelichen Züchtigung begann, ließ sie sich mit einem Türken ein, einem Maler, wenn ich nicht irre.

Sie müssen mir meinen Chauvinismus verzeihen – aber ich kann mir ganz einfach einen Türken nicht mit Pinsel und Palette vorstellen. Vielleicht kommt dies daher, weil ich in meiner Jugend in einen groß gewachsenen türkischen Taschenspieler furchtbar verschossen war; wenn die Rede von Türken ist, sehe ich darum immer einen Mann mit Zylinder vor mir, der bunten Stoff in schmale Streifen zerreißt, Nadeln einfädelt, die er dann schluckt, und der niemals das tut, was gewöhnliche Sterbliche tun. Ich wollte, es gäbe einen Türken, der mich anspräche und mich in ein Hotel entführte. Ach, ich bin ja nicht mehr in diesem Alter und habe niemals solch eine verbotene Freude genossen. Das ist keine Prahlerei, lieber »Heliot«, sondern Bedauern.

Aber vielleicht ist man besser daran, wenn man unbemerkt in irgendeinem Winkel sitzt und innerlich schmunzelt. Jedenfalls habe ich niemals eine Ohrfeige bekommen. Als ich von Jeannes Ohrfeige erfuhr, versuchte ich, mir eine ganz sanfte Ohrfeige zu geben, damit ich wüsste, wie es sich anfühlt – und ich muss sagen, ich weiß mir etwas Besseres.

Von »la petite« Hyacinthe, die alles weiß, viel zu viel, erfuhr ich, dass der dicke Sohn vom Krautkopf seiner Mutter den Rat gab, sich vom Vater zu trennen. »Ich weiß wohl, dass du meinetwegen das Leben mit ihm aushältst, und das ist mir ein Schmerz«, sagte er ihr, »verlasse ihn, damit ich öffentlich zeigen kann, wie sehr ich ihn hasse und bei Gericht deine Partei ergreifen kann.«

Obgleich ich dadurch meine Stellung gefährde, lese ich jetzt heimlich *L'Humanité*, damit ich mir besser vorstellen kann, wie es bei Ihnen in Spanien aussieht. Ich wage gar nicht zu hoffen, dass die glühenden Schilderungen, die *L'Humanité* über die Revolution in Madrid bringt, wirklich alle der Wahrheit entsprechen, aber die Verfälschung deckt sich mit meinen tiefinnerlichen Sympathien, und das ist immer ein angenehmes Gefühl.

Wenn Sie einen Augenblick für mich Zeit übrig haben, schreiben Sie mir doch, und sei es nur eine Postkarte.

Votre amie, plus ou moins fanée,

Hortense Berthelot

Paris, den 3. August 1931

Cher Américain,

Eben komme ich von einem langen Spaziergang zurück und bin noch immer in streitbarer Laune, darum will ich mit Milka nicht zusammentreffen, weil sie bei jedem Wortwechsel immer das letzte Wort behält. Die Matisse-Ausstellung, die ich mir heute zum dritten und letzten Mal ansah, hat mich so in Harnisch gebracht. Immer wenn ich dort war, ist mir vor Unsicherheit ganz elend zumute gewesen. Wozu diese riesigen Flächen mit schrägen Odalisken in Rosa und Blau, mit gelegentlichen grünen oder gelben Farbklecksen und so dunklen Augen, dass sie wie eingebrannte Löcher auf dem Leintuch eines Säuglings wirken?

Ich weiß, dass ich ungerecht darin bin. Als ich mir die einzelnen Gestalten ruhig betrachtete, dachte ich mir: »Ein prachtvoller Kolorist mit angenehmer, gefälliger Komposition, der keinem Menschen weh tut.« Es gibt viele Stücke von Matisse, die ich gerne besäße, wenn ich eine eigene Wohnung hätte – aber welche Möbel passen dazu? Die Stühle und Sofas in der Galerie sind Louis XIV und stehen mit ihrem blassen Lavendel und Gold scheußlich zu den rosa und blauen Tönen. Ob Sie mir glauben oder nicht: am Abend der Vernissage wurde die Feierlichkeit mit Musik eröffnet und von Musik begleitet. Sie meinen vielleicht, es wäre moderne Musik gespielt worden? Aber nein. Alte Musik. Musik fürs große Publikum? Keineswegs! Kammermusik. Und die bürgerlichen Schafsköpfe bemerkten den Kontrast gar nicht.

Ich war wirklich der Meinung, ich hätte mich geändert, als ich mich in die Logik und Anständigkeit unseres Parteiprogramms vertiefte. Ich weiß nicht ... Ich hätte Matisse genossen, wenn ich ganz allein, oder mit Ihnen, dem einzigen Amerikaner, der Geschmack und Humor hat, vor seinen Bildern gestanden wäre. Sie würden mir natürlich hierin nicht recht geben, wenn Sie hier wären, und ich müsste, wie gewöhnlich, klein beigeben. Bei mir ist es so: entweder ich gehe nicht weit genug in meinem Urteil oder zu weit. Darum fühle ich mich in der Partei so wohl, da werden solche Fragen für mich entschieden. Sankt Karls Weisheit ist alt, und ich bin jung; die Doktrin Lenins und Milkas ist starr und kompromisslos, und ich bin nachgiebig.

Apropos Kunst und Doktrin – ich kann mich nicht mit dem Gedanken abfinden, dass das Malen, wie ich es liebte, in Bausch und Bogen nutzlos und unsozial ist und durch Propaganda ersetzt werden muss. Bin ich darum unverbesserlich? Bei der Ausstellung der Indépendants heuer, die eine der schlechtesten ihrer Art war, habe ich mir auch ein Bild angesehen, das an sich nicht schlecht gemalt war; es stellte einen toten Arbeiter in einem

Rinnstein auf dem Dorf dar, der von einem Schwein angenagt wird. Was rot sein sollte, war rot, und der Straßendreck eines Schülers von Courbet durchaus würdig. Die Komposition war nach den Grundsätzen dynamischer Symmetrie aufgebaut, die sich, glaube ich, von den Proportionen des Pantheons herleiten. Ich war empört, nicht weil der Kosak den Arbeiter ermordet hatte, und auch nicht, weil die anderen Arbeiter so feige waren und ihren Toten einfach liegen lassen. Ich war unbeschreiblich wütend auf den Maler und alle, die ihm vorgemacht hatten, dass die photographisch getreue Wiedergabe ekelhafter Dinge wirklich gute Kunst ist oder gute Propaganda, wenn das Ganze auch noch so geschickt ausgeführt ist. Fast nie gehen die Arbeiter in den Salon des Indépendants, und recht haben sie! Sollte sich aber einmal einer unserer Lohnsklaven ins Grand Palais verirren und dort das besprochene Bild zu Gesicht bekommen, dann würde er aller Wahrscheinlichkeit nach daraus die Lehre ziehen, dass die kapitalistische Polizei noch viel zu mächtig ist, als dass man sie vernichten könnte, und dass die Solidarität der Proletarier noch in weiter Ferne liegt.

Sie sind gescheit und außerdem der Sache gegenüber sympathisch eingestellt, und Sie werden von mir nicht glauben, dass ich meinen Grundsätzen untreu geworden, die ich wirklich ehrlich und überzeugt zu den meinen gemacht habe, wenn ich Ihnen meine Verwirrung eingestehe. Mein ausgeprägter französischer Sinn für richtige Maßstäbe und mein Wirklichkeitsgefühl, das durch meinen ungesunden Aufenthalt im Surrealismus verstärkt wurde, gemahnt mich leise und unablässig immer wieder daran, dass meine Genossen, von denen so wenige Franzosen sind, den Geschehnissen voraus sind. Damit meine ich, dass sie den Fortschritt, von dem sie wissen, dass er der wahre ist, und den Marx vorausahnte, ehe er materiell in Erscheinung trat, deutlich vor Augen haben. Dass sie in dieser Weise die Entwicklung vorwegnehmen, ist wahrscheinlich ein Beweis für ihre gesunde Ursprünglichkeit. Der Fortschritt muss kommen, sonst sind wir verloren und die Menschheit kann doch nicht verloren sein. Oder doch? Der Ire Shaw zeigt, wie alles zuerst in der Einbildungskraft Leben gewinnen muss, ehe es durchgeführt werden kann, aber das bedeutet nicht, dass aus der bloßen Fantasie etwas entstehen kann.

Ich bin nie ein gutes Mitglied der gemeinen führenden Klasse meines Landes gewesen. Ich dachte immer an das Land, anstatt an Gesellschaftsschichten, und das war bestimmt ein Fehler. Als Soldat und Ingenieur war ich eine Niete. In der Kunst bin ich unsicher hin und her getorkelt und habe schwülstige Reden gehalten wie ein richtiger Idiot. Werde ich mich als Parteimitglied besser bewähren?

Bitte sagen Sie mir hierzu offen Ihre Ansicht.

Es lebe die Revolution!

In diesem Sinne immer Ihr

Pierre [Vautier]

P. S. Ich fühle mich so unsicher, dass ich nicht einmal weiß, wann ich mit einem Brief fertig bin. Ich habe Ihnen am Anfang meines Schreibens von einer langen Wanderung erzählt und dass ich hoffte, sie würde meine Erregung dämpfen und mich müde machen – aber dem war nicht so. Der einzige Tag, an dem man in Paris spazieren gehen kann, ist der erste Mai, weil da die Taxichauffeure einen freien Tag haben und die Straßen nicht gefährlich sind. Der August ist auch nicht schlecht, denn da strömt unsere blödsinnige Bourgeoisie aufs Land hinaus, um sich dem Sonnenbrand, den Insektenstichen und Bienenstöcken auszusetzen. Zu diesem Zeitpunkt sind so viele Geschäfte geschlossen und so viele Kunden verreist, dass es geradezu eine Lust ist, in den Vierteln herumzuwandern, in denen es keine Touristen aus Ihrer Heimat gibt – mit jedem Jahr werden ihrer weniger, Gott sei's gedankt!

Sie fragen, wie es unseren gemeinsamen Freunden geht.

Mindestens die Hälfte ist verreist. Nur die Kokotten, die Sklaven und einige Pariser, die keine Verwandten in der Nähe der Stadt haben, sind hiergeblieben. In Madrid ist es vielleicht noch heißer als hier, aber drückender kann die Atmosphäre nirgends sein. Milka will unbedingt nach Spanien, es fehlt ihr nur noch das nötige Geld, der Vorwand, der Pass und das Visum, die Einladung und die Mittel, um ihr Leben dort fürs Erste bestreiten zu können. Ich hoffe, dass die neue Regierung, die hauptsächlich aus mittelständischen Versagern zusammengesetzt ist, in die ein paar Professoren eingesprengt sind, den republikanischen Spaniern verbieten wird, nach Frankreich zu reisen. Wenn ein spanischer Patriot sieht, wohin wir nach einem Jahrhundert kapitalistischer Liberté, Egalité und Fraternité gekommen sind, dann wird er stürmisch den säuerlich duftenden Alfonso und seine halbvertrottelte Königin zurückverlangen.

P.

Ohne Datum

Cher Confident,

Ich sitze nicht an Mamas Schreibtisch, sondern vor ihrem dreiteiligen Spiegel, der viel netter zu mir ist als zu Mama. Ich habe gar nichts Eigenes. Mama ist für den Nachmittag mit D. ausgegangen. Seit Großpapa zu uns gezogen ist, muss sie mit D. ein kleines Hotel in der Rue Papillon aufsuchen und überlässt es mir, den Herrn Richter zu besänftigen, wenn er mit dem Stock auf den Fußboden klopft. Und dies, mein lieber Freund, geschieht nicht selten.

Ihnen als Literat [Hyacinthe nannte mich nie einfach Journalist oder Schriftsteller] fehlt es nicht an Einbildungskraft. Sie haben die Fähigkeit, sich in Charaktere und Situationen hineinzuversetzen; ich kann Ihnen dabei nicht folgen, weil ich weder die englische Sprache, noch das Leben kenne. Ich lerne aber jetzt die Sprache, und sobald Grammatik und Syntax einigermaßen überwunden sind, soll meine erste Tat das Lesen Ihrer Werke sein. Bis dahin versuchen wir doch zusammen, uns Mama vorzustellen, wenn sie sich errötend hinter dem Paravent auskleidet – hoffentlich gibt es einen solchen – und sich dann im Bett unter der Decke behaglich zusammenringelt. D. ist kein Adonis, aber er kommt, wie Sie ja wissen, seit Jahren schon jede Woche zweimal. Und das ist immerhin etwas. Was er davon hat, was er nicht billiger mit einer Jüngeren auch haben könnte, das ist mir schleierhaft. Mama ist doch sicher ungeeignet. Was bietet sie denn? Geld hat sie keines, allerdings braucht D. auch gar keines, denn seine Handtäschchen sind so gut eingeführt, dass sie ihm ein gutes Einkommen sichern, selbst für den Fall, dass Frankreich Bankrott macht und Amerika Millionen von Arbeitslosen hat. Übrigens haben Sie mir niemals erklärt, warum es so viele gibt.

Cher Maître! [Unübersetzbare Anrede, bedeutet aber den Gipfelpunkt des Schmeichelhaften.] Sie wissen natürlich, dass ich beim Schreiben immer wieder aufhöre, um mein Spiegelbild zu betrachten – von vorn, dann linkes Profil, rechtes Profil, verlorenes Profil, wenn ich über die Schulter gucke; Kopf nach vorn geneigt, Kinn gesenkt, Blick nach oben; Kopf zurückgebeugt – meine Halslinie ist gut – und mit halbgeschlossenen Augen. Ich betrachte mich rein physisch, als eine Art lebendige Hülle und finde, dass ich im Vergleich zu anderen Frauen schön bin. Aber bin ich auch anziehend? Die Männer sehen mich an, wenn ich vorübergehe, aber starren nur auf meine Beine. Ich glaube, wenn ich unwiderstehlich wäre, dann würden sie mir Blicke zuwerfen, dass ich mir unwillkürlich mit den Händen die Brüste schützen würde – sofern ich welche habe – und dass, wenn ich schon vorbei bin, ich ihren Blick noch in der Gegend zwischen den Schulterblättern fühlen müsste, aber nicht um die Hüften. Sind meine Hüften eigentlich in Ordnung, oder soll ich wie die Amerikanerinnen versuchen, sie loszuwerden? Nein, das mache ich nicht. Bis zum Schluss will ich Französin bleiben, koste es, was es wolle.

Ich vermisse an meinem Spiegelbild ein gewisses Etwas, was da ist, wenn Sie da sind. Ich kann Ihnen gar nicht sagen, wie viel ich Ihrer freundlichen Kritik verdanke, die niemals spöttisch oder gar beleidigend ist, die mir ein Wegweiser ist, auf den ich mich stets verlassen, dem ich stets folgen kann.

Ich muss Ihnen noch Neuigkeiten erzählen, mein ... ja, was sind Sie eigentlich? Mein eigentlicher Geliebter sind Sie nicht und werden es vielleicht nie werden. Dies liegt ebenso in ihrer wie in meiner Hand – wenn Sie mich zärtlich ansehen und mir sagen würden: »Hyacinthe, die Stunde ist gekommen, ich brauche Dich«, dann gäbe es für mich nichts, aber auch gar nichts, was ich Dir vorenthalten könnte. Was jetzt kommt, gehört nur für Dich ganz allein, nicht einmal Mama darf einstweilen etwas davon wissen. Ich bin Weib geworden. Den Beweis dafür finde ich nicht so quälend und eklig, wie ich es mir vorgestellt hatte, aber ich will nicht, dass Mama anfängt, darüber zu kichern und geheimnisvoll zu flüstern und mir mit Ratschlägen kommt. Ich müsste natürlich so tun, als befolgte ich sie, und würde sie doch alle in den Wind schlagen.

Wer bin ich eigentlich und woher stamme ich? Von Mama bestimmt nicht. Ich muss sozusagen unverändert durch sie hindurch gegangen sein. Von meinem Vater weiß ich fast nichts und dieses Wenige auch nur von Mama, und darum sind die Informationen unrichtig. Wie machen Männer Töchter? Welche Qualitäten der Männer können verwandelt oder umgewertet werden?

Du kannst mir gut auf Englisch schreiben, denn obgleich ich wohl nie Deine Sprache sprechen lernen werde, bin ich doch so weit, dass mir Deine schriftlich so wohl gesetzten Worte mehr bedeuten als Dein originelles Französisch, für das es im wirklichen Französisch die richtigen Ausdrücke gibt und was daher viel zu wünschen übrig lässt. Ich muss aber hierzu, um der Wahrheit die Ehre zu geben, bemerken, dass Dein Französisch viel eindrucksvoller und schlagender ist als das eines Schülers von Racine.

Ich bin Dir wirklich sehr viel Dank schuldig, aber am meisten doch dafür, dass Du mich von Racine kuriert hast. Elliot, mir schaudert beim Gedanken, wer ich gewesen bin, als Du mich, wie ich sechs Jahre alt war, kennenlerntest, welche Ansichten ich da wohl vorbrachte! Ein weniger klar blickendes Individuum hätte sich unweigerlich davon ins Bockshorn jagen lassen. Wenn ich Racine aufschlage und die Versfüße dieses trockenen Abrakadabra vor mich hinsage, dann frage ich mich wirklich, ob ich nicht ebenso dumm bin wie Mama, und ob Du nicht einfach den Wein der Erkenntnis in einen leeren Wasserkrug gegossen hast. Du behauptest zwar immer das Gegenteil, wenn auch nicht in Worten, so doch durch einen leichten Händedruck oder einen verständnisvollen Blick gerade in dem Moment, wo diese unmissverständlich andeuten, dass wir uns in irgendeiner Empfindung des Sehens, Hörens oder Fühlens begegnen.

Es gibt auch noch einige, ganz wenige, andere Menschen, mit denen sich solch ein erfreulicher Kontakt der Geister einstellt, aber lange nicht so oft wie bei Dir. Was hat dies zu bedeuten? Für mich bedeutet es, dass ich nicht allein bin, dass es noch ein Leben jenseits meines würdelosen Milieus gibt. Du hast mich gelehrt, mich mit Mozart und Beethoven, mit Corot und Cézanne, mit Rimbaud und Baudelaire, mit Balzac und Proust eins zu fühlen – noch viele andere waren es, so viele, dass ich nicht einmal ein Zehntel aufzählen kann. Du hast mir gesagt, wenn diese feinnervigen Menschen lebten, dann würden sie für mich auch ein freundliches Lächeln haben und mir die Hand drücken, gerade so wie Du es im Konzert oder im Louvre oder in der Rue La Boétie tust – und ich glaube Dir.

Elliot, manchmal ist mir so Angst.

Was birgt das Leben für mich in seinem Schoß? Zu welchem Ziel hin entwickle ich mich? Früher war ich immer ganz fest überzeugt, dass ich den Grafen Costa de la Montaigne liebte, und dass er mich eines Tages holen würde und alle Fragen gelöst sein würden. Lieber Freund – wie unwahrscheinlich ist das! So einfach ist das Leben nicht, und ich möchte es auch gar nicht so haben. Du weißt genauso gut wie ich, dass kein Mann mich so sehen wird, wie Du mich siehst oder ich mich selber sehe, dass ich nur eine flüchtige Erscheinung in Deiner reichen und bewegten Laufbahn bin [diese Laufbahn war besonders im Jahr 1931 nichts, womit man Staat machen kann, das kann ich dem Leser versichern!] und Du weißt, dass kein Mann mir je alles bedeuten kann – ich muss entweder arbeiten oder schöpferisch tätig sein. Ich kann nicht nur so dahinleben. Was wird mit Frankreich geschehen? Ist Frankreich auf dem Wege der Genesung? Ist Honegger ein zweiter Berlioz? Ist Gide ein zweiter Proust? Ich rede immer so viel von Kunst, und dennoch weiß ich nicht, ob Kunst symptomatisch und prophetisch ist oder nicht? Ist Coué ein Pasteur in anderer Gestalt? Und Blum vielleicht ein Moses? Er spricht jedenfalls ein vollendetes Französisch, wenn ich auch nicht begreife, worauf er eigentlich hinaus will.

Gestern sah ich die kleine Yvonne [Frémont] am Fenster sitzen. Sie ist blass, teilnahmslos, ohne eigentliche Einstellung zum Leben, hat keinen Chic und ist nicht intelligent. Aber sie hätte ebenso schön werden können wie ich, hätte ihr jemand geholfen, wie Du mir halfst. Oder hätte sie, aller Unterweisung zum Trotz, weiterhin in Antoine Pissy, der Pickel hat und jetzt in einer Uniform steckt, eine Art Grafen Costa de la Montaigne erblickt und sich das Dasein mit Pissy in einer feuchten, winzigen Hausmeisterwohnung als den Gipfelpunkt des Glückes vorgestellt in einem Land, das das Erbe eines Perikles und Charlemagne durch einen Citroën und einen Crétin namens Daladier verwalten lässt?

Mir ist so bang. Als ich heute an *La Vie* vorüberkam, lag da wieder ein toter Goldfisch mit krankhaft dunklen Flecken, und Monsieur Maurice fischte ihn aus dem Aquarium heraus, ging zum Kai und warf ihn in die Seine; dann aß er sein Mittagessen fertig, ohne sich die Hände zu waschen. Wenn ich das nur nicht gesehen hätte!

Hyacinthe

Ohne Datum

Cher Camarade,

Ich war gestern Abend bei der Wochenschau im Kino empört über die Parade von Mördern, die durch die Straßen von Madrid zogen, und die betrogene Menge, die ihnen von den Trottoirs, den Bäumen, Fenstern und Stufen der nahen Gebäude aus zugejubelt und zugewinkt hat. Wenn Sie in der Menge waren, was ich doch bestimmt annehme, dann haben Sie gewiss nicht der Fremdenlegion Beifall geklatscht in Gedanken daran, wie diese Leute anständige Männer und Frauen und ihre Kinder abgeschlachtet haben.

Ihre sogenannte Revolution, die sich als etwas entpuppt, was gar keine Revolution ist, bedeutet eine schwere Enttäuschung. Der alte Augenauswischer Zamora! Er ist so gescheit, dass er sogar in einem französischen Kabinett figurieren könnte. In gewissem Sinne erinnert er mich an Briand, nur besser erzogen ist er und poussiert nicht so mit den Frauen, weil doch seine beiden Schwestern in einer Art Kloster sind, nicht wahr?

Indirekt habe ich von Ihnen Nachricht durch Kamerad Vautier, der tapfer und pflichttreu ist, aber geradezu unsagbar gehemmt durch seine bürgerliche Erziehung. Er ist ein feinfühliger Junge, vielleicht allzu feinfühlig für das, was kommt. Ich habe ihm aufgetragen, beim Zeichnen von Plakaten mitzuhelfen, und nachdem er eine ganze Nacht sich damit geplagt hatte, bekam der arme Pierre vierzig Grad Fieber, das achtundvierzig Stunden anhielt. In Zagreb würde kein Mensch sich die Kunst so zu Herzen nehmen.

Gibt es für mich eine Chance in Spanien, Kamerad Paul? Vielleicht ist es verrückt von mir, dass ich nach Madrid will und ein anderes Land sehen, und sogar wenn ich eine Arbeit bekomme, sind meine Vorgesetzten vielleicht nicht mit dem Plan einverstanden. Sie sagen, dass ich hier unabkömmlich bin. Aber ich habe wirklich den Mut verloren hier, nicht wegen der kleinlichen Verfolgungen, die jeden Tag ärger werden, sondern deshalb, weil wir mit der Erziehung der Regierungsbeamten gar nicht vorwärts kommen. Wir können sie nicht vom Zentralkomitee ausschließen, und es bleibt uns nichts übrig als bei ihnen darauf zu dringen, dass sie größere und einflussreichere Organisationen bilden. Aber Männer, die so schändlich unterbezahlt werden, und die zum Militär geschickt und als Verräter erschossen werden bei jedem Streikversuch, sind eben schwieriges Material. Alle Aufgaben, die wirklich Aufgaben sind, sind eben schwer, scheint mir.

Hat Ihnen Pierre geschrieben, dass ich meine Abschlussprüfungen in Geschichte und Nationalökonomie gemacht habe? Ich weiß, dass es lächerlich ist, oder zumindest scheint, dass ich an der kapitalistischen Sorbonne studiere, aber um der Polizei ein Schnippchen zu schlagen und hierbleiben zu können, muss ich die Vorlesungen hören, und wenn ich schon gehen muss, dann muss ich doch schließlich anstandshalber auch die Prüfungen machen.

Tausend Dank für die Avila-Decke. Ich finde, dass sie so besonders gut zu mir passt, diese schwarze Schafwolle mit den roten Streifen!

Es lebe die wahre Revolution!

Ihre Milka

3. November 1931

Cher Maître,

Vor kurzem schrieb ich Dir noch, dass ich nichts Eigenes besäße. Nun ist das anders geworden. Ich habe eine wundervolle Schutzmauer zwischen mir und der frostigen Herbstluft, die heuer ganz besonders tückisch ist. [Ich hatte ihr eine Avila-Decke gesandt]. Und jedes Mal, wenn ich ihre Wärme fühle, durch die Bettwäsche der Familie, die, bevor sie auf mich kommt, so geflickt und zerschlissen ist, dass ich sie im Sommer als Möbelschutz werde verwenden müssen, kommt mir der Gedanke an eine noch viel subtilere Behütung, die mir zuteil wird, ob ich nun im Bett liege oder auf bin, durch die Liebe eines Freundes, der, obgleich er in weiter Ferne weilt, mir doch näher ist als irgendein anderer Mensch.

Elliot, mein Lieber, was hast Du hier zurückgelassen für den, der zwar nicht Dein Nachfolger, aber wohl Dein Vertreter werden soll, nämlich meinen Zukünftigen? Das eine bescheidene Attribut, das in den Augen der meisten Männer eine so wichtige Rolle spielt, kann doch kaum etwas bedeuten, wenn es von innen her ausgehöhlt und nur mehr eine trügerische Larve ist.

Vielleicht belaste ich Dich mit diesen allzu intimen Geständnissen. Es will mir scheinen, als spräche ein neuer Ton aus Deinem letzten Brief – vielleicht ist es Sehnsucht? Aber eigentlich glaube ich das doch wieder nicht. Das, was Du mir in Bezug auf die unvermeidliche Entwicklung schriebst, die ich durchmache, habe ich nicht genau erfasst, weil ich geschriebenes Englisch immer noch recht mangelhaft verstehe. Du meinst, ich solle mich in Acht nehmen vor »nervösen oder seelischen Krisen« und sie genau prüfen, weil sie leicht die Ursache dafür sein können, dass ich »unbesonnen handeln könnte, über oder unter meinem eigentlichen Niveau, ganz nach meiner jeweiligen Stimmung«. Der liebe Gott hätte die Frauen etwas widerstandsfähiger gegen Beeinflussung schaffen sollen, oder noch viel leichter zugänglich – aber Er wird's wohl besser wissen. Um mir zu schmeicheln habe ich versucht, eine Andeutung von Eifersucht aus Deinen Ermahnungen herauszuhören. Manchmal glaube ich bestimmt, dass Du möchtest, ich solle auf Dich warten, weil Du gerne der Erste sein willst; ich bin dabei, wenn Du es wirklich willst – nur darfst Du nicht gar zu lange in Spanien bleiben.

Deine schwankende
Hyacinthe

Ich habe Dir etwas vorgelogen. Gestern sah ich den Grafen Costa de la Montaigne in Uniform, auf seinem schlanken Fuchs, und ich weiß *ganz* sicher, dass ich ihn nicht mehr so liebe wie früher. Was Deine Person betrifft, weiß ich gar nichts sicher.

13. Februar 1932

Cher Monsieur Paul,

Mir fällt ein, dass heute Ihr Geburtstag ist – wie könnte ich auch diesen Tag je vergessen, wo ich doch im vergangenen Jahre an dem nahezu historisch gewordenen Saufgelage im Keller teilgenommen habe, mit dem wir ihn feierten.

Ihr Landsmann, der Mandoline spielt wie Seine Majestät der Teufel [Fulton Grant, ehemals beim *New York Herald* angestellt], aß heute am gleichen Tisch mit mir zu Mittag und war sehr unterhaltend. Wie kommt es, dass, wenn ein Amerikaner es sich in den Kopf setzt, Mandoline zu spielen, er es nicht dabei bewenden lässt, ein paar Liedchen zu spielen, sondern nicht ruht, ehe er, ohne ein einziges Mal daneben zu greifen, den *Csardas de Monte* beherrscht? Nie werde ich die musikalische Vorführung jenes Tages vergessen, und heute noch ist es mir ein Rätsel, wieso M. Grant die Saiten finden konnte und Sie das Gleichgewicht behielten auf Ihrem Klavierhocker, nach all dem, was Sie beide getrunken hatten. Amerikaner sind eben eine Rasse für sich, davon bin ich überzeugt. Oder schicken sie nur ihre widerstandsfähigsten Exemplare in die Rue de la Huchette?

Entschuldigen Sie meine Handschrift, aber ich habe nun doch eine Art Neuritis oder Rheumatismus von der Feuchtigkeit und der Zugluft auf der Präfektur bekommen. Mich hat es als letzte erwischt, das heißt, ich habe es länger ausgehalten als alle anderen. Die alte Madame Lefarge freut sich diebisch. Sie kann mich nicht ausstehen, weil ich mich beherrschen kann, und weil die Ausländer bei ihrem zweiten Besuch nach mir fragen oder sich lieber anstellen, um zu warten, bis ich komme, als sich von ihr anschnauzen zu lassen. Sie ist das Ideal einer Staatsbeamtin, denn erstens fehlt ihr immer alles Mögliche, dann hat sie eine teuflische Veranlagung, kleine Figur und einen gesunden Hass auf die Menschheit. Ihre beste Seite ist ihre Unparteilichkeit. Sie hasst ihre eigene Schwester genauso glühend wie den ekelhaftesten italienischen Arbeiter-Analphabeten, der um die Erneuerung seiner Identitätskarte bittet am Tag, nachdem Monsieur Mussolini das Mittelmeer übernommen hat – nur nominell, versteht sich. Leider weiß das der italienische fahrende Gesell nicht und glaubt, dass die Lefarge ihn persönlich und unprovoziert hasst.

In meinem letzten Brief habe ich Ihnen etwas Falsches gesagt in Bezug auf Jeanne, die Gattin des Krautkopfs. Es war nicht ein Türke, mit dem sie sich tröstete, nachdem ihr der Gemahl wegen unserer Anleihe an Rumänien eine Ohrfeige gegeben hatte. Die Absalom und auch Mademoiselle Nadia behaupten, dass der Bursche ein Perser ist. Sie sagen auch, dass er will, dass Jeanne ihn nach Bagdad begleitet und ihn auf persische Manier heiratet. Der Sohn ist ganz einverstanden, aber er will, dass seine Mutter sich vorerst scheiden lässt, und dass der Krautkopf eine schriftliche Erklärung abgibt, weil er, so behauptet der Junge, Gelder veruntreut und sich angeeignet hat, die laut Ehekontrakt unangetastet in Jeannes Besitz hätten verbleiben sollen. Arme Frau. Ich fürchte, sie wird nicht gehen, oder wenn sie es tut, wird sie Heimweh bekommen und sich nur schwer in Persien einleben. Ich habe keine Ahnung, was die Leute dort für Gebräuche haben, aber jedenfalls andere als wir.

Hortense Berthelot

Rue de la Huchette 7, Paris VIe,
5. September 1932

Cher Ami,
Sie werden merken, dass ich von No. 5 in unserer Straße auf No. 7 aufgestiegen bin. Das Leben ist nicht mehr dasselbe, seit Monsieur Julliard fort ist, aber ich habe mich daran gewöhnt, und man nimmt in meinem Alter so wenig Veränderungen vor

wie möglich. Es hat keinen Zweck, gegen die Naturgesetze anzukämpfen.

Das Hôtel du Caveau hat unter der Leitung der neuen Besitzer, Monsieur und Madame Amance aus der Haute-Marne, ein ganz anderes Gesicht bekommen. Es wäre vielleicht korrekter zu sagen: Madame und Monsieur. Monsieur ist ein netter Mann vom Land; die Stadt Chatillon-sur-Seine war ihm zu viel Großstadt und Paris wird er immer als Feindin betrachten. Er lungert hinter dem Schanktisch herum, raucht seine ordinäre Pfeife und schielt ab und zu einmal hinaus, um nachzusehen, ob die Sonne noch scheint. In diesem Sommer tut sie dies selten.

Thérèse ist fort und mit ihr die gute Küche des Caveau. Madame Amance ist ein richtiger Hausdrache; sie hat Thérèse den Morgeneinkauf nicht anvertrauen wollen und daran Anstoß genommen, dass Thérèse so viel Wein von dem Vorrat trank, den Monsieur Henri dagelassen hatte. Thérèse jagte sie unter Zuhilfenahme eines kleinen Petroleumofens aus der Küche, und als sie diesen durch die Luft schwang, schlug eine Flamme heraus und verbrannte ihr die Hand. Madame Amance schrie nach der Polizei, die sich natürlich nicht rührte, weil bald Ablösung war. Glücklicherweise landete der Ofen mitten auf der Straße, mit der richtigen Seite nach oben und brannte dort weiter. Georges, der einzige Zeuge der Szene, ging ruhig hinaus und holte ihn, während sich die beiden Frauen begeiferten, wobei Thérèse zu meiner Befriedigung die Oberhand behielt.

Georges bleibt im Hotel, denn er lebt in dem holden Glauben, der für einen Slawen so typisch ist, dass die Amances sicher Pleite machen werden und Monsieur Henri zurückkommen wird, wenn sie ihren Zahlungsverpflichtungen nicht nachkommen. Ich habe an diese Möglichkeit gar nicht gedacht, aber seit Georges davon erzählte, geht mir die Sache nicht aus dem Sinn. Vielleicht bin ich aus diesem Grunde nicht weiter gekommen als bis zum Nachbarhaus, im Stock über den Taitbouts, die täglich eulenähnlicher werden.

Keiner macht sich einen Begriff davon, wie ich das Alleinwohnen hasse, und wie ungern ich mir mein Frühstück selbst zubereite. Der Kaffee im Hôtel Normandie schmeckt mir nicht, und das Café Saint-Michel ist zu weit. Es ist jetzt jenseits der Rue des Deux-Ponts ein neues Café mit einem roten Neonschild entstanden. Ein paar Mal wollte ich schon hineingehen, aber alles ist so frisch lackiert, und ich kenne dort keinen Menschen. Ich war immer schon schüchtern und bin niemals unternehmungslustig gewesen, und das bisschen Mut, das ich hatte, habe ich in den Jahren 1917 und 1918 aufgebraucht. Scheint Ihnen diese Zeit sehr lange zurückzuliegen? Vermutlich nicht, weil Sie seither so vieles getan und so vieles gesehen haben.

Was das Publikum vom Caveau betrifft, so hat sich auch da viel verändert. Madame Amance gehört, wie nicht anders möglich, der Tardieu-Partei an; Milka, Stefan und der junge Vautier sind ins Hôtel Normandie hinübergezogen, und Sara und Louis haben ihnen ein Extrabett ins Zimmer gestellt zur Entlastung des schmalen Dreiviertelbettes. Mittags und abends essen wir alle *chez* Daniel, in der Rue de la Harpe.

Unser radikalsozialistisches Trio hat seinen Sitz ins Café Saint-Michel verlegt, wo die Leute stundenlang jeden Abend in dem kleinen Nebenzimmer beisammensitzen und immer mehr und mehr ihrer Entrüstung über Daladier Luft machen. Monsieur Frémont hat mein Zimmerchen hier von Grund auf renoviert; ich habe jetzt eine Türklinke nach amerikanischem System, die zurückschnappt und die Tür versperrt, wenn ich im Zimmer bin. Ich habe auch eine Gasflamme installiert bekommen, wo ich mir Kaffee kochen kann. Die Austrägerin von Gillotte liefert mir pünktlich mein Croissant, sodass ich rechtzeitig in der Präfektur erscheine.

Wenn ich jetzt, wo ich viel Zeit habe, manchmal mein Leben an mir vorüberziehen lasse, dann vergleiche ich es mit einer Pflanze, die tief gebeugt, aber nicht völlig geknickt war, als ich Berthelot heiratete. Meine drei Schwestern, besonders meine ältere Schwester Anne, beneideten mich. Aber wie unendlich oft wünschte ich Anne, mein Mann hätte sie gewählt! Nicht dass er schlecht zu mir gewesen wäre. Er war lieb und freundlich, aber immer in Gedanken und unaufmerksam, vielleicht war auch ich schwer zugänglich. Wer kann das wissen? Als ich dann seine Papiere zugesandt bekam und die Croix de Guerre mit den zwei Palmen, konnte ich ihn mir im Grabe ruhend auch nicht anders vorstellen als neben mir im Bett liegend – gerade so nah oder so fern war er mir, und immer hat mich dieser Gedanke gequält. Bald nachdem er mich verlassen hatte, wurde mir klar, wie gut er mich vor der Berührung mit den Dingen des praktischen Lebens behütet hatte, und wie prächtig er auf seine negative Art doch gewesen war. Es ist ja ganz schön zu sagen, dass Liebe und Ehe sich nicht unbedingt decken, aber ich hätte so gerne das erlebt, wovon so unendlich viel gesprochen und geschrieben wird. Die beiden Elsässerinnen, die über uns im fünften Stock wohnen und den Oberst bedienen, haben weit rechtmäßigeren Anspruch auf Altjungfernschaft zu stellen als ich, und dennoch fühle ich mich ihnen viel ähnlicher als z. B. Jeanne mit ihrem Perser, der sie sehr zu lieben scheint, oder Mademoiselle Nadia, die für Monsieur de Malancourt immer noch anziehend ist.

Es hat einmal eine Zeit gegeben, da wollte ich so schnell wie möglich alt werden, um nur ja nicht mehr den barmherzigen Betrug ausüben zu müssen, auf den übrigens keiner hereinfiel, am allerwenigsten der arme Berthelot. Jetzt, wo mich abwechselnd das Schwitzen und Frösteln überkommt und ich von einem Tag zum andern erwarte, einzutrocknen wie ein Hering und verschroben zu werden wie die alte Madame Lefarge, gruselt es mich. Ich fühle mich ganz wie jene gedrückt aussehenden Kinder, die im Jardin du Luxembourg Karussell fahren und erst zum Schluss, wenn es langsam stehen bleibt, entdecken, dass es Messingringe gibt, die man fangen und sich dadurch das Recht auf eine zweite, freie Fahrt erwerben kann. Ich werde wohl nicht weinend von meinem geschnitzten Holzrösslein heruntersteigen, aber ich bin mir in letzter Zeit klarer geworden über das Prinzip des Todes, und ich sehe es rund um mich herum walten. Ich sehe, wie die Blätter im Rinnstein vermodern, und wie sie im Fallen herumwirbeln, ich sehe, wie der Fensterriegel langsam zugrunde geht, wie eine alternde Wanze sich schwerfällig bewegt und nur mühsam fortkriecht, wenn im Vorraum das Licht angedreht wird (vorausgesetzt, dass der Schalter funktioniert).

Als ich von Frémont schrieb, habe ich zu sagen vergessen, dass auch er nicht mehr ins Caveau kommt. Dadurch hat der Krautkopf freies Spiel bekommen, und Madame Amance zollt ihm eine Bewunderung, wie nur er sie ertragen kann, ausgenommen der Bursche von der Samaritaine, Gion, seine märtyrerinnenhafte Geliebte im Notengeschäft und der ewig unwandelbare Georges. Alle diese sind, bis auf Georges, in allem mittelmäßig, nur nicht in Gemeinheit und Klatschsucht, für die kein Preis angeschrieben steht – dadurch verliert die Bar viel Geld. Auch das Restaurant arbeitet mit Verlust, und die Zimmer stehen zur Hälfte leer. Die Gewölbe unten werden nicht benutzt, bloß der Weinkeller. Georges muss sehen, wie er seine Gläschen bekommt, ohne dass man es merkt, aber er ist offenbar doch noch schlauer als Madame Amance bei all ihrer Wachsamkeit, denn am verflossenen Sonnabend hat er wieder versucht, sich die Gurgel zu durchschneiden, zusammen mit der armen Mary, der Griechin, die man auf die Polizeiwache geschleppt hat und die ganze Nacht im Loch sitzen ließ. Das Gute daran ist wohl, dass sie bei der Gelegenheit eine Bronchitis erwischt hat und nun halbwegs gute Pflege im Hôtel-Dieu genießt.

Sie, lieber Freund, sitzen an Ihrem Korallenufer in der Sonne, von Seeluft umweht, inmitten der guten Menschen, die Sie mit so viel Liebe beschreiben und all jener, die Ihnen Ihre Fantasie vorzaubert. Wie anders könnte das Leben sein, wenn man von der Tretmühle loskäme und der Qual entrinnen könnte, wenn man Ihre Energie, Ihren vitalen Eifer hätte? Ich bin nicht neidisch in dem Sinn, dass ich Ihnen Ihr Glück wegnehmen möchte.

Hätte ich es, wüsste ich vermutlich gar nicht, was damit anzufangen. Aber versuchen möchte ich es doch wohl, *cher ami.*

Hortense Berthelot

P. S. Fast die ganze Woche habe ich für diesen Brief gebraucht und dann noch zwei Tage, ehe ich mich zum Abschicken entschloss – das ganze klingt so sehr nach einer Jeremiade.

Auszüge aus drei Briefen der Hyacinthe Goujon aus der Zeit von Januar bis Juli 1933.

Cher Voyageur,
Wie Du weißt, hat mich der Herr Richter immer gern mit Informationen versehen und mich *unterwiesen* von dem Augenblick an, da ich alt genug war, ihm respektvoll zuzuhören. Nun hat der arme Großpapa seinen zweiten Schlaganfall erlitten und ist, praktisch gesprochen, bereits tot. Wenn ich nachts an seinem Bett wache, versuche ich mir, so gut es geht, einen Überblick zu verschaffen über das, was er mir in den letzten zwölf Jahren an Ratschlägen erteilt hat. Vielleicht hat er mich ermüdet oder irritiert, weil er mich in so vielem an Mama erinnert, aber aus dem ganzen Wortschwall, der unablässig seinem Munde entströmte, seit ich denken kann, ist mir nur eine Gelegenheit haften geblieben, wo mir sein Rat zunutze kam. Ich glaube nicht, dass der Herr Richter dümmer oder inkonsequenter ist als die Mehrzahl unserer Männer, die in der Öffentlichkeit stehen, auch nicht als jene, die als Privatleute leben, von rühmlichen Ausnahmen abgesehen. Ich bin zu der Einsicht gekommen, die ich allerdings gerne einer Revision unterwerfe, dass das, was Männer und Frauen sagen, nur sehr wenig Beziehung hat zu dem, was sie denken, und was sie denken, bewegt sich wiederum in völlig anderen Sphären als die, in denen sie selber leben. Du, als Ungläubiger, der Du bist, hast mir einmal gesagt, um irgendeiner Erschei-

nung den übernatürlichen Charakter zu nehmen, dass wir viele unentwickelte Sinne haben. Wenn wir nur auch unergründete Organe hätten, um unser mangelhaftes Hirn zu stützen.

Die wertvollste Aufklärung, die mir der Richter zuteil werden ließ, und die er selbst als Klatsch abtat – ich musste ihm versprechen, niemand davon zu erzählen –, bezog sich auf Vladimir de Pachmann, der gerade verstorben war. Ich weinte, als ich las, dass dieser wunderbare greise Poet auf dem Klavier, einer der wenigen neben eurem fabelhaften Percy Grainger, die sich offenbar wirklich in Chopin einleben konnten, mit fünfundachtzig Jahren zu seinen Vätern heimgekehrt ist – ich weinte, weißt Du, obgleich ich mich nicht leicht auf so billige Weise gehen lasse. Monsieur de Pachmann hat mir einmal eine so bezaubernde Aufmerksamkeit erwiesen, dass ich das Empfinden habe, durch sie ist die letzte Schranke aufgehoben worden, die noch zwischen mir und dem Wesen der Musik bestanden hatte. Nun, da er tot ist und der Richter gelähmt daliegt, kann es niemand schaden, wenn ich meinen Eid auf Verschwiegenheit breche bei etwas, was ja doch demnächst in die Öffentlichkeit dringen und dort wie Stoff am Verkaufstisch zerdrückt und beschmutzt werden wird.

In einer Nummer des *Figaro* hat Großpapa eine kleine Annonce gelesen, in der stand, dass de Pachmann, nachdem er fünfzig Jahre lang das Pariser Konzertpodium nicht mehr betreten hatte, in der Salle Gaveau in einer Wohltätigkeitsveranstaltung spielen würde. Fünfzig Jahre! Ein halbes Jahrhundert, mon Ami! Denk' doch, vor sechzig Jahren hat ja Franz Liszt noch gelebt, und de Pachmann konnte noch sehr wohl unter seinen Zuhörern gesessen haben.

Es hat mich kolossal merkwürdig berührt, warum der Richter, der sich nie um Kunst bekümmert hat, dem sie nie einen nachweislichen Eindruck gemacht hat, plötzlich sich dafür zu interessieren begann. Ich hatte mir angewöhnt, ihm nur scheinbar zuzuhören, wenn er sprach, sodass er schon einiges gesagt hatte, als mir schließlich klar wurde, dass er von de Pachmanns Romanze sprach. Romantik hatte der Richter stets übergangen, oder besser gesagt, er war wohl von ihnen übergangen worden. Aber von de Pachmann wusste er, weil in die dramatische Geschichte ein Kollege hineinverwickelt war, ein Mitglied des Richterkollegiums, mit dem Großpapa befreundet war. Er erzählte mir Folgendes: De Pachmann hatte in seiner ganzen langen Karriere nur eine Schülerin gehabt, eine Französin, die jetzt in Paris als alte Frau lebt, und die für Klavier eine so geniale Begabung zeigte und dem Meister so sehr gefiel, dass er seine eigenen Übungsstunden abkürzte, nur um sie ausbilden zu können. Keinem anderen mochte er sie anvertrauen. Er liebte sie natürlich. Keiner wird mich je davon überzeugen können, dass es möglich ist, dass Mann und Frau tagtäglich sich das teilen, was ihnen beiden Magie und Lebensodem bedeutet, ohne dass dadurch eine tiefe, innige Liebe entstünde. Dabei kann es wohl vorkommen, dass die Kunst länger dauert als die Leidenschaft, und manchmal auch die Hochachtung überdauert. Aber was hat hier die Dauer zu sagen?

Monsieur de Pachmann und seine Schülerin heirateten und verloren Harmonie und Kontrapunkt in dem grauenvollen Kampf, der einerseits zwischen Rivalen ausgefochten wird, andererseits von Menschen, die wenigstens Bruchstücke von dem festhalten wollen, was einst Rausch gewesen. Man liest oft von Männern, die ein einziges Mal lieben und dann nie wieder. De Pachmann scheint zu jenen seltenen Exemplaren gehört zu haben. Die beiden Menschen trennten sich; De Pachmann schwor, er werde nie wieder einen Fuß nach Paris setzen, und nach ein paar Jahren heiratete die Schülerin einen angesehenen, später berühmten Advokaten, gab das Klavierspiel auf und begann mit derberer Kost, nachdem sie zuvor Dessert und Likör genossen hatte.

Ich begann diese Frau zu hassen.

Zuerst wollte mir Mama das Geld zum Konzert nicht geben. Sie hat mir fast ebenso viel verweigert, wie ihr Vater mir an guten

Ratschlägen erteilte, aber die drei oder vier Male, wo ihr Nein meinen unversöhnlichen, lebenslänglichen Hass ihr gegenüber zur Folge gehabt hätte, hat sie aus Instinkt nachgegeben. Sie hat nämlich Instinkte, nur sind sie fast durchwegs ungesund.

Elliot! Du wirst mich verstehen, nicht wahr! Ich kann nicht einmal versuchen zu beschreiben, wie mir in der Salle Gaveau zumute war. Mama und ich waren unter den ersten Besuchern, und ich sah mir atemlos das Gesicht jeder Frau an, die nach uns kam. Und schließlich kam *sie* mit ihrem wirklich gut aussehenden Gatten, dem Advokaten, der jene befangene Beschützermiene zur Schau trug, die Männer immer haben in Gegenwart von etwas, was der Frau wichtiger ist als sie. Sie war klein und chic gekleidet, wenn man dies von einer Frau von siebzig Jahren sagen kann.

Du musst verzeihen, wenn ich Dir das Programm nicht im Detail beschreibe. Das muss ich mündlich nachholen, wenn ich neben Dir sitze, ganz nahe, und Dein warmes Verstehen in mich überströmt. Einen Brahms spielte er, sonst war natürlich alles Chopin. Eins werde ich nie im Leben vergessen, das war das Notturno in f-Moll. Er spielte die e-Moll Sonate mit der Glut eines Paderewski, nur mit mehr Zartheit, Genauigkeit, Breite und Kraft. Ich musste immer daran denken, in welch großer Dankesschuld Chopin zu de Pachmann steht dafür, dass er von ihm so ganz erfasst wird, und wie viel ich Dir zu danken habe, weil Du mir gezeigt hast, wozu mein Gehör, meine Nerven und mein Gemüt gut sind. Beim Presto im Finale dachte ich an gar nichts mehr, es war einfach, als ob dröhnende Hufe über mich hinweg rasten – das ist nicht irgendein abgeschmackter bildlicher Vergleich, es war ein tatsächliches geistiges Erlebnis.

Und das Notturno! Er spielte es nicht, er zauberte es einem vor die Sinne. Man hörte nicht einzelne Töne, sondern plötzlich war der ganze Raum um einen von Musik erfüllt. Die Zeit stand still, während die Klänge stärker wurden und immer mächtiger erblühten – und auf einmal sich verloren gleich einem Tropfen

Wein in einem dunkeln See, gleich unserer liebsten Hoffnung. Vom Rest des Abends weiß ich eigentlich kaum mehr etwas … Nun ist dieser wundersame alte Mann tot. Was ist gestorben, als de Pachmann zu atmen aufhörte? Die grässliche Spießbürgerin, die ihm nicht das Wasser reichte, die sicher nur ihre eigene Karriere im Sinn hatte – als ob eine Frau eine heiligere Laufbahn haben könnte, als einem Genie zur Seite zu stehen – sie lebt weiter.

Nach dem Konzert – wiederum wagte es Mama nicht, sich mir zu widersetzen – ging ich *allein*, ohne Mama, und stellte mich in die Reihe der Wartenden vor die Garderobentür; langsam, langsam rückte ich immer näher heran. Ich habe vergessen, Dir von dem zu erzählen, was mich am allermeisten erschütterte. Mein Herz klopft wie wild beim Schreiben, und das Blut rauscht in meinem Gehirn und verwirrt mir die Gedanken. Nachdem de Pachmann das Notturno beendet hatte, kümmerte er sich nicht um den Applaus und sah nur auf seine Hände, als seien diese ein Wunder, das nicht zu ihm selbst gehörte.

»Das habt ihr gut gemacht, meine Hände«, sagte er und wartete, als erwarte er ihre Antwort.

Liebster Elliot, das ist keine Einbildung. Er hat es deutlich vernehmbar gesagt, genau so, wie er die Sonate von Chopin deutlich vernehmbar gespielt und nicht durch das Pedal verschmiert hat. Seinem Herzen und Verständnis zum Trotz hätten ihn ja seine Hände im Stich lassen und nicht jedem seiner leisesten Wünsche nachgeben können. Solche Enttäuschungen hat wohl jeder Künstler schon erlebt.

Als ich dann in der Garderobe vor ihm stand, die Hand ausstreckte und ihn ansah, da muss er empfunden haben, was dieser Augenblick für mich bedeutete. Er ist gewiss immer gütig und schwierig zugleich gewesen, und ich bin ihm so dankbar, dass er wusste, warum ich wie in schwindelnder Verzauberung schwieg, er, der doch ein langes Leben voll Huldigung, Dankbarkeit und Anerkennung hinter sich hat. Er nahm meine Hand, führte mich in ein Zimmerchen und schloss die Tür ab, zum Entsetzen seines

Impresarios, der ein kleiner, aggressiver Mensch war, und der Horde der Bewunderer. In dem kleinen Raum stand ein Klavier, ein Sofa und ein Klavierstuhl. Durch Tür und Wände hörte ich die gedämpften Rufe von draußen. Es berührte ihn nicht. Mit einer für seine achtzig Jahre erstaunlichen Kraft schob er die Sofabank zur Seite und bedeutete mir durch eine Handbewegung seiner inspirierten Linken, ich solle mich dort hinsetzen. Den Stuhl rückte er vor das Klavier.

»Was soll ich für Sie spielen?«, fragte er. »Das Notturno«, sagte ich und staunte selbst, dass meine Stimme hörbar war.

Er hatte abends drei Notturni gespielt, aber er wusste sofort, welches ich meinte, stand auf, schloss mich in die Arme und küsste mich. Dann begann er das f-Moll Notturno zu spielen so wundervoll wie vorhin, nur noch persönlicher. Er hatte seine frühere Frau und einstige Schülerin vergessen und dachte nicht mehr an ihren spießigen Gemahl, den *vieux fumiste*.

Und heute ist er gestorben, vielmehr gestern, denn ich habe bis lange nach Mitternacht geschrieben.

Hyacinthe

Heute lauscht niemand in Frankreich mehr der Musik, wie es die kleine Hyacinthe tat, und Polen, das eben vernichtet wurde, als Chopin seinen flammenden Protest schrieb, ist der Schauplatz brutalsten Tuns und grauenvollen Elends und Leidens; hätte der Komponist von all dem erfahren, es hätte ihn völlig überwältigt. Die nachfolgenden Zeilen stammen aus einem Brief, der die Anrede trägt *Cher fainéant*, weil ich in der winterlichen Regenperiode ein säumiger Briefschreiber geworden war.

… Heute durfte ich in einem Café meiner Wahl ein Gefrorenes nach meinem Geschmack nehmen, und zwar in Gesellschaft meines Cousins Emile. Ich wollte ihn in die Rue Saint-Sulpice schleppen, die ja Du entdeckt hast und wo Kuchen und Eis so gut sind, dass selbst Rumpelmayer für das Zehnfache – oder mindestens den doppelten Preis – nichts Besseres bieten kann. Deine amerikanische Übertreibungskunst, die ich von Dir angenommen habe, treibt mich manchmal ein wenig zu weit. Als ich auf die Straße kam, entdeckte ich, dass alle Geschäfte streikten, Gottlob keine Cafés. Wegen irgendwelcher Steuergeschichten.

In Steuerfragen sind Deine Spanier großartig, wenn Du mich nicht angelogen hast, als Du schriebst, sie zahlten die Regierungsauslagen indirekt, im Wege riesiger Lotterien, wo einige Menschen hohe Beträge gewinnen und jeder eine, wenn auch minimale, Chance hat.

Was ich sagen wollte, ist, dass ich das Café Saint-Michel wählte, wo ich so viele tausende von Malen vorübergegangen bin und dabei die Leute seit meinem achten Lebensjahr durch den Anblick meiner Beine – die Du hoffentlich hübscher als früher finden wirst – unterhalten und angeregt habe. Emile war erleichtert, weil die Freudendamen vom *Panier Fleuri* sich gleich den übrigen Gewerbetreibenden und Commerçants den Streikenden angeschlossen hatten. Ihre Managerin, Madame Mariette, die in einem lebenden Bild, das zum Unterhaltungsprogramm gehört, eine Peitsche aus Schlangenhaut schwingt, war mit vier Mädchen in gewöhnlicher Straßenkleidung im Café. Die Mädchen wirkten verlegen, im Gegensatz zu Madame Mariette, die immer im Gleichgewicht ist. Die Kleidung der Mädchen war unmodern, ich fand sogar, dass sie eine Mischung von verschiedenen Moden war, die man alle nicht mehr trägt. Sie waren auch schlecht geschminkt, und ich wunderte mich, dass sie so vollkommen ohne die geringste Koketterie waren. Elliot, ich habe sie mir bestimmt genauer angesehen als je ein Mann für zehn oder zwanzig Francs. Eine kleine Blondine mit großen Augen sah genauso aus wie die Abbildungen auf dem Umschlag der *Vie Parisienne*. Bis jetzt habe ich immer geglaubt, dass die Künstler, die fürs große Publikum zeichnen, auf den Umschlägen der Zeitschriften eine Art Karikatur anbringen. Nun glaube ich das nicht mehr.

Auf diesem einen Gebiet bist Du geradezu unfreundlich zurückhaltend gewesen. Ich weiß, Elliot, dass Du mich in eins dieser Etablissements hättest einschmuggeln können, selbstverständlich nicht in unserem Viertel, und dort hätte ich unter Deinem Schutz mit eigenen Augen sehen können, was eigentlich vorgeht. Keiner will es mir sagen. Ich war oft schon gefährlich nahe daran, Männer, die ich eigentlich gar nicht in meine Nähe lassen dürfte, nach Einzelheiten zu fragen. Wenn schließlich doch meine Neugier siegt und ich in eine peinliche Lage gerate, dann bist Du daran schuld.

Ich brauche ja gottlob nicht bis zum Äußersten zu gehen, um mich zu unterhalten. Ich weiß, dass bei mir alles so nahe der Oberfläche ist, dass ich leicht intensiv genieße. Werde ich durch Übung Kontrolle über mich gewinnen? Werde ich überhaupt jemals Übung bekommen? Übung oder irgendetwas anderes? Selbst Prostituierte können mit ihren Nachbarn zusammen in Streik treten. Was aber habe ich, was hat Mama oder der Richter, dessen zweiter Schlaganfall übrigens nicht, wie der Arzt meinte, den Tod herbeigeführt hat. Glaube bitte nicht, dass ich kein Herz habe. Ich zittere vor Mitgefühl, wenn er, was selten vorkommt, zu leiden scheint. Ich bin nur ungeduldig, wenn er nichts tut außer atmen und verdauen. Das wirkt so zwecklos und würdelos.

Hyacinthe

Elliot,

Ich bin ganz erschlagen und tief enttäuscht. Ich habe in der Lotterie nicht den Haupttreffer gewonnen. Nicht genug an diesem Schlag, der meine Eitelkeit hart traf und das bisschen Glauben an mein Schicksal noch untergrub – ich habe überhaupt nichts gewonnen, nicht einmal einen der schäbigen Zehntausender, wo man wenigstens sein Geld, bis auf die Steuern glaube ich, wiederhat.

Mein Los ist noch ganz steif und fleckenlos sauber, und darauf leuchtet noch ganz frisch die Nummer 364825. Meist habe ich mit offenen Augen nachts in der Dunkelheit dagelegen und recht herzlich zu Gott gebetet – ich weiß, dass du das nicht begreifen kannst –, er solle mir doch ein Zeichen senden. In dem wunderbaren Film von René Clair bekommt die Hauptdarstellerin die Million. Ich habe Gott gefragt, ob sie schöner oder klüger war, als ich es bin oder vielmehr sein werde, wenn ich einmal ihr Alter haben werde – sie muss übrigens schon recht alt sein. Alle Erzählungen, Bücher und Stücke, in denen Lotterien vorkamen, haben mir immer den Haupttreffer gegeben, weil ich mich immer, nur um ihn zu bekommen, gerne mit einer der Heldinnen identifiziert habe.

Diese ganze Geschichte hat mich schrecklich unglücklich gemacht, wirklich schrecklich. Da ich ja um ein Zeichen gebeten habe, kann ich das, was mir gesandt wurde, nicht übersehen – diese Niete, diese Beleidigung, diesen Verweis.

Natürlich hatte ich nicht ein ganzes, sondern nur ein Zehntellos. Ein ganzes hätte hundert Francs gekostet, und ich habe noch niemals hundert Francs besessen, Elliot – nie, in meinem ganzen Leben. Wenn Monsieur de Malancourt, der neben Dir der netteste Mensch der Welt ist, Nadia besuchen kommt, was jetzt übrigens immer seltener der Fall ist, dann bringt er immer besonders viel Geld mit; ach ja, die Männer und die Zeiten! De Malancourt freut sich, wenn er mich auf der Treppe trifft, und ich gewähre ihm diese Freude recht häufig, denn mich regt das viel mehr auf als ihn – wenn er es nur ahnte! Er gibt mir dann immer ein paar Tausend-Francsscheine in die Hand, nur so zum Spaß. Er hat sogar gesagt, ich dürfte sie behalten, aber nicht als Geschenk oder im Sinne eines Antrags, sondern lediglich, weil er weiß, dass es mir Spaß machen würde, mir damit Luftschlösser zu bauen, und dass er sie zurückbekommt, wenn die Laune verflogen ist. Aber weißt du, Elliot, ich hab's doch nicht recht gewagt.

Hätte ein anderer Mann mir etwas Derartiges angetragen, dann wüssten wir beide, Du und ich, was dies zu bedeuten hat. Aber ich versichere Dir, ich schwöre Dir, Elliot, de Malancourt handelt wirklich nur als lieber, guter Freund. Er beschränkt seinen Flirt mit mir auf das Gebiet des Scherzes und zwickt nicht, tätschelt nicht, starrt nicht und macht auch keine verstellten unanständigen Bemerkungen, um herauszubekommen, wie viel ich weiß oder vertragen kann. Er ist mit einem Wort ein Gentleman mit der richtigen Politesse française, die Du immer, und mit Recht, verspottet hast. Ich wollte, dass es mehr Leute von der Art eines de Malancourt gäbe, und dass Frankreich nicht so voll wäre von heruntergekommenen, unfähigen Familienvätern, wie sie meist bei Großpapa verkehrten und die Montherlant in seinen getreuen Schilderungen unsterblich gemacht hat.

Alle Wege führen immer wieder auf mich selbst zurück, wie Du so oft sagtest. Wenn ich von Montherlant schreibe und seinen verstaubten Junggesellen oder von Proust und seiner Odette, dann möchte ich wissen – lache nicht! –, ob man mich jemals als Figur beschreiben wird … Du bist der einzige Schriftsteller, den ich kenne, und bestimmt ein tiefer Denker und ein großes Talent, aber wer könnte auf Englisch über mich schreiben? Ich bin jetzt alt genug (sechzehn). Versprichst du mir, mich ein paar französischen Schriftstellern Deiner Bekanntschaft vorzustellen, damit ich für die Nachwelt nicht verloren bin, auch wenn ich ein unwichtiges Mitglied meiner eigenen Generation bin? Wen wollen wir nehmen? Léon-Paul Fargue nicht, denn er hat eine Mätresse, die nicht nur im Bett großartig sein muss, sondern auch wunderbar künstlerische – ich meine, wirklich komponierte – Stickereien macht.

Céline? Oh nein! Er schildert den lasterhaften Mittelstand und die niedrigeren Volksschichten und hat die Sprache eines Taxichauffeurs. Ich weiß genau, wie Chauffeure mich beschreiben würden, weil ich seit acht Jahren nur auf der Place Saint-Michel an ihnen vorbeizugehen brauchte, um ihre Bemerkungen zu hören. Ihre Stimmen tragen gut, und meine Ohren sind speziell darauf eingestellt, das zu hören, was mich angeht.

Soll ich Dir gestehen, wem ich gerne Modell säße? Philippe Soupault. Seine Erzählung über Nijinski und den Baum hat mich verfolgt, und auf dem Bild in der *Semaine Littéraire* sieht er trotz des scheußlichen Drucks gut aus. Wenn Du keine Verwendung für das weißt, wofür so viele Männer ihr Leben geben würden, dann werde ich dies aus freien Stücken Soupault anbieten, der, wenn er wirklich der Franzose ist, für den ich ihn halte, weder zaudern noch Ausflüchte machen wird. Wenn er sich dann wieder erholt hat, wird er alles beschreiben.

Hyacinthe

Es wird Jahr für Jahr dunkler

Auf der Insel Ibiza verfolgte die kleine Gruppe französischer Freunde mit mir die wachsende Korruption in dem, was die Pariser Presse brachte, und wir lasen uns gegenseitig unsere Briefe vor. Unter ihnen war auch Drieu la Rochelle, dessen *Jeune Européen* Pater Panarioux und die andern in der Caveau Bar so aufgeregt hatte.

Ich darf auch nicht Jean zu nennen vergessen, der dann später in einem Schreckensjahr ganz allein an Bord eines Zerstörers war, der im Sturm dahinraste; die ganze Mannschaft war neben ihm weggefegt worden. Ich erwähne Jean, weil er ein aus Katalonien gebürtiger Franzose war, ein zäher Bursche, der für Spanien willig kämpfte und nutzlos für Frankreich sein Leben gab.

Wir erfuhren von Japans Weigerung, ihre Truppen aus der Mandschurei zurückzuziehen, und von dem Waffenembargo, das Großbritannien daraufhin prompt über China *und* Japan verhängte.

Daladier hatte ein Kabinett aufgestellt, in dem es nur Radikalsozialisten gab, und Blum, der immer für große Gesten war, wenn damit wenig oder gar kein Risiko verbunden war, trat aus der sozialistischen Partei aus, weil die übrigen Parteiführer Daladier halfen, um nur irgendetwas aus ihm herauszuschinden.

Die Kleine Entente, die aus der Tschechoslowakei, Jugoslawien, Rumänien und Polen bestand, wurde auf französische Initiative gebildet, und mit Frankreich kam man überein, dass der Versailler Vertrag nicht revidiert werden sollte. Um Mussolinis Drohungen zu begegnen, hielt die französische Marine ihre Manöver bei Korsika ab, und Daladier besuchte diese historische Insel, um den Korsen (die ja tatsächlich fast ausnahmslos reine Italiener sind) zu versichern, dass ihr Mutterland Frankreich sie niemals im Stich lassen würde. Das hörten die Korsen gerne, weil die kräftigsten aus ihren Reihen immer in der Pariser Polizeimannschaft Aufnahme fanden, gerade so wie die Iren in Boston und New York.

Ein neuer Steuerschub gab zu Tumulten im Madeleine-Viertel Anlass; sogar auf den Stufen der berühmten katholischen Kirche, die von außen wie ein griechischer Tempel aussieht, brandeten die Wogen. Den Abgeordneten wurde es ungemütlich, und sie ließen sich, gerade noch rechtzeitig vor der Stavisky-Affäre, beim Eingang zur Kammer eine Art Blockhaus aus Zement errichten.

Stavisky war der Leiter der städtischen Leihanstalt, Mont-de-Piété, in Bayonne, nahe der spanischen Grenze. In Frankreich gab es keine privaten Versatzämter mit drei goldenen Kugeln über dem Eingang und alten Kleidern, Musikinstrumenten, Uhren, Schmuck und anderen ziemlich wertlosen Gegenständen im Fenster. Jeder Franzose oder Ausländer, dessen Papiere in Ordnung waren, und jede Frau, die eine schriftliche Erlaubnis ihres Gatten oder des männlichen Familienvorstandes vorwies, konnte bewegliche, unverderbliche Güter ins städtische Leihamt bringen. Diese wurden von Sachverständigen, die immer auf Nummer sicher gingen, geschätzt, und ein bestimmter Prozentsatz des vorsichtig geschätzten Wertes wurde dem Kunden geliehen, dieser erhielt eine Bescheinigung, die bei Auslösung des Pfandes abgegeben, andernfalls in gewissen Zeitabschnitten prolongiert werden musste.

In Amerika gehen nur Arme oder zeitweilig blanke Studenten oder Bummler, die zehn Dollars oder auch weniger brauchen, ins Pfandhaus. In Frankreich ist dies anders. Jede Kommune, mit Ausnahme kleiner Dörfer, hat ihre offizielle Pfandleihanstalt, und es wurde ins Uferlose beliehen. Jeder Mont-de-Piété hatte die Banque de France und den Kredit der Dritten Republik hinter sich. Ein unglaublich hoher Prozentsatz der Pfänder wurde nie ausgelöst, denn je höher die Beleihungssumme, desto schwerer war es ja, später das Geld dafür aufzutreiben. Über den Betrag, den man von der Pfandleihanstalt erhielt, hatte man meist schon im vorhinein disponiert, und das Geld wurde für Pelze, Abtreibungen, Spielschulden, kleine Erpresser und so weiter ausgegeben.

Stavisky, dessen Name heute auf der ganzen Welt bekannt ist, und der im Pantheon der Betrüger ganz oben steht, war ein begabter Finanzmann, es fehlten ihm nur Kapital und Kredit. Diese verschaffte er sich auf sehr schlaue Weise. Er benutzte die Wertgegenstände, die bei ihm hinterlegt worden waren und sonst sozusagen brach gelegen hätten, als Sicherheit für umfassende Privatanleihen auf eigene Rechnung. Die Bankiers und Kollegen aus der Finanzwelt ahnten wohl, woher die Dinge stammten, stellten aber keine peinlichen Fragen, da der Zustrom immer größer wurde, je schlechter die Zeiten wurden. Stavisky zahlte pünktlich hohe Zinsen, und wenn ein Kunde im Bayonner Leihamt seine weiterverliehenen Juwelen zurückhaben wollte, dann holte Stavisky sie aus der Bank.

Mit dem geliehenen Geld finanzierte Stavisky mehrere Gesellschaften und verkaufte Aktien; er türmte einen Konzern auf den anderen, bis er fast bei allen finanziellen Transaktionen in ganz Frankreich die Hände im Spiel hatte. Wenn die versetzten Gegenstände in Bayonne nicht ausreichten, um die ständig wachsenden Unternehmungen zu decken, zog Stavisky andere Pfänder heran, die in der Hand von Freunden in Orleans oder anderswo waren, bis schließlich die finanzielle Maschinerie der Dritten Republik sich drehte wie Zeiger an einer Uhr, bei der die Hauptfeder abgegangen ist.

Zu Ende des Jahres 1933 begann *L'Œuvre*, ein verhältnismäßig liberales Pariser Blatt, das Talente in der Art von Geneviève Tabouis und Georges de la Fouchardière förderte, fast jeden Tag Anschuldigungen gegen den bisher unbekannten Stavisky zu lancieren. Laut der *Œuvre* war Stavisky nicht nur selbst ein Gauner, sondern er hatte außerdem noch nahezu die gesamte Beamtenschaft der Dritten Republik korrumpiert.

Da sich zuerst niemand hierfür interessierte, fasste sich die *Œuvre* ein Herz und brachte Anklagen in schärferer Form und breiterer Aufmachung. Kurz vor Weihnachten drohten Stavisky und einige seiner Associés der Zeitung mit Verleumdungsklagen; sie wurden aber niemals eingereicht. Daraufhin fühlte sich die *Œuvre* sicherer, und bald darauf begann das schwerfällige Publikum, einen sensationellen Skandal zu wittern. Wenn alle im Jahr 1928 in den Vereinigten Staaten etwas getan hätten, von dem sie wussten, dass es nach dem Gesetz strafbar war, obgleich es auf den ersten Blick niemand zu schaden schien, dann wäre die Situation in manchem mit der Stavisky-Affäre zu vergleichen gewesen, die Wurzeln und Verzweigungen hatte in nahezu allen geschäftlichen Unternehmungen und in fast jeder wohlhabenden französischen Familie.

Im Januar 1934, dem Jahr, in dem die Blase Stavisky platzte, war Chautemps Ministerpräsident. Der Aufruhr in der Öffentlichkeit, der eine Folge der zähen Kampagne der *Œuvre* war, zwang den Ministerpräsidenten, etwas zu unternehmen. Chautemps erteilte der Polizei den Auftrag, Stavisky zu verhaften – Stavisky aber war verschwunden. Daraufhin große Debatten in der Kammer. Man braucht sie nicht erst mit *hitzig* zu bezeichnen, denn die französischen Abgeordneten konnten zu jener Zeit nicht über das Wetter reden oder *Sur le pont d'Avignon* singen, ohne tätlich zu werden. Der Handelsminister, Monsieur Dalimier, wurde beschuldigt, ein Komplize von Stavisky zu sein, aber Ministerpräsident Chautemps deckte ihn und beließ ihn noch ein paar Tage im Amt. Natürlich war auch der Ministerpräsident mit Stavisky verbandelt.

Verhältnismäßig wenige Männer des französischen öffentlichen Lebens konnten ruhig schlafen zwischen dem 5. Januar, dem Tage, an dem die offizielle Untersuchung begann, und dem 8. Januar, an dem Stavisky tot in einer Villa bei Chamonix aufgefunden wurde. Selbstverständlich lautete das Urteil des amtlichen Totenbeschauers auf *Selbstmord*, und das Geheimnis, wie und durch wessen Hand Stavisky gestorben war, wurde niemals gelüftet. Dies soll nicht als Anschuldigung gegen die *Sûreté Générale* aufgefasst werden. Jeder sein Amt ausübende Detektiv, der mit den Tatsachen in allzu nahen Kontakt gekommen wäre, hätte auf die gleiche Art *Selbstmord* verübt wie Stavisky; das heißt, er hätte zu viel gewusst, um am Leben bleiben zu können.

An eben jenem historischen Tage wurde der Bürgermeister von Bayonne, Monsieur Garat, verhaftet. Skandale und Enthüllungen überstürzten sich, und die Integrität der französischen Beamtenschaft bekam Risse wie die Oberfläche eines Lehmtümpels in der Sonne.

Dalimier trat zurück, da ihn Chautemps nicht mehr decken konnte. Deputierte und Pariser Redakteure mussten zugeben, dass ihre Kampagnen und Zeitungen alle von Stavisky finanziert worden waren. Monsieur Georges Bonnet, der demnächst als Botschafter in die Vereinigten Staaten abreisen sollte, lenkte allzu auffällig die Aufmerksamkeit auf sich, indem er übermäßig laut seine Unschuld beteuerte. Jeder Mensch in Paris wusste aber, dass, wenn Bonnet nicht schuldig war, dies nur dem Umstand zu verdanken war, dass ein schlauer Bursche wie Stavisky ihm niemals über den Weg getraut hätte. Dies hinderte jedoch Bonnet nicht daran, auf unser Außenamt und die Washingtoner Gesellschaft Eindruck zu machen.

Ein unerschrockener französischer Detektiv machte Staviskys Scheckbuch publik. Daraus ging klar und deutlich hervor, dass der wackere Monsieur Tardieu, der Günstling bei der Großindustrie und ein Eckpfeiler der Hochachtbarkeit war, hohe Beträge von der Staviskybande ausgezahlt bekommen hatte. Auch Fabre, der Direktor der *Comédie-Française*, hatte ein rundes Sümmchen eingestrichen, und dadurch konnte ihm Stavisky seine erste Schauspielerin ausspannen. Der Ackerbauminister war ebenfalls in die Sache verwickelt. Der erste Staatsanwalt Pressard wurde dabei ertappt, wie er die Untersuchungen sabotierte. Einige verspätete Selbstmorde ereigneten sich unter den Deputierten. Renault, früherer Kabinettminister, wurde vor dem versammelten Gerichtsplenum von seinen Kollegen angegriffen. Richter, Spielhöllenbesitzer, Financiers und Politiker zweiten Ranges fielen um wie die neun Kegel. Unter den unschuldigen Opfern, die betroffen wurden, befand sich auch Mademoiselle Jeanne Chautemps, die Nichte des Ministerpräsidenten. Sie rettete das Ansehen der Familie, indem sie sich das Leben nahm.

Vielleicht die weitreichendste Enthüllung bei der ganzen Stavisky-Affäre lag in der Tatsache, dass der Pfandleiher von Bayonne die radikalsozialistische Partei finanzierte, wobei ich nochmals daran erinnern möchte, dass diese weder radikal noch sozialistisch war, sondern opportunistisches Zentrum. Ob Monsieur Daladier dies wusste oder nicht, hängt davon ab, wie gut er in den Angelegenheiten seiner eigenen Partei Bescheid wusste. Wie dem auch sei, als der Brandgeruch sich verzogen hatte, wurde der Patriot Daladier zum Ministerpräsidenten ernannt, als Nachfolger von Chautemps, der nun gänzlich in Ungnade gefallen war.

Würde wohl der größte Rechts- und Gesetzesenthusiast die Pariser tadeln, wenn ich nun hinzufüge, dass diese Ernennung ihnen über die Hutschnur ging? Sie rebellierten. Die kleinen Gewerbetreibenden und Geschäftsleute, die den unteren Schichten des Mittelstandes entstammten, waren durch die Steuern verarmt, deren Einkünfte verpulvert worden waren; die Nation war durch all die Machenschaften an den Rand völligen Bankrotts getrieben worden; Angriffe und Unruhen in der Kammer waren an der Tagesordnung. Selbst Erzfeinde, wie die Royalisten der *Croix de Feu* und die Kommunisten vereinigten sich gegen die Polizei, dieses unglückselige Sinnbild korrupter Autorität.

Am 6. Februar ereignete sich der erste größere Aufstand, und es fielen einige Schüsse, die gleich anderen historisch gewordenen Schüssen auf der ganzen Welt hörbar waren, mit dem einzigen Unterschied, dass diesmal mit Hilfe der modernen Presse und des Rundfunks die Schallwellen mit Rekordgeschwindigkeit um die Erde flogen. Siebzehn Pariser starben auf dem Fleck und fünf weitere binnen kurzer Zeit, als die Polizei in den Mob hineinschoss.

Daladier trat zurück. Am gleichen Tage noch wurde Zensur eingeführt, und die schon an sich unbedeutenden Zeitungen sanken zu wahren Schatten ihrer selbst herab. Die nationalen Gewerkschaften riefen zum Generalstreik auf, und die Schuld an diesem wurde auf die Kommunisten abgewälzt. In Herriots Heimat Lyon gab es Unruhen. Ehemalige Frontkämpfer schlossen sich den empörten Bürgern an, Seite an Seite mit den Royalisten und Kommunisten gegen die sogenannte Regierung.

Der alte Papa Doumergue, der die Nationalhymne nicht erkannte, wenn sie gespielt wurde, ward dazu ausersehen, Frankreich zu retten. Er bildete ein Kabinett, das aus sechs ehemaligen Ministerpräsidenten bestand und ein Vertrauensvotum von allen Parteien mit Ausnahme der Sozialisten erhielt, die in der Tonleiter der parlamentarischen Anschauungen gleich nach den Radikalsozialisten kamen.

Um die Aufrührer zu besänftigen, erklärte Doumergue, dass ihre »Rädelsführer« nicht verhaftet werden würden. Die *Comédie-*

Française kam bei der Aufstellung der Nationalen Einheitsfront mit einem blauen Auge davon, indem sie ein gewisses Stück, *Coriolanus* genannt, absetzte, in dem das parlamentarische Verfahren verulkt wird, und, bei meinem Ehrenwort! an dessen Stelle Molières *Malade Imaginaire* setzte. Fünfundsiebzig Prozent der französischen Arbeiter befolgten die Streikaufforderung als eine »Warnung an die Faschisten«. In Rom hielt Mussolini eine Ansprache, in der er ausführte, dass die Unruhen in Frankreich ein Beweis für die Notwendigkeit faschistischer Disziplin seien.

Noch atmete Frankreich, aber schon kreisten die Geier am schwarzgrauen Himmel.

Ein Kapitel über Gastlichkeit

Der Nachtzug von Barcelona, über Cerbère und Perpignan, traf in Paris ungefähr um neun Uhr früh ein. Das hinderte mich nicht, bereits um vier Uhr aufzuwachen und mich in meinem unteren Schlafwagenbett so lautlos wie möglich anzukleiden. Nach der Erfahrung, die ich in der vorhergehenden Nacht gemacht hatte, als der Zug in Narbonne stehen blieb, fühlte ich mich veranlasst, meinen Reisegefährten womöglich nicht zu stören und den Vorhang am Fenster nicht hinaufzuziehen.

Der Express war auf der ganzen Fahrt gesteckt voll gewesen, und auf dem langen Weg von der katalanischen Hauptstadt über die Grenze nach Frankreich hatte ich es als Glückstreffer empfunden, ein Abteil für mich allein zu haben. In Narbonne erwachte ich von einem Stimmengewirr gerade vor meiner Tür. Eine der Stimmen war gedämpft und klang entschuldigend. Die andere Stimme gehörte einer wohl nicht mehr jungen Französin und klang sehr kräftig; sie erhob sich wie zum Protest und muss hart und unnachgiebig auch in freundlichen Lebenslagen gewesen sein.

»Es gibt keine andere obere Bettstelle als diese«, sagte der Schaffner, und ich hätte schwören können, dass er dies der betreffenden Person schon wiederholt gesagt hatte.

»Impossible!«, sagte die Frau. »Wie viel muss ich draufzahlen für die untere?«

»Es ist wirklich keine untere frei.«

»Eine andere nehme ich nicht«, sagte die Dame, und in der darauffolgenden kaum sekundenlangen Pause fühlte man, wie der Schaffner mit den Achseln zuckte. Wenn sie die ganze Nacht im zugigen Gang zubringen wollte, bitte, das war ihre Sache.

»Mais, Monsieur, es ist doch ein Herr drinnen.« Die Dame gab nicht nach.

»Ça ne fait rien, Madame. C'est un Anglais«, beruhigte sie der Schaffner.

Ich freute mich nicht sehr, gerade damals als Engländer etikettiert zu werden, denn ich hatte in Spanien einige recht üble Exemplare angetroffen; Männer mit ihren schlecht gelaunten, knochigen Gattinnen, die für eine Art habsburgische Monarchie unter einer britischen Königin ein Faible zeigten. Die Leute sprachen von den Republikanern in so verletzenden Tönen, dass Georg III. sie nicht hätte überbieten können.

Andererseits war mir auch nicht klar, wie die wohlgemeinte Bemerkung des Schaffners aufzufassen sei; ob nämlich eine Art Sir Galahad durch meine raue Schale durchschimmerte, die bei dem Franzosen Ehrfurcht und Bewunderung weckte, oder ob er die Angelsachsen für eine minderwertige, wenig unternehmungslustige Rasse hielt, von der eine Frau in heikler Lage wenig oder gar nichts zu fürchten hatte. Jedenfalls beschloss die Frau, das Risiko meiner Gesellschaft auf sich zu nehmen, und schlief bei Tagesanbruch tief, während ich mich mühsam anzog.

Meine Augen brannten und meine Haut war ganz rau vom Ruß. In der Herrentoilette rann kein Wasser, es tröpfelte nicht einmal aus dem Hahn. Die kalte Luft blies mir in den Hals und die Ärmel hinein und die Hosenbeine hinauf. Ich zitterte vor

Kälte. Meine Zähne klapperten. Keine Aussicht auf ein Frühstück, ja nicht einmal einen Kaffee in den nächsten Stunden. Dennoch kribbelte alles in mir, und die Aufregung nahm mir fast den Atem, weil draußen, in Dunkelheit und Nebel, unsichtbar die wohlbekannte französische Landschaft vorüberrollte. Als sich die erste Morgenröte am östlichen Himmel zeigte, konnte ich die Silhouetten der Bäume in den Alleen an der weißen Landstraße unterscheiden, weißgekalkte Häuser mit roten Ziegeldächern, riesige Heuschober und eingefriedete Gärtchen, in denen noch Rosenkohl wuchs.

Als wir durch die Vororte von Paris fuhren, strengte ich meine Augen an, um nur ja nichts zu übersehen. Die Leute, die mit ihren Monatskarten täglich aus- und einfuhren, strömten in Scharen zu den Lokalzügen; Jalousien wurden hochgezogen; auf den holprigen Straßen begann sich das Verkehrsleben zu entwickeln. Verschlafene Dienstmädchen, Fabrikarbeiter und -arbeiterinnen, Büroangestellte, Bäckerburschen und Milchmädchen machten sich langsam an die Arbeit. In den Cafés scharten sich die Gäste um den Schanktisch, um ihr bescheidenes Frühstück, bestehend aus Kaffee und Hörnchen zu bekommen. Es war mir zumute, als sei ich nur ein Geist, und zugleich schien es mir, als blickte jeder auf mich. All diese Menschen standen mir nahe, ich aber war ihnen fremd. Am liebsten wäre ich aus dem Zug gesprungen und hätte ihnen allen die Hand geschüttelt, und dabei wusste ich, dass mich dann alle für närrisch gehalten hätten. Ich war in gehobener Stimmung und zugleich tief bedrückt. Wohin ich auch sah, bemerkte ich eine gewisse Verbissenheit, ein herabgemindertes Tempo, ein gereiztes Benehmen, das ich in Frankreich nicht kannte. Täglich hatte ich in der Zeitung von Frankreichs Prüfungen und Demütigungen gelesen, von der Habgier seiner Parteiführer, den vergeblichen Protesten des Volkes, der unverschämten Anmaßung seiner Feinde, der Dummheit seiner Verbündeten. Und dennoch war ich außer mir, als ich die Resultate von all dem vor mir sah, gerade so wie man zurückschreckt und versucht, seine Bestürzung zu verbergen, wenn man einem Freund begegnet, der krank gewesen ist oder den irgendein schweres Leid getroffen hat.

Niemand holte mich an der Gare d'Orléans ab, da niemand von meiner Ankunft wusste. Wenn das Hôtel du Caveau nicht in andere Hände übergegangen wäre, dann wäre ich, ohne mich auch nur zu besinnen, sofort hingefahren; so aber fühlte ich mich unsicher und wollte vorsichtig sein. Ich gab mein Gepäck in der Gepäckaufbewahrung ab und nahm auf der Place Saint-Michel ein Taxi; jedes Mal wenn der Taxameter einen Sprung machte, und jedes Mal, wenn wir aufflogen bei der Fahrt über das verwahrloste Pflaster, schlug mein Herz schneller. Ich konnte mich kaum sehen lassen, so ungepflegt sah ich nach der Reise aus – mit leeren Händen kam ich an und hatte keinerlei Pläne für den Vormittag.

Mir fielen die Fledermäuse ein, die bei Morgengrauen und in der Dämmerung im Zickzackflug durch die Rue de la Huchette huschten; ob sie wohl noch immer umherirrten, wie arme Seelen, die zu Qual und Friedlosigkeit verdammt sind, nicht Ruhe noch Rast finden? Es war schon zu spät am Tage für sie, aber ich bildete mir ein, sie müssten noch da sein, irgendwo in einer Fensternische oder Dachtraufe versteckt. An die Männer, Frauen und Kinder wagte ich gar nicht zu denken, ehe ich nicht wusste, dass sie alle dort waren, wo sie hingehörten.

Das Taxi blieb vor dem Restaurant Rouzier stehen, gegenüber der Stelle des Platzes, wo meine Straße einmündete. Ich stieg aus, bezahlte den Fahrer und blieb unschlüssig auf dem Trottoir stehen, während er davonfuhr. Da erblickte ich das Arbeitstier Eugénie mit ihrem grauen Haar. Sie stand im rückwärtigen Teil der Terrasse des Café Saint-Michel und drehte sich rasch um, wohl darum, weil Madame Trévises scharfe Stimme sie zu ihrer Arbeit zurückrief. Ich ging zum internationalen Zeitungsstand hinüber; der Mann zog die *L'Œuvre* heraus und reichte sie mir zerstreut. Zuerst war ich etwas überrascht, dann erleichtert. Der

Mann hatte mich erkannt, es war ihm aber nicht klar, dass ich fortgewesen war. Als ich ihm aber den gewohnten Preis für die Zeitung zahlte, sagte er mir, dass die Banditen jetzt fünfzig Centimes verlangten. Viele seiner Kunden irrten sich offenbar aus Gewohnheit.

Als ich ein paar Schritte an der Seine entlanggegangen und beim Stand des Kastanienverkäufers angelangt war, packte mich wieder das Staunen. Mein Freund von der Loire war nicht mehr da, aber die Preiszettel auf den grünlichen Portugaises und den flachen grauen Marennes-Austern, die solch unbeschreiblich feinen Geschmack hatten, würden vor ein paar Jahren eine Verkehrsstockung verursacht haben. Ich war noch kaum einen halben Tag wieder in Paris, als mir bereits vollkommen klar war, dass infolge der jüngsten Ereignisse die Reichen noch reicher und die Armen noch weit ärmer geworden waren.

An jenem Morgen ging ich vom westlichen Ende, dem Tor Saint-Michel, in meine Straße. Die streitbare Hausbesorgerin von No. 32 fluchte vor sich hin, indem sie versuchte, ein drastisches politisches Schlagwort wegzuwischen, das man mit Kreide auf die Mauer geschmiert hatte. Der Verlag von No. 30 sah aus, als sei das Geschäft geschlossen, die gleichen verstaubten Bücher lagen noch in der Auslage. Wer las wohl diese Bücher: *L'attitude du croyant envers l'immodestie*, *La vérité sur l'Église en Espagne*, usw., usf. – wie oft habe ich mich dies gefragt!

Maurice war mit seinem Bottich zur Seine gegangen, um Wasser für seine exotischen Fische zu holen; er behauptete immer, sie fühlten sich in Flusswasser wohler als in dem Wasser aus der Pariser Wasserleitung.

Um diese Zeit war Bernice allein im Musikgeschäft. Sie stand immer zeitig auf, fegte den Laden und staubte die Stellagen und Instrumente ab, ehe sie für Gion das Frühstück machte und ihn aus dem Morgenschlaf weckte. Während ich fort war, hatte sich eine Freundschaft entwickelt zwischen der blassen Bernice und Panachés gleichfalls unterdrückter Mätresse. Die beiden Männer, die einander gerne mochten, so weit sie überhaupt imstande waren, irgendein Mitglied der menschlichen Rasse gerne zu haben, verboten ihren Mädchen, miteinander zu sprechen, außer *Bonjour* oder *Bonsoir*, weil sie fürchteten, dass Bernice und Louise, wenn sie Gelegenheit fänden, ihre Erfahrungen auszutauschen, ein gemeinsames Terrain für ihre Klagen finden könnten.

Monsieur Dominique saß an seinem papierbedeckten Schreibtisch und betrachtete eine Marke durch seine Lupe; ich kam also unbemerkt an No. 24 vorbei. Die Besitzerin der Putzerei und Färberei, Madame Joli, die aussah wie eine Lesbierin und ihren kleinen Gatten *Mon Trésor* nannte, grüßte zerstreut. Ich hatte sie nur selten gesehen, sie konnte mich also nicht vermisst haben.

Da es ein Montag war, hatten Julien und Madame Julien die Jalousien im Rasierladen nicht hinaufgezogen. Montag war der einzige Tag der ganzen Woche, an dem sie beide zugleich im Bett liegen konnten und zwar nur deshalb, weil Julien nach seinem gewohnten morgendlichen Gang zur Markthalle nach Hause kam, sich auszog und gerade zu der Zeit, als seine hübsche Frau erwachte, wieder ins Bett kroch.

Drüben auf der anderen Straßenseite sah ich im Spezereigeschäft einen Augenblick die junge Madame Corre, das heimwehkranke blasse Ding aus der Bourgogne.

Die Frau des Kohlenausträgers André, die blauäugige Alice, hatte alle Hände voll zu tun, um am Ladentisch die Kutscher zu bedienen. Der Schneider Saint-Aulaire war in die Lektüre der *Action Française* und ihrer Tiraden gegen den drohenden Kommunismus vertieft.

In No. 18, dem Hôtel Normandie, sah die Jüdin Sara gerade von ihrem Hauptbuch durchs Fenster, als ich vorüberging. Als sie mich erkannte, blitzte es in ihren warmen braunen Augen auf, und ihre Züge entspannten sich zu einem lächelnden Gruß, wobei ihr Gesicht jedoch den ursprünglichen Ernst, der ihm eigen war, beibehielt.

»Monsieur Paul!«, sagte sie und streckte mir die Hand hin.

»Madame Sara!«, erwiderte ich.

Als sie dann nach der Cognacflasche langte und zwei winzige Gläschen hinstellte, fühlte ich mich plötzlich zu Hause. Kaum jemals, nur wenn ein betrunkener Gast sie dazu aufforderte, stieß Sara mit jemandem an. Wir sprachen nicht viel von Spanien, wo die Feinde der Republik wieder Oberwasser hatten. Für eine viel beschäftigte Frau mit sanften Augen und schönem Décolleté, die nur ein Ghetto kennt, eine Waffenfabrik, ein Bürgermeisteramt (wo sie getraut wurde) und ein drittklassiges Hotel mit Wanzen und modernem Komfort, ist es schwer, sich ein klares Bild über ferne Länder zu machen. Aber ich fühlte, als wir beisammen saßen und plauderten und tranken, dass Sara glücklicher war als seit Jahren; bald darauf kam auch Guy herein, im Gehen die Hosen zuknöpfend, mit vom Schlaf noch ganz wirrem Haar und küsste seine Frau auf die Wange, während sie ihm ein Gläschen Cognac einschenkte, damit er an unserem kleinen Fest teilnehmen konnte.

In all den Jahren, in denen Guy Sara vernachlässigt und ihr zu viel Arbeit zugemutet hatte, konzentrierte er seine höheren Fähigkeiten auf ein humanitäres Steckenpferd. Er wurde zu einem rabiaten Anti-Antisemiten und zu einem Fresser der Judenfresser. Die jüngsten Nachrichten über die deutschen Pogrome hatten Guy derart in Harnisch gebracht, dass er schließlich, wenn auch reichlich spät, entdeckte, dass seine jüdische Frau ein Engel war und gehätschelt und geliebt zu werden verdiente. Von jenem Novembermorgen an rechnete ich Guy zu meinen wirklichen Freunden. Liebe marschiert weiter.

Im Handumdrehen war ich von Milka, Pierre, Georges, dem Garçon vom Caveau, Monge und Frémont (der gerade seinen freien Tag hatte), dem Zuhälter Robert und Madame Absalom umringt. Am Nachmittag erschien wie durch ein Wunder plötzlich auch Hortense, die ein wenig grau geworden war, in dem kleinen, bereits vollkommen überfüllten Café, dann Noël, hagerer denn je, der *Gueule cassée* Lanier, Flammarion vom Poste de Police, die Griechin Mary, die noch immer lieblicher als die Mona Lisa war, aber furchtbar arm dran mit ihren Kleidern, und der schüchterne Jean, der Sozialist aus dem Milchgeschäft. Irgendjemand war zu No. 5 hinübergegangen – an jenem ersten Tag kam ich nicht weiter als No. 18 – und holte Léonards Ziehharmonika einfach aus seinem Zimmer, damit ich darauf spielen sollte. Und der ganze Tag war von Musik erfüllt; wir vergaßen fast alle zu Mittag zu essen und aßen erst spät Zwiebelsuppe und Wurst mit Sauerkraut. Irgendwie geschah es, ich weiß nicht recht wie, dass ich mir die Zeit zu ein paar Tanzrunden auf dem Bal de Saint-Séverin nahm und meinem Musikkollegen Robert (seinen anderen Beruf ignorierte ich) das Spielen von *España Cani* und einem spanischen Matrosenlied *No Te Vayas* beibrachte. Natürlich konnten wir auch Madame Mariette und Mireille nicht übergehen, geschweige denn Armandine und die kleine Daisy, die ja alle das Geschäft nicht im Stich lassen konnten.

Gearbeitet und Geschäfte gemacht wurde herzlich wenig an jenem Tag in der Rue de la Huchette, aber das Geld kursierte frisch und froh von einem zum anderen, und jeder zahlte je nach seinen Mitteln und bekam, was er wollte. Am nächsten Morgen erwachte ich in einem der beiden Vorderzimmer im ersten Stock des Hôtel Normandie, die gewöhnlich für eilige Liebespärchen reserviert wurden. Als sich meine Augen an das Halbdunkel gewöhnt hatten, begann ich die Umrisse eines blendend weißen Bidets zu unterscheiden, und dann blieb mein Blick auf einem Stück Tapete mit Quallen oder Chrysanthemen haften. Als Pierre mir von den Wanzen schrieb, unterschlug er die Hälfte. Aber ich konnte mich darüber nicht beklagen, denn Sara berechnete für das Nachtquartier und meine Beförderung auf Guys Rücken vom Hinterzimmer die Treppen hinauf und ins Bett nicht einen einzigen Franc.

Der einarmige Garçon Louis, der am Abend *Zoum La La*, *Auprès de ma Blonde*, *Les Montagnards*, *Aubreville*, *Mon Lazare* und andere französische Lieder und Balladen gesungen hatte, war zwei Stunden vor mir gegangen. Weder er noch irgendjemand anderer fand etwas Besonderes daran, dass ich die ganze Reise von Spanien her ohne Gepäck gemacht hatte. Louis hatte auf Reisen selbst immer sehr leichtes Gepäck, falls er je einmal reiste. Als er mir jedoch antrug, mir ein Hemd zu kaufen, da fielen mir wieder mein Handkoffer, die Schreibmaschine und mein Segeltuchsack ein, die noch auf der Gare d'Orléans standen, und ich bat ihn, mir die Sachen zu holen.

Mein Problem bestand darin, in meine Kleider zu kommen, ohne dass mein Kopf allzu weit vornüber fiel, und ein Quartier zu finden, ehe er wieder da war. Für Handkoffer und Schreibmaschine fürchtete ich nichts – da konnten die Wanzen nicht hinein, wenn ich sie nicht öffnete, aber der Segeltuchsack war durchlässig. Georges, der Serbe, hatte mir gesagt, dass das Caveau ohne Monsieur Julliard für mich gar nicht in Frage käme. Eine Frauensperson mit ihrem erwachsenen Sohn, der Violine lernte, wohnten in meinem Zimmer mit dem Ofen.

In No. 8 war das Dachzimmer neben dem Satyr frei. Ich mietete es, und beim Auspacken meiner Sachen fiel mein Blick durch das offene Fenster. Da standen die beiden alten Jungfern aus dem Elsass drüben in No. 7 und guckten hinter den Spitzenvorhängen am Fenster hervor, während sie einander eifrig zunickten. Niemals werde ich den Anblick dieser beiden vergessen, an die ich jahrelang belustigt gedacht hatte. Als ich das erste Mal im Jahre 1923 in die Rue de la Huchette kam, waren eigentlich Elvira und Roberta noch gar keine alten Jungfern. Sie lebten nur so übermäßig zurückgezogen, weil sie fürchteten, sonst von ihrem Tyrannen, dem Oberst, entlassen zu werden.

Am Tage nach meiner Rückkehr ließen wir es uns alle gut gehen. Ich ging mit Pierre Vautier zu Fuß den ganzen langen Weg bis Notre-Dame de Lorette, wo es in der Nähe ein Nationalmuseum gibt, das Gustave Moreau Frankreich gestiftet hat. Das Museum enthält Moreaus eigene Werke – je weniger man darüber sagt, desto besser, mit Ausnahme einiger erwähnenswerter Mappen mit Tierzeichnungen. Der Kustos oder Museumsdirektor war Georges Rouault, einer der begabtesten modernen französischen Maler, der ein minimales Gehalt dafür bezog, dass er Moreaus wertlose Schinken hütete, womit er sein Leben fristete und dabei selbst die herrlichsten Werke malte. Rouault war ein Meister der Gouache, einer Art Aquarellmalerei, der er eine Kraft zu geben verstand wie noch keiner vor ihm. Er arbeitete im Museum, weil nie jemand hinkam, außer durch Zufall oder um ihn zu besuchen.

Im Gehen sprachen Pierre und ich über Laval und Flandin. Flandin war der prononcierteste Nazi unter den französischen Politikern, ein Mann, der die Arbeiter derart hasste, dass er blass wurde, wenn er nur einen aus der Ferne sah. Als Papa Doumergue, der letzte Schwindler in Frankreich, der ernannt wurde, um sein Land zu retten, als das Volk gegen Stavisky und Daladier Aufruhr machte, wegen eines Punktes im Budget, der hauptsächlich die kleinen Staatsbeamten betraf, umfiel, wurde Flandin Ministerpräsident. Dies war eine Art politischer Unglücksfall, wie er in Demokratien häufig passiert. Die französischen Politiker der konservativen Richtung hatten Angst, dass ein Linker kommen könnte, und begannen die soziale Gerechtigkeit im Munde zu führen und gegen Monopole Stellung zu nehmen. Die Parteiführer der Linken, besonders Blum und Daladier, fürchteten einander.

Was immer der Hintergrund auch war, so kam Flandin jedenfalls gerade recht, um Pétain zum »permanenten« Mitglied im höchsten Wehrmachtsrat zu ernennen. Die moderne Linie, die in der Person des hochbegabten Offiziers Charles de Gaulle verkörpert war, wurde begraben. Laval wurde sofort zu Mussolini gesandt, um ihm jegliche Hilfe und Erleichterung für seine Invasion in Abessinien zuzusichern. Hätte Stavisky noch gelebt, wäre dies wohl nicht geschehen, denn der Financier aus Bayonne hatte einen großen Fond aufgebaut, um Haile Selassies Widerstand zu stützen.

Laval bewunderte Mussolini aus ganzer Seele, und Il Duce wusste es so einzurichten, dass Laval vor Hitler Gnade fand. Bei dem erwähnten Besuch versprach Laval einen Streifen des französischen Kolonialgebietes in Afrika und einen Anteil an der französischen Eisenbahn von Abessinien nach Französisch Somaliland.

Im gleichen Geist sandten Flandin und Laval eine französische Handelskommission, um mit den Japsen in Mandschukuo Geschäfte abzuschließen. Unterdessen legte die Armee de Gaulle und all denen, die gleich ihm für bewegliche Kriegführung eintraten, weil sie nicht länger mit den Händen im Schoß hinter der Maginotlinie sitzen wollten, den Maulkorb an, bis schließlich Hitler der erleuchtende Gedanke kam, um das Ende des Walles herumzugehen.

Couragierter Entschluss

Als die zweite Republik in Frankreich von den Vorfahren der gleichen Großindustriellen und Bankiers, die als Staffage figurierten, um der Masse vorzumachen, dass es eine Regierung gäbe, verstümmelt wurde, erklärte Victor Hugo von den Barrikaden herab, dass er nur zur Hälfte am Kampf teilnehmen könne. Sein Gewissen erlaube ihm nur, seine eigene Person dem Tod auszusetzen, nicht aber, seine Feinde zu töten. Demzufolge ging er unbewaffnet auf die Schanze.

Als ich an jenem Tage im Jahr 1934 mit Pierre Vautier durch die Stadt ging, die wir beide so liebten, fühlte ich, dass er sich in einer ganz ähnlichen schwierigen Lage befand.

»Ich verachte alle Schwindler und ihre Kunststücke, darin gehe ich vollkommen einig mit den Kameraden«, meinte er. »Ich akzeptiere die Logik im Marx'schen Sozialismus. Warum kann ich dann nicht Hoffnung und Realität unter einen Hut bringen?«

Eine der Pflichten, die Pierre als Kommunist auferlegt wurden, war nachmittägige Zusammenkünfte in Fabrikhöfen und nahen Cafés zu veranstalten. Er war nicht mehr der verwirrte Knabe von zwanzig Jahren, den der Vater mit dem Regenschirm geschlagen hatte, sondern ein ernster Mann von einunddreißig. Er sprach öffentlich gut, aber völlig leidenschaftslos; mit ruhiger Stimme gab er die stichhaltigen Gründe an, die ihn dazu veranlassten, von den Arbeitern bestimmte Dinge zu fordern, aber er war dabei nicht überzeugt, dass die Mehrzahl seiner Zuhörer ihm auch folgte. Die Männer, die er vergeblich zu organisieren, denen er zu helfen versuchte, mussten Ungerechtigkeiten erdulden und wurden wie eine Herde zu Fron und Schlachtbank gejagt. Das war ihm klar. Unterdessen stützten Laval und Sir Samuel Hoare Mussolini und verrieten Abessinien – alles im Namen der Klasse, die von Geburt an fest organisiert war und über Mittel und Waffen verfügte. Das Gefühl der Zwecklosigkeit seines Tuns verzehrte Pierre wie eine ekelhafte, unverschuldete Krankheit. Er war vielfach schwach gewesen, aber in seinem Intellekt glühte es wie ein Nachtlämpchen in der Krankenstube seiner Seele. Er sehnte sich nach Protesthandlungen wie ein Süchtiger nach seinen Drogen, obgleich er wusste, dass sie ihm kein Heil bringen und die Gesellschaft nicht voranbringen würden.

Beim Abendessen sprachen wir mit Milka, die bestellte und aß, was sie brauchte, nicht mehr und nicht weniger, und sich in ihrer Sphäre prägnanter revolutionärer Erfahrungen sicher und heiter wie immer bewegte. Es wäre ihr nicht eingefallen, zögernd oder zweifelnd nach der anderen Seite zu schielen, genausowenig, wie ein Rennfahrer bei einer Kurve aufsieht, um auf feindselige Zuschauer in der Menge hinzuschielen. Das Mädchen, das ich als Studentin kennen gelernt hatte, war eine Frau von fünfunddreißig Jahren geworden, in schlichter Kleidung, eine außerordentlich lebendige Frau, die mehr Ausdauer als Fanatismus zeigte. Ihr Vater hatte in Zagreb als Revolutionär gelebt, und die Polizei hatte stets einen Blick auf ihn. Er war von Beruf Goldschmied und hatte offenbar die gleiche praktische Veranlagung wie Milka, denn er hatte sein Gewerbe eigens gewählt, weil es sich am besten für seine politische Tätigkeit eignete. Goldschmiede wurden hoch bezahlt; er brauchte also nur wenige Stunden in der Woche zu arbeiten, um leben und seine Familie erhalten zu können. Die restliche Zeit widmete er der arbeitenden Klasse der ganzen Welt.

Als Milka siebzehn Jahre alt war, in ihrer offenen Art eine hübsche Erscheinung, schickte der Vater sie einmal zum Zahnarzt. Es gab damals in Zagreb keine Zahnärzte, die zugleich Revolutionäre waren, so dass er sie zu einem Reaktionär gehen lassen musste, der einen erstklassigen Ruf genoss. Der Zahnarzt verliebte sich in Milka, und eines Tages, als die Zahnbehandlung zu Ende war, machte er ihr einen klaren Vorschlag: entweder sollte sie seine Mätresse werden oder er würde ihren Vater bei der gefürchteten Polizei denunzieren. Auf diese Weise wurde sie vor ihre erste große Entscheidung gestellt, und sie beschloss wie die Heilige Maria von Ägypten, dass die Unberührtheit ihres Körpers nicht so wichtig war, wie den Vater zu retten.

Ich konnte mir Milka so gut vorstellen, wie sie ihren ekligen Kontrakt einhielt mit einer Verachtung, die sie nur dank der Dummheit ihres Erpressers verbergen konnte. Nach drei Jahren wurde der Zahnarzt ihrer aber müde, er hatte vielleicht auch eine andere reizvolle junge Patientin gefunden – er denunzierte also alle beide, Vater und Tochter. Der Vater wurde verhaftet und starb, ohne die Namen seiner Kameraden preiszugeben, obgleich ihm ein Holzkeil mit einem Hammer langsam ins Rektum getrieben wurde, wobei nach jedem Schlag gewartet wurde, um ihm die Möglichkeit zu geben, seine Meinung zu ändern. Milka entfloh und kam ohne Geld und ohne Freunde auf irgendeine Art nach Frankreich. Von Chambéry aus konnte sie sich mit den revolutionären Kollegen ihres Vaters in Verbindung setzen, deren Leben er gerettet hatte, indem er sich langsam in der Mitte spalten ließ; sie ließen sie bei der Sorbonne immatrikulieren und sandten ihr eine bescheidene monatliche Unterstützung, mit der sie die Familientradition aufrechterhalten sollte.

Nie zuvor hatte sie mir von ihrer Vergangenheit erzählt, erst an jenem Abend *chez Daniel*. Nicht einmal da zog sie ihre graue Jacke aus, um mir etwas zu zeigen, was Pierre bemerkt haben musste, aber nie erwähnt hatte, nämlich eine böse Brandnarbe unter ihrem linken Arm, wo die Polizei eine glühende Kohle aufgelegt und so lange dort gelassen hatte, bis sie in ihrem Blut verlöschte. Und erst viel später erfuhr ich, dass Milka, nachdem sie zugleich mit ihrem Vater verhaftet worden war, sich ihre Sicherheit erkaufen musste, indem sie sich einem Menschen hingab, dessen Onkel am Hof des alten Franz Joseph, Milkas Herrscher und Beschützer des Glaubens, Einfluss hatte.

Milka hat, als sie zweiundvierzig Jahre alt war, unter den Zuschauerbänken im Pariser Stadion, das zuerst Ministerpräsident Daladier und nach ihm Reynaud und Hitler als Konzentrationslager benutzten, ein namenlos elendes Dasein gefristet; sie wurde von allen, die mit ihr in dem zu Tode erschöpften Lande gefangen saßen, als Felsen betrachtet; ihrer seelischen Kraft war es zu danken, dass die anderen nicht der Verzweiflung anheimfielen, ihr, die seit sie im Lager war, genau 25 Kilo ihrer ursprünglichen 70 Kilo verloren hatte. Sollte sich der Leser darüber wundern, dass sie so hoch gehalten wird, so wird er zumindest zugeben müssen, dass sie ein edles Reis an einem braven alten Stamm war und einen harten Weg hinter sich hat. Am 12. September 1941 ist Milka Petrovna an der Ruhr gestorben.

An jenem bewussten Abend hatte ich Gelegenheit, Madame Berthes jungen Gatten einen Augenblick zu treffen. Er sah nett aus, wirkte energisch, war im ganzen Viertel gerne gesehen und ein guter Liebhaber. Als wir gerade beim Essen waren, kam Berthe herein, noch immer schwarz gekleidet, aber glückstrahlend; sie blieb in der Tür stehen und lächelte Daniel an, der ihr respektvoll zuerst auf die eine ihrer weichen Wangen, dann auf die zweite einen Kuss gab. Es war genauso, wie Hortense es mir geschrieben hatte: die Falten in ihrem Gesicht waren alle verschwunden, mit Ausnahme der reizvollen Krähenfüßchen in den

Augenwinkeln. Ich ging rasch auf sie zu, und Daniel sah ganz selig aus, als ich sie auch auf beide Wangen küsste und ihr sagte, wie ich mich darüber freute, dass es noch jemanden gab, der glücklich war und dass sie die Erwählte war.

Sie ging wohl allzu sehr in ihrer ersten großen Liebe auf, um sich bewusst zu werden, was Monsieur Henri durch ihre Spätsommeridylle gelitten hatte. Henri wäre darauf eingegangen, mit Daniel als Partner das Hôtel du Caveau zu führen, als er bemerkte, wie sich die Dinge zwischen seiner blind verliebten Schwägerin und dem hübschen jungen Boxer entwickelten. Das wollte aber Daniel nicht. Mit der ganzen Arroganz der Jugend betrachtete er Monsieur Henri als einen komischen, altmodischen Menschen, weil er nicht energisch die Rechnungen eintrieb und die Preise nicht im Verhältnis zum Francsturz erhöhte. Anstatt des traditionellen französischen Menüs, bestehend aus Hors d'Œuvres, Suppe, Fisch, Fleisch, Gemüse, Salat, Käse, Nachspeise und Kaffee, das Henri Julliard so sehr am Herzen lag, servierte Daniel modernere Speisen nach dalmatinischer Art, in Gestalt von Fleisch, Kartoffelmus und Sauer- und Süßkraut, alles in der gleichen Schüssel angerichtet, wobei er Geschirr und Personal sparte und dabei ebenso viel Essen in kürzerer Zeit abgeben konnte.

Weder Daniel noch Berthe machten sich Sorgen wegen Abessinien – auch nicht wegen Frankreich. Sie gingen vollkommen ineinander und in ihrem einträglichen Restaurantgeschäft auf, das weit über alle Erwartung hinaus florierte. Berthe wurde wohl die Zeit lang von sechs Uhr morgens, wo Daniel auf den Markt ging, bis zwei Uhr früh, wo er höchst angeregt nach der Sperrstunde heimkam. Er schlief natürlich seine vier Stunden am Nachmittag und überließ das Geschäft der Obhut der Kassiererin, der frommen Madame Claire, die Monsieur Henri und der amerikanische Journalist rehabilitiert hatten. Claire hatte sich zu einer erstklassigen Geschäftsfrau entwickelt, und nachdem der Amerikaner sie verlassen hatte, um einen Posten in

Detroit anzutreten, hatte sie eine Beziehung angeknüpft mit Dr. Alphonse Clouet, dem Arzt aus der Nachbarschaft. Sie wollten später einmal heiraten, wenn sie es sich leisten konnten, etwas Land zu kaufen und Kaninchen und Geflügel zu züchten. Unterdessen häufte der Doktor, der nichts zu tun hatte, eine Unmenge Prospekte in seinem Sprechzimmer an, über Fallnester, wieselsichere Kaninchenställe und eine Art *amerikanisches Heim*, das auf der Kolonialausstellung zu sehen gewesen war; man konnte es transportieren, es war leicht aufzustellen und konnte verschifft werden zu einem Preis von lediglich 50.000 Francs. Der Doktor besaß französische Aktien im Wert von etwa 4.000 Francs, und Claire sparte von ihren dreißig Francs Gehalt täglich fünfundzwanzig, da sie bei Daniel freie Verpflegung hatte und der Doktor ein bequemes Doppelbett.

Während also Flandin, Laval, Bonnet und all die anderen das Land unter den Füßen der Bewohner verschacherten, machten viele Menschen in Frankreich Pläne für eine Zukunft, die jenen Zukunftsbildern ähnelte, die sie gekannt hatten.

Als ich gegen drei Uhr früh in mein Dachzimmer in No. 8 zurückkehrte, öffnete l'Alouette – dies war die stattliche Concierge – ihre Wohnungstür, nachdem sie mich durch Herabdrücken eines Knopfes, der zur Kontrolle diente, beim Haustor eingelassen hatte, und stand ungeniert vor mir in ihrem Flanellnachthemd, die bloßen Füße auf den steinernen Fliesen, um mir mit einem listigen, verschlafenen Lächeln einen Brief zu übergeben, der verführerisch nach Moschus oder irgendeinem anderen feinen Parfüm duftete. Sie wurde *Lerche* genannt, weil sie, während sie ihres Pförtneramtes waltete, mit schallender, metallischer Sopranstimme Arien aus der *La Bohème*, *Louise*, *La Tosca* und *La Traviata* sang. Die Nachbarn und Mieter konnten vormittags um zehn ihre Uhren stellen, denn zu dieser Zeit begann die *Lerche* zu singen, weil sie der Meinung war, dass diejenigen, die zu dieser Stunde noch nicht wach waren, ihr Recht auf Ruhe im Hause verscherzt hätten.

Es gab mir einen Stich im Herzen; ich wusste, dass der Brief von Hyacinthe war. Die Lerche beneidete und bewunderte Hyacinthe wegen ihrer Jugend, ihrer normalen Körpermaße (die Lerche war nämlich einen Meter neunzig groß) und ihrer erstklassigen Aussprache. Die Lerche hatte niemals ihren Marseiller Akzent abzulegen vermocht, selbst wenn sie auf Italienisch sang. Als ich Hyacinthes Gruß überflogen hatte, war ich wieder ganz ruhig, und ich schämte mich, auch nur einen Augenblick lang gefürchtet zu haben, dass sie irgendeine taktlose Forderung stellen würde. Der Brief ist ein Musterstück echtester französischer Toleranz und feinsten Verständnisses, mit einem scherzhaften, geistreichen Unterton und enthält einen so sanften Vorwurf, dass man ihn ohne Bitterkeit einstecken kann und dabei ein genügendes Maß Eitelkeit, das als Selbstschutz wirkt und die gute Meinung aller Beteiligten wahrt.

»Elliot«, so fing der Brief an, »ich verstehe so gut, dass Du mich nicht durch plötzliche Intimität erschrecken wolltest, zu der Du Dich eigentlich durch meine Offenherzigkeit Dir gegenüber, als Du in sicherer Entfernung weiltest, berechtigt fühlen konntest. Dieses Zartgefühl Deinerseits rückt Dich mir noch näher. Im ersten Augenblick hat es mich gekränkt, als ich hörte, Du seist zurück, und ich Dich sogar an meinem Fenster vorbeigehen sah, ohne dass Du zu mir hinaufblicktest – sicher darum, weil Du Angst hattest, Deinem ritterlichen Entschluss untreu zu werden.«

»Ich habe mir die Sache so zurechtgelegt: rücksichtslos oder grausam kannst Du nie sein. Nichts, was ich Dir schrieb, kann Dich beleidigt haben. Folglich muss Deine Distanziertheit Absicht sein. Und plötzlich wurde es in meinem dummen Hirn klar: Du wartest auf ein Zeichen von mir. Ein weniger feinfühliger Mann wäre die Treppen hinaufgerannt, auf die Gefahr hin, mich unvorbereitet zu finden. Ein eitlerer hätte mich einfach anmaßend in die Arme geschlossen, als besäße er mich bereits. Du – der Franzose, der behauptet, Amerikaner zu sein, ja sogar so sehr Amerikaner, dass er unseren Vokabelschatz auf Kosten der Aussprache erweitert, hast Dich vollendet benommen.«

»Aber jetzt musst Du schnell kommen. Bitte! Morgen früh. Nicht in diese grässliche Bude natürlich, wo Mama von Tag zu Tag mehr Puder verwendet, weil der Blutdruck ihr Gesicht mit jedem Tag röter und herbstlicher färbt. Im Café de la Régence, drinnen an der Südwand, nicht später als halb zehn.«

Immer Deine
Hyacinthe

Ist einem Mann, der sich besoffen und dadurch einen lieben Freund vernachlässigt hat, jemals auf feinere Art verziehen worden? Ich bezweifle es.

Manche Touristen erinnern sich vielleicht noch an das Café de la Régence in der Rue Saint-Honoré, unweit der *Comédie-Française*, dem Hôtel du Louvre und dem Palais-Royal. Es gab dort einen Tisch in der Mitte, an dem Napoléon Schach gespielt hatte, und Schachchampions aus allen Teilen der Welt besuchten das Régence. Wenn man davor saß, konnte man gut die Oper sehen, am Ende der breiten Avenue mit dem regen Verkehrsleben, gerade auf jene Entfernung, die der Musik Liebende zwischen sich und jene degenerierte Institution zu legen wünscht, zu der die französische Oper nach dem Ersten Weltkrieg herabgesunken ist. Im Raum zwischen der Terrasse und den Räumen des Cafés spielte um die Mittagszeit (das Essen war gut, wenn auch nicht erstklassig) ein Trio (Geige, Cello und Klavier) ausgewählte Stücke in der Art der *Barcarolle* aus Hoffmanns Erzählungen, Nevins *Narcissus* und Dvořáks *Humoresken*. La Régence war kein politisches Café, und die Erinnerung an Napoléon zog nicht allzu viele Touristen an. Es war ein beliebtes Rendez-vous für Herren im Stil Monsieur de Malancourts oder solcher, die ihm gleichen wollten, und der Damen ihrer jeweiligen Wahl. In der Regel lud der französische Bonvivant seine Dulcinea ins La Régence ein, *ehe* die Verführung stattgefunden hatte, sodass der männliche Part der Pärchen, die man dort antraf, sich aufmerksam benahm, der weibliche scheu und zurückhaltend.

Zur späten Frühstücksstunde aber kam manchmal der eine oder andere Engländer oder Amerikaner hin, denn das Café hatte seine Spezialität, *œuf à cheval* genannt, die aus einem Ei auf einem mit Gruyèrekäse bestrichenen Toast bestand, der im Rohr geröstet worden war, sodass das Weiße des Eies fest, das Eigelb hingegen noch weich und flüssig und der Käse teilweise geschmolzen war. Hyacinthe liebte diese Art Eier, und dass ich ihr nicht mehr zusehen kann, wie sie sie genießt, ist eine jener verloren gegangenen Freuden, denen ich aus tiefstem Herzen nachtrauere.

Als ich Hyacinthe das erste Mal in das Café de la Régence mitnahm, war sie noch nicht ganz vierzehn Jahre alt; damals kleidete ihre Mutter sie fast immer in Schwarz, aus Respekt für entfernte Verwandte, die es verstanden, immer gerade rechtzeitig zu sterben, um Hyacinthe daran zu hindern, die Farben zu tragen, die ihr gefielen und zusagten. Nicht als ob sie nicht auch in Schwarz entzückend ausgesehen hätte, so blass und bescheiden, mit ihren sehnsüchtigen lichtbraunen Augen und den geschwungenen, nicht allzu langen Augenwimpern. Aber Schwarz verträgt sich nicht so gut mit Pastellfarben, und darum wählte ich für Hyacinthe die besten Cafés, wo Stühle und Sofas für ihre schwarze Kleidung und weiße Haut einen kräftigen Zwischenton abgaben – rot, ultramarin, gold- oder korngelb, manchmal auch königsblau oder violett. Ach ja, und im Café de Rohan, das so verlässlich fein und exklusiv war, wenn man wusste, welches Zimmer man wählen musste, da gab es ein Veroneser Grün, das die warme Leuchtkraft in ihren Augen erst richtig zur Geltung brachte, und das als Widerschein auf ihrem Hals und ihren feinen und doch kräftigen Händen ihr den Schein von etwas Unwirklichem verlieh, mit dem sie sich zuweilen gerne umgab.

Man kann sich allerlei dabei denken, aber Hyacinthe liebte eben ihren wohlgestalteten Körper und wollte, dass nicht einmal ein Reflex dieses Körpers als Wirkung verloren ging, keine geschwungene Linie oder Fläche, kein einziges ihrer feinen Löckchen, keine Bewegung eines gespreizten Fingers und Schwung ihres Knies im seidenen Strumpf. Hinter der glatten Stirn verborgen lebte ein Geist, von dem ihre braunen Augen kündeten, der vor nichts zurückschreckte und empfindlicher reagierte als ein Seismograf, dabei elastischer und widerstandsfähiger als eine Toledanerklinge war.

Sie war die Verkörperung des Duftes und der Morgenfrühe, der Ruhe, der Atmosphäre und des Himmels, und sie schenkte mir ihre Freundschaft, weil ich als Fremder aus fernem Land in ihre kleine Straße hereingeschneit war, wo auch sie eigentlich wie eine Fremde lebte. Und sie schenkte mir ihr Vertrauen, weil sie mit ihrer Lebensintensität und ihrem ganzen inneren Reichtum unbedingt jemanden brauchte, dem sie sich mitteilen konnte, und eben kein anderer da war.

An jenem Morgen, von dem hier die Rede ist, war sie siebzehn Jahre alt geworden. Sie war früh von zu Hause fortgegangen, um in der Muttergotteskapelle der Madeleine zu beten. Ich frage mich wirklich, ob die Heilige Jungfrau daran gewöhnt war, mit Beterinnen zu verkehren, die so intelligent waren, oder mit solchen, die mit solch inniger Ehrlichkeit sie um Rat anflehten.

»Ich weiß wohl, Elliot, dass es dich ärgert, wenn du daran erinnert wirst, dass ich an einer Form der Frömmigkeit festhalte, die dir leer und unlogisch scheint«, sagte sie, nachdem ich uns ein herzhaftes Frühstück bestellt hatte. Das Parfüm, das sie an jenem Morgen gewählt hatte, war ein Molyneux No. 5, das beim Essen nicht unangenehm aufdringlich wirkt. Sie trug schwarze Handschuhe aus Sämischleder, und ihre hochstöckigen schmalen Schuhe waren von gleicher Farbe und gleichem Material. Sie saß neben mir auf dem Sofa, gerade in der richtigen Entfernung, dass ich noch eben die von ihr ausstrahlende Wärme fühlen konnte, ohne jedoch in meinen Bewegungen gehemmt zu sein.

»Wenn du dich von dir selber ausruhen willst und von den mahlenden Gedanken in deinem rastlos arbeitenden Gehirn, dann betrinkst du dich, nicht wahr, mein Lieber? Religion ist meine Form des Ausruhens, und sie gibt mir Trost. Ich weiß genau, dass die Kirche sich sehr weit verirrt hat von Jesus und seiner Gedankenwelt und von den schlichten Menschen, die in ländlichen Gefilden und grauer Vorzeit viel reizvoller gewesen sein müssen als die heutigen. Und trotzdem: ich bin eben Katholikin, und es gibt mir Kraft.«

»Ich bin fast bekehrt«, sagte ich, ganz ohne Ironie im Ton. »Es wäre wirklich gut, wenn einige eurer toleranten französischen Geistlichen mit Flitspritzen bewaffnet nach Spanien kämen.«

Hyacinthe sah mich an. »Elliot, was hat dir so weh getan?«, fragte sie.

Sie wusste, dass ich bei unserem Wiedersehen niemals diesen bitteren Ton angeschlagen hätte, wenn alles in Ordnung gewesen wäre.

»Es läuft schlecht da unten«, sagte ich und meinte damit Spanien.

»Die Kirche ist oft unsittlich gewesen und die Geistlichkeit oft bestialisch roh und gewinnsüchtig; ja, was noch schlimmer ist, sie war kurzsichtig. Man verehrt ja auch nicht die unreinen menschlichen Vertreter der Kirche, sondern die Kirche in ihrer geistigen Vollkommenheit«, sagte Hyacinthe.

»Die Vollkommenheit ist etwas Endgültiges. Warum nicht sie selbst anbeten?«

»Weil sie eine gewisse Inszenierung braucht«, meinte sie.

Damit waren wir bei dem Thema angelangt, das sie am stärksten beschäftigte. Sie hatte sich für eine Laufbahn entschlossen, von der weder ihre Familie noch die gesamten Erzbischöfe, weder Schwierigkeiten noch Entmutigungen irgendwelcher Art sie abbringen konnten.

»In Frankreich werden wirklich gute, bedeutende Filme produziert, während Amerika auf Massenerzeugung setzt«, sagte sie

– manchmal sprach sie mit mir über Amerikaner als sei ich ein gebürtiger Franzose oder Siamese. »Das Medium des Films ist unser Element. Molière schrieb schon Filmstücke, als es noch nicht einmal einen fotografischen Apparat gab. Der amerikanische Film ist genau wie das amerikanische Essen: Materialverschwendung und Materialaufwand, zusammenhanglos und roh im Aufbau.«

»Die deutschen Filme sind manchmal stark, aber es fehlt ihnen an Tempo und Zeitgefühl. Erinnerst du dich noch an den Film, den wir bei den Ursulinerinnen sahen, wo die Tochter des Weichenstellers betrogen wird und alle starben – einfach alle. Wo war da das Crescendo, das zur Verführung anstieg, das Presto der Empörung, das Adagio der Enttäuschung? Nichts. Das ganze Stück war ein einziges lang gezogenes, hartnäckiges Largo.«

»Die Engländer können keine Filme machen, weil sie als Rasse so unverbesserlich frivol sind und immer glauben, dass man an seichten Stellen Wahrheiten zutage fördern kann, so wie eine Insel in den Tropen einem ihre heimlichen Schätze enthüllt, wenn man nur ein wenig ins Innere vordringt. Wenn sie Liebe darstellen, dann sprechen sie von Begierde oder eingesalzenem Hering und jagen einander auf der Wiese, und wenn das Mädchen dabei nicht über einen Krocketbogen gestolpert wäre, dann hätte sie wahrscheinlich nie erfahren, dass hinter dem kühlen Äußeren des ziemlich knochigen Helden – der nebenbei gesagt redet, als hätte er eine heiße Kartoffel im Munde – ein recht gutes Einkommen und die Bereitwilligkeit stecken, in einer Kirche getraut zu werden, die weder katholisch noch protestantisch ist, sondern neutral, wie eben alles in England.«

Man hatte die Käseeier vor uns hingestellt, aber sie waren so heiß, dass man sie noch nicht essen konnte. Sie sprach weiter, und ich hätte sie um alles in der Welt nicht unterbrechen mögen.

»Einer der Gründe, warum unser französischer Film höher steht als andere«, sagte sie, »ist, abgesehen von dem gallischen Instinkt für Ensemblewirkung und Synchronisierung, für Atmosphäre und Maß, der, dass unser Publikum ältere Helden akzeptiert. Hollywood lässt entweder grüne Knaben auftreten, die erstens nicht lange genug gelebt haben, um zu wissen, was Schauspielkunst bedeutet, und zweitens nicht genug gesehen oder gefühlt haben, um ein Stück interpretieren zu können; oder dann Männer, die schon vier oder fünf Kinder haben und drei Ehegattinnen – wenn auch vielleicht nur eine auf einmal –, die als Gegenspieler von Kokotten auftreten, und brave junge Damen oder gut erzogene Studentinnen müssen versuchen zu spielen wie hartgesottene Kreaturen aus den Elendsquartieren. Man geht auf alle Fälle weg, ehe das Stück zu Ende ist, damit man sich den Anblick der Heldin erspart, wie sie kindische Flitterwochen erlebt mit einem unreifen jungen Stümper oder, was noch schlimmer ist, von einem gesetzten mittelalterlichen Partner erfahren muss, was Liebe ist, und dabei braucht dieser die Tricks eines Profis, um überhaupt Feuer zu fangen.«

Auf all das konnte ich nichts zur Entkräftung erwidern, außer dass die Fotografie bei uns erstklassig sei.

»Euer Carnegie-Institut oder irgendeine andere philanthropische Einrichtung sollte die Fotografen herüberschicken«, sagte sie, »aber ohne eure Produzenten und ohne die Zensoren.«

Ihr Feldzugsplan raubte mir den Atem, obwohl ich ja gewohnt war an ihre Entschlossenheit und rücksichtslos realistische Auffassung. Sie sagte, dass sie genau wüsste, dass sie die Mätresse irgendeines einflussreichen Filmproduzenten oder Direktors oder beider werden müsse, um schnell große Karriere zu machen, oder jedenfalls die eines männlichen Stars, der ihr im Weg stünde. Da sie aber eine unberührte Jungfrau war und diese seltene Attraktion als Lockspeise anbieten konnte, wo doch die meisten Schauspielerinnen hierin nicht mit ihr konkurrieren konnten, falls es überhaupt eine einzige in dieser Gruppe gab – so ihre eigenen Worte –, glaubte sie das Recht zu haben, folgendermaßen vorzugehen:

Das ganze System war ungerecht, und die Männer, die daraus Vorteil zogen, waren unritterlich und gemein. Deshalb fühlte sie sich im Recht, wenn sie sie an der Nase herumführte. Jungfräulichkeit war ein zu großer Trumpf in der Hand von jemandem, der bloß eine zweite Rolle beanspruchte. Sie wollte sich also den Mann oder die Männer auswählen, die ihr am besten dazu verhelfen konnten, ein Star zu werden, ihnen wollte sie den Preis versprechen, falls sie ihr Ziel erreichte, was ja bei ihrem Aussehen, Geist und Talent nicht allzu lange Zeit beanspruchen konnte – um dann, im gegebenen Moment, von der Höhe ihrer Position herab ihm oder ihnen ins Gesicht zu lachen.

»Ich glaube, du kannst das, Hyacinthe«, sagte ich.

»Wenn du Geduld hast und mir hilfst«, erwiderte sie, und es schien mir, wie ihr Blick nun in dem meinen ruhte, als läge eine unsägliche Traurigkeit darin.

Das Symbol einer Nation

Nicht einmal die reaktionär Gesinnten in der Rue de la Huchette verteidigten offen Laval, der Mussolini zum Feldzug gegen Abessinien seinen Segen erteilte, oder die unterwürfige Haltung des Völkerbundes gegenüber Japan und dem faschistischen Italien, die sich über die Genfer Heuchler lustig machten oder sie provozierten. Die gesamte Rue de la Huchette, alle meine anständigen, wohlwollenden Freunde schämten sich ihrer Regierung und machten sich nicht nur über die Unmoral, sondern auch der praktischen Folgen wegen Sorgen.

»Was kann man machen?«, fragte mich Madame Berthelot, als wir an jenem Tag zusammen zu Mittag aßen. Mein Appetit war nicht gerade besser geworden durch das, was mir Hyacinthe beim Frühstück gesagt hatte, aber ich wollte die Verabredung einhalten. Ich konnte nicht sagen, für welche dieser beiden Frauen, die an Alter, Temperament, angeborenen Gaben und Talent zur Freundschaft so verschieden waren, ich die herzlichere Zuneigung empfand.

Trotz meines Wunsches, ihr zu helfen, konnte ich Hortense nichts vorschlagen, was sie machen sollte, um Laval und Mussolini zu stoppen, außer die beiden totzuschlagen. Keiner von uns beiden hatte etwas dagegen, aber auch keiner verfügte über den nötigen Fanatismus, um etwas Derartiges zu versuchen.

»Wir haben über unsere Regierung ebenso wenig Gewalt wie über das Wetter«, sagte sie. Das war buchstäblich wahr. Gleichgültig, wie viele Franzosen stimmten, oder wie sie stimmten, immer regierte die gleiche Verbrecherbande das Land zugunsten der großen Unternehmer und Spekulanten größten Stils. Die Wähler in einer sogenannten Demokratie können in einzelnen Fällen Tyrannen oder Gauner absetzen, sie können aber nicht, wie Zeus die Minerva, ausgewachsene rechtschaffene, erfahrene Staatsmänner gebären und an deren Stelle setzen.

Diejenigen unter uns, die das Frankreich zwischen den beiden Weltkriegen kannten, wussten, dass es Franzosen gab, die, gestützt auf eine Diktatur, ständig für die Wiederherstellung der Monarchie agitierten. Auf diese Weise wurde die Zusammenarbeit der Monarchisten und ihr sozialer Einfluss gesichert durch ein Manöver, mit dem man eigentlich beabsichtigte, die wachsende Macht der Arbeiterklasse zu brechen und den allgemeinen Lebensstandard herunterzudrücken, um die Arbeiter hilflos und die Polizei allgewaltig zu machen. Sogar Lyautey, einer der skrupellosesten kolonialen Administratoren unserer Zeit, dem man gestattete, sich an einem unterjochten Volk zu vergreifen, wurde vor dem Jahre 1934, in dem er starb, als eventuell in Betracht kommender Mann der eisernen Faust genannt. Im Januar 1935 machte ein Pariser Blatt eine Umfrage, um herauszufinden, wer die besten Aussichten hätte, als Diktator gewählt zu werden, und Pétain gewann mit enormer Mehrheit; als er dann im Jahr 1940 seine erste Proklamation abfasste und sie im Stil der Bourbonen mit »Nous …« begann, da war der Gedanke an ein diktatorisch regiertes Frankreich für ihn keineswegs neu. Natürlich hatte er nicht damit gerechnet, dass die von ihm gezeichneten Dekrete von einem deutschen »Führer« diktiert oder wenigstens gutgeheißen werden würden.

Ein Brief von Pierre Vautier, den ich im April des gleichen Jahres (1935) in Mexiko City bekam, enthielt Streiflichter auf Pétains wachsenden Einfluss und die Art und Weise, wie die Armee präpariert wurde, nicht um das Land zu verteidigen, sondern um als Polizei bei der Auflösung parlamentarischer Kontrolle und als Bollwerk gegen die organisierte Arbeiterschaft zu fungieren. Pierre hatte zwar seinem Jahr in Saint-Cyr keinen Geschmack abgewinnen können, aber er hatte seinen Verstand nicht daheimgelassen und trotz seiner Abneigung gegen militärische Wissenschaften und technische Studien gelernt, die Symptome richtig zu deuten.

Paris, 16. April 1935

Cher Voyageur,
Milka, die im Augenblick so beschäftigt ist, dass sie nicht selbst schreiben kann, bittet mich, Ihnen an ihrer statt für die mexikanische Stickerei zu danken. Sie wissen ja selbst – Ihnen scheint nichts zu entgehen – dass unsere rote Jeanne d'Arc trotz ihrer Reformleidenschaft ihren slawischen Geschmack an lebhaften Farben beibehalten hat. Sie lässt sich aus Ihrem Stoff von einer kroatischen Genossin in der Rue du Serpent eine Weste machen und will diese ein paar Tage lang nach Ihrer Rückkehr tragen, weil sie sich klar darüber ist, dass man die ersten zwei Tage ja doch im Zeichen des Suffs und der Musik verbringen und ein neues Kleid mit Alkohol getauft oder auf andere Weise ruiniert werden würde.

Als sie heute die Stickerei an die Schultern hielt, um sich vorzustellen, wie sie aussehen würde, wenn die Genossin Schneiderin fertig ist, stellte ich mich hinter sie und bemerkte in dem kleinen, zersprungenen Spiegel, dass ich eine richtige Glatze bekomme. Während der ersten Zeit unserer Bekanntschaft hielt ich Sie für alt genug, um Oberst sein zu können – in diesem Fall wären Sie heute bereits so weit, um in unseren Generalstab zu kommen. Die Machenschaften und Verrücktheiten dieser alten Crétins (reimt sich auf Pétain) beginnen feste Formen anzunehmen.

Sie haben wohl gelesen, wie Laval unsere Ehre in Afrika und dem Mittelmeer besudelt hat und den Duce dem jungen Eden vorzieht – beide sind übrigens Galgenvögel, genauso wie Laval und Flandin. Jedenfalls hat Laval, ehe er mit Mussolini zusammentraf, um Neujahr zu feiern, die Liga gegen die allgemeine Wehrpflicht aufgelöst. Das war natürlich ein Anzeichen dafür, dass die Dienstpflicht demnächst verlängert werden wird, und dass man das Geld, das man aus den Arbeitern im Wege der Preise und aus den kleinen Geschäftsleuten im Wege von Steuern herausgepresst hat, für mehr Soldaten statt mehr moderne Waffen ausgeben will. Das passt dem alten Pétain großartig und auch Gamelin, Weygand und dem Polizeikommissar Chiappe, der zu der gleichen Schweinebande gehört.

Als die Studenten an der technischen Hochschule vor einigen Wochen einen Streik inszenierten, schob man aus alter Gewohnheit die Schuld auf die Partei. Wir haben aber gar nichts damit zu tun gehabt, sonst wäre die Sache wesentlich besser organisiert gewesen. Ich habe kürzlich in den Büchern, die ich mir von Milka ausleihe, so viel davon gelesen, wie Menschen rebellieren und spontane Protestkundgebungen machen, und wie es sich dann später herausstellt, wie scharfsichtig und instinktsicher sie gehandelt haben, dass mich diese Demonstration der Akademiker interessierte. Was dahinter war, ist mit wenigen Worten gesagt. Einige junge Patrioten, die in ihren Studien zurückgeblieben sind, ärgerten sich darüber, dass sie mit Deutschen, Italienern und Vertretern von Gott weiß was für europäischen Völkerschaften konkurrieren sollten. Unsere technischen Bildungsanstalten sind von Ausländern überfüllt, die im Kriegsfall fast durchwegs zum Feind gehören. Wenn unsere Pariser Redakteure nur einen Augenblick lang wirklich nachgedacht hätten, dann wäre ihnen aufgegangen, dass Kommunisten nicht bei einem *national* gefärbten Aufstand die Hand im Spiel gehabt haben können. So wenig ich auch Einblick nehmen darf in die Agenden der Partei, so viel habe ich doch gesehen, dass wir meistens für Dinge zur Rechenschaft gezogen werden, mit denen wir nichts zu tun haben, dass aber unsere wesentlichsten Angriffe vollkommen unbemerkt bleiben. Vielleicht ist es letzten Endes vom strategischen Gesichtspunkt ganz gut, systematisch missverstanden zu werden.

Seit die Linke bei den Wahlen Stimmen zu gewinnen begann, hat eine Agitation für die Verlängerung der Militärdienstzeit eingesetzt. Die Bewegung richtet sich nicht gegen Mussolini oder Hitler, die uns buchstäblich vernichten wollen, wenn nicht Russland dazwischen kommt. Sie bauen bis ins kleinste motorisierte, leicht bewegliche Armeen, »Flotten zu Lande«, wie einer meiner alten Professoren sie nannte. Die Beweglichkeit dieser Truppen ermöglicht es ihnen, ernste Gefahr zu vermeiden und zugleich rasche und wirkungsvolle Schläge auszuteilen, solange der Feind noch unvorbereitet ist.

Gibt es einen Menschen, der nicht sieht, dass der Krieg mit Panzern und Flugzeugen gemacht werden wird? Stattdessen sammeln wir nur noch immer mehr Soldaten, die wir alle durchfüttern müssen, und die nichts lernen wie »Augen – rechts! Augen – links!« und dabei Kellnerinnen infizieren oder umgekehrt.

Oberst P., der heute noch lebt, hat sich einmal abends, als ich noch in Saint-Cyr war, betrunken und ganz frei von der Leber weg über Gamelin geredet, der eben Generalstabschef geworden war. P. meint, Gamelin erinnere zu fünfzig Prozent an Cäsar und Napoléon. Diese großen Heerführer der früheren Zeit entschieden rasch und führten ihre Entschlüsse auch rasch durch. Gamelin sagt zu allem, was nur halbwegs vernünftig scheint, Ja und Amen, aber dann ist auch Schluss. Weygand glaubt natürlich immer noch, dass wir im Jahr 1917 leben, und dass Amerika im neuen 1918 überflüssig sein wird. Man hat ihn mit einem

Ehrenposten abgefunden, wo ihm mehr Zeit für Kirchenpolitik bleiben wird.

Pétain hält sich für den Erlöser und hat alle Cagoulards und eine viel zu große Anzahl Berufsoffiziere hinter sich. Milka behauptet, dass der einfache Soldat nicht den Verrätern vom rechten Flügel, sondern ausschließlich den Revolutionären der Linken gehorchen wird. Im Vertrauen gesagt, glaube ich, dass die einfachen Leute sie beide in den nächsten Fluss oder Brunnen werfen werden. Unser berühmter Poilu hat hauptsächlich Mädels im Sinn und wie er sie verführen kann, ferner seine Rotweinration und den Tag, an dem er endlich seine schlecht sitzende Uniform ablegen und sich zu Hause am Familien-WC Injektionen machen kann, ohne dass ihm der Posten zuschaut. Wenn es gelingt, ihn klassenbewusst zu machen und zu verhindern, dass er vergisst, was das bedeutet, dann sind wir gerettet. Aber eher erwarte ich, dass ein wirksames Mittel gegen Glatzköpfigkeit erfunden wird.

Neulich traf ich Bernard [Brun]; ich hatte den Halsschal um, den Sie einzupacken vergaßen, und er hielt mich von hinten für jemand anderen. Er ist fast in Ohnmacht gefallen. Wie er dann sah, dass ich ganz ungerührt blieb, erzählte er mir, um mich zu ärgern, dass er und Breton Trotzkij-Anhänger sind.

Aragon hält zu uns, Jean-Richard Bloch ebenfalls. Sie müssen also zugeben, dass wir das bessere Geschäft gemacht haben.

Pierre

Es war ein eigenartiges Zusammentreffen, dass Laval, der sein Amt im Januar 1935 antrat, gerade im richtigen Augenblick, um Mussolini für sein Abenteuer in Afrika das Startzeichen zu geben, sich wieder bis in seine Schlupfloch verkroch und dadurch die Engländer, die endlich einmal aktionsbereit waren, um den Duce in seine Schranken zu weisen, im Stich ließ. Ihr gewichtigstes Argument, die Flotte, lag schon im Mittelmeer mit einer bedeutenden Anzahl von Unterseebooten, sodass in bedrohlicher

Nähe jedes italienischen Kriegsschiffes ein englisches U-Boot zu liegen kam. Laval sabotierte all dies im Namen Frankreichs, obgleich in ganz Paris, genau so wie in der Rue de la Huchette, die Wähler und ihre Frauen empört und schamrot waren und hinter jedem Führer gestanden und ihren letzten Blutstropfen und ihr ganzes erspartes Geld gegeben hätten, wenn sie damit Mussolinis freche Großmannssucht ein- für allemal hätten aus der Welt schaffen können.

Am 7. Mai warnte Mussolini *die Mächte* davor, sich in seinen abessinischen Raubzug einzumischen. Die einzigen in Betracht kommenden Mächte waren England, Frankreich, die Vereinigten Staaten und Russland.

Die Völkerbundfarce ist allen bekannt, die sich so weit zurückerinnern können. Der Negus hielt eine würdige Rede; der Völkerbund ernannte ein unwürdiges Komitee. Mussolini vergaste und bombardierte die Abessinier; Laval hielt zu ihm. Der Völkerbund stimmte für Sanktionen, um sein Prestige zu wahren, mit Ausnahme der einen, die dem Feldzug ein Ende hätte setzen können, nämlich ein Embargo auf Benzin. Das Außenamt der Vereinigten Staaten sah nicht klar genug, um den amerikanischen Händlern die Ausfuhr zu verbieten. Was sollten dann die englischen und französischen Ölleute machen? Laval verbündete sich mit Sir Samuel Hoare, der ihm moralisch ebenbürtig und gesellschaftlich überlegen war und heute noch irgendwie hinter Churchill steckt – und sie verrieten die Abessinier und ihr Land.

Als ich im Juni in Concord, Massachusetts war, bekam ich von Hyacinthe folgendes Schreiben:

Cher Maître,
Komm schnell zurück, denn ich brauche Dich mehr denn je. Elliot, ich kann nicht mehr einfach hinweggehen über das, was man unter Politik versteht, obgleich ich kaum den Sinn des Wortes begreife. Diese Erklärungen und Konferenzen von Namen – es fällt mir so schwer, mir darunter wirkliche Menschen

vorzustellen – vergiften die Atmosphäre. Ich nehme eine Zeitung – nicht mehr die *Action Française*, sondern irgendeine beliebige. Etwas Grauenvolles ist im Werden und ich in meiner Unkenntnis zittere um unser schönes Frankreich.

Elliot, sag', sind wir in Gefahr oder nicht? Hat man uns nicht beleidigt und betrogen? Wer soll handeln?

Gestern Abend habe ich alle Zeitungen gekauft, und nachdem ich sie alle, Spalte für Spalte, das ganze wirre, sich widersprechende, zutiefst unehrliche Zeug gelesen hatte, begann ich zu weinen. Und ich konnte gar nicht aufhören, sodass heute noch meine Augen ganz geschwollen sind. Vielleicht kommt mein Kopfschmerz davon, dass ich so lange den ungesunden Geruch der Druckerschwärze eingeatmet habe. Ich habe schon geglaubt, dass ich die schwarzen Flecken an meinen Fingern überhaupt nie mehr wegbringe.

Ich versuche, ganz ruhig zu sein. Schließlich können die Italiener den Afrikanern nichts Ärgeres antun, als das, wovon mir Cousin Emile von der Regierung Lyautey erzählte. Um das geht es gar nicht. Für mich besteht Afrika aus den Bildern von Rousseau; es ist ein säuberlicher, ziemlich flacher Dschungel, wo jedes Blatt im Laubwerk an seinem Platz ist, in der statt der Einwohner Affen leben, die man immer von vorn, nie im Profil sieht. Wie ist das doch schrecklich! Wie grässlich, dass es französische Familien gibt, die ihren Töchtern eine solche Bildung geben lassen! Ich habe die teuerste Schule von ganz Paris besucht, und Mama, die ich hässlicherweise so gering geachtet habe, die ich versuchen könnte lieb zu haben, wenn ich sie nur nicht jede Stunde des Tages sehen müsste, diese arme Mama hat mehr ausgegeben, als ihre Mittel zuließen, damit ich fürs Leben gut gerüstet wäre.

Sieh mich einmal an, vielmehr sieh Dir diese Ausrüstung an. Das bloße Ansehen trügt. Denn ich bin schön, und manchmal meine ich, meine Augen spiegelten das Leben mit all seinen Geheimnissen wider. Ich beherrsche Grammatik und Syntax tadellos. Ich habe einen ziemlich sicheren Geschmack. Im achtzehnten und neunzehnten Jahrhundert hätte ich mich ganz gut gemacht. Aber heute? Niemand interessiert sich doch mehr für die Gesellschaft, *le haut monde*, meine ich. Intelligente Männer und Frauen bemühen sich, ihren Geist und ihre Auffassungskraft abzustumpfen, aber nicht sie zu entwickeln.

Diese ganzen Politiker sind plötzlich bedeutungsvoll geworden, und ich verstehe nicht, worin ihre Bedeutung besteht. Bitte komm. Aus dem, was Du über sie gesagt hast, ist mir klar, dass Du sie verachtest. Das tue ich auch, aber ich kann dafür keine Gründe angeben. Aber das heißt nicht, dass wir die Augen schließen dürfen vor ihren Drohungen; sie bedrohen uns und unsere Freudenquellen.

Ich *will* Erfolg haben. Ich *will* etwas oder jemand werden. Wenn es dazu notwendig ist zu wählen, werde ich eben wählen. Du darfst mir nicht böse sein – ich bin schon ganz hysterisch.

Hyacinthe

Hyacinthes feines Empfinden für die Gefahr und die Ahnung des Zusammenbruches der einzigen Gesellschaftsklasse, die sie anzuerkennen gelernt hatte, war symptomatisch. Wohin man damals auch kam, als Japans Aggression noch durch Mussolinis trotzige Verhöhnung aller sogenannten demokratischen Regierungen in den Schatten gestellt wurde, begannen die Männer und Frauen, die bis dahin ein Plebiszit nicht von einem Laternenpfahl unterscheiden konnten, sich einen modernen Jargon anzueignen, in dem sich *Kommunismus* und *Faschismus* auf alles reimte.

Als ich wieder in die Rue de la Huchette zurückkehrte, versuchten meine Freunde dort, die jüngste Demütigung zu vergessen, die ihnen gleich allen übrigen Franzosen durch das Doppelspiel Laval-Hoare-Mussolini zugefügt worden war.

»Jetzt wo er *les pauvres nègres* hat, soll er doch eine Weile Ruhe geben«, sagte Madame Absalom über den Duce.

Noël und seine Freunde empfanden etwas ganz Ähnliches. Sie waren mit dem Verrat und der erniedrigenden Haltung angesichts von Mussolinis leeren Drohungen nicht einverstanden gewesen, da nun die Sache aber einmal geschehen war, wollten sie wieder ihre Ruhe haben und das Leben an dem Punkt aufnehmen, wo es vor dem Ersten Weltkrieg so gemächlich – zumindest in ihren Augen – geflossen war. Meine französischen Freunde glichen ganz jenen Opfern von Erpressern, die ihre ersten Zahlungen auf das Versprechen hin geleistet haben, in Zukunft unbehelligt zu bleiben – sie kniffen aus und betrogen sich selbst. Und was sollten sie auch anderes tun außer revoltieren? Die Armee, die zwar nicht für moderne Kriegszwecke, wohl aber für Polizeizwecke gegen unbewaffnete Zivilisten ausgerüstet war, verfügte über Maschinengewehre, Tränengas und genügend Autorität, um im Namen des Gesetzes zu morden.

In Bezug auf die Bereitschaft der Soldaten in der Armee, ihre Gewehre, Bayonette oder Gaswaffen gegen französische Arbeiter zu gebrauchen, gingen die Meinungen auseinander. Niemand zweifelte daran, dass die hohen Offiziere und die Mehrzahl der Offiziere in niedrigeren Rängen (die fortschrittlichen waren schon sorgfältig ausgemerzt worden) den Wünschen der Arbeitgeber nachkommen würden. Der Krautkopf, die Fleuristin Madame Durand, der Schneider Monsieur Saint-Aulaire und Madame Absalom erwarteten alle einen *Coup d'état*, doch jeder aus einem anderen Grunde.

Der Krautkopf glaubte an unumschränkte Autorität im Gewand eines Einzelnen, der von der klerikalen und kapitalistischen Clique, vor der er seit Jahr und Tag katzbuckelte, approbiert werden würde.

Madame Durand hatte auf Grund eines Gesetzes, das von den Sozialisten befürwortet worden war, der lahmen Jacqueline einen Wochenlohn auszahlen müssen, als sie sie von einem Augenblick zum andern auf die Straße setzte. Eine feste Hand am Regierungssteuer würde, so meinte sie, solche unverschämten Verordnungen nicht dulden, die nichts anderes bewirken, als nichtsnutzige Mädels noch in ihrer Faulheit und Frechheit zu unterstützen.

Für den Fall, dass Pétain und Weygand und ihre Jünger das Parlament übernehmen und es auflösen sollten, würde Monsieur Saint-Aulaire so viele Bestellungen auf neue Uniformen bekommen, wie er nur ausführen konnte; er hoffte darauf, dass die hohen Offiziere, die schon bei ihm arbeiten ließen, ihn vielleicht einem Brigadegeneral, wenn schon nicht dem Marschall selbst, empfehlen würden. Er sah sich schon auf einem Balkon in der Rue de Rivoli stehen und Pétain zusehen, wie er unten an der Spitze einer Kolonne auf einem schneeweißen Pferd in seiner himmelblauen Uniform vorbeiritt, die so wundervoll saß, dass die Menge auf sie ein Hurra ausbrachte – auf sie, die Uniform, die Saint-Aulaire gemacht hatte! Kein französischer Diktator würde jemals Feldgrau tragen, dessen war sich Saint-Aulaire sicher.

Madame Absalom glaubte, dass die Armee sich auflösen und die Arbeiter unterdrücken würde, aber nicht deshalb, weil sie sich davon einen Profit erwartete.

»Die Schweine fallen zu guter Letzt doch immer auf die Butterseite«, behauptete sie mir gegenüber.

Mir war nicht zum Lachen. Ich begann schon zu zweifeln.

Die Gruppe Leute, die sich in der Caveau Bar zusammengefunden hatten, bis zu dem Augenblick, wo die Julliards hatten verkaufen müssen, suchten nunmehr das Café Saint-Michel auf, das einen größeren Platz vor der Theke hatte, und dort versammelten sie sich auf der Seite, die der Rue de la Huchette am nächsten lag. Man diskutierte nicht so viel wie in früheren Jahren, weil die reaktionären Mitglieder bei Madame Amance von No. 5 hängen geblieben waren und nur die ehemaligen Radikalsozialisten, die jetzt einfach Sozialisten geworden waren, ferner die früheren Sozialisten, von denen einige nach links gerückt waren und sich Kommunisten nannten, und die alten Kommunisten übrig blieben.

An den Tagen, wo Monsieur Henri ins Quartier kam, um von den Amances einzukassieren, die nie den vollen Betrag bezahlen konnten und häufig überhaupt nichts zahlten, trank er immer aus Anstand ein Glas Branntwein bei seinen Nachfolgern und kam dann ins Café Saint-Michel herüber. Die Frauen, die eine politische Meinung hatten, gehörten alle der Linken an. Madame Berthelot verließ ihr Zimmer nur selten nach Einbruch der Dunkelheit, Mariette aber kam nicht mehr ins Caveau, sondern verbrachte die Geschäftspause um Mitternacht mit den alten Bekannten, wobei sie sich nicht um die finsteren Blicke kümmerte, die ihr Madame Trévise zuwarf, weil sie den Verdacht hatte, dass ihr Mann gelegentlich dem *Panier Fleuri* einen Besuch abstattete und durch die kleine Seitentür in der Rue Zacharie hineinschlüpfte.

Als Madame Trévise dies einmal Madame Absalom sagte, die auch zur Linken hielt, begann die Alte verständnisvoll zu kichern.

»Unter uns gesagt, sind die Männer alle gleich«, sagte sie. »Aber wer kann ihnen das zum Vorwurf machen?«

Auf meiner Fahrt von New York nach Spanien im Jahre 1936 machte ich in der Rue des Deux-Ponts Station; der alte Tischler saß in seinem Laden und feilte eine Säge, wobei er sich um die fürchterlichen Laute, die er dabei hervorbrachte, nicht im geringsten kümmerte. Es fiel mir auf, dass der Raum nahezu leer war, und dass keine neuen nach Holz und Sägespänen duftenden Möbelstücke herumstanden. Der einzige Lehrling, den er noch behalten hatte, seit er den zweiten im Jahre 1929 entlassen hatte, war fort und hatte in der Nähe von Rouen in der Schneiderschen Munitionsfabrik einen Posten angenommen, und der alte Tischler hatte keinen neuen eingestellt. Die Nachfrage nach einem guten, wenn auch langsamen Möbeltischler wurde immer weniger.

Ich konnte am Hôtel du Caveau unmöglich vorübergehen. Als ich hineinkam, war das Café leer, mit Ausnahme eines mir Unbekannten (Monsieur Amance) hinter dem Schanktisch, der in höflichem Ton mit mir sprach. Ich stürzte ein Glas hinunter und schaute, dass ich fortkam. Am anderen Ende der Straße bekam ich wieder einen Schock, denn da stand vor dem Gemüsegeschäft von No. 27, sehr würdig und selbstbewusst in seinem funkelnagelneuen leinenen Arbeitskittel, Monsieur Noël.

Er sah so ernst aus, dass ich ihn nicht fragen mochte, warum er beim jungen Corre im Geschäft arbeitete, statt Katzen und Hunde auszustopfen. Wir begrüßten uns, als sei gar nichts vorgefallen, und ich wollte ihm gerade vorschlagen, auf ein Gläschen ins Café Saint-Michel hinüberzugehen, als mir der Gedanke kam, dass Etienne Corre vielleicht ein strenger Arbeitgeber sein könnte. Er war ein Schuljunge im Schürzenkittel gewesen, als ich ihn im Jahr 1923 kennenlernte.

Die kleine Gesellschaft an der Bar, die von der lebhaften Madame Trévise dominiert wurde, dachte im Augenblick nicht an Noël. Wie alle Franzosen im ganzen Land sprachen auch sie von Hitler, der seine Truppen bis zum Rhein vorgeschickt hatte, um Frankreich herauszufordern. Madame Trévise und Lanier, der Mann, dessen Gesicht durch den Ersten Weltkrieg entstellt worden war, schoben die Schuld auf die Engländer, auf Mr. Baldwin im Besonderen, weil sie dem französischen Verbündeten bei seiner militärischen Aktion gegen die deutschen Truppen, um sie aus der neutralen Dreißig-Kilometerzone hinauszudrängen, ihre Unterstützung verweigert hatten. Der Satyr, der Pferdefleischhändler und Monsieur Pissy, dem man wegen seiner Tätigkeit bei der Gewerkschaft die Nachtschicht an der Gare Saint-Lazare übergeben und der es noch nicht gelernt hatte, bei Tag zu schlafen, klagten Pierre Laval heftig an. Laval hatte England im Stich gelassen, als Eden Italien aus Abessinien fernhalten wollte.

»Ein garstiger Engländer [Sir Samuel Hoare] hat Abessinien den Makkaroni ausgeliefert«, behauptete Madame Trévise.

»Laval steckt dahinter«, sagte Pissy.

Aus dem Hinterzimmerchen kam eine müde Stimme, die ich als die Pierre Vautiers erkannte.

»Beide sind sie Nachttöpfe«, sagte er und ließ den Kopf wieder auf die auf dem Tisch verschränkten Arme sinken.

»Nachttöpfe tun aber doch wenigstens ihren Dienst«, bemerkte der melancholische Satyr.

Der Briefträger Frémont und der Krautkopf erzählten an jenem Tage, was übrigens zahlreiche Stellen in ganz Paris zu berichten wussten, dass Gamelin, der neue Generalstabschef, die deutschen Truppen sofort, mit oder ohne Unterstützung der Cliveden-Clique in England, mit der gesamten französischen Streitkraft angreifen wollte. Wäre dieser Plan durchgeführt worden, dann hätte man die aufsteigende Macht Hitlers leicht im Keim ersticken können.

Es ist interessant, dass am 22. Januar, knapp bevor Hitler im März das Rheinland besetzte, Laval ausstieg und Sarraut, einen farblosen Lückenbüßer, den Wutausbruch des Volkes auffangen ließ. Laval trat genau rechtzeitig ab, um den Massendemonstrationen der Linken im Februar jenes qualvollen Jahres nicht als Zielscheibe dienen zu müssen; im März wurde das Parlament beurlaubt bis nach den Wahlen, wo dann die *Front Populaire* das ganze Land erfasste, und Léon Blum als Ministerpräsident ans Ruder kam.

Viele meiner Freunde aus der Rue de la Huchette teilten Gamelins Ansicht, dass man den Deutschen unverzüglich eins aufs Dach geben müsse, ehe es zu spät wäre. Aber niemand glaubte im Ernst, dass es dazu kommen würde. Jeder wusste, dass die Politiker gegen diesen Plan waren, weil sie ihren eigenen Krieg gegen die Arbeiter ausfochten, und diesmal war das ein harter Kampf. Die französischen Finanzmänner fürchteten, Downing Street vor den Kopf zu stoßen, weil London den Franc kontrollierte und Gefahr einer Abwertung von seiner Seite vorlag, als Repressalie für den Fall, dass Frankreich nicht mitziehen würde.

Die Familien, die ihre Söhne bei der Armee hatten, bildeten eine Kategorie für sich, denn es ging ja um ihr eigenes Fleisch und Blut. Pissy Vater und Sohn wollten gerne zum Militär, aber sie besaßen nicht die Eignung. Madame Corre, die sich in all den harten Jahren so jung gehalten hatte, begann plötzlich zu altern bei der Aussicht, dass Etienne vielleicht das Geschäft, das ihm der Vater überlassen hatte, aufgeben müsste und die Ausbildung, die man mit schweren Opfern erkauft hatte, die Reisen nach Italien, England und Deutschland, zur Spracherlernung, für nichts sein sollten. Etienne selbst wollte einerseits unbedingt aus dem Gemüsegeschäft heraus, anderseits aber auch seine Zeit nicht bei der Armee vertrödeln, wo er seine achtzehnmonatige Dienstzeit schon hinter sich hatte. Er wollte Exporteur werden und versuchte, sich in diese Branche einzuarbeiten. So erklärte es sich, dass Noël, der in seinem Fach nichts zu tun hatte, angestellt worden war, um der jungen Madame Corre, der Heimwehkranken aus Dijon, in der Epicerie Danton an die Hand zu gehen, wo die Geschäfte nicht mehr gut gingen, und von wo die Bohnen in ihren schönen Körben, die einst der Stolz von Corre senior gewesen, und die Spezereien Arabiens fortgeschmolzen waren wie Märzenschnee. Ein Stück des alten Frankreich war mit ihnen entschwunden.

Kaum hatte die kleine Gesellschaft im Café Saint-Michel herausgefunden, dass ich auf der *Normandie* herübergefahren war, als sie auch schon für eine Weile die Politik aus dem Spiel ließen. Die *Normandie* war der Stolz nicht nur der Marine, sondern aller Franzosen, vom ärmsten bis zum einflussreichsten und vermögendsten. Verkäuferinnen, Laufburschen, Barmherzige Schwestern, kleine Angestellte, ja sogar die rührenden alten Taitbouts lasen die Zeitungsnotizen und die billigen Magazine, wo von der *Normandie* die Rede war, oder lauschten den Beschreibungen im Radio, wann immer von der *Normandie* gesprochen wurde. Hyacinthe, die mit ihren neunzehn Jahren bereits im Film Aufmerksamkeit erweckte und eine lokale Berühmtheit geworden war, die sogar einen Monsieur de Malancourt überstrahlte, hatte Dutzende von Mappen und Broschüren und hob Zeitungsausschnitte auf, die von dem Riesendampfer handelten, der nicht durch rohe Kraft, sondern durch seine Eleganz den Ozean beherrschen und dadurch die Engländer und Deutschen ausstechen sollte.

»Wir Franzosen haben in letzter Zeit so wenig geleistet, dass die *Normandie* für uns zum Symbol unserer Rasse geworden ist. So lange wir in Bezug auf Geschmack und Komfort an der Spitze stehen und es mit dem Tempo der Amerikaner aufnehmen können, sind wir nicht verloren«, sagte sie.

Ich brachte es nicht übers Herz, ihnen zu sagen, dass meine Überfahrt auf der *Normandie* die schlimmste all meiner Ozeanreisen gewesen war, und zwar infolge der furchtbaren Erschütterung, die die mächtigen Maschinen verursachten.

Der Dampfer wurde nach seiner Jungfernfahrt bei der Rückkehr auf sechs Monate aus dem Verkehr gezogen, und es gelang den französischen Ingenieuren, die Fehler der ursprünglichen Anlage zu beheben, sodass die *Normandie* im Jahre 1936 wirklich die Träume und Hoffnungen erfüllte, die die Franzosen schon im Vorhinein auf das Schiff gesetzt hatten.

Eigentum und Brüderlichkeit

Die Loirelieder, die früher von l'Oursin, dem Austern- und Kastanienverkäufer, gebrüllt, aus dem Caveau erklangen, tönten nunmehr jede Nacht aus der kleinen Bar des Kohlenverkäufers André, nachdem sich, als Monsieur Henri verkaufte, der Bruch zwischen den Vertretern der Rechten und Linken vollzogen hatte. Dadurch musste die blauäugige Alice jede Nacht bis Geschäftsschluss, also bis zwei Uhr morgens oder noch später, aufbleiben. André, auf den am nächsten Tag die schwere Arbeit wartete, musste natürlich gleich nach dem Abendessen zu Bett gehen.

L'Oursin erhielt seinen Spitznamen – Seeigel –, weil er während der Saison besagte stachlige, billige Delikatessen verkaufte. Der Name passte ausgezeichnet zu ihm, weit besser als Léon Saleil, der Name, der auf seinem Ausweis stand. Er stammte aus einem Fischerdorf in der Nähe von Perpignan, und die vielen Jahre, in denen er gut gegessen und getrunken hatte, verliehen ihm, in Verbindung mit dem ausgiebigen Aufenthalt im Freien, eine allseitig gerundete Figur, die überall üppigen Haarwuchs zeigte. Wein und Cognac, die er abwechselnd mit Apfelbranntwein und Schnaps getrunken hatte, gaben seiner Stimme einen sonoren Klang, und seine kraftvollen Lungen taten das ihre, um sie voluminös und tragend zu machen. Er sprach und sang nie mit gewöhnlicher Stimme, sondern immer theatralisch, wie ein Zirkusdirektor, der seine eigene Nummer ankündigt.

Jeden Morgen wusch er sich vom Kopf bis zu den Hüften mit einer Art scharf riechender Sattelseife, und ein Mal die Woche lieh er sich von der Patronne des Café de la Gare ein Schankhandtuch und ging in die Badeanstalt in der Nähe des Cluny. Aber Austernschalen sind schlammig und geröstete Kastanien rußig. Sein blauschwarzer, harter Bart wuchs so rasch, dass er schon eine Stunde nach dem Rasieren wieder sichtbar wurde. Er trug einen hochgeschlossenen Sweater, den er in seine sackartigen Samthosen steckte, die von einer breiten blauen Schärpe hochgehalten wurden. An Regentagen trug er Sandaletten, schien die Sonne, Ledersandalen. Strümpfe fand er altmodisch und sinnlos.

Ich möchte nicht den Eindruck erwecken, als wäre l'Oursin grobschlächtig und unmusikalisch gewesen, oder dass nicht viel Vernünftiges enthalten war in seinem Gerede, das er mit so lauter Stimme vorbrachte. Seine massige Erscheinung war abschreckend, seine Kleidung zweckentsprechend; die Art, wie er seinen Lebensunterhalt verdiente, erlaubte es ihm nicht, heikel und wählerisch zu sein. Er war tatsächlich genau so schwarz wie der Kohlenausträger, außer wenn er aus dem Bad kam. An seiner Gangart merkte man, dass er in seiner Jugend Matrose gewesen war.

Die Frauen, die Menschenkenntnis besaßen, mochten ihn gern; die anderen hatten vor ihm einen gewissen Respekt, lediglich deshalb, weil er so männlich-heroisch auftrat. Über Madeleine, die Besitzerin vom Café de la Gare, mit ihrer scharfen Zunge, konnte er sich vor Lachen ausschütten, während er bei der Arbeit war. Die blauäugige Alice, die Frau des Kohlenhändlers, stand gegen den Ausschank gelehnt und sah ihm einfach mit einem verständnisvollen Lächeln zu; sie ließ ihn austoben. Sie gehörte zu jenen Frauen, die einem Mann gerne gefällig sind, und sie verstand, was ihm nottat; sie mochte ihn also nicht in die Kälte hinausschicken, wenn es auf zwei Uhr zuging, auch wenn sie noch so schläfrig war. L'Oursin war siebzig Jahre und sah aus wie fünfzig. Sie war vierzig und sah aus wie fünfunddreißig. Trank er nach Mitternacht zu viel (für seine Verhältnisse), versuchte sie ihn freundlich zu stoppen, wenn sie allein in der Bar waren. Hie und da kam es vor, dass sie ihn bis zu seiner Tür am Quai im nächsten Häuserblock begleitete, weil sie fürchtete, dass er auf der Straße hinfallen würde, wenn man ihn sich selbst überließ. Ein unehrerbietiger Gedanke, Alice betreffend, kam ihm nie in den Sinn. Sie war die Frau seines Freundes André, eines Mannes wie er selbst.

Einmal, zu Beginn der Zwanzigerjahre, hatte l'Oursin dem Krautkopf am Gesicht angesehen, dass dieser sich vor ihm fürchtete, und obgleich er seinen Vorteil nie ausgenützt hatte, war ihm die Tatsache doch im Unterbewusstsein haften geblieben. Kam er zufällig auf der Straße am Krautkopf vorüber, dann machte er sich auf dem Trottoir breit und ließ nur einen, wenn es hoch kam, kleinen Raum neben sich frei. Am Abend im Caveau donnerte er immer die Meinung des Krautkopfs in Grund und Boden. Genau wie der Garçon Georges hatte er auch gegen die Trabanten des Krautkopfs, Monsieur Gion und den Aufseher, Monsieur Panaché, eine gesunde Abneigung.

Eines Nachts, es war im Jahr 1936, knapp vor den Wahlen der *Front Populaire*, als die Wogen der Klassengefühle und Wahlgespräche hochgingen, hatte Alice eine so starke Migräne, dass l'Oursin, obgleich er schon recht angeheitert war, sie bedrängte, ihre kleine Bar zuzusperren und sich hinzulegen.

»Alors, fiche le camp, grosse fainéante«, sagte er; das war so seine Art, die Sache zu formulieren.

In der Normandie Bar gab es eine Menge Juden, die aus Deutschland geflohen waren, und obgleich l'Oursin keinesfalls ein Antisemit war, hörte er ungern eine fremde Sprache, von der er nichts verstand. Die Zimmer in Saras Hotel waren damals hauptsächlich mit Flüchtlingen belegt, die ihr reicher Onkel aus dem Quartier du Temple geschickt hatte. Häufig hatte der Onkel ihnen die Reise bezahlt, und er bestritt auch ihren Unterhalt in Paris so lange, bis sie sich aus eigener Kraft durchbringen konnten. Es war dies sehr schwer, weil die französischen Behörden unter dem Druck der Arbeitslosigkeit im eigenen Lande den Ausländern keine Arbeitsbewilligung geben wollten und von ihnen hohe Gebühren verlangten, wenn sie versuchten, eine zu bekommen.

Als er am Hôtel Normandie vorüberging, sah l'Oursin nur in der Bar Caveau Licht. Er lenkte also seine Schritte dorthin. Um den Schanktisch herum standen der Krautkopf, Monsieur Gion, Monsieur Panaché und der Zahnarzt aus der Nachbarschaft, Dr. Roux. Beim Eintritt des Kastanienverkäufers brach das Gespräch plötzlich ab, das bis dahin in heimlichem Flüsterton geführt worden war, und das Quartett der Konservativen sah ärgerlich weg und knurrte nur irgendetwas, als l'Oursin mit schallender Stimme sein »Bonsoir, Messieurs!« hören ließ.

Nur Georges, der Serbe, sah erfreut drein und strich sich seinen langen Schnurrbart.

Der Krautkopf und seine Genossen hofften, dass der Kastanienmann nur etwas trinken und dann wieder verschwinden würde, und das wäre wohl auch ursprünglich l'Oursins Absicht gewesen, hätte er nicht bemerkt, dass die Rechte ihn gern losgeworden wäre. Er beschlagnahmte also zunächst einmal einen gehörigen Platz am Tresen, steckte sich eine besonders übel riechende Zigarette an und bestellte einen Roten. Georges grinste und schenkte ihm ein gestrichenes Wasserglas aus der teuren Flasche voll, berechnete aber nur den billigeren Pinard. Ungefähr eine Minute lang herrschte tiefes Schweigen. Der Krautkopf versuchte, eine unbefangene Miene aufzusetzen. Er wäre am liebsten weggegangen, aber er konnte es sich angesichts seiner Trabanten, besonders vor dem Zahnarzt, der gute Beziehungen hatte, nicht leisten, schüchtern oder würdelos zu erscheinen. L'Oursin wandte sich zuerst an Georges. Er sagte, dass die Linksparteien sich nun endlich zusammengeschlossen hätten. Sie würden bei den Wahlen gewinnen und in den Ministerien reinen Tisch machen. Keiner, nicht einmal die Angestellten der lausigen Präfektur, konnte mehr sicher sein, dass er seinen Platz behalten würde, meinte der Kastanienmann.

Hierauf machte er es sich noch ein wenig bequemer, stupste Panaché kaum merklich, bat ihn mit ausgesuchter Höflichkeit um Entschuldigung und zwang die Gesellschaft wieder zum Schweigen. Nur die Schweizer Uhr tickte. Schweißtropfen begannen sich auf der Stirn des Krautkopfs zu bilden. Der Zahnarzt bezahlte, ließ sein Glas halb ausgetrunken stehen, verabschiedete sich vom Krautkopf und zog ab.

L'Oursin fing wieder an, von der *Front Populaire* zu sprechen und darüber, was Blum tun würde, wenn er Ministerpräsident werden würde, mit den Arbeitern hinter sich. Er würde seine Zusagen nicht brechen wie der Lump Tardieu.

Der Krautkopf konnte es nicht länger aushalten. Die Adern auf seiner Stirn begannen mächtig anzuschwellen, und er wirkte aufgeblasen wie eine Kropftaube.

»Monsieur, Sie gehen zu weit«, sagte er, den Kastanienmann scharf fixierend, der daraufhin in ein so brüllendes Gelächter ausbrach, dass der Wachhund von der Tischlerei nebenan zu bellen begann.

Der Kastanienmann ließ sich nicht im Geringsten beirren.

»Blum ist ein Gentleman«, fuhr er fort und tat, als habe er die Wirkung seiner Worte gar nicht bemerkt. »Er wird die Vierzigstundenwoche einführen« – lauter werdend –, »die *Vierzigstundenwoche* und ein Gesetz zum Schutz der Gewerkschaften, damit die Gauner nicht die Komitees auflösen können. Der Mindestlohn ...«

»Wissen Sie, was das kosten wird? Zwölf Prozent, Monsieur«, sagte der Krautkopf, bleich vor Wut.

»Wer wird zahlen müssen?«, fragte l'Oursin und wandte sich dabei direkt an Georges, der schüchtern jede Kenntnis darüber ablehnte.

»Monsieur!«, fauchte der Krautkopf. Er hüpfte auf und ab wie ein Gummiball und schlug dabei mit den Armen um sich, aber der Kastanienmann ignorierte ihn vollkommen.

»Du weißt nicht, wer bezahlen müssen wird?«, richtete l'Oursin wieder die Frage an Georges.

Georges schüttelte den Kopf und wischte sich den Schweiß aus dem Schnurrbart.

»Ich glaube, es ist gescheiter, wir gehen«, sagte Panaché leise zu Gion.

L'Oursin fing daraufhin an, die Arbeitgeber und Finanzleute zu beschreiben, die die zwölf zuzüglichen Prozente extra zu bezahlen haben und dafür fünfzehn Prozent dem Volk wieder abknöpfen würden – die Gauner.

»Bleibt doch«, sagte der Krautkopf zu seinen beiden Gefolgsmännern. »Wir sind an einem öffentlichen Platz.«

»Eben!«, sagte l'Oursin, glücklich darüber, dass ihm der Krautkopf eine so gute Handhabe gegeben hatte. »Das Lokal gehört auch noch anderen, nicht nur schäbigen kleinen Tintenkulis und betrogenen Ehemännern …«

Das war zu viel für Georges Selbstbeherrschung. Er bemühte sich, den Krautkopf nicht anzusehen, als er zu lachen begann, aber irgendwie machte er dies doch zu auffällig. Jeder wusste, dass Panaché und Gion ihre Mädchen derartig unterdrückten und sie so sorgfältig überwachten, dass die beiden sie unmöglich betrügen konnten. Der Krautkopf war an seiner verwundbarsten Stelle getroffen worden. Er hatte Jeanne Fallen gestellt, hatte sie verhauen, ihr stundenlang die Daumenschrauben angesetzt, ohne auch nur den Schatten eines überzeugenden Beweises gefunden zu haben. Und dennoch war er sich klar darüber, dass sie ihn hinterging, und dass die Nachbarn wussten, was er nur mutmaßte.

Diese Nacht ging es in No. 32 lebhaft zu. Der Krautkopf war in einem Zustand der Besessenheit nach Hause gekommen – nicht geräuschvoll, sondern mit verhaltener Wut. Ohne sich auch nur die Zeit zum Ablegen von Rock und Hut zu nehmen, raste er ins Schlafzimmer, drehte das Licht auf, riss seiner Frau, die im tiefsten Schlaf lag, die Bettdecke herunter und beschimpfte sie, kaum dass sie die Augen aufgeschlagen hatte. Endlich war er ihr hinter ihre Schliche gekommen, schrie er, jetzt wisse er alles.

»Schrei nicht so laut, Eugène kann dich hören«, sagte Jeanne.

»Du gibst also zu, dass du eine Hure bist«, rief der Krautkopf brennend vor ungläubiger Genugtuung und triumphierender Wut.

»Ich habe nie Geld angenommen«, sagte Jeanne vollkommen kühl.

Nun verlor der Krautkopf alle Besinnung. Er packte eine große blaue Vase und zerschmetterte sie auf dem Fußboden. Er packte Jeannes Toilettensachen und schmiss sie auf sie – Parfümzerstäuber, Puderdose, Lippenstift, Spiegel. Der Spiegel fügte ihr eine Wunde über dem Auge zu.

»Sag mir, wie er heißt!«, brüllte der Krautkopf.

»Was denn nicht noch alles?«, sagte Jeanne.

Er schrie und tobte weiter und ging schließlich mit einem ledernen Kofferriemen, an dem sich eine schwere Metallschnalle befand, auf sie los. Jeanne rief gellend um Hilfe. Überall wurden die Fenster geöffnet, im oberen Stockwerk, über der Straße. Die eiligen Tritte des Polizisten Masson hallten von der Gasse herauf. Vom Trottoir aus rief l'Oursin herüber:

»Na also, jetzt prügelt er die Frau tot! Komm herunter. Ich werd's dir zeigen!«

»Was ist denn los?«, krächzte Madame Absalom.

»Der Krautkopf glaubt, dass man ihm Hörner aufgesetzt hat«, schrie der Kastanienmann zurück.

»Wer glaubt denn etwas Anderes?«, fragte die schlaue Alte und langte nach einem Umschlagtuch.

»Macht keinen solchen Lärm hier; Chiappe kann euch hören«, warf der Polizist Masson ein, er wandte sich an l'Oursin und Madame Absalom und kümmerte sich nicht mehr um die immer schwächer werdenden Geräusche aus der Wohnung des Krautkopfs. Der Kastanienmann senkte die Stimme zu einem Flüstern, Madame Absalom kicherte nur mehr leise, und die Nachbarn, die die Köpfe aus den verschiedenen Fenstern herausstreckten, sprachen weniger, lauschten dafür aber umso intensiver auf den Lärm, der plötzlich mit einem Schrei und einem harten Plumps verstummte.

Was geschehen war, sickerte erst am nächsten Tag durch; die Dienstleute brachten es durch feinfühliges Vortasten heraus. Eugène, der dicke Sprössling, der immer gegen den Krautkopf Partei ergriffen und zur Mutter gehalten hatte, hatte den porzellanenen Schirmständer im Vorzimmer gepackt, die einzige Waffe, die er gerade zur Hand hatte, und damit seinen Vater von hinten zu Boden gestreckt, als dieser gerade Jeanne mit dem Lederriemen peitschte.

»Schließlich ist er ja sein Vater«, sagte Madame Durand, die Blumenhändlerin, die trotz ihrer Hartherzigkeit als Arbeitgeberin doch tugendhaft war und auf Krautkopfs Seite stand, weil sie hübsche Frauen nicht ausstehen konnte und die *Front Populaire* fürchtete. Alice, die Frau des Kohlenhändlers, fühlte sich verantwortlich für den betrunkenen l'Oursin und stellte ihn scharf zur Rede. Es war vor ihr in der Bar viel davon geredet worden, wie Blum, wenn er einmal dran kam, den Arbeitern helfen würde. Sie wusste nur zu gut, wie bitter notwendig sie diese Hilfe brauchten. Und dennoch blieb sie ängstlich bei den Konservativen und fürchtete sich vor Reformen; darum hielt sie auch ihren riesigen, sanftmütigen Mann von allen politischen Bewegungen fern und wünschte sich nur, dasselbe mit l'Oursin, Monsieur Frémont, Pissy und allen anderen radikalen Gästen machen zu können. Seit Pissy Kommunist geworden war, bediente Alice ihn immer noch mit dem gleichen freundlichen Lächeln, aber sie schimpfte ihn, wenn er gegen die Kirche loslegte, wohin sie selbst pflichtschuldig ging, obwohl sie ihren kleinen André in die öffentliche Volksschule schickte.

In der Familie des Krautkopfs war man an einem toten Punkt angelangt. Dr. Clouet hatte ihm die Wunde am Hinterkopf mit ein paar Stichen zusammengenäht, und so lange er noch das Heftpflaster trug, ging der Krautkopf morgens und abends über die Place Saint-Michel zur Präfektur und zurück, nicht durch unsere Straße. Eugène, der nun meinte, sich mit dem Vater an Körperkraft messen zu können, begann heimlich Boxstunden zu nehmen, um im gegebenen Fall bessere Chancen zu haben. Jeanne war zwar übel zugerichtet, aber ihre Verletzungen waren nicht gefährlich; sie traf sich wie bisher mit ihrem Perser, zwei Häuserblocks weit entfernt. Der Unterschied war bloß der, dass der Krautkopf nunmehr sicher wusste, was er seit langem vermutet hatte, aber den Namen dessen, der ihm seine Ehre gestohlen hatte, kannte er immer noch nicht. Die Tatsache, dass er Jeanne nicht auf die Straße setzte, war für alle Leute aus der Nachbarschaft ein Beweis dafür, dass er, wie Eugène behauptete, Gelder aus Jeannes Mitgift veruntreut hatte, die er im Falle eines öffentlichen Skandals nicht ersetzen konnte.

Der Kastanienmann benahm sich eine Zeit lang vollkommen gesittet; die Konservativen wurden bei ihren nächtlichen Zusammenkünften im Hôtel du Caveau nicht mehr behelligt. Die Sozialisten trafen sich weiterhin im Café Saint-Michel; die jüdischen Flüchtlinge gingen im Hôtel Normandie aus und ein; Kommunisten, die zu Besuch da waren, und Genossen aus anderen Stadtteilen fingen an, das kleine dalmatinische Restaurant *chez Daniel*, gleich um die Ecke vom Normandie, in der Rue de la Harpe, als sicheren, bequemen Ort zu betrachten, weil dort immer die Distriktsleiterin Milka mit Stefan und Pierre Vautier zu Mittag aß. Weder Daniel, der Athlet und Geschäftsmann, noch Madame Berthe, seine bescheidene, schwarzgekleidete Gattin, regten sich darüber auf, umso weniger als Milkas Freunde immer ihre Rechnungen bezahlten, fast nie Lärm machten oder betrunken waren und einen festen Kern für ihren ständig wachsenden Kundenkreis bildeten. In der Rue de la Huchette herrschte noch immer ein guter, nachbarlicher Geist, aber die Klassen begannen, ihre Grenzen genauer abzustecken, ähnlich wie wenn Karten zuerst bloß ausgeteilt, aber dann nach Farben geordnet werden.

Es mussten erst die Wahlen vom 26. April kommen, mit einem überwältigenden Sieg der Linken, der die Faschisten auf der ganzen Welt dazu veranlasste, gegen eine Demokratie Front zu machen, die sie nicht mehr dominieren und kontrollieren konnten, um die Grenzen zwischen den einzelnen Klassen deutlicher zu ziehen.

Von rechts nach links gesehen, bestand die *Front Populaire* aus Kommunisten, Sozialisten und den fälschlich so benannten Radikalsozialisten. Diese Parteien erhielten zusammen 381 Mandate in der Kammer, die Rechte 237. Sie hatten sich einem Programm sozialer Reform verschrieben. Léon Blum, ein akademisch gebildeter, reicher jüdischer Ästhet, von einer Reihe blühender Industrieunternehmungen gestützt, wurde Ministerpräsident und stellte ein Kabinett mit den Sozialisten und Radikalsozialisten auf, unter Führung von Herriot und Daladier, deren Beziehungen zu Stavisky von Partei und Öffentlichkeit verziehen und vergessen schienen. Die Kommunisten versprachen, Blum zu stützen, wollten aber erst dann dem Kabinett beitreten, wenn sie ihn in Aktion gesehen hatten. Ihre numerische Stärke in der Kammer war von 10 auf 72 angewachsen.

Blum war durch Jean Jaures zum Sozialismus bekehrt worden und hatte mit ihm *L'Humanité*, das sozialistische Organ, das seit der Mitte der Zwanzigerjahre kommunistisch war, gegründet. Hyacinthe und Madame Berthelot bewunderten sein elegantes Französisch. Bei Fabriklern und Eisenbahnern hatte dies keine so starke Wirkung, aber die Arbeiter respektierten ihn und jubelten ihm zu, ohne ihm im Detail zu folgen.

Eines Abends, Blum hatte kurz zuvor das Hotel Matignon, das Hauptquartier des Ministerpräsidenten, bezogen, kam der Satyr nicht nach Hause, und am nächsten Morgen brachten alle Zeitungen spaltenlange Berichte über die ersten Sitzstreiks. Als ich die Listen der Fabriken, Geschäfte, Gruben usw. durchging, las ich den Namen des Restaurantbesitzers im Bois de Boulogne, wo der Satyr als Stellvertreter des Direktors angestellt war.

Am gleichen Morgen spielte sich in No. 11 im Hauseingang ein heftiger Streit ab zwischen Monsieur und Madame Frémont, die im Allgemeinen ein Herz und eine Seele waren. Die blonde, bleiche Yvonne stand weinend neben den Eltern und wartete, schon fix und fertig angezogen, um zur Arbeit zu gehen, mit dem Täschchen schon in der Hand.

»Du kannst tun was du glaubst, und deine Arbeit verlieren und dich ins Gefängnis stecken lassen«, sagte Mathilde Frémont zu ihrem Mann. »Aber meine Tochter bleibt heute zu Hause.«

»Meine Tochter verlässt ihre Arbeitskameraden nicht«, sagte Frémont und wandte sich dann an Yvonne mit den Worten: »Geh – und bleibe so lange bis alles vorüber ist.«

Madame Frémont versuchte, Yvonne am Ärmel festzuhalten, worauf Frémont, heftiger als er eigentlich beabsichtigt hatte, ihr den Arm wegriss. Er war ganz rot vor Zorn und sagte noch einmal zu seiner Tochter: »Geh!«

Ohnmächtig schluchzend sank Madame Frémont zu Boden. Der Briefträger warf ihr einen mitleidigen Blick zu, zuckte die Achseln, nahm seine Uniformmütze und ging fort.

Yvonne hatte damals eben einen Posten als Verkäuferin in den Galeries Lafayette bekommen, der es ihr ermöglichte, sich etwas hübscher zu kleiden und ihre Mitgift, die im Jahr 1936 auf 6.000 Francs angewachsen war, zu erhöhen. Sie hatte von einigen Mädchen erfahren, dass an jenem Tag ein Streik organisiert werden sollte, und ihre Eltern gefragt, was sie tun sollte.

Diese Streiks, obgleich sich keiner in der Rue de la Huchette abspielte und nur der Satyr und die brave kleine Yvonne davon als Teilnehmer unmittelbar betroffen wurden, wirbelte bei uns viel Staub auf. Während sich die Bewegung ausbreitete und die Regierung unschlüssig war, nahm jeder, der in unserer Straße wohnte, mit wachsender Empörung und auflodernder Feindseligkeit pro oder contra Partei. Das Besitzrecht war angegriffen worden und wurde inoffiziell verteidigt, mit Blut und Eisen und Entlassungsscheinen, eingedroschenen Schädeln und Beerdigungen. Dass die Streikenden sich ganz ruhig benahmen und achtsam darüber wachten, dass niemand etwas zerstörte oder stahl, gab den friedlich durchgeführten Demonstrationen noch verhängnisvolleren Charakter. Zunächst wurden die Kommunisten der Organisation der Bewegung beschuldigt, bis zu dem Augenblick, wo sie so stark an Boden und so zahlreiche Anhänger gewonnen hatte, dass die Bolschewikenfresser nicht mehr gut zugeben konnten, dass die Roten eine solche Macht hätten.

Der Krautkopf und seine Gruppe brüllten, man solle Kriegsrecht einführen und Blum durch die Armee und die Rechte stürzen. In einem Punkt war sich unsere ganze Straße einig: der Streik war illegal. Diejenigen, die mit den Streikenden sympathisierten – es war eine Minorität –, lächelten und sagten »Und wenn schon!«, sooft dieses Argument als entscheidend ins Treffen geführt wurde.

Zu denen in der Rue de la Huchette, die sich ganz offen zu den Streikenden bekannten, zählten die Folgenden: Henri Julliard; Georges, der Garçon; Thérèse, die ehemalige Köchin; Hortense Berthelot; Léonard, der Ziehharmonikaspieler; der Block Milka, Stefan und Pierre; Noël, Monge und der Satyr (der selbst streikte); Madame Absalom, die in dem Neuartigen, Illegalen schwelgte; Odette und Jean von der Molkerei, sowie die Milchausträgerin Colette; Frémont (jedoch nicht seine Gattin); der Polizist Masson; Madame Mariette, Mireille, Suzie und die kleine Daisy vom *Panier Fleuri*; Sara, Guy und Louis, der einarmige Garçon, der Hund Mocha und alle Flüchtlinge aus dem Hôtel Normandie; Madame Julien, die Gattin des Friseurs (ihr

Mann nicht); Maurice aus der *Vie Silencieuse*; Pissy, der Eisenbahnangestellte; Nadia, das schöne Modell; Hyacinthe, die reizende junge Schauspielerin; der brüllende Kastanienmann und der Vagabund l'Hibou.

Da die Gruppierung im Lauf der eingetretenen Krisen sich niemals wandelte und selbst heute noch besteht, trotz Okkupation und Verfolgung, führe ich hier die Mitglieder der Opponenten ebenfalls an und lasse nur jene Personen weg, die keinerlei Richtung angehörten, die Gleichgültigen oder geistig Trägen, die nicht fähig waren, sich irgendwo anzuschließen und keine ausgeprägte Meinung hatten.

Der Krautkopf war derjenige, der am unflätigsten schimpfte; Pater Desmonde und Pater Panarioux hatten den größten Einfluss. Die übrigen Rechtsflügler folgen hier: Monsieur und Madame Trévise und die Sklavin Eugénie; Monsieur de Malancourt; Richter Lenoir und Anne Goujon; Dr. Clouet; Dr. Roux; Monsieur und Madame Corre und ihre Schwiegertochter; der Verleger religiöser Literatur; Alice, die Frau des Kohlenverkäufers; Gion und Bernice aus der Musikinstrumentenhandlung; Monsieur und Madame Durand vom Blumengeschäft; der Schneider, Monsieur Saint-Aulaire; Madame Joli, aus der Putzerei und Färberei; Monsieur und Madame Jacques Luneville und ihr Sohn vom Spezereiwarenladen; der Markensammler Monsieur Dominique; der Barbier Julien; Monsieur und Madame Gilotte, die Bäckersleute; Madame Spook (Mrs. Root), die Engländerin; der Polizist Benoist; Monsieur und Madame Lanier vom Clandestin; Madame Frémont; der Buchbinder Dorland; die alten Taitbouts; die beiden alten Jungfern aus dem Elsass und der Oberst der Reserve von No. 7; Madame Claire im Caveau; Marie Julliard; Daniel und Berthe Petrovich; der Aufseher Panaché; der Besitzer des Delikatessengeschäfts; Villières, der Mann, der das Farbengeschäft hatte; der alte Möbeltischler von No. 3; Monsieur Salmon, der Schlachter und Monsieur Luttenschlager, der die Devotionalienhandlung hatte.

Von der Nichteinmischung

Lebhaft steht vor mir die Erinnerung an einen Abend im November. Meine französischen Freunde saßen in der Bar Caveau um mich herum, um von meinen spanischen Freunden zu hören, die, während sie noch so tapfer kämpften, schon dem Untergang geweiht waren. Wir schrieben das Jahr 1936, dieses entsetzlichste aller Jahre. Was einen so deprimierte, war nicht, dass die Faschisten in allen Ländern für den Faschismus planten und kämpften. Was konnte man von ihnen anderes erwarten? Das, was unserer Vorkriegswelt den Todesstoß versetzte, war die träge Feigheit und Heuchelei der sogenannten Demokraten, die den Faschisten in die Hände arbeiteten und das Todesurteil zahlloser unschuldiger Millionen besiegelten.

Frankreich hätte sich erholen können von Manschukuo und Abessinien, dem Staviskyskandal, den Streiks und Hitler im deutschen Rheinland. Von dem Verrat aber, der unter der Bezeichnung »Nichtintervention« ging, die dem schluchzenden Blum und dem bereitwilligen Delbos von Baldwin-Chamberlain-Halifax-Simon aufgezwungen wurde, konnten sich weder

Frankreich noch die Freiheit erholen und die Ströme von Blut nicht mehr gestillt werden, die ihren Herzen entquollen.

Im Oktober wurden italienische Truppen, Flugzeuge, Panzer, Artillerie und Munition zur Unterstützung Francos im Eiltempo nach Spanien gesandt, und deutsche Ingenieure mit Material und Ausrüstungsgegenständen standen den Rebellen zur freien Verfügung. Die herrschende Clique in England hatte schon ihre Wahl getroffen und hielt Frankreich und die Vereinigten Staaten auf der gleichen Linie. Die Regierung, die in Spanien gewählt worden war, und die republikanischen Spanier sollten den Monarchisten, der mittelalterlichen katholischen Hierarchie, den Großgrundbesitzern, reichen Fabrikanten, Generälen, (Spanien hatte 257 Generäle und 21.000 aktive Offiziere in der Armee), den italienischen Faschisten, den maurischen Legionären und den *Heil Hitler!* brüllenden Deutschen aufgeopfert werden.

Die Entschuldigung war der »Kommunismus«, der damals in Spanien gar nicht existierte, und das Schlagwort lautete: »Es muss um jeden Preis verhindert werden, dass der Krieg sich ausbreitet.« Dass der Preis in der Vernichtung freier Männer und unschuldiger Frauen innerhalb einer im Entstehen begriffenen Republik bestand und darin, dass das »republikanische« Frankreich auf allen Seiten von faschistischen Armeen und Regierungen – der deutschen, belgischen, italienischen und spanischen – umstellt wurde und die Diktatoren Gelegenheit bekamen, ihre Armeen zu schulen, ihre Kriegsmaterialien im Feld zu vervollkommnen und auszuprobieren und an einer hilflosen Zivilbevölkerung – wie z. B. in Guernica – Experimente zu machen, und die Arbeiterklasse überall verzweifelt war, das kümmerte die Cliveden-Clique und Konsorten in Frankreich, einschließlich Bonnet, Delbos, Laval und Pétain nicht im Mindesten.

Weit ab von den Regierungen in Washington und Europa lag doch die Rue de la Huchette! Und wie viel besser waren offenkundig meine Freunde in ihren Geschäften und Cafés informiert als die Staatsmänner! Die Faschisten im Quartier Saint-Michel wünschten Franco den Sieg in Spanien; sie wünschten sich die Verbreitung des Faschismus und freuten sich beim Gedanken an seinen Einfluss in Frankreich. Die Republikaner wussten, dass das, was ihren Brüdern jenseits der Pyrenäen geschah, auch auf sie wartete, und sie wussten auch, wer dahinter stand, und dass Blum, auf den sie ihre Hoffnung gesetzt hatten, und die Volksfront, ihr in aller Form gewähltes Bollwerk gegen reaktionäre Bestrebungen, feig waren.

Gegen Ende des Jahres 1936 leisteten Patrioten von der Art Henri Julliards, Pierre Vautiers, Frémonts oder Noëls zwar immer noch Widerstand, aber sie hofften innerlich nicht mehr, wie Hortense Berthelot, die unerschütterliche Milka, Mariette, Maurice, Hyacinthe und der Kastanienverkäufer.

Im Jahr 1936 senkten sich die Schatten der Nacht immer rascher herab, und heute noch zeigt kein Schimmer, kein Riss in der Wolkendecke die Morgenröte an.

Ich war wenige Stunden, ehe die Italiener kamen, aus Ibiza auf einem deutschen Minenleger, *Der Falke*, entkommen. Dies war mir gelungen, weil ich mich und meine Frau, sowie den spanischen Parteiführer der Linken, Cosmi Mari, der als meinen Koch, und ein deutsches Mädchen, das als Erzieherin meines Stiefsohnes reiste, als Neutrale ausgab. Die Schilderung jener Jahre in Spanien und mein Bericht über den Beginn des Krieges kommen in meinem Buch *Leben und Tod einer spanischen Stadt* vor. Was damals mit uns Landflüchtigen, die wir nur spärlich mit Geld, Kleidern und Papieren versehen waren, geschah, wie man hin- und hergeschoben wurde zwischen den verschiedenen mächtigsten Flotten der Welt, und wie wir schließlich in Marseille landeten, wurde an dem betreffenden Abend im Hôtel du Caveau erzählt.

Henri Julliard stand wieder hinter seinem kleinen Schanktisch; Madame Marie schlief oben. Der Garçon Georges war für seine Ausdauer belohnt worden und hatte an der Arbeit Freude. Was Georges vorausgesagt hatte, war geschehen: die Amances hatten im Hotel keine Geschäfte machen können, und Monsieur

Henri musste es wieder übernehmen. Trotz des damit verbundenen finanziellen Verlustes war Henri, glaube ich, doch froh, wieder das alte Leben führen zu können.

Seine ehemaligen Gäste, die sich bis auf die Streitkumpane des Krautkopfs in die anderen Cafés aufgeteilt hatten, kamen einer nach dem anderen zurück, aber die beiden feindlichen Gruppen, die für oder gegen die *Front Populaire* Stellung bezogen, stießen nicht wie in früheren Jahren miteinander an. Die Rechte kam gleich nach dem Abendessen, zwischen halb acht und acht Uhr und zerstreute sich gegen zehn Uhr. Wenn zu diesen Stunden Madame Berthelot, Madame Absalom oder die Griechin Mary noch etwas länger im Restaurant bleiben wollten, saßen sie ruhig an ihren Tischen und taten, als hörten sie nichts, was immer auch um sie herum gesprochen wurde. Dies fiel Madame Absalom schwerer als den anderen; ab und zu schleuderte sie dem Krautkopf ein herausforderndes Wort zu – er aber sprach hochmütig weiter, ohne sich auch nur umzudrehen.

Gegen elf Uhr, wenn die Reaktionäre glücklich fort waren, erschienen meist der Kastanienverkäufer, Frémont, Noël, Monge, der Satyr, häufig auch Milka mit ihren beiden Getreuen, Stefan und Pierre, im Caveau, und die Sitzung begann. Ungefähr zu der Stunde, als Mariette vom *Panier Fleuri* während ihrer nächtlichen Ruhepause herüberkam, war Pater Panarioux, der übrigens Anti-Marxist war, mit seinem Orgelspiel in Saint-Séverin fertig, wo er viele begabte Schüler unterrichtete. Mehr als einmal war ich Zeuge, wie die beiden aus verschiedenen Richtungen sich dem Eingang näherten und dort angekommen eine Art rituellen Tanz aufführten, weil jeder dem anderen, allerdings nicht aus dem gleichen Grunde, den Vortritt lassen wollte.

»Ihr habt doch beide Röcke an – wo liegt also der Unterschied?«, krächzte Madame Absalom anlässlich einer solchen Gelegenheit einmal, und der Kastanienverkäufer brach in ein schallendes Gelächter aus, in das der geistliche Herr gutmütig einstimmte.

Die Situation in Frankreich glich derjenigen in Spanien so sehr, dass meine Freunde auf die Ereignisse so reagierten, als sähen sie sich selbst im Traume. Alle hatten sie es mit dem gleichen Feind der demokratischen Ideale zu tun:

- mit der Militärclique, die faschistisch war,
- mit den Finanzleuten, den großen Arbeitgebern und den Großgrundbesitzern,
- dem reaktionären katholischen Klerus,
- Italien, Deutschland, Portugal und Japan,
- unterdrückten rachsüchtigen Völkerschaften in Afrika,
- mit einer entthronten Aristokratie.

Die spanischen Militärrebellen hatten keine so große Macht wie die entsprechende Gruppe in Frankreich. Sie schlugen zu, weil sie vom Ausland besser gestützt wurden und die Opposition im Lande weniger Ressourcen hatte. Eigentlich waren die spanischen Kapitalisten ebenso stark wie die Großindustriellen und Finanzmänner in Frankreich. Der spanische Klerus war, im Gegensatz zum französischen, niemals in seine Schranken gewiesen worden. Auch nicht die spanische Aristokratie. Die Deutschen und Italiener wollten kein faschistisches und daher für den Widerstand besser organisiertes Frankreich. Die Stunde, zu der Frankreich vollkommen vernichtet werden sollte, war noch nicht gekommen. Spanien war der erste logische Schritt zur Eroberung Europas, weil es den Zugang zum Mittelmeer verrammelte und den Kanal bedrohte, während es gleichzeitig den Weg nach Afrika öffnete.

Als ich im November aus Spanien nach Paris kam, waren die republikanisch Gesinnten in der Rue de la Huchette schwer bedrückt. Dass es Franco nicht gelang, die Macht an sich zu reißen, wie er und die Diktatoren geplant hatten, wurde nicht als Niederlage gerechnet, hingegen jede Handbreit Land, die seine maurischen Truppen überrannten, als Sieg gebucht. Dass Madrid, Valencia, Alicante und Barcelona noch in Händen der rechtmäßigen Regierung waren, verblasste mit jedem Tage mehr durch die Tatsache, dass Italien, dann Deutschland und Portugal und zuletzt England eingriffen.

Die triumphierende Genugtuung der Feinde in unserer Straße – es hatte gar keinen Sinn mehr zu behaupten, dass es ein *einiges* Frankreich gäbe – war schwer zu ertragen und verschärfte noch die peinliche Spannung, die die einstmals so schöne, harmonische Nachbarschaft in zwei Lager spaltete – in dem einen herrschte bereits das Gefühl des Triumphes, im anderen rachsüchtige, verzweifelte Stimmung.

Als Franco Toledo einnahm und den Alcázar weiter verteidigte – was nur dadurch möglich war, dass die Regierung keine Artillerie zur Verfügung hatte – und die Rebellen sich Madrid immer mehr näherten, wurde der Krautkopf kühner und kühner. Er lächelte, winkte Republikanern auf der Straße gönnerhaft zu und ermutigte andere Faschisten, aus ihrem Gehäuse zu kommen und freier zu atmen. Die erste, die darauf positiv reagierte, war Madame Durand, die Blumenhändlerin, deren Kundschaft samt und sonders gegen eine Volksregierung war. Das Mädchen, das bei ihr arbeitete, seit sie zuerst Amélie und dann die halblahme Jacqueline fortgeschickt hatte, brach eines morgens in Tränen aus, als sie in der Zeitung die Fotografie einiger spanischer Kinder sah, die Mussolinis verwegene Bomber aus Mallorca getötet hatten. Sie hatte so verweinte Augen, dass sie sich, als sie herausgeben sollte, mit dem Geld verzählte. Am Abend stimmte die Kasse nicht, und die gutherzige Angestellte Hélène konnte den fehlenden Betrag nicht zuschießen. Madame Durand schleppte sie zur Wachstube an der Ecke der Rue du Chat-qui-Pêche und beschuldigte sie auf dem ganzen Weg dorthin mit lauter Stimme des Diebstahls. Die kleine Colette, Hélènes Freundin aus dem Milchgeschäft, versuchte herauszubekommen, was geschehen war, und Madame Durand gab ihr eine Ohrfeige. Colette ließ daraufhin das Gestell mit den Milchflaschen fallen und zerrte die laut schreiende Blumenhändlerin aus der Wachstube fort, während der Polizist Masson zwecklos herumsprang und der Sergeant nach Ordnung brüllte. Bevor sie besiegt wurde, riss Colette Madame Durand noch ein Büschel ihrer krausen Haare aus und zerkratzte ihr die Wange mit den Fingernägeln. Colette wurde verhaftet, aber ihre sozialistisch gesinnten Arbeitgeber bürgten für sie und wandten sich an einen ebenfalls sozialistischen Rechtsanwalt. Nachdem Madame Durand eine Schadenersatzsumme von fünfzig Francs erhalten hatte, wurden in der Nacht ihre Schaufenster mit Pflastersteinen eingeworfen, zu einer Zeit, da sowohl Hélène als auch Colette lückenlose Alibis nachweisen konnten.

Wären nicht Francos Truppen stündlich näher an die Außenbezirke von Madrid vorgerückt, wäre die Spannung in unserer Straße vielleicht langsam gewichen. Aber so wie die Dinge lagen, fühlten sich alle jene, deren Hab und Gut oder Privilegien durch die Volksregierung in Gefahr waren, durch die Vorahnung eines leicht errungenen Sieges und die Aussichten auf einen ähnlichen Triumph zu Hause angestachelt, spontan ihren Nachbarn auf der Verliererseite die Zähne zu zeigen. Die Bewohner der Rue de la Huchette, die generell egozentrisch waren und, wie alle Menschen, die sich in begrenzten Kreisen bewegen, einen engen Horizont hatten, machten sich nicht klar, dass wie überall auf der ganzen Welt zwei miteinander unvereinbare Ideologien in der Lage waren, indem sie sich gegenseitig auffraßen, die Welt in Stücke zu reißen.

Eines Abends – es war gerade in jenen entsetzlichen Novembertagen, wo das Schicksal Madrids in der Waagschale lag und Madrid zum Sinnbild des freien Menschen überhaupt geworden war – trat ein junger Mann in Kaki in die Bar Caveau ein. Er war keine besondere Erscheinung; seine Kleidung ähnelte einer Uniform, doch trug er keinen Patronengürtel und kein Gewehr und auch nur eine gewöhnliche Stoffmütze aus groß kariertem Tuch mit breitem Schirm.

»Mais Antoine, tu es tout à fait en militaire!«, sagte Henri Julliard.

Der Kastanienverkäufer verschüttete ein paar Tropfen des Rotweins, den er eben an die Lippen führen wollte, setzte das Glas nieder und umarmte den jungen Mann täppisch wie ein Bär.

»Tu vas casser la gueule là-bas?«

Der junge Pissy nickte. Er war weder ängstlich noch waghalsig, auch bestimmt keineswegs in erregter oder exaltierter Gemütsverfassung. Sein Entschluss war die Frucht zweiwöchiger ruhiger Überlegung, die er angestellt hatte, während er in einer Renault-Fabrik an der Seine arbeitete.

Sein Leben zog nicht in einem einzigen Augenblick an mir vorüber, wie es Menschen geschieht, die am Ertrinken sind, aber meine erste Begegnung mit ihm stand blitzartig vor meinem geistigen Auge. Sein Vater, der schon damals als Bahnarbeiter an der Gare Saint-Lazare beschäftigt gewesen war, hatte ihn auf der Straße über den Rinnstein gehalten, und dort hatte Antoine sein Geschäft verrichtet, während er zerstreut auf die gleichgültigen Passanten blickte. Dann hatte ich ihn als blasses Schulkind gesehen, dem die Mutter immer am Mittwoch und am Samstag ein, sage und schreibe *ein* Ei *chez* Odette und Jean kaufte. Die Eltern aßen keine Eier, sie waren ja erwachsene Menschen und brauchten keine.

Antoine, der wusste, dass ich gerade den Faschisten in Spanien entronnen war, und welche Gefühle mich dabei bewegten, sah mich fest an und lächelte.

»Entschuldige – wann fährst du?«, fragte Milka in geschäftsmäßigem Ton. Sie hätte sich die Ohren abschneiden lassen und sich mit Georges Bonnet ins Bett gelegt, wenn sie dafür das Risiko, das Antoine einging, hätte erleben können – stattdessen zog sie ihre groteske Mütze noch ein wenig schiefer in die Stirn. Ihr *Entschuldige* sollte andeuten, dass sie wusste, dass die gegebene Order nicht ausgeplaudert werden durfte. Die Regierung Blum hatte noch keine Posten aufgestellt, um französische Republikaner daran zu hindern, nach Spanien zu gehen und dort zu kämpfen, aber es wurde keine Reiseerlaubnis mehr ausgestellt, wenn bekannt war, dass der Reisende irgendeine Fahrt unternahm, mit der die Deutschen oder Italiener vielleicht nicht einverstanden waren.

Ich bat Antoine um ein paar Worte unter vier Augen, weil ich nicht wusste, was ich sagen oder welche Worte ich wählen sollte. Von allen, die im Zimmer anwesend waren, wusste ja nur ich, welchem Schicksal er entgegenging.

»Ist dir klar, dass du vielleicht nicht mit dem Leben davonkommst?«, fragte ich ihn. »Es geht da unten wüst zu, und Aussicht auf Besserung besteht keine.«

Er nickte. »Ich weiß«, sagte er.

Pierre Vautier stand ganz ruhig da, fast in Habachtstellung. Er starrte Antoine an, als sei dieser ein Gespenst. Mir schien, als könne ich beinahe in seinen Gedanken lesen. Auch er hatte Antoine gesehen, wie er auf dem Trottoir mit seinem Vater spielte; der Vater konnte mit einem Servierbrett und einem Glas einen Trommelwirbel nachahmen und erzählte von einem Pferd namens Senator, das er bei der Kavallerie geritten hatte. Pierre überlegte, warum dieser junge Mensch auf den richtigen Weg geraten war, während Pierre bei all seiner Erziehung und Kultur das offensichtlich Richtige zu tun versäumt hatte. Ich bemerkte, wie Pierre sich leise aufmachte und durch den Seiteneingang verschwand und ich wusste, dass er mit dem jungen Pissy zusammen den Zug nach Perpignan nehmen würde. Stefan entschloss sich nicht ganz so rasch, er brauchte ungefähr zehn Minuten länger, weil er sich daran gewöhnt hatte, dass Milka ihm sagte, was er tun solle.

Als die drei Freiwilligen Abschied nahmen, gab es keinerlei Kundgebungen. Pissy Vater, Milka, der Kastanienverkäufer und, neben mir humpelnd, Madame Absalom, begleiteten sie von der Bar Caveau bis zu einem Taxi auf der Place Saint-Michel. Stefan war leicht angeheitert, Antoine verschlafen und Pierre selbstbewusst.

»Schneidet den Makkaronis den Hals ab«, sagte Madame Absalom. Sie hasste die Italiener noch um eine Nuance intensiver als die übrige Menschheit. Unterm Arm aber trug sie ein Paket, das sie wütend ins Taxi hineinstopfte, als die Männer eingestiegen und schon im Abfahren waren. Sie hat mir nie erzählt, was sich darin befand, aber Pierre schrieb mir einige Wochen darauf, dass Absaloms wollener Halsschal ihnen allen reihum diente.

Während Madrid sich heldenhaft behauptete, bemühten sich die Engländer aus der führenden Schicht, die Nichteinmischung durchzubringen. Nur ein einziger Mann, ein Franzose, hätte die Sache aufhalten können. Der Mann hieß Blum, und er handelte nicht, besser gesagt, er handelte wie ein feiger Schuft. Es ist ja schön und gut zu sagen, dass er vielleicht glaubte, Frankreich einen Krieg ersparen zu können. Krieg ist etwas Schlimmes, aber für Männer, die Selbstachtung besitzen, ist es immer noch besser, wenn sie sterben, so lange sie sich noch als Männer fühlen, als Feiglinge und Heuchler zu werden und einem skrupellosen Feind, der sie in den Kampf oder die Versklavung treiben wird, wenn sie erst einmal demoralisiert sind, zum Gespött zu werden.

Die britischen Parteiführer entschlossen sich für ein Waffenlieferungsembargo, Panzer und Munition nach der einen oder anderen Seite in Spanien, wohl wissend, dass die Republikaner die legitime Regierung waren und dass Italien und Deutschland, via Portugal, die Rebellen weiterhin wie bisher mit allem versorgen würden, was sie brauchten, inklusive erstklassigem Truppenmaterial und Ingenieuren.

Die spanische Regierung konnte nur über Frankreich Kriegslieferungen erhalten, selbst wenn diese von Russland an Spanien verkauft wurden. Es lief tatsächlich darauf hinaus, dass die englischen führenden Politiker Franco erlaubten, alles anzufordern, was er an Waffen, Soldaten und Nahrungsmitteln brauchte, ohne dafür Barzahlungen leisten zu müssen; aber das Spanien der Zukunft nahmen sie als Pfand; die Republikaner aber wurden von jeglicher Versorgung abgeschnitten und hingeschlachtet. Die Engländer heckten nicht bloß diesen Plan aus, sondern

sie zwangen auch noch die Franzosen unter dem Druck einer doppelten Drohung, die Initiative zu ergreifen:
– mit der Weigerung, die östliche Front zu garantieren, und
– mit der Franc-Abwertung unter Kontrolle der Londoner Börse.

Dies war mit anderen Worten eine Aufforderung an Hitler, Frankreich zu beschlagnahmen und dort den Faschismus einzusetzen, und die Auflösung der *Front Populaire*-Regierung, die stürzen musste, wenn der Franc stürzte.

Als sei dies alles nicht genug, zwang England auch noch sechsundzwanzig andere Nationen, darunter Italien und Deutschland, den Nichteinmischungspakt zu unterzeichnen. Die beiden erwähnten Länder feierten das Übereinkommen, indem sie am Tag nach der Unterzeichnung 5.000 Mann in Cadiz an Land setzten; außerdem überredete Deutschland den Rebellengeneral Mola dazu, seine Offensive von Norden her zu führen, wo sich die Mineral- und Kohlenvorkommen befanden, die Deutschland benötigte. Wer kümmerte sich damals darum? Die Angreifer auf der ganzen Welt erhielten *Carte blanche*.

Es wird für eine zukünftige Generation schwer zu verstehen sein, dass, während die Rue de la Huchette und die ganze übrige Welt einen Kampf auf Leben und Tod führten, französische Großindustrielle und französische Politiker eine Weltausstellung planten. Ursprünglich beabsichtigte man damit, den Fremdenverkehr zu beleben, der, seit in Amerika die Depression herrschte, stark im Rückgang war. Kitschige Ausstellungsgebäude wurden auf dem Champ de Mars errichtet und ein kompliziertes Netz von Eingängen und Überführungen konstruiert, bis schließlich das Viertel um das Trocadéro und die Place de l'Alma wie eine New Yorker Untergrundstation aussah, die man auf Straßenniveau hinaufgehoben hat. In der Nähe des Haupteinganges, gerade unter dem alten Theater, hatten die Sowjets in einem hypermodernen Gebäude ausgestellt, auf der eine recht mäßige Statue thronte, die einen Stern emporhielt – gegenüber war der Eingang in die Ausstellungshalle der Nazis.

Die Tatsache, dass viele notleidende Juden zeitweilig Arbeit fanden, irritierte den Krautkopf dermaßen, dass er fast alle Abende in der Ausstellung zubrachte, die Juden dort zählte und Bemerkungen über sie machte, die sie hören mussten, wenn sie nicht allzu beschäftigt waren. Das Restaurant im Bois, wo der Satyr zweiter Chef war, hatte eine Filiale nahe dem rumänischen und dem tschechischen Kiosk eingerichtet, so dass französische Besucher, die ausländische Kost nicht riskieren wollten, wohl aber an ausländischer Musik Gefallen fanden, die Zigeuner Geige und Tamburin spielen hören konnten, während Flüchtlinge aus Prag auf der anderen Seite Walzer spielten.

Vom Tage der Eröffnung an war es klar, dass die Ausstellung ein Fiasko werden würde. Das einzige Stück, das dauernd die Aufmerksamkeit fesselte und die Sache überlebte, war ein Wandgemälde von Picasso – *Guernica* –, das nur einige Künstler und Arbeiter verstehen konnten. Begeistert waren ausschließlich die Deutschen. Selbstverständlich erleichterte die französische Regierung den Fremdenverkehr auf jede Art und ließ alle Leute, die sagten, sie kämen, um die Ausstellung zu besichtigen, ohne weitere Fragen oder Überwachungsmaßnahmen einreisen. Auf den Boulevards und in den Avenues des rechten Seine-Ufers hörte man eine Zeit lang mehr Deutsch als Französisch, und die Nazis mit ihren Eulengesichtern und den viereckigen Köpfen durchschwärmten, mit Führer und Fotoapparat ausgerüstet, die Stadt systematisch von einem Ende zum anderen und unternahmen ausgiebige Fahrten durch die französische Provinz.

In jenen Tagen des Jahres 1937 hatte noch niemand den Ausdruck *Fünfte Kolonne* gehört, außer ein paar Spaniern aus der Gegend von Madrid, wo Franco geprahlt hatte, er werde in der Stadt zur Unterstützung der vier Kolonnen, auf denen er seinen vierfachen Angriff aufgebaut hatte, noch eine fünfte innerhalb ihrer Mauern vorfinden. Aber es war doch die Ausstellung, die den Nazis Gelegenheit gab, ihre Stützpunkte aufzustellen und alles zu organisieren, das Terrain zu sondieren und zu begutachten, was sie demnächst okkupieren sollten und Frankreich mit Spionen und Verrätern zu durchseuchen. Es mag dies da und dort den französischen Offizieren oder den Mitgliedern der *Sûreté Générale* aufgedämmert sein, aber keiner von ihnen protestierte offen. Die Deutschen benahmen sich untadelig und schienen viel Geld zu haben. Genau wie Hitler es gewünscht hatte, ließ sich der französische Bourgeois beeindrucken und begann davon zu flüstern, dass der Führer eigentlich doch gut auf seine Leute schaute, und öffentlich den Wunsch aussprachen, dass Frankreich einen solchen Mann gern hätte.

In die Rue de la Huchette verirrten sich nicht viele deutsche Touristen, aber doch einige der allergründlichsten. Ein Terzett, lauter kurz geschorene Männer mit Hornbrillen, kam eines Tages ins Caveau, als Milka gerade da war. Als einer von ihnen in stockendem Französisch fragte, ob es in der Nähe etwas zu sehen gebe, antwortete Milka in fließendem Deutsch. Es gäbe keine Sehenswürdigkeiten, meinte sie. Sie wären da in ein Viertel geraten, in dem die Hausfrauen häufig die Nachtgeschirre durchs Fenster entleerten. Sie sollten sich nur vorsehen auf dem Weg zur Place Saint-Michel.

Die drei Nazis nickten ernst und dankten ihr. Einer von ihnen kritzelte irgendetwas in sein Notizbuch, und als sie durch die Straße gingen, schlugen sie ein ziemlich rasches Tempo an und blickten scheu zu den Fenstern hinauf.

Ein Toter auf dem Trottoir

Als der Krieg in Spanien immer heftiger und heftiger tobte und es den Republikanern, selbst dem braven Henri Julliard und der optimistischen Madame Berthelot, langsam klar wurde, dass die italienisch-deutsche Invasion von Frankreich gedeckt wurde, brachten die Feinde des *Front Populaire* ihre Erleichterung und Befriedigung zum Ausdruck, während meine Freunde in immer tiefere Verzweiflung versanken.

Pierre Vautier, der damals gerade in Jarama gekämpft hatte, schrieb mir:

Cher Elliot,
es ist ein herrliches Gefühl, einmal zur Abwechslung mit anständigen Menschen zu leben. Ich für meine Person bin noch immer glaubenslos. Selbst im ärgsten Schlachtgetümmel lässt mich die Überzeugung nicht los, dass Sauberkeit und Selbstlosigkeit Träume sind, aus denen die Menschen immer wieder mit Gewalt erweckt werden müssen – oder sie geraten in Vergessenheit.

Ich weiß nicht, was meine Kameraden fühlten oder dachten, als sie mit dem Gewehr in der Hand aus dem Graben stürzten und sich anschickten, über ein Feld hinüberzugehen. Ein paar unbelaubte Feigenbäume gab es, einige Felsblöcke inmitten eines welligen, öden Geländes. Ich sah auf zweihundert Meter Entfernung das Aufflammen von Feuer aus Gewehren und Maschinengewehren und hier und dort Köpfe und Schultern, die hinter einem Wall von Sandsäcken auftauchten und wieder verschwanden. Das war der Feind. Ich hörte das Pfeifen der Kugeln und das scharfe, beharrliche Pratatata. Saint-Cyr! Seit meinen Elendstagen an der Anstalt hatte ich kein Maschinengewehrfeuer mehr gehört. Ich begann mir klarzumachen, dass irgendetwas mich am Weitergehen hinderte – die Zeit schien zu verebben. Jede Erdscholle, jedes Grasbüschel, das Summen jeder Kugel und jeder Tritt auf dem Erdboden wurde ganz deutlich vernehmbar. Plötzlich stand ich ganz still; vor mir sah ich ein Mandelbäumchen – das kleinste, das mir je untergekommen war, zart, hilflos und ungeschickt wie ein Füllen. Es blühte, Elliot –, zwei Blüten hatte es. Und ihr Anblick brachte mich zum Weinen.

»Vorwärts, mon vieux, sonst erschießen sie dich« – es war die Stimme eines meiner amerikanischen Kameraden. Ich rappelte mich auf und ging weiter, dann fing ich zu rennen an und schoss. Das Gewehr versetzte mir einen heimtückischen Stoß gegen die Schulter.

»Duck dich, du Esel«, sagte ein anderer Kamerad. Er muss Franzose gewesen sein, denn ich bemerkte an ihm nicht wie an dem anderen deinen furchtbaren Akzent. Ach Gott, wie einem alles im Kopf durcheinanderwirbelt!

»Duck dich!« Diesmal kam es noch nachdrücklicher heraus, begleitet von einem Kolbenhieb gegen mein Schienbein. Es war heiß. Irgendetwas tat mir weh, es war eine undeutliche Empfindung, als ob ich anästhesiert worden wäre. Bevor ich hinsank, wurde mir noch bewusst, dass meine Kameraden flach auf dem Boden lagen – alle, bis auf mich. Ein Amerikaner hielt krampfhaft seinen Unterleib, und das Blut kam in Stößen aus seinem Mund. Einer war tot. Wieso ich das wusste? Ich weiß es nicht. Ich hatte noch nie eine Leiche gesehen, aber es konnte gar nicht anders sein: das Leben war aus dieser zusammengesunkenen Uniform gewichen.

Meine Kameraden standen wieder auf, ich auch. Als wir zu einem Graben kamen – es war der mit den Sandsäcken auf dem Wall, stolperten wir hinein, und wieder ging mein Gewehr los; ein Glück, das der Lauf nach oben gerichtet war.

Später, ich weiß nicht, wie viel Zeit verflossen war, kauerte ich in einer verlassenen Scheune, wo es nach Dünger roch. Ich hielt einen Becher mit Kaffee. Stefan kam hereingerannt. Er strahlte. Ein Sieg. Wir waren unter Feuer vorgedrungen, hatten den Feind in die Flucht geschlagen und seine erste Verteidigungslinie genommen. Seine zweite hatte er uns gratis draufgegeben. Was wird Milka sagen? Wie wird sie sich freuen! Das war echt Stefan. Ich fragte ihn nicht, ob er bewusst immer weiter marschiert war und ob er gezielt hatte, ehe er feuerte …

Elliot, die drei letzten Nächte bin ich wach gelegen wegen der Kälte, und die ganze Zeit über war mir ganz klar, dass ich Milka liebe. Ist das möglich? Ich meine nicht, dass ich ihre Fürsorge und ihre moralische Sauberkeit liebe. An mir nagt geradezu das Bedauern darüber, dass ich nicht ihre Knie umschlungen und die ganze Milka von oben bis unten abgeküsst habe. Zweimal habe ich von ihr geträumt, und da war sie die arme Mary. Ich bitte dich, um unsrer Freundschaft willen, tu irgendetwas für Mary. Wieso kommt es, dass ich hier in Spanien mir all dessen bewusst werde, was ich getan oder versäumt habe?

Zwei Tage später. Antoine ist in die Villa Paz gebracht worden; er hat einen Schuss in die Kinnlade bekommen. Wir haben gehört, dass der Chirurg Amerikaner ist. Ich hoffe, oh Gott, dass es wahr ist. Sag es Monsieur Pissy, falls er es noch nicht weiß. Du wirst schon wissen, wie du's ihm sagst, und er wird wissen, was er zu tun hat.

Elliot, ich habe auf einem Zementboden geschlafen, mit dem Kopf auf einer Schwelle, das Wasser rann mir in den Hals. Verdorbene Tomaten habe ich gegessen, in ranzigem Öl gekocht. Mit meinem Hemd habe ich den Körper einer Frau bedeckt, die vier Tage zuvor durch einen Bajonettstich getötet worden war. Was mir unerträglich ist, mon vieux, das sind die Vorträge von Kamerad M., der vom Sieg daher schwätzt, als würde dieser in irgendeinem Ofenrohr gebacken und brauchte nur herausgenommen zu werden, wenn er schön braun ist. Ich habe nur so laut ich konnte »Merde!« geschrien – und wurde zum Doktor geschickt.

Wer sieht heute noch nicht ein, dass wir am Arsch sind? Jedenfalls nicht diese lausigen Sozialdemokraten oder das schleimige Ekel Blum!

Pierre

Ich fand Monsieur Pissy mit l'Oursin und André dem Kohlenmann. Alice stand hinter dem Tresen. Pierre irrte sich gewaltig: ich hatte keine Ahnung, was ich sagen sollte.

»Hast du einen Brief von da unten bekommen?«, fragte Pissy.

Ich hielt den Brief in der Hand. Vielleicht bemerkte er das eigenartig linierte Papier, auf dem er geschrieben war.

»Ja, dein Sohn ist verwundet worden – nicht ernstlich«, sagte ich.

»Im Bauch oder in den Beinen?«, fragte Pissy. Die Gesichter von André und l'Oursin mit ihren Schmutzflecken und den ausdruckslos starrenden Augen schienen in der rauchigen Luft wie aufgehängt zu schweben.

»Das darf nicht sein. Sie haben kein Recht …«, sagte Alice; ihre Augen blickten hart, sie kniff die Lippen zusammen.

»Halt den Mund«, sagte André barsch. Sie sah ihn erstaunt an.

»Oui«, sagte sie, wie in der Schule.

»Ist er in den Bauch oder in die Beine geschossen worden?«, fragte Pissy und stellte sein Glas hin, weil seine Hand zitterte.

»In den Kopf.«

»So, in den Kopf. Ist der Brief auf Englisch?«

»Nein, auf Französisch.«

Ich schlug die betreffende Seite auf und gab Pissy den Brief. Keiner sprach. Alle atmeten hörbar, während er las.

»Gottlob, der Chirurg ist Amerikaner«, sagte er und wischte sich mit dem Handrücken über den Mund, nachdem er seinen Apfelbranntwein getrunken hatte.

»Sie sind geschickt, diese Amerikaner.«

Die Nachricht vom Sieg bei Guadalajara erreichte die Rue de la Huchette ungefähr um acht Uhr abends, durch das Radio im Café Saint-Michel. Madame Trévise, so sehr sie auch der *Front Populaire* misstraute, verachtete die Italiener doch am allermeisten. Im Großen und Ganzen hassten die Franzosen die Italiener so gründlich wie die Deutschen die Juden, jedoch nicht aus den gleichen Gründen oder ähnlichen Ursachen. Die Antipathie der Franzosen gegen die *Makkaronis* war nicht durch Regierungsmaßnahmen und Propaganda herbeigeführt worden. Sie war genau so selbstverständlich wie die Vorliebe für Rotwein. Natürlich schwammen Noël, Monge und der Satyr in Begeisterung. Sie hatten noch nie zuvor einen Sieg gekostet und waren jungenhaft und ungehemmt. Da sie nicht wussten, was sie alles tun sollten, soffen sie und besuchten ihre Freunde in der ganzen Straße. Die Republikaner krochen aus ihren Höhlen.

Frémont ging ganz keck zum Krug, in dem seine Ersparnisse verwahrt waren, und nahm zehn Francs heraus, wobei er Madame Frémont einen Blick zuwarf, dass sie nicht zu protestieren wagte.

»Gib nur acht, Papa«, sagte Yvonne und schlang die Arme um seinen Hals.

Er lächelte. Er hoffte noch immer, seine Tochter davon überzeugen zu können, dass ihre Mutter eine törichte, engstirnige Frau sei.

Madame Absalom war nun vollkommen auf Seite der Schwächeren und zwar nicht deshalb, weil sie an Sozialismus oder

Volksfront glaubte, sondern weil ihr Ex-Gemahl ein Schmarotzer von Laval war, der praktisch gesprochen ganz Clermont-Ferrand besaß. L'Oursin war in expansiver Stimmung und hatte den Vagabunden l'Hibou unter seine Fittiche genommen, sowie die Alte, deren Namen niemand wusste und die glaubte, sie könne singen wie die Yvette Guilbert. Als die ganze Gesellschaft Andrés Café verließ, um ins Hôtel Normandie zu gehen, brachten sie André, der ein paar Gläschen mehr als gewöhnlich konsumiert hatte, dazu, mit ihnen zu gehen. Alice regte sich darüber auf, sagte aber nichts. Ihr riesiger Gemahl hatte sich über ihre Anti-Blum-Ansichten etwas geärgert und die Meinung vertreten, dass Blum tue, was er könne. Milka war bei einer ihrer Sitzungen, weniger als drei am Tage hatte sie nur selten.

Anstatt im Hôtel Normandie einzukehren, wo es von deprimierten Flüchtlingen wimmelte, überredete l'Oursin die Gesellschaft, ins Caveau mitzukommen. Um diese Zeit saßen dort der Krautkopf, Gion, Salmon, Dr. Roux und Panaché zu einem Plauderstündchen nach dem Abendessen beisammen. Von Guadalajara hatten sie noch nichts gehört.

Irgendwie hatte der Kastanienmann seine Gruppe in die Gewalt bekommen, sodass die anderen das taten, was er tat, als spielten sie ein Spiel, wo der einzelne dem Anführer folgen muss. Er kam ins Caveau mit seinem lauten, herzlichen Lachen und begann schallend *Les Montagnards* zu singen. Ich konnte Noëls taktfesten Bass heraushören, die falschen Töne der betrunkenen Alten, den Schnapstenor des Vagabunden und Frémont, Pissy und die anderen, die die Melodie fest mitsangen. Da der beschränkte Raum um den Schanktisch besetzt war, gruppierte sich l'Oursins Gesellschaft dicht dahinter und reichte über die andern hinweg ihre Gläser. Monsieur Henri sah ängstlich drein aber nicht missbilligend, und der serbische Garçon strahlte.

Der Krautkopf war bleich vor Schrecken. Hinter ihm und zugleich zwischen ihm und der Tür befand sich der rücksichtslose

Mann, den er öffentlich geschmäht hatte, und l'Oursin war betrunken und wusste seit langem, dass der Krautkopf sich vor ihm fürchtete. Die Situation schien den Kastanienmann ungeheuer zu amüsieren.

»Tu es au courant, toi?«, fragte l'Oursin. Der Krautkopf tat, als sei ihm nicht klar, dass der Kastanienverkäufer sich an ihn wandte. Er drehte sich um, um das Café zu verlassen, aber schon stand l'Oursin vor ihm, brüllend vor Lachen, und schüttete sein Getränk über den steifen Hut des Krautkopfs, während er seine Frage wiederholte.

»Was meinst du damit?«, fragte Monsieur Henri, um die Aufmerksamkeit l'Oursins abzulenken.

»Den Sieg!«, brüllte der Kastanienverkäufer. Er begann, laut die Marseillaise zu singen, und fünfzig Prozent seiner Gesellschaft sangen mit rauer Stimme mit. Panaché ging zum Seitenausgang und dabei rempelte er Madame Absalom an. Der Kastanienverkäufer packte ihn an der Schulter und drehte ihn herum.

»Entschuldigen Sie«, sagte Panaché etwas verspätet zu Madame Absalom. Der Kastanienverkäufer tat mit lauter Stimme seinen Beifall kund.

In einer halbdunklen Ecke saß Madame Berthelot allein an ihrem Tisch und schmunzelte. Die Situation war auch wirklich furchtbar komisch. Die Gesellschaft des Krautkopfs hatte Angst, aufzubrechen: die Volksfront war zwar vorsichtig, zeigte aber keine Anzeichen der Nachgiebigkeit. Sie kamen nahe an den Schanktisch heran, kümmerten sich immer weniger um ihre Opponenten, traten ihnen auf ihre gut gewichsten Schuhe oder gossen ihnen Wein und Branntwein auf die Kleider. André, der Kohlenmann, stolperte in die Küche auf der Suche nach dem WC und weckte dadurch Thérèse, die Köchin, die in ihrem Stuhl eingeschlummert war. Sie war eine resolute Person, selbst in halb wachem Zustand, und bestand darauf, dass André ihr helfen müsse, die Flasche Rotwein, die neben ihr auf dem Boden stand, auszutrinken.

Ebenso plötzlich, wie l'Oursin es sich in den Kopf gesetzt hatte, den Krautkopf zu ärgern, beschloss er auch, ihn in Frieden zu lassen – er führte seine Kohorten von dannen. Am nächsten Abend aber erzählte die Frau des Barbiers Julien dem Kastanienverkäufer, dass der Krautkopf gesagt hatte, er werde bei der Präfektur veranlassen, dass die »elende Kommunistenbande« aus dem Quartier Saint-Michel hinausgeworfen würde. Der politische Bruch zwischen Julien, dem Sozialistengegner, und seiner hübschen Frau war damals noch nicht in die Öffentlichkeit gedrungen; der Krautkopf hatte also, während er rasiert wurde, keine besondere Vorsicht walten lassen.

Der Kastanienverkäufer wartete bis acht Uhr, dann stolzierte er allein und in vollkommen nüchternem Zustand ins Caveau, ging in die Bar hinein, fegte den Krautkopf zur Seite, als sei dieser eine Schaufensterpuppe, langte nach dem Glas, das vor dem Krautkopf stand und war eben im Begriff, es an die Lippen zu setzen, als Dr. Roux mit dem Spazierstock in Händen auf ihn zutrat. L'Oursins Gelächter erschütterte die Flaschen auf den Stellagen. Während der Stock des Zahnarztes einen sanften Trommelwirbel auf Oursins unbekümmertem Rücken zu vollführen versuchte, zwängte letzterer Dr. Roux' Kopf unter einen seiner behaarten Arme und drückte ihn, mit dem Gesicht nach unten, in den kleinen Ausguss, der sich in der Mitte des Schankraumes befand. Darin stand das Schmutzwasser. Der Krautkopf stürzte aus dem Caveau hinaus und brüllte »Police! Au secours!« Der Zahnarzt raste auch hinaus, triefend, mit zerbrochenem Stock. Gion und Panaché waren schon zu Beginn des Handgemenges entwichen.

»Vive la France et les pommes de terre frites!«, brüllte der Kastanienmann, als der Polizist Masson hereinkam, gefolgt von den Anhängern des rechten Flügels. Monsieur Henri wollte ihm gerade erklären, was geschehen war, als Hortense Berthelot vortrat.

»Dieser hier«, sagte sie und deutete auf den Krautkopf, »und dieser hier«, auf Dr. Roux zeigend, »griffen Monsieur l'Oursin mittels eines Spazierstocks an.«

Georges lächelte zustimmend.

»Stimmt das?«, fragte der Polizeimann Masson Monsieur Henri.

»Offenbar ja«, sagte Henri.

Der Krautkopf begann irgendetwas hervorzusprudeln.

»Ich pfeif auf Anschuldigungen«, schrie der Kastanienmann und begann wieder, die Marseillaise anzustimmen.

»Ich weiß, wo wir uns Genugtuung verschaffen können«, sagte der Krautkopf und zog den Zahnarzt mit sich fort.

Seither zeigte sich nie mehr ein Anhänger der Rechten im Hôtel du Caveau. Der Krautkopf und seine Freunde machten um alle Cafés in der Rue de la Huchette einen weiten Bogen und kamen allabendlich in dem neuen Café über der Rue des Deux-Ponts zusammen. Das frischrenovierte Hinterzimmer dort wurde zum Rendezvous nicht nur für die lokalen Feinde der Volksfront, sondern auch für andere, die in Privatautos kamen und deren Gesichter derb und entschlossen, zuweilen auch triumphierend, waren.

Der 11. September 1937 war eine Ausnahme. Ich war gerade in Madrid und erhielt Nachricht von der Geschichte, als ich das nächste Mal nach Valencia kam. Mehrere Wochen lang hatte ich keine amerikanischen Zeitungen gesehen, die ich nun alle vorfand. Ein Brief von Hortense Berthelot wartete ebenfalls auf mich und ich fing gleich an, ihn zu lesen. Er war von der Regierungszensur geöffnet worden, und man sah ihm deutlich an, dass er mehrmals und mit Genugtuung gelesen worden war.

Paris, 13. September

Cher Voyageur:
Es ist so weit – endlich fließt Blut! Ein Leichnam auf dem Trottoir unserer kleinen Straße!

Der Krautkopf, Julien und der Zahnarzt – diese drei sind unzertrennlich geworden – kamen gestern Abend gegen neun Uhr mit einem Inspektor der *Sûreté Générale*. Letzterer hatte keinen Dienst, aber unser Grand Cocu ließ keinen Zweifel darüber aufkommen, dass sein Freund mit Waffe und Autorität ausgerüstet war. Er kam, um den Kastanienverkäufer zu sehen, oder behauptete wenigstens, deswegen gekommen zu sein. An seiner statt fand er Milka vor.

»Ihr dreckigen Halsabschneider! Endlich ist einer da, der euch das Handwerk legen wird. Ihr habt euch wohl eingebildet, dass die Sache gar so leicht gehen wird, was?«, sagte ihr der Krautkopf.

»Monsieur, je ne vous salue pas!«, war ihre Antwort.

In diesem Augenblick kam Thérèse, die Köchin, mit einer Flasche schreiend aus der Küche.

»Sie können nicht so reden von Leuten, die tausend Mal mehr wert sind als Sie!«, brüllte sie und rückte dem Krautkopf zu Leibe.

»Der Herr hier ist Beamter«, sagte der Krautkopf.

Thérèse tat einen tiefen Schluck aus der Flasche und spuckte damit der *Sûreté Générale* ins Gesicht. Die drei Eindringlinge und der benetzte Beamte zogen sich zurück – der Krautkopf drohend seinen Stock schwingend. Er und seine Freunde sieht man jetzt nie mehr ohne Stock; Georges sagt, dass es Degenstöcke seien.

Bevor sie die Tür hinter ihm zumachte, sagte der Krautkopf noch zu Milka: »Behaupten Sie nur ja nicht, dass Sie nichts von Dynamit wissen!«

Um zehn Uhr kam Frémont aus dem Café Saint-Michel gelaufen. Zwei Gebäude waren in der Nähe der Etoile in die Luft gegangen. Milka ging schnell hinaus, um zu telefonieren. Da fiel mir ein, was der Cocu von Dynamit gesagt hatte.

Heute früh brachten *Le Matin* und selbstverständlich auch die reaktionären Blätter eine Anschuldigung gegen die Kommunisten. Die Gebäude waren zerstört worden, es war dabei aber nur ein Mensch ums Leben gekommen, ein Polizist. In den zerbombten Häusern hatten sich keine Angestellten befunden und sogar die Aufseher hatten glücklicherweise gerade im geeigneten Augenblick einen kleinen Spaziergang gemacht und auf diese Weise ihr Leben gerettet. Das eine Gebäude war Eigentum der Confédération du Patronat Français, das andere gehörte den Vereinigten Metallindustrien.

L'Humanité schrieb den Vorfall auf das Konto der Provokationen der Rechten.

Nach dem Essen beschlossen l'Oursin und seine Freunde, Pissy, Frémont, die drei ehemaligen Radikalen, Noël, Monge und der Satyr, aus irgendwelchen mir unbekannten Gründen, loszuziehen und den Krautkopf im neuen Café zu ärgern. Dort war gerade eine Sitzung im Gang, an der nicht nur unsere Nachbarn, unter anderen auch der Barbier und Monsieur Saint-Aulaire, sondern auch der Präfekt des Seine Départements teilnahm. L'Oursin sah wohl, dass der Präfekt von Mitgliedern der Rechten umgeben war, sagte jedoch nichts; beim Rückweg begegnete er einer Gesellschaft junger Leute, ehemaliger Feuerkreuzer, die nunmehr eine politische Partei unter einem anderen Namen bildeten.

»A bas Moscou!« – *Tod den Kommunisten!*, brüllten sie – und allerlei Dinge über die *Front Populaire*, die zur Niederschrift nicht geeignet sind. Ohne zu zaudern packte l'Oursin einen der Studenten bei den Beinen und fing an, die anderen zu Boden zu schlagen, indem er sich des ersteren als einer Art Waffe bediente. In der darauffolgenden Schlägerei, in die sich nicht nur Frémont, Pissy und der alternde Satyr mengten, der wackere Helfershelferdienste leistete, sondern auch der Barbier und der Besitzer des neuen Cafés, unser eigener friedlicher Georges und der musikalische Zuhälter Robert vom Bal Saint-Séverin.

Wahrscheinlich war es auf die Tatsache zurückzuführen, dass der Präfekt sich in unmittelbarer Nähe befand, dass Polizeiautos mit Sirenengeheul sich in das Handgemenge einmischten; unsere Freunde zerstreuten sich schließlich in die Rue de la Huchette, die zersplitterte Rechtsgruppe fand sich wieder vor dem neuen Café auf dem Trottoir zusammen. Überall wurde herumgebrüllt, und Fenster wurden aufgerissen.

Als die Verwirrung schließlich nachließ, sah ich auf dem Gehsteig, unmittelbar unter meinem Fenster, einen jungen Mann, der mit dem Gesicht auf dem Boden flach dalag. Er war tot. Er hatte einen einzigen Stich ins Herz erhalten. Noch mehr Polizei erschien, und die ganze Nacht hindurch wurde gesucht und herumgejagt. Georges hatte viele Beulen, aber keine offenen Wunden, und sein Rasiermesser, das so oft schon feucht gewesen, war diesmal trocken. Der Barbier Julien wies nur ein blaues Auge auf, als er zu Hause ankam, wo seine Frau ihm ein Instrument, das zum Haarkräuseln bestimmt war, in den Schädel rammte und ihn für ewige Zeiten aus ihrem Bett verbannte.

Monsieur Henri hat Robert im Verdacht, den Dolchstich ausgeführt zu haben, aber niemand hat ihn verhaftet, weil er keine politischen Beziehungen hat. Der Kastanienverkäufer hat verkündet, dass kein *Cagoulard*, wie nunmehr der Krautkopf und seine Kumpane genannt werden, nach Einbruch der Dunkelheit ungestraft in die Rue de la Huchette kommen dürfte. Der Sergeant hat ihn tüchtig vermöbelt, aber unsere reaktionären Nachbarn halten sich derzeit vollkommen fern. Es gehen Gerüchte um, dass eine Verschwörung im Gang ist, aber nicht von Seiten der Moskowiten, sondern von Michelin und einigen anderen Großindustriellen. Lefarge [die alte Frau, die an der Präfektur angestellt war] sympathisiert innigst mit den Cagoulards und deutet an, dass Pétain und Weygand auch mithalten. Laval und Tardieu sind jedenfalls dabei, auch der Graf mit dem seltsamen italienischen Namen und natürlich auch de La Rocque.

Milka sagt, dass der tote Student der Sohn eines Tapetenfabrikanten war. Ich kann den Anblick des Menschen auf dem Trottoir nicht vergessen.

Ihre getreue Freundin
Hortense

P. S. [am 14.]
Lefarge ist eine gute Quelle für Information. Die Regierung scheint in Clermont-Ferrand ein Arsenal entdeckt zu haben und hat mehrere hundert Mitglieder des neuen Ku-Klux-Klan verhört; gleichzeitig hat man aber Angst, die Macher, die frei herumlaufen, festzunehmen oder den Helden von Verdun und seinen ehemaligen Chef der Geheimpolizei, der einer der wichtigsten Hintermänner des Komplotts ist, öffentlich anzuklagen.

Der Ministerpräsident setzt Himmel und Hölle in Bewegung, um den Skandal zu vertuschen und seine Bedeutung zu bagatellisieren. Nur *Le Soir* und *L'Humanité* triumphieren und natürlich auch Milka, auf ihre energische Art.

Unsere Ehre, unsere Autorität sind dahin.

Der junge Pissy hat Malaria. Vielleicht haben Sie ihn gesehen. Wenn ja, bitte schreiben Sie uns darüber. Das bisschen Essen, das die Mutter noch zu sich nimmt, schmeckt ihr gar nicht mehr.

Zwischen Schamgefühl und Erleichterung

Die Wahlen der *Front Populaire* vom 16. bis 21. April 1936 waren die letzten, die in Frankreich abgehalten wurden, ebenso wie die der Volksfront in Spanien im gleichen Jahr die letzten in Spanien waren. Der Bürgerkrieg, der in Frankreich ausbrach, als Blum sein Amt antrat, wurde nicht mit Armeen und Bomben geführt; die französischen Antirepublikaner erhielten sofort Hilfe von den faschistischen Regierungen des Auslandes, die den Plan hatten, diese zu einem späteren Zeitpunkt ganz offen zu beherrschen, wenn einmal die Demokratie vernichtet war. Die Cagoulard-Bewegung wurde zum größten Teil aus italienischen und deutschen Geldern finanziert, und die Regierung Blum war durch die Farce der Nichtintervention in Spanien derart demoralisiert, dass das weithin verankerte Komplott zum Sturz der Republik vertuscht wurde. Dessen Anstifter gingen straffrei aus, und die politischen Morde, die die Verschwörer in der Kutte begangen hatten, wurden nicht weiter untersucht.

Die Reaktionäre in Frankreich konnten ohne die Formalität einer öffentlichen Wahl die Macht übernehmen, indem sie einen Politiker namens Daladier vorschoben, einen Bäckersohn, der bei Herriot in die Schule gegangen war und später die Stellung seines Lehrers innerhalb der radikalsozialistischen Partei untergraben hatte. Wenn man Daladiers Lebenslauf hinterher einer genauen Prüfung unterzieht, dann wird einem klar, dass er für München ideal gerüstet war. In kurzen Zügen stellt sich dieser Lebenslauf folgendermaßen dar:

Das erste Mal wurde er am 30. Januar 1933 als Nachfolger des kurzzeitigen Regimes Paul-Boncour Ministerpräsident, am gleichen Tage, an dem Hitler in Deutschland Reichskanzler wurde. Damals war Frankreich bereits bankrott und zerrüttet, aber die Lage war nicht hoffnungslos. Daladier blieb bis zum Oktober und zeigte nicht das geringste Verständnis für die interne oder allgemeine Lage Europas. Sein Plan ging dahin, bei der unteren Bevölkerungsschicht die Gehälter zu kürzen und die Einkommensteuern zu erhöhen. Sein Kabinett bestand ausschließlich aus Mitgliedern seiner eigenen Partei, und seine Politik wurde konsequent von Léon Blum angegriffen. Seine Partei wurde durch Stavisky-Kapital gestützt.

Im Januar 1934 wurde Daladier zum zweiten Mal Ministerpräsident, gerade rechtzeitig, um Polizei und Militär Order zu erteilen, auf die Bürger zu schießen, als diese zum Protest gegen Stavisky einen Aufruhr machten. Sieben Tage lang blieb er im Amt, und während dieser Zeit erwarb er sich den Spitznamen *Mörder*. Die Volkswut gegen ihn schreckte ihn so sehr, dass er prompt demissionierte und für Doumergue Platz schuf.

Ein Außenseiter, der mit der französischen Politik nicht vertraut ist, hätte meinen können, dass Daladier nun erledigt sei. Weit gefehlt. Er ließ sich in die *Front Populaire* wählen, die Kommunisten, Sozialisten und Radikalsozialisten umfasste, als Blum, ein gebrochener Mann, im April 1938 seinen Rücktritt erklärte.

Dieses Datum bezeichnet den zweiten großen Sieg der Reaktionäre im französischen Bürgerkrieg – der erste war die Stützung Francos in Spanien gegen die spanischen Republikaner. Während die ganze übrige Welt sich wegen der Tschechen aufregte, hatte Daladier alle Hände voll zu tun, die Arbeitsgesetze und sozialen Reformen, die Blum eingeführt hatte, aufzuheben.

»Nirgends außer in Frankreich und Mexiko arbeiten die Angestellten nur vierzig Stunden in der Woche«, sagte Daladier.

Die Kommunisten, Sozialisten und einige Mitglieder seiner eigenen Partei, der radikalsozialistischen, kritisierten Daladier seines Umschwenkens wegen, aber die Rechte hielt sofort zu ihm und stützte ihn so, dass er im Amt bleiben konnte. Den Feinden der *Front Populaire* schien die Wendung bei Daladier, die ihre Zwecke so sehr förderte, vom Himmel gesandt. Daladier überließ das Ressort der auswärtigen Angelegenheiten vollkommen Chamberlain, dessen Regenschirm bereits auf der ganzen Welt zum Symbol der Unterwürfigkeit und Zweideutigkeit geworden war. Daladier behauptete, wenn die Arbeiter länger und für weniger Lohn arbeiten würden, Frankreich dann außer Gefahr sei – dann würde auch die nationale Verteidigung hinreichen.

Ehe er Blums Reformen zunichte machte, auf deren Basis die Abgeordneten der Kammer, die noch im Amt waren, gewählt worden waren, wurde Daladier – bei der Berchtesgadener Zusammenkunft war er nicht anwesend, weil, wie er meinte »andere Mächte möglicherweise auch repräsentiert sein wollten, wenn ich dabei wäre« – nach München eingeladen, mit dem heute der Welt allgemein bekannten Resultat, das schon damals alle bis auf vollkommene Ignoranten erfassten. Aus der Wochenschau im Kino wird vielen noch ein kleiner Mann, der wie Napoléon aussah, nur dass er dicker war, erinnerlich sein, der, deutliches Unbehagen verratend, an der Peripherie der Gruppen Hitler, Mussolini, Chamberlain, Göring etc. stand und offenbar versuchte, seine Würde zu bewahren und dabei niemandem in den Weg zu kommen. Jener Mann war Daladier, der Vertreter der

Dritten Republik. Als die Stunde geschlagen hatte und man ihn dazu aufforderte, unterzeichnete er auf der punktierten Linie. Bemerkenswert ist, dass sein Land das einzige der vertretenen Länder war, das sich schriftlich verpflichtete, zu den Tschechen zu halten und sie gegen einen Überfall zu schützen. Hitler hatte nie versprochen, die Tschechen gegen einen Angriff zu schützen, auch Mussolini und Chamberlain nicht. Die Engländer waren nicht unwiderruflich festgelegt. Nur Frankreich.

Als Daladier bei seiner Rückkehr nach Paris die Menschenmassen auf dem Flugfeld von Le Bourget sah, glaubte er, der Mob werde sich auf ihn stürzen, und fürchtete sich, wie die Legende in ganz Frankreich zu berichten weiß.

»Ich bin zwischen Schamgefühl und Erleichterung hin- und hergerissen«, sagte Léon Blum.

Das Gleiche empfanden meine Freunde in der Rue de la Huchette, deren Gatten und Söhne mobilisiert worden waren. Selbst für jene, die den Krieg nicht unmittelbar mit angesehen oder seine Auswirkungen direkt gefühlt haben, ist er etwas so Entsetzliches, dass alles, was seinen Ausbruch im Augenblick verhindert oder verzögert, die Menschen hoffnungsfreudig und dankbar stimmt. Noch tausendfach verstärkt gilt dies für eine Generation, die einen Krieg schon durchlitten hatte.

Daladiers plötzliche Popularität an Stelle der Verachtung, die er durch die Februarunruhen und den Makel der Stavisky-Affäre erduldet hatte, bewirkte, dass der Mann aufgeblasen wurde. Er fühlte sich als Held, als zukünftiger Diktator, weil er Frankreichs Ehre und Sicherheit durch seine Unterschrift verpfändet hatte.

Welcher Abgrund klafft zwischen der egoistischen, hochverräterischen Tätigkeit eines Laval, eines Bonnet und eines Daladier oder der Feigheit eines Mannes wie Blum und ihren Opfern in einer abseits gelegenen kleinen Straße.

Eine Woche vor München wurde Etienne Corre, der Sohn des alten Spezereiwarenhändlers, der sich zurückgezogen hatte, einberufen und an die Maginotlinie geschickt. Er wurde, zusammen mit anderen Fachleuten, ausgewählt, weil er Deutsch konnte, das immer noch sehr viel an der elsässischen Grenze gesprochen wurde. Seine traurige junge Frau hatte mit Hilfe von Monsieur Noël die Epicerie Danton eine Zeit lang geführt, aber das Geschäft ging immer mehr zurück, je schlechter die Zeiten wurden. Als Etienne fortreiste, verlor seine Frau vollkommen ihre Energie und ihren Appetit, und nachdem sie einmal im Geschäft ohnmächtig zusammengebrochen war, hatte man sie dazu gebracht, sich ins Bett zu legen.

Der alte Corre konnte es in seiner Wohnung Rue du Bac nicht länger ertragen, nur im Zimmer auf und ab zu gehen und seine Frau in Parks und Museen zu begleiten. Er und Gabrielle nahmen also wieder ihren Geschäftsbetrieb auf, und Monsieur Noël musste aus Gründen der Sparsamkeit entlassen werden. In Ermangelung eines Besseren kehrte dieser in seinen Laden auf der Place Saint-André-des-Arts zurück. Das Kolonialwarengeschäft stockte vollkommen, weil im Augenblick, da der Krieg vor der Türe stand, niemand Spezialgewürze kaufte. Die zwanzig Francs, die Noël als Angestellter bei Corre verdient hatte, warf sein Geschäft als Präparator nicht ab. Kein Mensch dachte ans Ausstopfen von Katzen oder Hunden, wo der Landsturm an die Grenze einberufen wurde, um der deutschen Armee entgegenzutreten, die ihre Manöver jenseits der Maginotfestung abhielt.

In all den Jahren, seit ich die Rue de la Huchette kannte, war ich fast nie an der Epicerie Danton vorbeigegangen, ohne ein paar Worte mit Corres zu wechseln, besonders dann, wenn ich von einer Reise zurückkehrte. Der stieläugige alte Bretone, der unaufhörlich an seiner kurzen Pfeife zog, sehnte sich so sehr nach fernen Ländern und schätzte die kleinen Reiseanekdoten, die ich zum Besten geben konnte, so ungemein, dass seine Einstellung zu ihnen meine Abenteuer auch in meinen eigenen Augen pikant und bedeutsam erscheinen ließ. Diesmal aber, obgleich ich eben erst mit der *Normandie* eingetroffen war, fragte er mich nicht nach Neuigkeiten aus New York oder London oder Spanien.

»Sie sind also wieder an der Arbeit«, sagte ich.

Er sah nervös zu seiner Frau hinüber, die hinter der Kasse saß.

»Glauben Sie, dass sich die Dinge wieder einrenken werden?«, fragte er. »Was hören Sie in der Redaktion?«

Ich hatte seit circa acht Jahren nichts mehr mit Pariser Blättern zu tun gehabt, aber Sinn für chronologischen Verlauf war nie Corres starke Seite gewesen.

Madame Corre mit ihrer alabasterweißen Haut, ihrer adretten, wohlgerundeten Figur, ihrem Lavendelparfum, ihren gepflegten Händen und ihrem hellbraunen, lockigen Haar schien vor meinen Augen sichtlich zu altern. Ihre nussbraunen Augen, die in all den Jahren, seit sie eine junge Frau gewesen, immer so klar geblickt hatten, waren angstgetrübt. Ihre Lippen waren bläulich. Die Haut ihres Gesichtes hing schlaff über ihr energisches Kinn herab. Ihre Stimme klang dünn und schrill.

»Mein Sohn ist an der Maginotlinie«, sagte sie.

»Dis donc, da unten ist es ja ganz sicher«, knurrte Corre.

Eine Welle von Zorn entstellte ihre sonst so ruhigen Züge.

»Dafür haben wir unser Geld ausgegeben und ihn Deutsch lernen lassen. Wenn er nur nicht diese verfluchte Sprache studiert hätte, dann wäre vielleicht jemand anderer genommen worden«, sagte sie.

»Wer denkt denn an so was?«, fragte der alte Kaufmann, gleichsam in der Defensive.

»Damals, als ich ihn an der Brust hatte, warst du an der Somme«, fuhr sie fort und ihre Stimme wurde immer lauter. Die beiden schienen meine Anwesenheit vergessen zu haben. »Du wurdest verschüttet …«

»Damals waren unsere Gräben nicht viel wert«, sagte er. »Die Wände an der Maginotlinie sind aus Eisenbeton, zwei Meter dickem Eisenbeton.«

»Und wenn das Ganze zusammengedroschen wird – was dann? Du hast wenigstens nur ein paar Schaufeln Erde über dir gehabt.«

»Kein Grund, nervös zu werden«, sagte er. »Vielleicht richtet sich noch alles. Gerade heute früh habe ich gelesen, dass wieder eine Kabinettsitzung war. Vielleicht brauchen wir schließlich doch nicht für die Tschechen einzutreten – oder was meinen Sie, Monsieur Paul?«

Dies schien in jenem Augenblick fast ausgeschlossen, aber ich hatte nicht den Mut, ihm das zu sagen. Als ich durch die Straße ging, bemerkte ich Anzeichen von Panikstimmung und Unsicherheit. Der Verleger von No. 30 hatte seine eisernen Rollläden heruntergelassen. In No. 23 im Blumengeschäft war die Buntheit aus der Auslage verschwunden, und die Eingangstür versperrt. Ehe ich noch bis No. 10 gelangt war, hatte Madame Absalom, die von meiner Rückkehr erfahren hatte, schon die Griechin Mary geschickt, um mich an ihr Lager zu holen. Die scharfzüngige Alte hatte irgendwann zwischen dem Cagoulardcoup und Hitlers Einmarsch in Österreich beschlossen, nicht mehr das Bett zu verlassen. Sie hatte die arme Mary, die mit ihren vierzig Jahren tragisch wirkte und noch ebenso wunderschön war wie einst, in ihrem Garnladen installiert, wo die griechische Madonna gewissenhaft herumlief, um die Kunden zu bedienen, während La Absalom geistig weiter führte und durch einen Spalt in der Portiere, die ihr Bett von dem Vorderlokal trennte, ihre Befehle kreischte.

Was Madame Absalom dazu veranlasste, ihren alten Beinen dauernde Ferien zu gönnen, erfuhr man niemals. Sie verkündete ganz einfach eines Morgens, dass sie den Rest ihres Lebens im Bett bleiben würde, und dies führte sie auch durch. Dabei verfolgte sie fast noch genauer als sonst alle Geschehnisse, die sich in unserer kleinen Straße und der Nachbarschaft zutrugen. Mary musste ununterbrochen für sie rennen und jagen, von früh bis spät, oft auch noch des Nachts. Sie behauptete, dass ihr gar nichts fehle, außer der allgemeinen Erschöpfung, die ganz Frankreich vergiftete.

Ich ging zu ihr in den kleinen Alkoven und nahm mir einen Küchenstuhl. Ich hatte ihr nichts zu erzählen, denn ich wusste ebenso wenig wie alle anderen, wann der Krieg kommen würde. Sie wusste, dass ich die ganze Zeit über den Ausbruch des Krieges prophezeit hatte. Madame Absalom aber hatte mir eine große Neuigkeit mitzuteilen. Julien, der Barbier, der auf der Reservistenliste stand, sollte aller Wahrscheinlichkeit nach einberufen werden. Als vor ein paar Tagen zur Abendstunde der junge Corre und der Sohn Luneville ihren Marschbefehl erhielten, da hatte Juliens Frau, Elaine, kein Blatt vor den Mund genommen. Dumm wie sie war, war sie Julien in all den Jahren seit ihrer Vermählung treu geblieben, meinte sie, selbst in der Zeit, die verflossen war, seit sie ihn neulich von ihrem Lager verbannt hatte. Und jetzt würde es Krieg geben und Julien einberufen werden, das wusste Elaine ganz sicher.

»Gleich wenn du fort bist, werd' ich mir einen richtigen Mann suchen«, sagte sie zu Julien. »Ich werde seine Sklavin sein. Er soll mit mir machen, was ihm Spaß macht – all die zärtlichen Mätzchen, die ich bei dir nicht ausstehen konnte. Nichts von dem, was er verlangt, wird mir zu viel werden – ich werde immer nur noch mehr begehren. Hörst du?«

Madame Absaloms Nachahmungstalent kam wundervoll zur Geltung, wie sie da im Bett saß, mit ihrem wirren, groben grauen Haar und ihrem Flanellnachthemd, das sie umflatterte, während sie wild gestikulierte und sich herumwarf.

»Die wird ein harter Brocken werden! Irgendein armer Narr wird dann nicht wissen, was mit ihm los ist, *n'est-ce pas?* Sie hat sich ja eine ganze Weile aufgespart«, sagte die schalkhafte alte Frau. Und dann fügte sie ganz sehnsüchtig hinzu: »Warum hab ich denn nicht so gescheit sein können und meinem Ex mit so etwas aufgewartet? Der wäre ja zum Schornstein hinausgefahren. Ganz außer sich wär er gewesen. Na ja, wenigstens gibt's *eine* Frau, die einen von der ganzen Bande drankriegt, das ist schon etwas.«

Ich konnte mir's nicht versagen, mir die Haare schneiden zu lassen, um die Situation zu sondieren. Julien war blass und abgemagert, seine Hände zitterten. Elaine beobachtete ihn von der Seite, mit einem boshaften Blick. Wie sie so ständig um mich herumstrich und mich herausfordernd anlächelte, fühlte ich deutlich, wie Julien mich innerlich auf die Liste der eventuellen Verführer setzte. Bestimmt weckte sie in ihm den gleichen Verdacht bei jedem Mann, der zur Tür hereinkam.

»Wie bald wird der Krieg denn wirklich im Ernst beginnen?«, fragte mich Elaine mit einem ganz anderen Ton in der Stimme, als Madame Corre in ihrer Verzweiflung bei der gleichen Frage gehabt hatte.

»Es kann nicht mehr lange dauern«, sagte ich. »Werden Sie in Paris bleiben? Die Bahnhöfe sind schon alle überfüllt von Leuten, die so schnell wie möglich aufs Land wollen.«

»Das Land ist nichts für mich«, sagte sie. »Ich fürchte mich nicht.«

»Und wenn's gar nicht zum Krieg kommt?«, fragte Julien und versuchte, trotzig zu wirken.

»Dann fang ich mit einer Offensive auf eigene Faust an«, sagte sie und schaute mich so einladend an, dass es unmenschlich gewesen wäre, nicht zu reagieren.

Im Musikinstrumentgeschäft waren Gion und Bernice gerade bei der Inventuraufnahme. Er würde vielleicht auch einberufen werden, und für diesen Fall wollte er sie für jeden einzelnen Artikel zur Rechenschaft ziehen können. Er hatte ihr erlaubt, von den Einnahmen das abzuziehen, was sie täglich für ihr Essen brauchte, aber nicht mehr als sechs Francs. Bernice, die entsetzlich Angst hatte beim Gedanken, inmitten von Gas- und Bombenangriffen allein in der Stadt bleiben zu müssen, konnte nicht mehr rechnen. Sie sehnte sich nur nach der einen freundlichen Schwester im Waisenhaus, die sie vor vielen Jahren immer vor der strengen Mère Supérieure in Schutz genommen hatte.

Von Pater Panarioux erfuhr ich die Tragödie, die sich im Hinterzimmer des Luneville'schen Spezereiwarengeschäfts abspielte, im *Beau Marocain*. Der Geistliche war durch unablässiges Gebet ganz abgemagert und legte nun mir, seinem ungläubigen Freund und Bridgepartner, das Problem vor, für das sein Gott keine befriedigende Lösung hatte.

Monsieur Luneville, der eben vierundvierzig Jahre alt geworden war, hatte beim Verteidiger von Nancy, General de Castelnau, während des Ersten Weltkriegs als Ordonnanz gedient. Sein Sohn Jacques war im Jahre 1938 einundzwanzig. Madame Luneville hatte ihren Mann flehentlich gebeten, seinen ehemaligen Vorgesetzten aufzusuchen, der beim Generalstab Einfluss hatte, um für Jacques ein sicheres Plätzchen hinter der Front zu ergattern. Der Junge war bei der Infanterie. Luneville Vater hatte sich glatt geweigert. Während des ganzen Krieges musste er mit dem Makel leben, ein *Embusqué* zu sein. Sein Sohn sollte nicht die gleiche Demütigung erdulden müssen. Er müsse kämpfen wie ein Mann, wenn es zum Krieg kommen sollte, sagte Luneville, und der Sohn war der gleichen Auffassung.

Die beiden, Mann und Frau, wandten sich an den Priester, der, selbst ein glühender Patriot, nicht wusste, wie er entscheiden sollte.

»Arme Frau. Das kann sie den Glauben kosten«, sagte er. Er erwähnte nicht, dass er um Erlaubnis nachgesucht hatte, als Feldkaplan an die Front geschickt zu werden, und den Bescheid erhalten hatte, er sei als Orgelspieler unentbehrlich.

Monsieur und Madame Frémont, die sich seit ihrem Streit um Yvonne nie mehr versöhnt hatten, stritten weiter um die politische Meinung ihrer Tochter. Madame Frémont brachte alle Zeitungen der Rechten nach Hause, die Daladier wegen der Stellung lobten, die er gegen die Vierzigstundenwoche und die Gewerkschaften einnahm, und las Frémont die Leitartikel vor, während diesem beim Essen der Bissen im Halse stecken blieb.

»Die französische Bevölkerung wird zwischen der Vierzigstundenwoche und der Hundertvierzigstundenwoche, die die feindlichen Kanonen uns aufzwingen werden, zu wählen haben«, lautete der Kommentar des *Figaro*.

»Die nationale Verteidigung bedeutet nichts anderes als die Verteidigung des Profits, den Schneider einstreicht«, sagte Frémont. »Daladier wird niemals Hitler bekämpfen, sondern immer nur die französischen Arbeiter.«

»Deine Freundchen werden dafür lieber für die Moskowiter in Spanien Haue einstecken, als hier ihre Pflicht tun«, gab sie in scharfem Ton zurück.

Ohne ihr zu antworten, ging Frémont zum Krug auf dem Sims und nahm wieder zehn Francs heraus. Seine Frau begann zu weinen, und während sie mit ihrer wachsenden Verbitterung kämpfte, rannen ihr die Tränen in die Spülschüssel hinein.

»Gib gut acht, Papa«, sagte die sanfte kleine Yvonne ihrem Vater, als er einen Augenblick in der Tür stehen blieb.

»Säufer!«, sagte die Mutter.

»Gans!«, sagte Frémont und knallte die Tür hinter sich ins Schloss.

Wenn Paris stirbt …

Es war ein grauer Tag, die Luft war scharf, aber nicht wirklich kalt, und ein wenig feucht. Hyacinthe, meine Frau Flora und ich saßen in der dumpfen alten *Comédie-Française*; es wurde *Le Chapeau de Paille d'Italie* aufgeführt. Draußen strömte der Verkehr vorüber, in die Avenue de l'Opéra, vom Palais Royal, dem Pont du Louvre und der Rue Faubourg Saint-Honoré. Damals sahen wir noch nicht weg und verbargen noch nicht unsere Tränen bei Nennung dieser Straßennamen, aber sie hatten dennoch schon zu jener Zeit den Charakter von etwas Unwirklichem angenommen. Das Innere dieses Nationaltheaters, das ebenso zur Rue de la Huchette gehörte wie die Zentralmarkthalle, die Museen, die großen Boulevards und die Parks und öffentlichen Gärten, die jetzt grau und kahl dalagen, strömten etwas ungemein Beruhigendes aus. Es war eine Donnerstag-Matinee; alle Abonnenten waren auf ihren Plätzen, unter ihnen auch die melancholische Dame mit dem sehnsüchtigen Blick, in Gesellschaft ihrer wachsamen Gardedame. Jahre und Jahre hindurch hatte ich diese Frau gesehen, war im Korridor absichtlich nahe an ihr vorbeigegangen, hatte das diskrete, höchst persönliche Parfüm einatmen können, das sie umschwebte, und bemerkt, wie sie sich kleidete – in altmodischem Samt und steifer Seide. Sie war das personifizierte Frankreich in seiner geheimnisvollen Undurchdringlichkeit. Ähnlich der alte Kritiker, der immer seine Nichte am Donnerstag mitnahm; Jeanne und ihr persischer Liebhaber, die vier Reihen weiter vorn saßen; die alte verwitwete Exzellenz, die immer ganz laut ihre Kommentare machte, aber so pikant und naiv, dass man die Unterbrechung als Spiel im Spiel akzeptierte.

Die Schauspieler überboten sich, wie dies manchmal in ganz bösen Zeiten vorkommt, bei der Darstellung dieser anmutigen und übermütigen Komödie, die das einzige und so typisch französische Sujet behandelte: le Cocu. Die französische Frau wird so oft betrogen, dass ihre Situation eigentlich kein dramatisch zu verwertendes Material mehr bietet. Anders die Herren der Schöpfung, denen die fatalen Hörner, dieses Symbol der Lächerlichkeit und nervösen Unrast, aufgesetzt werden. Manche nahmen die Sache ruhig hin, andere rasten und tobten – immer aber wirkten sie komisch.

Es lag eine unheimliche Stimmung über der Fröhlichkeit dieses Nachmittags auf der zugigen alten Bühne, während der Nationalhengst seine Sperenzchen machte und die Mätressen der Portefeuilleminister das ihre dazu taten, um den Schein der Vorstellung zu wahren. Auch sie waren vollendete Schauspielerinnen, im Sinn der *Comédie*-Tradition. Die ganze Darbietung war mit einer Orchidee zu vergleichen, die jemand auf dem Pflaster mitten in Schmutz und Elend verloren hatte. Wenige Tage zuvor waren die Überbleibsel der Spanienarmee über die Grenze nach Frankreich gekommen; die am verzweifeltsten waren, hatten sich im letzten Augenblick von ihren Familien losgerissen und waren zurückgeeilt, um dann von den Faschisten umgebracht zu werden. Und wenige Tage später sollte Hitler die Tschechoslowakei annektieren, wie es das bereits getroffene Arrangement mit M. Georges Bonnet vorsah.

Ich musste immer wieder an die Armee spanischer Kinder unten an der katalanischen Grenze denken, die nach Frankreich herüberkamen. Vieles, was ich gesehen hatte, war zu grauenvoll, als dass selbst ich, der ich als Beobachter von Beruf an massenweise auftretendes Herzeleid und modernes Grauen gewohnt war, mich daran hätte erinnern wollen. Es tauchte nur immer wieder ein Bild vor mir auf: eine schlammige Höhle, in der verhungernde Kinder aus den Familien der Patrioten quäkten und quakten wie Frösche, und eine Mutter, die vor Hunger so schwach war, dass sie ihren Säugling kaum mehr im Arm halten konnte, und die dennoch nach spanischem Brauch zweimal dankend ablehnte, mit der Bemerkung, sie hätte keinen Hunger, ehe sie von mir etwas zu essen annahm.

Ein paar Tage darauf – wir waren zusammen bei einer Vorstellung in der *Comédie* gewesen – saßen Hyacinthe und ich schweigend im Café de Rohan, dem Theater gegenüber.

»War ich so gescheit wie dein Sohn in seinem Alter?«, fragte sie mich und beantwortete ihre Frage gleich selbst mit den Worten: »Nein. Ich war prüde, snobistisch und fiel auf alle und alles hinein.«

»Du bist gerne zum Nachmittagsgottesdienst in die Madeleine gegangen«, sagte ich, denn ich dachte gerade an etwas ganz Anderes.

Erst zwei Tage zuvor war ich in einem schmutzigen kleinen Speisezimmer in Perpignan gesessen, einem Raum in einem kleinen, billigen Hotel, der selten benutzt wurde, und wo der Besitzer, einer der Menschen, die wirkliches Verständnis haben, seine Brieftasche und sein Hotel den Kindern zur Verfügung gestellt hatte, die von Franco und Mussolini aus ihrem Heim vertrieben worden waren, nachdem die Diktatoren versucht hatten, sie vom Land, von der See und der Luft aus zu morden. Einige trugen auch blutige Verbände, dort wo unerschrockene Flieger, die gerade frisch aus der heiligen Messe kamen, über die hilflosen Flüchtlinge Maschinengewehrfeuer hatten niederprasseln lassen, um einander neuartige Sturzkampfmethoden vorzuführen. Kinder sind gesprächig und vergessen schnell, besonders wenn sie nach langem Hungern wieder zu essen haben. Aber in einer Ecke saß ein blasser, ernster kleiner Junge, der seine Suppe zu essen versuchte und hinter den anderen zurückblieb. So war es in allen spanischen Kinderlagern gewesen, die ich besucht hatte; in allen Speisezimmern, allen Schlafräumen, in jeder Gruppe, die auf dem Strand badete, und jedem Klassenzimmer, wo die Kinder lesen lernen sollten. Immer gab es da ein Kind, das klüger war als die anderen, weniger demonstrativ, hoffnungsloser und folgsamer. Ein Unversöhnlicher. Er wusste genau, dass die Erwachsenen versuchten, alles erträglicher zu machen, und reagierte so gut er konnte. Aber auch mit dem besten Willen konnte er nicht singen oder lächeln oder empfinden, dass die Erde für seinesgleichen der ideale Aufenthaltsort war.

Hyacinthe, die da auf dem Plüschsofa neben mir im Café de Rohan saß, begann nicht sofort von dem Thema zu sprechen, das sie am meisten bewegte. Das war nicht ihre Art. Sie erzählte vielmehr eine Geschichte, die die grausame faschistische Teufelei illustrierte.

In No. 32, dem Haus, in dem Hyacinthe wohnte, hatte sich im zweiten Stock ein spanischer Flüchtling eingemietet, einer der wenigen, denen Georges Bonnet in Paris zu wohnen erlaubte; die deutsche Gesandtschaft hatte nämlich dekretiert, dass Republikaner sich nicht in ihrer Nähe aufhalten dürften. Der Betreffende war ein großer, asketisch aussehender, glatt rasierter Mann mit feingliedrigen Händen, und seine Augen blickten bei aller Traurigkeit dennoch humorvoll.

Dieser Flüchtling nun hatte eine Frau und einen kleinen Jungen, und der Junge hatte ein Fahrrad. Hyacinthe erwischte den Hausbesorger in No. 32, den Mann, der Krautkopf für den Nabel der Welt hielt, wie er gerade die Gummireifen am Fahrrad des »roten Lumpen« (der sieben Jahre zählte) mit einer altmodischen Hutnadel anstach.

Als sie mir diesen Akt der Gastfreundschaft berichtete, den man einem vaterlandslos gewordenen Kinde erwies, begriff ich blitzartig, was ihren Sinn bedrückte.

»Hyacinthe«, sagte ich, »du musst dich in Sicherheit bringen.«

Meine Bemerkung erstaunte sie ungemein. »Vous dites?«, fragte sie.

»Ich meine, du sollst sehen, dass du hier herauskommst, so lange es noch Zeit ist. Gehe nach Amerika. Dort kannst du etwas aus Deinem Leben machen.«

Sie seufzte. Ich merkte, dass sie die Sache überlegt und ihren Entschluss gefasst hatte.

»Ich bin verloren, genau wie ganz Frankreich«, sagte sie. »Ich habe in meinem Leben zwei Eigenschaften kultiviert, die mir die wichtigsten und bezeichnendsten schienen. Erstens und vor allem bin ich eine gute Französin gewesen, Tag und Nacht, im Schlafen und im Wachen. Und zweitens habe ich meine Weiblichkeit entwickelt.«

»Du kannst auch in Amerika Französin bleiben«, sagte ich.

»Jedem wird das gefallen. Nur dumme Menschen amerikanisieren sich, gerade so wie der schlechteste Amerikaner hier sich einbildet, Franzose geworden zu sein.«

»Ich habe Angst davor, ein Fremdling zu sein«, sagte sie. »Ich habe Fremde immer als Monstrositäten betrachtet – ausgenommen natürlich dich, du bist Kosmopolit.«

Kein Todeskampf, keine quälende Unsicherheit waren so schlimm, dass Hyacinthe um ihretwillen vergessen hätte, anmutig zu sein. Mag sein, dass es andere junge weibliche Wesen gab, die in gewisser Weise und von anderem Standpunkt aus gesehen noch schöner oder begehrenswerter als Hyacinthe waren. Viele sicher nicht.

»Wie anders muss alles sein, wenn man ein Mann ist«, sagte sie. »Mir scheint, dass, während ich so bewusst versuchte weiblich zu sein, ich versäumt habe menschlich zu sein. Deine Spanier sind von Geburt menschlich.«

»Du darfst nicht so streng gegen dich selbst sein«, meinte ich. Ihre Menschlichkeit war tatsächlich in den letzten Jahren mit jedem Tag lebendiger geworden. Ihr Direktor, der sie zuerst als Haubenstock und im leichten Rollenfach lanciert hatte, hatte seinen Irrtum bereits eingesehen. Fast ohne sich anzustrengen, wirkte sie dramatisch. In einer ihrer Rollen hätte ich schwören können, sie gebe Yvonne Frémont, das Mädchen aus einer anderen Gesellschaftsklasse und einem anderen Stall, das sie, durch ein paar Fensterscheiben getrennt, beobachtet hatte. Später erzählte sie mir auch wirklich, dass sie Yvonne gespielt hätte und dies ihr erster großer Erfolg gewesen sei.

»In Amerika sind wir menschlich«, sagte ich.

»Du bist sentimental. Aber auch menschlich. Von allen Völkern sind die Amerikaner die gutherzigsten und offensten, wie Kinder. Unter ihnen würde ich als französische Reliquie ganz anachronistisch wirken. Wie ein Kuriosum.«

Sie nahm meine Hand und sah mich unsäglich traurig an.

»Ich habe stundenlang darüber nachgedacht. Ich kann nicht fortgehen, Elliot. Ich bin ein Teil von Paris, ein Teil der französischen Seele, die am Ersticken ist. Geht Frankreich zugrunde, gehe auch ich zugrunde. Wenn Daladier Frankreich verkauft, verkauft er mich mit. Wenn Flandin seine Telegramme an Hitler sendet, dann sendet er mich mit ihnen. Ich könnte fabelhafte Summen in Hollywood verdienen, mich im New Yorker Wirbel auflösen, ich könnte Eroberungen machen, berühmt werden – aber es geht nicht, ich kann nicht.«

»Du weißt es wohl selbst am besten«, sagte ich traurig.

»Ach Elliot, mach, dass ich fortgehe!« Dabei stand sie auf, und ihre Tränen zeigten deutlich, dass sie es wirklich ernst meinte, und dass jeder Versuch sie zu überreden nutzlos war.

»Ihr Amerikaner seid lebende Menschen. Ihr habt noch Teil an der Zukunft. Flora wird auch weiterhin leben, indem sie immer an andere zuerst denkt, avec sa clarté aussi forte que sa timidité est pénible. Dein Sohn wird ein richtiger Mann werden. Heute bin ich hellsehend. Er wird von seinen Freunden hochgehalten werden und nicht nach Ehre und Ruhm trachten. Und du wirst, wie Moses, diese Welt verlassen, wenn du hundertzwanzig Jahre alt bist, so geschickt wie du aus Salons oder Cafés verschwindest, wenn die Konversation dich langweilt.«

»Ich liebe den Film und der Film liebt mich. Er hat mich willkommen geheißen und hält mich zärtlich fest. Ich liebe das Publikum und erfahre ein wenig Gegenliebe. Nur wenn ich an das denke, was kommen wird, bin ich bange. In meinem Beruf bekommt man geschriebene Rollen – manchmal sind sie gut geschrieben, oft sogar geistvoll. Wenn Paris einmal stirbt, werde ich sprachlos sein. Bitte, Elliot, lass mich nicht banal werden!«

Das Telegramm von Flandin, das Hyacinthe erwähnte, bezog sich auf einen Vorfall, der typisch war für die französische Politik jener schicksalsschwangeren Dreißigerjahre. Zur Zeit der Münchener Besprechungen sandte Flandin, der ehemalige Ministerpräsident und einer der bekanntesten Faschisten Frankreichs, Hitler ein Glückwunschtelegramm, womit er sich zweifellos bei seinem zukünftigen Führer beliebt machen wollte.

Ehe noch über Hitlers Annexion der Tschechoslowakei Gras gewachsen war, sandte Präsident Lebrun Marschall Pétain als Botschafter zu Franco. Wie kleine Männer häufig, versuchte auch Franco, sich durch allerlei Tricks wichtig zu machen. Er ließ den alten Pétain, der schon ganz kindisch war, eine Woche lang in Santander schmoren, und darauf hetzte er ihn die ganze lange Strecke bis Burgos im Auto herauf, um ihn zuguterletzt zu einer Besprechung von lediglich zwanzig Minuten zu empfangen. Dies zeigte deutlich, wie weit Frankreich schon gesunken war; das Frankreich der Bourbonen und der Bastille, das Frankreich der Balzac und Zola, Voltaire und Rousseau, Pasteur und Curie, Lucien Guitry und Debureau, Bernhardt und de Reszke. Die Liste ist lang, aber man kann nicht sagen, dass sie kein Ende hat. Francos Unhöflichkeit war umso unentschuldbarer, als Pétain und seine Cagoulards die ganze Zeit für ihn gearbeitet hatten.

Ungefähr zu jener Zeit kam Ribbentrop mit einem Pakt nach Paris, der Deutschland und Frankreich verpflichten sollte, zehn Jahre Frieden zu halten. Sein Mitarbeiter, Georges Bonnet, empfing ihn mit offenen Armen. An jenem Morgen hielt ich mich mit Pierre im Umkreis der Gare des Invalides auf, um womöglich aus nächster Nähe Ribbentrops offiziellem Empfang beizuwohnen. Bis zu diesem Tag war ich der Meinung gewesen, dass ich, als Journalist, wusste, wie ein Polizeiaufgebot aussieht. Da irrte ich mich aber gewaltig. Auf der Place de la Concorde, dem Quai d'Orsay und allen Straßen der Umgebung standen dicht gedrängt Schulter an Schulter Militär und Polizei, und Tausende von Zivilisten bildeten ein zweites starkes Kordon um die bewaffnete Macht. Der Zug des Friedensapostels war von der Gare de Lyon, wo die Züge aus Deutschland einliefen, auf die Gare des Invalides verschoben worden, der nur einen Steinwurf vom Auswärtigen Amt entfernt lag, wo Daladier und Bonnet schon warteten, um nochmals auf der punktierten Linie zu unterschreiben.

Ribbentrop wurde stets den Blicken und der Annäherung der Pariser Bevölkerung entzogen. Kein einziger Hurraruf, nicht das geringste Zeichen von Herzlichkeit irgendeiner Art, als die bombensichere Limousine ein paar hundert Meter zwischen dem Bahnhof und dem grauen Gebäude dahinrollte, das mit den französischen und deutschen Fahnen beflaggt worden war – der Trikolore und dem Hakenkreuz in liebevollem Verein.

Da fiel mir eine Bemerkung ein, die Henri Julliard vor Jahren gemacht hatte. »Wenn sie gar so viel vom Frieden reden, dann gibt's bestimmt Krieg.«

Am Vorabend des Krieges

Am 26. August wurden drei Jahrgänge Landsturm einberufen, und die Krise, die in No. 19 im kleinen Kolonialwarengeschäft latent war, kam offen zum Ausbruch. Die Spannung war ständig angewachsen, in dem Maß, als der Krieg in den Flussnebeln und Schatten der Rue du Chat-qui-Pêche näher und immer näher herankroch. Hysterisch war fast niemand, es herrschte vielmehr eine unheilschwere Ruhe, in denen alle großen und kleinen Ereignisse, die nahen und fernen, sich gleichermaßen zwischen den Häusermauern brachen wie Flüstern und Rufen in einem Brunnenschacht.

Schreie wurden laut – »Mein Sohn! Mein armer Junge!« Das war Madame Luneville, zu deren Tür der Postbote mit der grauen Karte kam. Das bedeutete die Einberufung, und der junge Sohn, Jacques, diente immer noch bei der Infanterie. Wieder und immer wieder hatte der Vater sich glatt geweigert, beim General de Castelnau zu intervenieren. Die Mutter wurde immer verbitterter und frenetischer, sie drohte und tobte. Man hörte das Krachen umgeworfener Möbelstücke, und daraufhin Jacques

Stimme, der seine Mutter bat, sich zu beruhigen, und die tiefere Stimmen des Vater Luneville (der fünfundvierzig Jahre alt war) und des Briefträgers, der den Marschbefehl auf den Ladentisch bei der Kasse gelegt hatte.

Einen Moment lang setzte der Streit aus und Madame Luneville rannte weinend und betend die Treppen hinauf. Luneville, der ernste, geduldige Mensch, begann die auf dem Fußboden verstreuten Dinge aufzulesen. Jacques half ihm.

Von oben hörte man, wie ein Fenster aufgerissen wurde, und dann kam ein Wimmern, das zu einem Schrei anwuchs.

Über der Straße zeigte Maurice, der Mann aus dem Goldfischladen, hinauf und schien flehentlich und vergeblich um etwas zu bitten. Als die beiden Lunevilles, Vater und Sohn, auf die Straße kamen, warf sich Madame Luneville eben aus dem Fenster und stürzte hinab wie ein Stück Blei. Ehe noch jemand um Hilfe rufen oder hineilen konnte, verfing sich ihr Rock an einem eisernen Haken, der in der Hausmauer zwischen den beiden Stockwerken eingeschlagen war. Der Stoff hielt, und da hing sie nun, mit dem Kopf nach unten hilflos schwebend und schrie in Angst und Todesnot.

Die Polizei in Gestalt der Agenten Masson und Benoist kam herbeigelaufen. Man rief nach einer Leiter. Frémont erschien mit einer Leiter, die um zwei Meter zu kurz war. Vater Luneville rannte hinauf und versuchte, bis zu der Stelle, an der seine Frau hing, hinunterzuklettern, konnte aber keinen Fuß fassen. Das Trara des Feuerwehrautos tönte vom Boulevard herüber, schon bog der rote Wagen um die Ecke – da gab der Stoff von Madame Lunevilles Rock mit einem langsamen, reißenden Geräusch nach, und sie stürzte aufs Steinpflaster sieben Meter unter ihr. Reglos lag sie da: Sie war tot.

Ein Einberufungsbefehl war ein Einberufungsbefehl, und ein Todesfall in der Familie kein Entschuldigungsgrund. Als der Körper Madame Lunevilles auf das bescheidene Lager im kleinen Hinterzimmer gebettet worden war, und die beiden Priester,

Pater Panarioux und Pater Desmonde mit ernstem Gesicht hineingegangen waren, nahm Jacques die verhängnisvolle Postkarte. Es zuckte um seine Mundwinkel, seine Züge nahmen einen beinahe blödsinnigen Ausdruck an. Wie ein Schlafwandler wandte er sich zu seinem Vater, der schwitzend und zitternd dastand und irgend etwas murmelte, wer Schuld habe am Tode seiner Frau.

»Es ist für dich, Papa«, sagte Jacques.

Und es war wirklich so. Der Vater, nicht der Sohn war einberufen, gemäß der Politik der Regierung Daladier, die erfahrene, ältere Soldaten an die deutsche Grenze sandte, damit sie ruhig dort an der Maginotlinie bleiben und nicht mit Gewehren und Granaten herumhantieren sollten, die »Zwischenfälle« herbeiführen oder Herrn Hitler sonst wie irritieren konnten.

In jener Nacht zuckten die Straßenlaternen auf den Boulevards abwechselnd auf und erloschen wieder; die Elektriker, die nicht einberufen waren, probierten nämlich die Verdunklung der Stadtbeleuchtung aus. Die Fensterscheiben auf dem Bahnhof und in den Cafés an den Straßenecken wurden mit blauer Farbe bemalt. Das Radio wiederholte immer wieder die Rede Daladiers, in der es hieß, dass Frankreich diesmal fest bleiben und seinem Versprechen getreu handeln würde. Ich hörte, wie Männer und Frauen einander erstaunt fragten, warum es so wichtig sei, die Polen zu retten, wo man doch die Spanier und Tschechen ihrem Schicksal überlassen hatte. Sie wussten, dass sie mit dabei waren in dem Krieg, der genau genommen jede Minute ausbrechen konnte, aber sie hätten doch gerne besser verstanden, warum nun unbedingt sofort zum Handeln geschritten werden musste, wo man zwei Jahrzehnte lang getrödelt hatte.

Ungefähr um fünf Uhr früh wurden die Bewohner des östlichen Straßenendes von einem kräftigen Plumps und ärgerlichem Gegacker wie im Kasperltheater geweckt. Madame Absalom, die wenig und sehr unruhig schlief, öffnete ein beleidigtes Auge und sah einen Arbeiter in Overall Sand von einem kleinen Lastauto herunter auf den Gehsteig schaufeln. Die Griechin Mary im anderen schmalen Bett setzte sich auf und blinzelte hinaus, wobei ihre bräunlichen Schultern und – zum Entzücken des Chauffeurs und des schaufelnden Arbeiters – die eine ihrer wohlgeformten Brüste sichtbar wurden; die beiden machten ihrer Bewunderung Luft und brachten dadurch Mary zum Kichern und l'Absalom dazu, mit dem Stock auf den Fußboden zu klopfen und sich wie wild zu gebärden, so als wären die Leute, die da unten ihr Trottoir verunzierten, innerhalb ihrer Reichweite gewesen.

»Reg dich nur nicht auf, Großmutter«, sagte einer der Männer. »Wir machen das nicht zu unserer Unterhaltung. Der Sand muss in Eimern auf Ihr Dach geschafft werden, damit die Boches, wenn sie das Haus anzünden ...«

Was Madame Absalom vorschlug, in Eimern hinaufzubringen, um es den Friedensstörern, die an die Front oder ins Gefängnis gehörten, auf die Köpfe zu gießen, braucht nicht unbedingt in die Archive aufgenommen zu werden. Der Vorschlag der alten Frau erregte jedenfalls mächtiges Gelächter beim Polizisten Benoist, der gerade auf der Bildfläche erschien, als Mocha, der schwarze Hund vom Hôtel Normandie, von Madame Absaloms Anti-Feuersbrunst-Sandhaufen als Erster Gebrauch machte. Beim Anblick dieser Tat geriet Madame Absalom in neue Wut. Mittlerweile hatte sich Mary von neuem unter die Decke gekuschelt und war wieder eingeschlafen.

An diesem Morgen wurde überall in der ganzen Straße Sand ausgeteilt, und die Morgenauflagen der Zeitungen brachten die neuen Verordnungen über das Tragen von Gasmasken.

Die meisten Bewohner der Rue de la Huchette, die gebürtige Franzosen oder Französinnen waren, hatten bereits früher vom Kommissariat Gasmasken erhalten – hinterher hatte man ihnen dann mitgeteilt, dass sie für diese achtzig Francs zu bezahlen hätten. Pater Panarioux, der die langen Nachtstunden mit Jacques Luneville am Totenbett der Mutter verbracht hatte, kam um sechs aus dem Geschäft, mit einer Gasmaske in einem langen, zylindrischen Blechfutteral an einem Riemen über der Schulter.

»Glauben Sie, mon Père, dass sie Gas verwenden werden?«, fragte Madame Lanier, als der Priester müden Schritts vorüberkam.

»Wahrscheinlich nicht«, antwortete Pater Panarioux. »Im Allgemeinen ist man schlecht gerüstet für die Waffen, die tatsächlich in Gebrauch genommen werden, sei es von Seiten eines weltlichen Feindes oder des Satans, meine Tochter.«

»Immerhin, achtzig Francs …«, murrte die Wäscherin.

Sie sperrte ihr Geschäft im Laufe des Tages zu, schickte die Mädchen fort, ohne erst die bereits begonnene Arbeit fertig zu machen, und floh in einem Taxi, das ein Leutnant, ständiger Besucher ihres Etablissements, lenkte, ins Département Seine-et-Oise.

Bei der Sitzung der französischen Kammer hatte Reynaud herausgefunden, dass, während er versucht hatte, den trägen Daladier so weit zu bringen, dass er die Mobilisierung durchführte, Georges Bonnet heimlich mit Warschau telefoniert hatte, um den Polen das Versprechen zu entreißen, nicht zu kämpfen, selbst wenn Hitler sich Danzigs bemächtigen würde. Die Polen glaubten naturgemäß, dass Bonnet im Namen der Regierung sprach.

Zu recht oder zu unrecht glaubten alle Franzosen in der Rue de la Huchette, die Rechte und die Linke gleichermaßen, dass der Deutsch-sowjetische Nichtangriffspakt das Startsignal von Stalin an Hitler war, in Polen den Krieg zu beginnen und sich gegen Frankreich und England zu stellen. Man war gegen die Kommunisten negativ eingestellt, denn diese, die man von dem erstaunlichen Purzelbaum ihres Anführers nicht informiert hatte, begannen plötzlich für die Nazis ein Geschrei zu machen und gegen das, was die Genossen, noch ehe es angefangen hatte, einen *imperialistischen Krieg* nannten.

Dies gab Daladier den Vorwand, auf den er seit langem wartete. Er wollte die kommunistische Partei in Frankreich ausrotten, nicht weil er sich dafür interessierte, ob die russischen Kirchen offen oder geschlossen, griechisch-katholisch oder römisch-katholisch wären. Die Kommunisten stellten die einzige Opposition in Kammer und Presse gegen seine Diktatur und seinen Krieg gegen die Arbeiterschaft dar. Er sandte infolgedessen die Geheimpolizei, um die beiden kommunistischen Blätter, *Ce Soir* und *L'Humanité* zu besetzen, und zwar einige Stunden, bevor er eine Verlautbarung erließ, auf Grund deren Aktionen dieser Art sozusagen »legalen« Charakter erhielten. Milka, Pierre und Pissy – letzterer in schwächerem Maß – erhoben Protest und bereiteten sich darauf vor, Märtyrer zu werden. Die übrigen Nachbarn fanden, dass den Roten ganz recht geschehen sei. Selbst die sanfte Hortense Berthelot fand, dass man die Kommunisten zum Schweigen bringen müsste, weil man ja, wie sie sagte, »von einem Tag zum anderen nicht sicher sein konnte, auf welcher Seite der Straße sie parkieren würden«.

In der Präfektur war der Krautkopf intensiv damit beschäftigt, mit seinem Vorgesetzten etwas zu organisieren, was später unter der Bezeichnung *passiver Widerstand* bekannt wurde. Es bestand darin, Keller auszuwählen, die für Luftschutzräume geeignet schienen, die Hausbesorger zu instruieren, wie man sie gegen Gas abzudichten hätte, ferner in der Herausgabe und Durchführung von Bestimmungen, die Beleuchtung von Geschäften und Wohnhäusern betreffend und die Ernennung von Organen, denen man zu verstehen gab, dass sie über weitreichende Autorität verfügten, um die Zivilbevölkerung zu zwingen, die vorgeschriebenen Vorsichtsmaßregeln durchzuführen. Für die Rue de la Huchette ernannte der Krautkopf zwei Stellvertreter, die im Quartier Patrouillengänge machen und eine Armbinde mit den Buchstaben *D.P.* tragen sollten. Der eine war der Aufseher Panaché, der nicht zum Militär einberufen worden war, der zweite Gion vom Musikgeschäft.

Das erste Opfer war Madame Absalom, die drohte, sie werde ihren Kaffeetopf jedem an den Kopf schleudern, der es wagen sollte, über ihre Treppen Sand auf den Bodenraum zu bringen und dadurch für Ratten und anderes Geziefer ein WC beizustellen. Auf Anordnung Panachés wurde sie zur Zahlung von acht Francs für zivilen Ungehorsam verurteilt. In der allgemeinen Verwirrung wurde jedoch der Sand auf dem schmalen Trottoir gar nicht berührt, außer von Hunden.

Als die letzte Woche zu Ende ging, in der »Frieden« herrschte, hörte man das Getrampel von Soldatenstiefeln und das Rasseln der Lastautos, Panzer und Geländewägen bei Nacht immer häufiger. Truppenverbände sah man bei Tag wenig, außer in den rundherum gelegenen Garagen, die als Mobilisierungsstationen benutzt wurden.

Seit das Caveau gesperrt hatte, arbeitete Georges, der Garçon, wie immer lächelnd *chez* Daniel. Aber als immer zahlreichere Vorbereitungen gemacht wurden, und man davon munkelte, dass Ausländer, gleich ob Antifaschisten oder Faschisten, in Konzentrationslager geschickt werden sollten, da hielt der freundliche Serbe den Zeitpunkt für gekommen, sich für einen langwierigen, gemütlichen Krieg einzurichten. Irgendwie verschaffte er sich eine französische Uniform und eine Reihe Ausweise, und in der Nacht des 29. August zog er seine Kakiuniform an, sagte mir und einigen Auserwählten Lebewohl und schlüpfte bei der Hintertür hinaus, um dem wachsamen Auge Monsieur Panachés zu entgehen. Unter dem Siegel der Verschwiegenheit sagte mir Daniel, was Georges in dieser Nacht vorhatte. Er hatte sich ausgedacht, dass er lieber gegen die Italiener als gegen die Deutschen kämpfen wollte, wenn schon gekämpft werden musste, und er wollte zu einem Verband kommen, wo es noch Pferde gab, damit er nicht einsam sei. Georges glaubte sicher, dass Essen und Unterkunft bei der Armee besser wäre als in den Gebieten hinter Stacheldraht und in den Gefängnissen, und dass man bei der Truppe viel mehr Bewegungsfreiheit hätte. Ungefähr zwei Stunden saß er in der Nähe der Ecole Militaire in der Avenue de La Motte-Picquet und ließ ein Regiment nach dem anderen an sich vorbeiziehen, bis er endlich eines sah, das nicht nur Pferde hatte, sondern auch nach Süden, nicht nach Osten marschierte. Als an der Ecke der Befehl zum Haltmachen gegeben wurde, um den Verkehr der Place vorbeizulassen, erwischte Georges, der in allem und jedem einem echten französischen Soldaten glich, den Augenblick, um zu dem von ihm erwählten Truppenkörper hinüberzuwechseln und sich auf einen Kübelwagen hinten drauf zu setzen. Niemand kümmerte sich darum, und Georges zog davon mit auf und ab wippendem Schnurrbart. Ich habe nie mehr etwas von ihm in Erfahrung bringen können, aber ich möchte jede Wette eingehen, dass mein alter Freund und Kellner bis zum heutigen Tage sich den Umständen entsprechend wohl fühlt.

Schutzkeller und Gasmasken

Am Abend des 2. September, dem Tag der Kriegserklärung, rief mich einer meiner französischen Freunde an, der einen Kurzwellensender in Betrieb hatte, mit dem er nach England und Amerika auf Englisch und Französisch senden konnte. Wir hatten miteinander immer Englisch gesprochen, weil ich, der ich so viel im Ausland gelebt hatte, wenn möglich lieber mein eigenes Idiom von fremder Zunge ein wenig seltsam ausgesprochen hören wollte, als Gefahr zu laufen, Ausländer vor den Kopf zu stoßen, indem ich mich in ihrer Sprache unrichtig ausdrückte. Plötzlich ließ sich im Telefon eine scharfe Stimme vernehmen:

»Sprechen Sie Französisch, oder ich unterbreche!«

Mein guter Bekannter erzählte mir, dass fast alle Angestellten in seinem Betrieb mobilisiert worden waren, und fragte mich, ob ich ihm nicht als Radiosprecher aushelfen könne, bis er sich irgendwie eingerichtet hätte. Ähnlich wie einst Diogenes schämte auch ich mich, untätig zu sein inmitten all der fiebrigen Kriegsvorbereitungen; ich ging also darauf ein.

Und so geschah es, dass ich am 3. September, um fünf Uhr nachmittags, als die Würfel gefallen waren, die allen Menschen auf der Welt Tod und Verzweiflung brachten, in einem Zimmerchen der Radiozentrale eingepfercht saß und wartete, bis die Reihe an mir war; ich sollte einen der verstaubtesten Essays über Racine vortragen, den mir ein unglückseliges Geschick je beschert hat. Ein dürftiger französischer Sopran unbestimmbaren Alters mit müden Zügen schnitt vor dem Mikrofon Grimassen und sang: »Parlez-moi d'amour.«

Ich kam danach mit meiner Racine-Nummer und war mir klar darüber, mit welch atemloser Spannung das Radiopublikum von New York und London meinen Worten folgte. Ich schlug vor, täglich einen Bericht über das Leben in Paris im Zeichen des Krieges zu schreiben; nichts, was der Zensur unterliegen oder dem Feinde als Informationsquelle dienen könnte, sondern eine Beschreibung, in der das Lokalkolorit zur Geltung kommen sollte, wodurch die Hörer wachgehalten würden. Kein Mensch hatte Zeit, mir mit Ja oder Nein zu antworten. Den ganzen Tag über hörte ich im Radio nichts als einige Klänge aus der Marseillaise, die ein paar französische Jungens aus einem Lastauto heraus sangen.

Einige Begebenheiten sind mir von jenem Tage noch deutlich gegenwärtig. In der Presse hieß es, dass Gasmasken an Kinder unter zwei Jahren *und* an Ausländer nicht abgegeben werden könnten. Mein eigenes Konsulat konnte mir hierbei nicht helfen; ich holte mir also eine vom rumänischen Konsulat, wo einem jungen Beamten fünfzig Francs wichtiger waren als ein Gasangriff. Hat man bereits zwei Kriege mitgemacht, hat man beim dritten gelernt, für seine Person Vorsorge zu treffen.

Dabei setzte ich gar nicht voraus, dass Paris Gasangriffen ausgesetzt werden würde, und ich glaubte auch nicht, dass, wenn die Nazis tatsächlich Gas verwendeten, die französischen Gasmasken einem irgendetwas nützen würden. Die Gefahr, oder besser gesagt, die Unannehmlichkeit, lag ganz wo anders, nämlich in der Tatsache, dass die neu eingesetzten, übereifrigen Mitglieder der *Passiven Verteidigung* einen jeden Augenblick hops nehmen konnten, wenn man keine Gasmaske deutlich erkennbar über der Schulter trug.

In den vielen engen Gassen im Quartier Saint-Michel und den breiten Straßen im Distrikt des Champ de Mars, wo ich eine Wohnung hatte, die ich, glaube ich, übrigens noch immer habe, hatten die Hausbesorger viel Arbeit und noch mehr Diskussionen wegen der Einrichtung der Luftschutzräume und dem Verkleistern der Fenster mit Papierstreifen, um bei Explosionen die Gefahr von Glassplitter zu vermindern. Der alte Markensammler in der Rue de la Huchette, Monsieur Dominique, lieferte einen klassischen, sehr humoristischen Beitrag zur Kriegsgeschichte. Ehe er seinen kleinen Laden für immer zusperrte, hängte er nämlich in die Auslage ein Plakat, auf dem zu lesen stand:

»Fermé à cause de la mobilisation annuelle.«

Es wurde verlautbart, dass die Markthallen, die den Nächten so viel Schönheit verliehen hatten, von nun ab nur noch am Nachmittag geöffnet sein würden. Straßenkreuzungen wurden weiß angemalt, damit die Fußgänger und Fahrzeuglenker sie bei Verdunklung sehen konnten.

Monsieur Luttenschlager, der in vierzehn Tagen von seinen Devotionalien nicht ein Stück verkauft hatte, folgte dem Beispiel des Markensammlers auf dem Fuße und sperrte ebenfalls sein Geschäft zu. An allen Ecken und Enden der Rue de la Huchette sah man herabgelassene Rollläden, wie blinde Augen. Der Buchbinder Dorlan reiste nach Südfrankreich. Die Laniers hatten die Stadt einige Tage zuvor standesgemäß verlassen. Die jüdischen Flüchtlinge im Hôtel Normandie sahen mit verstörten Gesichtern hinaus und versuchten einander zu versichern, dass Daladier und Bonnet sie nicht als Feinde behandeln würden. Der Barbier Julien musste am vierten Tag nach der Mobilisierung abreisen, und Elaine ließ sich nicht erweichen. Sie versicherte ihm, dass sie ihm Hörner aufsetzen würde wie von einem Büffel, ehe noch sein Zug über die Vorstädte hinausgekommen sein würde. Aber sie tat es nicht gleich – erst einige Tage später. Die Kolonialwarenhandlung, aus der ein kleiner Trauerzug hinausgewandert war, wurde aufgegeben, und das Warenlager von Jacques in ein Depot geschafft. Wiederum verschwand alles Farbige aus dem Blumengeschäft – und diesmal blieb es dabei. Der junge André, der Sohn des Kohlenmannes, fuhr in einem Renaultlaster weg, ebenso der Mann von Mariette im *Panier Fleuri*. Dr. Clouet zog wieder die Uniform an und wurde einem Frontspital in Stenay zugeteilt. Der Zahnarzt Dr. Roux übersiedelte, dem Rat Pierre Lavals folgend, mit seiner Praxis nach Nizza. Das alternde Ehepaar Corre führte die Epicerie Danton weiter. Der Verleger von No. 30 hatte sein Geschäft seit München überhaupt nicht wieder aufgemacht.

Nachdem er von seinem Sohn, der Sergeant bei der Artillerie war, Abschied genommen hatte, starb Henri Julliard in seinem einsamen Haus in Montmorency mit den Stuckverzierungen ohne ein Wort der Klage, und der Kürbis, den er in der Gabelung des Birnbaumes gezogen hatte, verfaulte auf seinem Brettchen. Ein paar Monate später starb auch der Baum ab.

Paris in blauer Beleuchtung mit den gespenstischen Regimentern in den dunklen Straßen und den auf den öffentlichen Plätzen umherschwärmenden zahllosen Flüchtlingen; Patrioten vom Kaliber eines Gion und Panaché – und vielen Tausend anderen, die mehr wert waren als diese –, die in den Straßen herumschnupperten, um Hauswarte und Passanten bei irgendetwas ertappen zu können, hatten etwas Faszinierendes für mich und hielten mich vom Schlafen ab. Als eines Nachts der erste Fliegeralarm gegeben wurde, war ich gerade in der Nähe der Rue de la Huchette und ging in den Schutzraum in No. 7, auf dem »Für 92 Personen« stand. Die ersten, die erschreckt und zitternd im Keller erschienen, waren die alten Taitbouts, die wie Eulen blinzelten und einander irgendetwas zuraunten, was vermutlich für niemanden verständlich war. Wir hatten vierzehn Stühle, unter denen sich ein arg reparaturbedürftiger gepolsterter Lehnstuhl befand.

»Der ist doch für den Herrn Oberst«, sagte Madame Taitbout vorwurfsvoll, als Monsieur Taitbout sich darauf setzen wollte. Er murmelte etwas und setzte sich anderswo nieder. Sie blieb stehen, weil sie behauptete, dass man im Stehen den Fliegern oben ein weniger deutliches Ziel abgäbe. Pater Panarioux trat mit einem förmlichen »Bon soir, mesdames et messieurs« ein.

Zwei hübsche katalanische Kellnerinnen tauchten von irgendwoher auf, nach ihnen kam der Polizeimann Benoist, der nicht bleiben konnte, aber versprach, wiederzukommen. Schon die erste Zeit des Krieges brachte den Franzosen viel Kummer und Entbehrungen. Was diese Zeit den hübschen jungen und auch den nicht mehr ganz jungen, aber kräftigen Mitgliedern des Pariser Polizeikorps und den verlassenen Köchinnen und Stubenmädchen brachte, das hat jahrhundertelange Verleumdung überlebt und wird wohl weiterleben.

Das Heulen der Sirenen war kaum verklungen, als schon wieder Flieger gemeldet wurden. Da Frémont nun keine Familie mehr hatte, keine Anstellung und keine eigene Portiersloge, hatte er seinen Nachbarn geholfen, ihre Luftschutzkeller so gemütlich wie möglich einzurichten. Er figurierte als eine Art Türsteher, als sei No. 7 ein Nachtklub – was ja tatsächlich eine Zeit lang der Fall war. Als mein alter Ziehharmonikalehrer mit seinem Instrument auftauchte, begrüßte ihn Frémont aufs herzlichste und ging dann fort, allen Gefahren zum Trotz und von Madame Taitbouts Segenswünschen begleitet, um Pissy, der Flöte spielen konnte, aus seinem eigenen, zuständigen Schutzraum zu uns herüberzulotsen. Die Stimme des Krautkopfs schallte einem von überall her entgegen – er wusste nämlich, dass der *Raid* fingiert worden war, um den Luftschutz zu erproben und war dementsprechend ausnahmsweise mutig.

Bei solchen Gelegenheiten gibt es immer einen großen Augenblick, und das war in unserem Fall, als der greise Oberst mit seinen fast neunzig Jahren von seinen getreuen elsässischen Mädchen hereingeleitet wurde. Oberst Montalban grüßte den Geistlichen mit einem höflichen Kopfnicken und uns andere, auch die Dienstmädchen und mich, etwas geistesabwesend. Er war adrett gekleidet in einer Uniform aus dem Ersten Weltkrieg und konnte nicht dazu gebracht werden, auf dem einzigen bequemen Stuhl Platz zu nehmen, wo so viele Frauen anwesend waren. So blieb denn dieser den ganzen Abend über unbesetzt.

Der zweite große Augenblick war uns beschieden, als die kleine Daisy vom *Panier Fleuri* herüberkam, mit ganz entgeistertem und gleichsam um Verzeihung bittendem Blick. Sie war an diesem Abend dienstfrei gewesen, hatte eine Freundin in einem anderen Bezirk besucht und war dann von Panaché, der ihr nicht erlaubte, mit ihren Kolleginnen zusammen den Schutzraum in No. 17, ein paar Meter weiter, zu benutzen, in den Luftschutzkeller von No. 7 gewiesen worden.

Die alten Jungfern aus dem Elsass sahen den geistlichen Herrn an und dann einander – sie waren sich nicht klar darüber, ob es erlaubt sei, dass eine *Fille publique* und ein Oberst a. D. den gleichen Schutzraum teilten. Dem Oberst schien es nichts zu machen. Er war schläfrig, blickte aber mit einem Auge anerkennend zu Daisy hinüber, die angstvoll und verlegen dastand, und sagte einfach:

»Setzen Sie sich, mein Kind. Draußen ist es kalt.«

Elvira und Roberta lächelten nicht nur, sie kicherten sogar. Der Ziehharmonikaspieler stimmte eine Weise an, Pissy fiel ein. Irgendwie ist eine Flöte für einen Luftangriff ein besonders ungeeignetes Instrument, weil man ihm von der Seite her beikommen muss, und der Spieler sich dabei ausnimmt wie ein Ameisenbär. Plötzlich erklang Elviras gutturale Stimme, irgendwoher aus der Tiefe dringend, mit einem elsässischen Lied, und anstatt sie zur Ruhe zu verweisen oder sie fristlos zu entlassen, äußerte sich der Oberst und blickte sie vorwurfsvoll an.

»Warum hast du mir nie gesagt, dass du singen kannst?«, fragte er ganz aufgebracht. (Sie stand seit achtzehn Jahren in seinen Diensten).

»Excusez-moi, Monsieur le Colonel. Wir haben geglaubt, es würde Sie stören«, sagten Elvira und Roberta fast aus einem Munde.

»Im Gegenteil, ich liebe Musik«, sagte der Oberst.

Von da an hatten wir Musik bis fünf Uhr früh, wo die Sirenen und Hupen um die Wette heulten und wir allesamt von Panaché hinausgelassen wurden.

Ehe sie fortging, um sich in No. 17 zu begeben, hielt die kleine Daisy höflich und ganz förmlich dem Oberst, der eben von seinem einstündigen guten Schläfchen erwacht war, die Hand hin und sagte: »Sie waren sehr freundlich, Monsieur. Sie haben ganz recht, dass wir in diesen Kriegszeiten noch fester zusammenhalten müssen.«

Dann vergaß sie sich, wandte sich an uns und sagte, der Macht der Gewohnheit unterliegend: »Au revoir, mes lapins!« – Auf Wiedersehen, meine Häschen!

Ich fand, dass Daladier es in Bezug auf Beredsamkeit absolut nicht mit der kleinen Daisy aufnehmen konnte, so wie Chamberlain Mussolini weit weniger gut verstanden hatte als Mireille. Daladiers Beitrag zur *Défense Nationale* an jenem Tage lautete ungefähr so:

»Frankreich führt heute das Kommando, und noch nie waren seine Befehle klarer und zwingender. Wir hegen keinen Hass gegen das eine oder andere Volk, wir lieben die Opfer … Frankreich ist sich seiner Macht bewusst.«

»Jeder Franzose ist bereit, seine Pflicht zu tun, sein Leben hinzugeben … Was wäre das Leben wert in einem unterdrückten Frankreich?«

In der Rue des Deux-Ponts, gegenüber vom Hôtel du Caveau, wo die Slums waren, musste ein Straßenkehrer mit fünf unmündigen Kindern und ohne Frau, als er zum Militärdienst eingezogen wurde, seine Angehörigen ins dortige Polizeikommissariat bringen. Dies wurde durch eine Verordnung als ungesetzlich bezeichnet. Eine trauernde Witwe schlug einen furchtbaren Lärm, weil niemand Schritte unternommen hatte, um das Grab ihres Gatten vor einem Luftangriff zu schützen. Durch Giraudoux' literarische Zensur waren Zeitungsredaktionen so demoralisiert, dass sie mehr als einmal sogar das Erscheinungsdatum falsch angaben, zur Verzweiflung künftiger Historiker. Und mitten in all dem dokterte die Académie Française weiter herum an ihrem offiziellen Wörterbuch, das ein von der Redeweise des durchschnittlichen Taxichauffeurs so völlig verschiedenes Vokabular brachte, dass es außer als Kuriosität überhaupt keinen Wert hatte, – seit Jahren machte man sich darüber lustig. Duhamel, der sich in Bezug auf Amerika als Autorität gerierte, hielt eine rührende Ansprache, in der er so gut wie nichts sagte. In akademischem Französisch war so etwas möglich. Laut *Paris-Soir*, einem Blatt, das zum Himmel stank, ob es nun zensiert oder unzensiert erschien, ob seine Herausgeber in Frankreich oder Amerika lebten, lernten die deutschen Sturmtruppen die *Internationale* singen.

Es ist ohne Weiteres klar, dass die Zensur der Linken gegenüber schärfer gehandhabt wurde als gegenüber der Rechten –, die anfing, Morgenluft zu wittern.

In einem Luftschutzraum verhaftete ein offizieller Funktionär der *Défense Passive* einen Mann, der seine Gasmaske im Belotespiel an einen Nachbarn verloren hatte. Der Gewinner wurde, wie dies so häufig der Fall ist, nicht belangt.

Es gab kein Gesetz, das besagte, dass man nicht zwei Gasmasken besitzen dürfe, wohl aber war man straffällig, wenn man gar keine hatte.

Zensurierte Blätter, in denen nicht nur gewisse Stellen gestrichen, sondern auch gewisse Einzelheiten hinzugefügt worden waren, brachten Kunde darüber, dass britische Truppen nach Frankreich hereinzuströmen begannen. Man sah sie selten, aber einzelne, die sich nach Paris verirrt hatten, wurden von den enthusiastischen Redakteuren Monsieur Giraudoux' folgendermaßen beschrieben:

»Man sieht englische Offiziere auf den ›grands boulevards‹, etwas, woran man sich noch aus dem Jahre 1914 gut erinnert: Heute wie damals haben sie tadellose Stiefel und tragen Spazierstöckchen aus Bambusrohr unterm Arm. Die Offiziere vom Jahr 1939 gehen lieber beim Rond Point und der Etoile spazieren, während ihre Vorgänger im früheren Krieg die Oper und Madeleine vorzogen.«

Der Skribent beschreibt dann drei Briten, die auf einer *terrasse* in den Champs-Elysées sitzen:

»... mit ihrem sportlichen Aussehen, der ziegelroten Gesichtsfarbe, den hellen Augen und dem Anstrich des Gentleman, den alle haben ... saßen die drei Leutnants da und lächelten freundlich über ihre Whisky-Sodas hin Paris an; Whisky-Soda gehört ebenso zu ihrer Tradition wie ihre Eleganz und ihre Umgangsformen.«

Dies ist ein treffendes Beispiel von dem, was meine Nachbarn zu lesen bekamen, während sie sich angstvoll fragten, was in Polen und der übrigen Welt vor sich ging. Madame Absalom, die schon immer eifrig Zeitung gelesen hatte, ließ fast unaufhörlich ihren Stock durch die Luft sausen und entwickelte auf diese Weise ihre Armmuskeln im umgekehrten Verhältnis zu ihren vernachlässigten Beinen.

Die städtische Pfandleihanstalt teilte all denen, die in Paris Gegenstände zur Beleihung deponiert hatten, eiligst mit, dass alle Wertgegenstände aufs Land gebracht werden würden. Jeder erfahrene Franzose wusste, dass dies so viel bedeute, wie dass man davon nie wieder etwas zu sehen bekommen würde.

Pierre kam eines Tages zu mir in seiner Uniform. Milka hatte man bereits in ein Konzentrationslager verschickt, mit einigen jüdischen Flüchtlingen aus dem Hôtel Normandie und der Griechin Mary. Das Gleiche war dem Modell Nadia widerfahren, sie war aber auf Grund von de Malancourts Intervention nicht einmal drei Tage dort geblieben. Pierre tat noch immer geheimnisvoll, wollte sich aber doch bei mir entschuldigen, dass er unsere Freundschaft nach dem spanischen Abenteuer abgebrochen hatte. Ich hegte für all dies das größte Verständnis. Er war, genau so wie ich, allzu tief von der unbeschreiblichen Ungerechtigkeit des Ganzen getroffen worden.

Von Pierres Plänen erfuhr ich erst später. Pierre wusste, ebenso wie Aragon, dass alle Roten als Köder gebraucht werden sollten, und darum bot er seine Dienste an, ehe er noch dazu aufgefordert wurde und sandte zärtliche Schreiben an gewisse homosexuelle französische Offiziere, die engagierte Linksfeinde waren. Diese Schreiben waren so abgefasst, dass jeder, der sie zufällig in die Hand bekam, vermuten musste, dass sie einen Code darstellten. Einer nach dem anderen dieser Reaktionäre verschwand aus den Truppenverbänden und ward in vielen Fällen erst nach dem Waffenstillstand, wenn überhaupt, wieder gesichtet. Pierre, der wusste, dass er sicher war, so lange die Jagd nach Spionen anhielt, übertraf sich selber durch die Produkte seiner ausschweifenden Fantasie, die er so lange im Rahmen des Parteidogmas gezügelt hatte. Ich glaube bestimmt, dass sein Einfluss dem Wohlbefinden des sterbenden Frankreich zuträglich war.

Es schneit

Es war an einem klaren Herbstmorgen, und der Krieg war in eine Phase getreten, wo er vollkommen unwirklich schien, denn der Feind war irgendwo weit weg beschäftigt, und aus Monsieur Giraudoux' Ämtern drangen gute, ermunternde Nachrichten. Dazu sandte die Sonne ihre herbstlich schrägen Strahlen und vergoldete all die wohlbekannten Pflastersteine und Ritzen in der Rue de la Huchette, fing sich in den Goldfischen der Auslage, beleuchtete das rot-weiße Chrysanthemenmuster der Tapete und die Kinder, die zu arm waren, um evakuiert zu werden, und in ihren dunklen Schürzenkittelchen auf den steinernen Torschwellen saßen; sie schien auf die Teppiche, die man zum Klopfen auf die eisernen Gestelle gehängt hatte, die Ladenschilder, die Käufer und Geschäftsbesitzer, die Gemüsekarren (immer noch gab es Frischgemüse) – und unwirkliche Wirklichkeit gesellte sich zu unvergesslichen Erinnerungsbildern. Wie ich so langsam herumschlenderte, zu den Häusern sah, gegrüßt wurde und wieder grüßte, gesehen und nicht bemerkt wurde, gehört und nicht gesehen wurde, anwesend war und doch nicht gegenwärtig – mit einem Wort ein Gespenst oder Pilger –, drängte sich mir wieder und wieder die Frage auf: Welchen Eindruck würde ein Mensch, der nie zuvor hier gewesen wäre, ein Fotograf, ein Reisender, ein Bewohner eines anderen Viertels oder Landes von diesen Häusern empfangen?

Wie ein eisiger Windstoß zwischen der Sonne und mir erschien vor meinem geistigen Auge das Bild einer anderen Straße, keiner kleinen Seitengasse, sondern der Gran Calle von Madrid, und wie ich atemlos und bebend dorthin zurückgekehrt war, um mit eigenen Augen zu sehen, was Bomben und Granaten und Klassenhass angerichtet hatten. Außer den zerbrochenen Fensterscheiben, den Sandsäcken, einer geringeren Anzahl Passanten und der Tatsache, dass man niemand singen hörte, sahen die Gebäude von der Straße aus wie immer. Sie waren alle von oben getroffen worden, die oberen Stockwerke waren beschädigt, aber von der Straße aus war von dem Zerstörungswerk fast nichts zu sehen – nichts, gar nichts von all den zerbrochenen Freundschaften, den auseinandergerissenen Familien, von den entschwundenen Tagen, die nie mehr wiederkommen würden, von den Irrtümern und Erfolgen – vom Leben an sich.

Ist nicht der Krieg wie die Krebskrankheit, die verhängnisvoll ist, ehe man noch ihrer gewahr wird, die ihre Opfer sicher hat, ehe diese ein einziges Symptom fühlen?

Zwei farbige Flecken hatte sich die Sonne in der Rue de la Huchette zu ihren Lieblingen erkoren: das Auslagenfenster bei Maurice in der *Vie Silencieuse*, wo in beweglichen Konstellationen die tropischen Fische umherschwammen, und den Garnladen von Madame Absalom. Den ersteren hatte die Natur selbst geschaffen, den letzteren die Kunst des Menschen; Farbtöne des ewigen Geheimnisses – und ihr Abklatsch im Menschlichen, in Form von gefärbtem Material.

An diesen beiden Punkten erlosch das Licht am spätesten – an dem einen zufällig, am anderen absichtlich.

Zu jener Zeit griff Russland gerade Finnland an, etwas, was die Pariser Presse als eine der abscheulichsten Untaten in der menschlichen Geschichte darstellte. Es ist hier nicht der Ort zu untersuchen, welche Hintergründe hier vorlagen, was die Finnen oder die Sowjets vorhatten, und auch nicht, was es für die Soldaten bedeutete, zu Eisklumpen zu erstarren, bevor sie dann bei dreißig Grad unter Null verbluten durften. In Paris bedeutete das Ganze Wind in die Segel für Daladier, der noch immer keine politische Partei hatte auflösen können, deren Angriffe ihm so unleidlich waren. Selbstverständlich konnte er, der Ministerpräsident, Kriegsminister und Außenminister in einer Person war, in kleinen Seitenstraßen keine Besuche machen. Dazu hatte er ja die *Sûreté Générale*.

Und die besten, intelligentesten und fähigsten Männer dieser berühmten *Sûreté* wurden auf ganz anderes Wild gehetzt als das, was in der Rue de la Huchette zuhause war.

Zwei Agenten der *Sûreté* kamen während einer Kommunistenrazzia vom Westen her in unsere Straße und überprüften dort pflichtgemäß die Lage im Café Saint-Michel. Madame Trévise sagte ihnen, dass die Kommunisten längst nicht mehr zu ihr kämen, sondern samt und sonders *chez* Daniel zu finden wären. In No. 32 versicherte der Hausbesorger, der im Namen der allein selig machenden Religion den Reifen am Fahrrad des spanischen Kindes durchbohrt hatte, den Inspektoren, dass, falls ein Roter es gewagt hätte, bei der Hauseinfahrt hereinzukommen, der achtbare Krautkopf, der in der Präfektur arbeitete, darüber Anzeige erstattet hätte und der ehrwürdige Richter Lenoir von seinem Lager auferstanden wäre, wie einst Lazarus aus dem Grabe. Der Verleger von No. 30 hatte geschlossen. Als nächstes kam die *Vie Silencieuse* dran.

Maurice war, wie gewöhnlich, bei seinen Goldfischen im Laden. Seit Albanien und Österreich hatte er, wie schon erwähnt, nicht einen Fisch verkauft; das Buch, das ihm gerade an diesem Tag zufällig in die Hände gekommen war, hieß *Das kommunis-*

tische Manifest, und der Verfasser war ein gewisser Karl Marx. Das Buch erstaunte das treuherzige Gemüt des braven Maurice, weil der Inhalt schön klang, ohne dass er doch so recht imstande war ihn zu verstehen. Mit gewohnter Höflichkeit empfing er den Besuch und rieb sich die Hände im Vorgefühl eines Geschäfts. Einer der Geheimagenten nahm das Buch und dabei kam sein Dienstabzeichen zum Vorschein. Maurice war zwar ein schlichter Mensch, aber kein Dummkopf. Er hatte etliche Zeitungen gelesen, zugehört, wenn Henri Julliard, Lucie Absalom und Pater Panarioux in den Cafés der Nachbarschaft ihre Meinungen austauschten, und er wusste genau, dass in neun Fällen von zehn amtliche Hausdurchsuchungen Probleme im Gefolge hatten. »Wo haben Sie das her?«, fragte Detektiv No. 1. Maurice wollte schon antworten, als ihm plötzlich einfiel, dass die ehrbare alte Person, die ihm das Buch verkauft hatte, ohne auf etwas Anderes als das Preisschild zu sehen, schon lange im Geschäft war und sehr zu kämpfen hatte.

»Ich erinnere mich nicht mehr«, sagte Maurice.

Daraufhin entspann sich ein Dialog voller Beschimpfungen. Diese kamen von den Detektiven und wurden mit stetig wachsender Ruhe von Maurice aufgenommen. Er wusste, dass diese Leute im Irrtum waren. Er war kein Roter. Als man ihn schließlich fragte, wie er beweisen könne, dass er keiner sei, verschnappte er sich beinahe.

»Fragen Sie sie. Fragen Sie die Kommunisten selber«, schlug er vor, dann stoppte er sich gerade noch rechtzeitig.

Die Agenten strahlten. »Aha, Sie kennen also doch Kommunisten?«

»Nein, aber *Sie* müssen doch welche kennen. Das ist doch Ihr Metier.«

Drei Tage später, nachdem Maurice verhaftet worden und von der Außenwelt abgeschnitten war, ging Agent Masson traurig in das Geschäft, dessen Tür noch immer unverschlossen war. Die Fische waren tot und verbreiteten bereits einen üblen Geruch.

Die Mieter von No. 32 hatten schon begonnen sich zu beklagen. Der Polizeimann trug das Aquarium mit den toten Fischen und den sterbenden Algen zum Quai Saint-Michel und goss den Inhalt aus; dann spülte er das Gefäß an einem öffentlichen Wasserhahn vor der Epicerie Danton, wo der stieläugige alte Corre in seinem Arbeitskittel stand, irgendetwas vor sich hin brummte und bekümmert auf die Straße hinaussah.

Pater Panarioux und Pater Desmonde gingen auf Wunsch einiger Nachbarn geduldig von Behörde zu Behörde, um für Maurice Zeugnis abzulegen, aber wohin sie auch kamen, nie trafen sie jemanden an, den Maurice gerade in dem Augenblick interessiert hätte. Pater Panarioux, der fast ebenso beharrlich war wie der Abbé Lugan, ging schnurstracks zum Krautkopf und kam ganz entzückt von dem Besuch zurück, weil der Krautkopf, der offenbar in Kriegszeiten große Machtbefugnisse hatte, ihm versprochen hatte, für den Goldfischhändler ein gutes Wort einzulegen.

»Stell dir vor«, sagte der Krautkopf zu Jeanne, nachdem der Geistliche fortgegangen war. »Der ›Typ‹ (damit war Maurice gemeint) war ständig mit Wegelagerern wie dem Kastanienmann beisammen. Selbstverständlich wird er im Gefängnis landen – genau wie die andern.«

Und der Krautkopf stocherte sich die Zähne mit einer Haarnadel.

Die Razzia in unserer Straße erteilte Madame Absalom einen schweren Schlag. Die alte Frau war schließlich vollkommen von Marys liebevoller Pflege abhängig geworden, die trotz eines Lebens voller Mühsal und Entbehrungen ihre südländische Schönheit hartnäckig beibehielt. Die Geheimpolizei kam darauf, dass Marys jüngste Papiere das Datum des Jahres 1925 trugen, und nahmen die Frau mit, um ihren Zivilstand näher untersuchen zu können.

Ich habe bis heute absolut nicht herausbekommen können, wo sie sich aufhält, nachdem sie kurze Zeit in der Nähe von Paris im Stadion gewesen und dann in ein Konzentrationslager nach Südfrankreich gebracht worden war. Ich hoffe, dass man ihr Rotwein geben wird, der zwar für sie nicht gut ist, aber sie zum Lächeln und Singen bringt, und ich hoffe, dass wenn jemand von ihrem schönen, olivenfarbigen Körper Besitz ergreift, er dabei rücksichtsvoll zu Werke geht und ohne sie zu verachten. Heute müssen ihre beiden Söhne in Detroit zweiundzwanzig und vierundzwanzig Jahre alt sein, und wenn sie dieses Buch lesen sollten, so mögen sie überzeugt sein, dass ihre Mutter nie in ihrem Leben einem Mitmenschen wehgetan hat.

Milka war sehr lange im Stadion gefangen; Pierre war beim Militär, ebenso Pissy und sein Sohn. Die Razzia *chez* Daniel ergab keinerlei Resultat, erschreckte aber die gute Madame Berthe, Monsieur Henris Schwägerin, gewaltig. Das Restaurant blieb weiter im Betrieb und ging nicht schlechter als andere, wenn man die neuen Einschränkungen, die hohen Preise und die geringe Zahl der Gäste in Betracht zieht.

Nun, da sie allein war und immer noch nicht aufstehen wollte, versuchte Madame Absalom, eine Hilfe aufzunehmen, aber kein Mädchen wollte auch in der Nacht bei ihr bleiben und auf einem Feldbett im Erdgeschoss schlafen. Auf der Basis gegenseitiger Hilfeleistung entwickelte sich eine herzliche Freundschaft zwischen der scharfzüngigen Alten und dem einsamen Frémont. Frémont war kurz nach der Mobilmachung wieder als Briefträger eingestellt worden und hatte dadurch ein paar Groschen über, aber keine Bekannten, mit denen er sie hätte ausgeben können. Von seiner Frau auf dem Lande hatte er keine Nachricht, obgleich Yvonne ihm gewissenhaft jede Woche einmal schrieb und ihn innig bat, nicht die beiden Dinge zu tun, die ihm am meisten Spaß machten: Trinken und Kartenspielen.

Frémont kam jeden Morgen zeitig in das Garngeschäft, machte Feuer, richtete Madame Absalom das Frühstück, brachte es ihr, kaufte ihr die Zeitungen und ging dann an seine Arbeit. Zu Mittag kam Sara vom Hôtel Normandie mit einer guten Mahlzeit. Den ganzen Abend lang diskutierte Frémont immer mit der Alten, und einem Außenseiter konnte es scheinen, als lägen sie einander in den Haaren. Aber sie schlug ihn nie mit ihrem Stock und warf ihm auch nie eine Flasche an den Kopf. Sie stritten über alles außer über die Dummheit der französischen Politiker und die Siegesaussichten. In Bezug auf diese Punkte waren sie sich einig: Frankreich hatte keinen zivilen oder militärischen Führer, und die Deutschen würden sich todsicher alles nehmen, was sie brauchten, nun, da Polen erledigt war.

Als die Stalin-Hitlerschen Friedensvorschläge bekannt wurden, waren jedoch alle beide empört und vollkommen einig darin, dass der Krieg weitergeführt werden müsse.

An einem Abend im Dezember begann es zu schneien – eine Seltenheit in Paris. Der Schnee blieb auf den Dächern in der Rue de la Huchette liegen, und von ihren Türschwellen und aus den offenen Fenstern sahen die wenigen Bewohner, die noch übrig waren, ehrfürchtig in den Himmel hinauf, fingen die großen Schneeflocken mit den Händen auf, beobachteten, wie die Kristalle an den Fensterscheiben schmolzen, weckten die Kinder auf, und eine Frau begann mit gebrochener Stimme zu singen: »Noël, Noël.« Die betrunkene Stimme des Kastanienmannes begann mitzusingen, wobei er immer das Wort *Merde* einfügte, aber dabei tadellos die Melodie hielt. Später fielen auch der dicke Pferdefleischschlachter Monge und der hagere Noël, der angeheitert hin- und herschwankte, ein.

Im Garnladen sang Frémont vollkommen falsch mit und schleppte dabei Madame Absaloms Bett aus dem Alkoven zum Fenster im vorderen Teil des Raumes, weil sie noch nie in ihrem Leben Schnee gesehen hatte, der wirklich liegen blieb. Eine kleine Weile konnte man die Fußstapfen von l'Oursin, Monge, Noël und Frémont unterscheiden, die herumgingen und vor ihrem Fenster ein Ständchen darbrachten. Die übrige Straße lag unter einer weichen, weißen Decke, und der bläuliche Schimmer der Straßenlaternen fiel darauf, bis Mariette aus der

Tür des *Panier Fleuri* die Sänger auf ein Glas Cognac einlud mit den Worten: »Wenn Ihr Säufer überhaupt noch für eins Platz habt!« Und dabei warf sie einen Schneeball, der weitab vom Ziel niederfiel.

Um die Zeit, als die Frühmesse in Saint-Séverin gelesen wurde, lag noch immer etwas Schnee; die Fußstapfen von alten Leuten und ein paar Kindern, die noch nicht evakuiert worden waren, deuteten an, wo die Arbeiterkirche lag. Pater Panarioux las an jenem Morgen die Messe und konnte sich dann nicht mehr erinnern, ob elf oder zwölf Leute in der Kirche gewesen waren. Er bat den Kirchendiener, den Schnee auf den Stufen zum Eingang in die alte Kirche nicht wegzukehren.

Gegenüber, dort, wo sonst immer der Bal Saint-Séverin abgehalten wurde, jammerte die alte Germaine, denn sie hatte erfahren, dass der Zuhälter Robert bei Forbach gefallen war – soll man sagen, für Frankreich gefallen war? Er hatte jedenfalls die gleiche Uniform getragen wie bessere Soldaten, hatte die Order seines Offiziers befolgt und sogar noch etwas mehr getan – dann war er gefallen, vor der Siegfriedlinie, für die in der Woche zuvor das deutsche Oberkommando aus Holland hunderttausend Rosenbüsche bestellt hatte, die im Frühjahr gepflanzt werden sollten.

In Daladiers Weihnachtsansprache kam der folgende Passus vor: »Es ist unser Stolz, den Krieg systematisch zu führen.«

Daladier teilte mit, dass Frankreich 1.136 Mann zu Land, 256 zur See und 42 in der Luft verloren hatte. Im vorhergehenden Krieg hatten sich die Verluste in der entsprechenden Zeit auf 450.000 belaufen.

Im vierten Stock des Hauses No. 9 wurde von der Gattin des Mannes, der den Gasometer ablesen kam, ein Kind geboren; diese Eltern waren unter den ersten, die in den Genuss von zweitausend Francs für das erste Kind kamen. Jahrzehnte hindurch waren sich die französischen Beamten klar gewesen, dass Frankreich im Vergleich zu Italien und Deutschland einen Geburtenrückgang aufwies – nun endlich wurde etwas dagegen unternommen.

In den ersten Januartagen erhielt Madame Absalom wieder amtlichen Besuch. Es passierte dabei nicht sehr viel: der eine Inspektor trug bloß eine Hautabschürfung davon, hingegen wurde der Schirm von Agent Benoists Amtsmütze beschädigt und der große Kaffeetopf der Alten zerdroschen. Kurz zuvor war eine Verordnung herausgekommen, der zufolge alle Inhaber von Wollgeschäften ihr Lager angeben mussten, denn Wolle wurde für die Soldaten in der Maginotlinie dringend gebraucht.

Madame Absalom hatte davon durch Frémont gehört, der ihr antrug, für sie eine Inventuraufnahme zu machen, aber sie wollte nichts davon wissen. Als die Inspektoren kamen, ergriff sie einfach ihren Stock und begann ihn zu schwingen, während sie, im Bett sitzend, ihnen Schimpfworte entgegenschleuderte, die ihr gerade durch den noch sehr lebhaft denkenden Kopf gingen.

Agent Benoist löste das Problem – er kannte Madame Absalom ja seit Jahren. Er machte den Herren von der Polizei ein Zeichen, lud sie in die Normandie-Bar ein und schlug vor, sie sollten eine approximative Aufstellung über die Wollvorräte der alten Dame machen, mit Rücksicht auf ihre Verschrobenheit und große Erregbarkeit. Nicht nur, dass die Herren Inspektoren im Fall der Madame Absalom auf den gemachten Vorschlag eingingen – sie blieben sogar den ganzen Tag im Normandie und stellten noch bei sechs anderen Geschäften, die auf ihrer Liste figurierten, approximativ die Lager zusammen, und ehe sie sich schwankenden Schritts auf den Heimweg machten, half ihnen Sara noch freundlich beim Einsetzen der Ziffern.

Am gleichen Abend las Madame Absalom in ihrer Zeitung die Mitteilung, dass man beschlossen hätte, trotz der internationalen Lage die Olympischen Spiele im nächsten August abzuhalten.

Wenige sind auserwählt

Endlich kam der Frühling mit seiner Wärme und sprengte die Tatenlosigkeit und Unzufriedenheit des Winters. Pétain fraternisierte mit Franco in Madrid und erhielt in der Presse so viel Lob – auf häuslichen Verbrauch berechnet –, dass das große Saisongeschäft seinen Blicken verborgen blieb. Der kleine Generalissimo machte einen Kaufvertrag mit England zwecks Lieferung von Kriegsmaterial im Werte von sechs Millionen Pfund, das teilweise nur in Ägypten hergestellt werden konnte, um es sodann nach Deutschland weiter zu befördern. Der gleiche Trick hatte mit amerikanischem Öl tadellos geklappt.

In ebenso schändlicher Weise, wie Daladier zur Macht gelangt war, demissionierte er auch wieder als Ministerpräsident, nachdem er in der Kammer ein Vertrauensvotum von 279 Stimmen gegen 1 erhalten hatte. Dreihundert Abgeordnete weigerten sich, ihre Stimme abzugeben. Der gewandte Reynaud, der ziemlich gut Englisch sprach und eine Art hatte, seine Sätze zu drechseln, die sich bei näherem Zusehen als sinnlos erwiesen, rückte an Daladiers Stelle. Reynauds Versprechen, das er der verwunderten Bevölkerung machte, lautete auf »Weiterführung des Krieges mit aller Energie«.

»Unsere einzige Hoffnung ist, dass Deutschland nicht angreifen wird. Ist das möglich?«, fragte Hortense Berthelot. Es wurde in den letzten Tagen in der Rue de la Huchette nicht viel gesprochen; viele von denen, die sonst redeten, waren fort oder gestorben oder fürchteten sich, ihre Gedanken auszusprechen. Der Serbe Daniel, der das einzige Restaurant im ganzen Viertel hatte, wo man noch gut zu essen bekam, gab Noël keinen Kredit, und Noël wiederum war zu stolz, ihn darum zu bitten. Seit Daniel nämlich so völlig unschuldig durch die von Milka angeführte kommunistische Gruppe in Schwierigkeiten geraten war, wurde er immer vorsichtiger und hütete sich, die ehemaligen Gäste des Caveaus aufzufordern, seine modernisierte Gaststätte aufzusuchen. Berthe, die reizende Schwägerin des verstorbenen Henri, schwieg dazu. Sie tat nie etwas gegen den Willen ihres Gatten.

Monge verkaufte immer noch ein wenig Pferdefleisch, und der Satyr hatte in einem kleinen Hotel in Montparnasse eine Anstellung gefunden, seit die Geschäfte im Luxusrestaurant Bois de Boulogne so stark zurückgegangen waren. Diese beiden hätten *chez* Daniel speisen können, aber sie aßen gemeinsam mit Noël im Normandie, wo jetzt sehr viel Platz war, weil sie wussten, dass dieser es sich dort nicht leisten könnte.

So oft sie es wagte, kochte die geduldige Jüdin Sara besonders nahrhafte Gerichte, schlug sie in saubere Servietten warm ein, und Guy, ihr Mann, der so langsam begonnen hatte, und bei dem es jetzt so rasch aufwärts ging, schob sie auf einem dreirädrigen Wägelchen zum Stadion hinaus, wo die Flüchtlinge, ihre ehemaligen Gäste, zusammengekauert in ihren abgenutzten Kleidern mit einer einzigen Decke für jeden den kältesten Winter verbracht hatten und dankbar die frühlingshaft warmen Sonnenstrahlen willkommen hießen. Sie hatten die seltsame Gewohnheit, nicht in Gruppen, sondern nebeneinander in Reihen auf den Bänken zu sitzen, als seien sie in der Synagoge und erwarteten, dass der Gottesdienst beginnen würde. Wenn sie, was selten vorkam, sprachen, dann nickten ein paar dazu mit dem Kopf, und die übrigen starrten schweigend vor sich hin. Sie waren schmutzig und hatten kein Wasser, wussten nicht ein noch aus, und niemand war da, um ihnen irgendetwas zu erklären; sie waren müde und konnten doch viele Nächte und Tage keinen Schlaf finden, bis schließlich, ein- oder zweimal in vierzehn Tagen vielleicht, sie vergessen durften und ihnen ein paar Stunden lang die unschätzbare Erholung zuteil wurde, nicht leben zu müssen. War die nichtjüdische Bevölkerung in unserer Straße ungewiss, ob Hitler angreifen würde oder nicht, so konnten die Flüchtlinge sich hierin keinem Zweifel hingeben. Sie wussten und sie warteten, husteten bei Nacht und fröstelten in der Sonne und öffneten nur ganz langsam die Augen, um die Wonne des Schlafes bis zuletzt auszukosten.

In No. 15, in der Wäscherei, hatte sich eine Situation herausgebildet, die in der Nachbarschaft wochenlang für Gesprächsstoff sorgte. Edouard Lanier, die *Gueule cassée*, war ohne seine Frau vom Land heimgekehrt. Niemand wusste warum. Sie hatten immer gut und herzlich miteinander gelebt, und obgleich Edouard seit dem Ersten Weltkrieg gar nichts mehr gearbeitet hatte, klagte Madame Lanier doch niemals. Im Gegenteil, sie hatte ihn in seinem Müßiggang noch bestärkt. In No. 15 gab es hinten einen Keller, und dort lebte Lanier ganz für sich, wusch sich äußerst selten, trank umso öfter Rotwein und verkehrte mit niemandem aus der Nachbarschaft. Die vordere Eingangstür war versperrt und mit Brettern verschalt, vor den Kellerfenstern waren Sandsäcke angebracht, die oberen Fensterscheiben waren blau angemalt und kreuz und quer mit schmalen Papierstreifen beklebt.

Kunden der legitimen Wäscherei und des illegitimen Bordells klopften an die Bretterverschalung, Lanier aber gab keine Antwort, und wenn sie dennoch weiterklopften, schrie er hinaus, sie sollten verschwinden. Er schluchzte und brüllte zuweilen, weil wieder Krieg war und er von einem genug hatte, wie er sagte, und nicht noch einmal an die Front wollte. Niemand hatte ihn dazu aufgefordert, aber er polterte trotzdem.

Einige der Kunden, die ihre Wäsche zum Waschen abgegeben hatten, als das Ehepaar Lanier vor München floh, bekamen ihre Päckchen zurück, als Madame Lanier einmal einen Tag lang auftauchte. Lanier war im Keller geblieben und wollte sie nicht sehen. Sie weinte und flehte, erzählte den Nachbarn, dass ihr Mann krank geworden sei und sie nicht wisse, was sie machen solle. Als alle Kunden bedient waren, blieb noch eine ganze Menge gewaschene, aber ungebügelte Wäsche übrig, und zwar in einem solchen Durcheinander, dass Madame Lanier nicht wusste, wem die einzelnen Stücke gehörten.

Mireille vom *Panier Fleuri* war damals gerade krank, und Madame Durand vom Blumengeschäft traute sich erst später nach Paris zurück. Als diese beiden Frauen, die so ungleichen Temperaments waren, wieder in unsere Straße heimgekehrt waren, versuchte jede, mit Lanier ins Gespräch zu kommen, aber er schenkte ihnen kein Gehör. Mireille appellierte an ihren Freund, den Agenten Masson, und dieser versuchte, den entstellten Veteranen auf einem seiner Gänge in Andrés Weinstube zu lotsen. Lanier wurde wild und drohte, er werde mit seinem alten Armeerevolver den erstbesten erschießen, der versuchen sollte, in sein Geschäft hineinzukommen. Er wusste nichts von der Wäsche, die hatte immer seine Frau besorgt, und sie war jetzt fort.

Madame Durand versuchte auch, Lanier zur Vernunft zu bringen, und wurde von ihm mit Namen bezeichnet, die weit eher auf Mireille gepasst hätten.

Als Mireille erfuhr, dass Madame Durand sich ans Gericht gewandt hatte, und dass Lanier angeklagt worden war, suchte sie einen befreundeten Advokaten auf, und gegen eine Bezahlung von fünfzig Francs wurde auch für sie eine Klage eingereicht. Lanier erschien bei Gericht und jammerte so lange etwas über den Ersten Weltkrieg vor und die Ungerechtigkeit, dass ein Mensch in seinem Leben zwei Kriege mitmachen müsse, bis der Richter ganz ungeduldig wurde mit den Weibern, die einen schwer geprüften Patrioten mit ihrer Wäsche behelligten. Nichtsdestoweniger sandte er aber doch einen Gerichtsbeamten mit ihnen zu Laniers Geschäft, und die *Gueule cassée* musste die vordere Eingangstür aufschließen.

Als Madame Durand sah, dass ihre ehrbare Wäsche mit der sündhaften Mireilles zusammengeworfen worden war, weigerte sie sich, ihre Stücke entgegenzunehmen, bis Lanier in Gegenwart des Gerichtsbeamten darauf einging, sie nochmals, auf eigene Kosten, waschen zu lassen. Mireille fing zu lachen an, und als die wütende Blumenhändlerin auf sie losgehen wollte, nahm sie ihre Sachen und lief hinüber, um es den anderen Mädchen zu erzählen. Der Beamte konnte die Sache nicht abschließen, bevor er Madame Durand nicht dazu gebracht hatte wegzugehen, da seine Instruktionen dahingingen, das Lokal zu verschließen und im gleichen Zustand zu verlassen, wie er es vorgefunden hatte.

Schwankend und brummend, mit vor Zorn blutunterlaufenen Augen, schlurfte Lanier in seinen Keller hinunter. Im Ersten Weltkrieg hatte er Handgranaten geschleudert, da er aber nun keine zur Verfügung hatte, zündete er eine kleine Petroleumlampe an und stieg damit die steilen Treppen hinauf. Er warf die Lampe zwischen die Wäsche, die schreiende Madame Durand und den Beamten, neben dem sie explodierte; die Kleidung seiner Gegner fingen Feuer und ihre Augenbrauen wurden versengt.

Zum zweiten Mal in zwanzig Jahren kam die Feuerwehr in die Rue de la Huchette und löschte den kleinen Brand. Eine Woche nachher kam ein Trupp Anstaltspfleger, lockte Lanier aus seinem Keller und führte ihn mit der Ambulanz in eine Anstalt.

Die Geschichte von Hitlers *Blitzkrieg* in Holland und Belgien und Frankreichs Zusammenbruch hat niemand berichtet und wird es auch nie tun, aber in großen Zügen ist sie uns bekannt. Als der Durchbruch bei Sedan geschah, saß Etienne Corre mit einer Maschinengewehrbatterie in einem Wäldchen und wusste, als der Feind näher rückte, nicht, dass seine Offiziere schon vor mehreren Stunden sicherheitshalber zurückgegangen waren. Er gab Feuer. Der Feind gab auch Feuer. Einige Feinde starben. Er starb. So endeten seine Kenntnisse der deutschen, englischen und italienischen Sprache und seine Hoffnung, dereinst ein berühmter Exporteur zu werden.

Dem jungen Antoine Pissy, der in Spanien mit Offizieren und Soldaten gekämpft hatte, die mit bloßen Händen gegen Felsen losgehen konnten und alle miteinander starben, gelang es, den Nazitruppen zu entgehen, obgleich er von ihnen umzingelt war. Einige Tage später kam er in die Epicerie Danton mit der Mütze in der Hand und erzählte Monsieur Corre, was geschehen war, und der alte Corre sagte es Gabrielle, und beide sagten es der jungen Witwe aus Dijon.

Es kam die Nacht, in der niemand mehr in der Rue de la Huchette war außer Madame Absalom, Hortense Berthelot, Frémont, Monge, Mariette, Mireille und Daisy, Sara, Guy und Mocha und Eugénie vom Café Saint-Michel. Und losgelöst von allen anderen im dritten Stock in No. 32 der Richter Lenoir, Madame Goujon und der Filmstar Hyacinthe. Am Nachmittag liehen Elvira und Roberta vom Angestellten der Gaswerke von No. 19 den Kinderwagen aus (das Baby war gestorben) und schafften darin etliche Wertgegenstände fort, unter anderem vier Tapferkeitsmedaillen aus dem Ersten Weltkrieg, die dem Oberst Montalban gehört hatten. Der Oberst, trotz seiner achtundachtzig Jahre in Uniform sehr würdig aussehend, ging die Straße hinunter und verließ sie mit militärischem Schritt in östlicher Richtung.

Hortense wurde eingeladen, sich mit einer Verwandten ihres verstorbenen Mannes in der Nähe von Orleans in Sicherheit zu bringen, und war schon im Begriff anzunehmen, als sie Madame Absalom husten hörte und bei ihr zu bleiben beschloss. Frémont saß bei ihnen und war ausnahmsweise nüchtern.

»Können Sie mir erklären, Mesdames, was los ist: ich versuche zu trinken und kann nicht?«, fragte er.

»Es ist zu spät«, sagte l'Absalom und blinzelte ihn schlau an.

Die Jüdin Sara saß ganz allein an ihrem Schanktisch, während Guy oben auskehrte. Niemand ging draußen auf der Straße vorüber, bis schließlich Monge eintrat.

»Sollten Sie nicht gehen und Noël herholen?«, fragte Sara.

»Hat keinen Zweck. Er kommt nicht«, sagte Monge und fing leise an zu fluchen. Der magere Präparator saß inmitten seiner ausgestopften Hunde und Katzen und schwenkte eine Flasche Blausäure hin und her. Er hatte nicht das Herz, das Zeug zu schlucken, aber wegstellen mochte er es auch nicht.

Sara sah ihre abgearbeiteten Hände und zerbrochenen Fingernägel und dann ihr abgegriffenes Kassenbuch an, in dem es auf jeder Seite von Ziffern wimmelte. Gleichmütig nahm sie es und warf es zusammen mit dem Staubtuch auf das Wandbrett hinter dem Schanktisch.

Irgendwie gelang es dem Krautkopf, in den Besitz eines Autobusses zu kommen; dahinein ließ er so viel packen, wie er schleppen konnte und dazu noch seine ungetreue Gattin Jeanne, seine Hausbesorgerin, Gion und Bernice, Panaché und den Schneider Saint-Aulaire. Noch einer war dabei, ein Unbekannter, der behauptete, chauffieren zu können, und dem ebenso viel wie dem Krautkopf daran gelegen war, diese Reisegelegenheit zu benutzen, seit er hintenherum erfahren hatte, dass die Regierung drauf und dran war, heimlich nach Tours abzudampfen. Der Autobus, der überlastet war, überholte zunächst die flüchtenden Scharen, aber die Fahrt war dadurch behindert, dass die angstvollen Frauen den Lenker baten, dann und wann anzuhalten, damit sie sich erholen könnten. Nachdem man zweimal auf diese Art Rast gemacht hatte, machte der Krautkopf, der wie gewöhnlich das Kommando führte, dem Unfug ein Ende.

»Mesdames!«, sagte er. »Im Krieg kann man nicht alle fünf Minuten anhalten!«

In einem leeren Haus in der Rue Saint-Séverin aber heulten kläglich zwei verwaiste Hunde.

Schwarzer Regen

In künftigen Jahren wird man sich immer des Tages erinnern, an dem schwarzer Regen fiel, damals, als alle, die konnten und wollten, geflohen waren, und die anderen warteten. Manche meinten, es sei Öl aus gebombten Reservoirs, andere wiederum glaubten, dass es sich um ein Giftgas der Deutschen handle. Einige waren der Ansicht, es sei das Ende der Welt gekommen – und Zehntausende hofften es.

Es war das Ende einer Welt, an deren Spitze Paris stand, in der Frankreich lebendig war, in der der Atem der Freiheit wehte. Öl kam durch die verdunkelte Luft herab und Rußflocken mit dem Regen, und auf der unglücklichen Stadt lastete schwer der tief herabhängende Himmel. Graue verlassene Häuser. Schmutziges, nacktes Straßenpflaster.

Eine der ersten deutschen Panzereinheiten, die donnernd über die Ile de la Cité hereinrasselten, wurde offenbar von jemandem angeführt, der den Stadtplan falsch gelesen hatte, denn die Panzerwagen polterten über den Pont Saint-Michel und dann, anstatt über den breiten Boulevard zu fahren, auf dem gar kein Verkehr war, bog Panzer No. 1 in die Rue de la Huchette ein, dann scharf zur Rechten in die Rue Zacharie, und daraufhin wieder zurück zum Boul' Mich'. Der Raum zwischen Mariettes *Panier Fleuri* und der brandgeschwärzten Wäscherei der Laniers war nicht breit genug zum Wenden, weil die alten Häuser stark vorstanden, sodass der Fahrer zunächst versuchte, ein Eck des Bordells wegzurasieren, um Platz zu schaffen.

Ein anderer Deutscher schrie laut irgendetwas Komisches auf Deutsch; daraufhin verschonte der erstere Mariettes Etablissement, wo die kleine Daisy mit großen, erschreckten Augen kauerte, während Mireille den Arm um sie geschlungen hatte. Der Panzerwagen fuhr also in das Häusereck der Laniers hinein und brach sich so viel Raum frei, dass er durchfahren konnte; hinter ihm kamen vier andere, die über die belanglosen Ruinen dahinrasselten.

Als die Bedingungen des Waffenstillstandes bekannt wurden, saß der Kastanienmann gerade auf der Brüstung des Pont Saint-Michel. Er hatte noch ein paar Francs in seinem Besitz und kaufte eine Zeitung von einem Mann mit einem Klumpfuß, der mit einigen Exemplaren unterm Arm vorbeihumpelte. Das Café de la Gare hatte geschlossen, und der Platz davor, wo l'Oursin seine korallenfarbigen, bläulichen und algengrünen feuchten Meeresschätze verkauft hatte, die flachen portugiesischen Austern und andere von der Kanalküste, lag sauber gefegt da. Verschwunden war auch das kräftige Aroma der gerösteten Kastanien. Der Zeitungsstand daneben, vor dem Café Saint-Michel, war umgefallen, und die ersten deutschen Truppen, die in den größeren Hotels am Quai wohnten, hatten die verstreuten Papierfetzen aufgelesen. De Gaulles Appell hatte Verbreitung gefunden, noch ehe er publiziert wurde.

L'Oursin brauchte nicht mehr in betrunkenem Zustand seinen reaktionären Feinden nachzustellen, denn diese waren alle weit fort und im Begriff, gute Pöstchen zu erhalten. (Nahezu die gesamte Cagoulardenclique hatte in die neue Vichyregierung Aufnahme gefunden.) So wanderte er denn stattdessen mit seinem schwankenden Seemannsgang zu Frémont und Madame Absalom. An der Ecke der Rue de la Huchette, bei der Place, standen zwei deutsche Wachtposten, einer von ihnen mit einem Wörterbuch in der Hand. Zwei weitere standen vor dem Bureau de Police in der Rue du Chat-qui-Pêche. Der derbe Alte und der einsame ältere Mann machten sich zu Fuß in Richtung der die Normandieküste auf, wo sie, wie l'Oursin meinte, Arbeit auf einem Fischerboot finden könnten. Die Deutschen hatten bereits im *Paris-Soir*, der Tageszeitung, die sie sofort übernommen hatte, verlautbart, dass alle Nahrungsmittelproduzenten im Landesinneren und an der Küste ihre Arbeit im Interesse der Allgemeinheit so rasch als möglich wieder aufzunehmen hätten.

»Warum sollst du für die Boches schuften?«, fragte die alte Frau. »Kannst du nicht wie wir anderen hungern?«

L'Oursin blinzelte und nickte der ergrimmten Alten zu, die da zerlumpt in ihrem unordentlichen Bett saß. »Um zu fischen braucht man Benzin«, sagte er. »Na und?«, fragte Absalom.

»Man kann für Benzin mehr bekommen als für Fische.«

»Aha, du Schwein, du willst reich werden? Was kommt denn da für ein Bankert in meinen Laden und belästigt anständige Bürger …« Dann schwieg sie plötzlich und runzelte die Stirn. »Les citoyens de merde!«

Wieder blinzelte l'Oursin und klopfte Frémont auf die Schulter. »Mit Geld kann man durch zu den Engländern, und die werden jetzt vielleicht kämpfen«, sagte er.

Wie weggewischt war jetzt aller Trotz aus dem verwitterten Gesicht von Madame Absalom. Kichernd und hustend lachte sie.

»Ein dickköpfiges Pack sind sie«, sagte sie, »aber versuchen kannst du's ja, mon Vieux!«

Und als Frémont bei der Tür zögerte, brummte sie: »Macht nicht so lang! Hier seid ihr doch zu nichts nutz, ihr unverbesserlichen Säufer. Vorwärts marsch, Kinderlein! Schaut, dass ihr mit den verflixten Engländern zusammen krepiert! Haha!« Das Übrige verlor sich in Husten und gurgelnden Lauten, das die beiden, nachdem sie ein paar Schritte auf der Straße gemacht hatten, noch hören konnten.

Eine Woche zuvor hatte Monsieur de Malancourt Nadia, nachdem sie drei Tage in dem gefürchteten Stadion zugebracht hatte, zu sich in das noble kleine Palais auf dem rechten Ufer genommen, hatte sich mit ihr zuerst von einem Geistlichen trauen lassen, ihr die Hand geküsst und dann auf der einzigen Mairie, die er ausfindig machen konnte, noch einmal gut bürgerlich geheiratet und sie auf die Wange geküsst. Er hatte so viel Geld zusammengekratzt wie er konnte – es machte einen großen Teil seines Gepäcks aus –, dann zu einem märchenhaften Preis das ausrangierte vorjährige Auto vom Hotel Ritz gekauft und sich auf seine erste und einzige Hochzeitsreise begeben. Alle Augenblicke hielt er an, um auf den von Flüchtlingen überfüllten Landstraßen allen Geld zu geben, die Geld brauchten. So gelangte er schließlich nach Vichy, wo er hochgestellte Freunde hatte, die er noch ein Mal ausnützen wollte. Dort ließ er auf Nadia so viel Werte überschreiben, dass sie nahezu auf der ganzen Welt sich aufhalten konnte, so lange sie wollte.

Als an der Schweizer Grenze ihr Pass (ganz neu und so legal französisch, wie ein Dokument es nur sein konnte) abgestempelt und sie durch die Sperre gut durch war, streckte ihr de Malancourt mit einer ritterlichen Geste die Hand hin. »Ich habe dir nicht alles erklären können, um dich nicht aufzuregen, mein Herz. Ich muss jetzt wieder zurück – auf ein paar Tage nur. Steig in Genf im Grand Hotel ab«, sagte er. Nadia machte eine rührende polnische Szene und meinte es wirklich ehrlich, aber sie war ja nun auf der anderen Seite der Grenze und konnte ohne Formalitäten nicht zurück. Als ihr Schluchzen und ihre Tränen etwas nachgelassen hatten, reichte er ihr über eine kleine Entfernung hin die Hände und sagte: »Ich habe dir nie etwas befohlen, nicht wahr?« – »Non, Cheri«, sagte sie. »Heute tue ich es: Bitte geh!«

Schluchzend und halb ohnmächtig führte man Nadia, die mit ihren sechsunddreißig Jahren so bezaubernd wie mit einundzwanzig war, als de Malancourt sie kennengelernt hatte, in die Bahnhofshalle. De Malancourt machte dem Chauffeur ein Zeichen, gab den Angestellten ein reichliches Trinkgeld und wandte den Blick gen Frankreich, seine berühmt gewordene Hinterseite aber Vichy zu. Als man zuletzt von ihm hörte, war er in Lyon und hatte kein Geld mehr, das er anderen hätte geben können.

Bald darauf machte die Polizei wieder ihre Dienstrunden in der Rue de la Huchette, aber nicht, um wie in glücklicheren Tagen zu zweit in der Nachbarschaft zu patrouillieren. Diesmal versuchten sie, die Passanten und die Leute, die Karren oder Kinderwagen schoben, zu belehren, dass sie die deutschen Kolonnen, die auf dem Boulevard marschierten, nicht aufhalten sollten.

Der deutsche Oberbefehl bezeichnete die Brasserie Dalmatienne als ein für die deutschen Offiziere, die in diesem Quartier wohnten, geeignetes Café, und zu den Speisestunden kamen demgemäß diese viel beschäftigten Herren der Okkupationsmacht, die den Franzosen mehr kosteten als ihre eigene Verteidigung, *chez* Daniel zusammen. Die Schuld lag nicht an dem schönen Serben, der nun zu alt war, um als Boxer aufzutreten. Was sollte er machen?

Der Krautkopf und der Schneider Saint-Aulaire durften auf Empfehlung des neuen Regimes in Vichy weiterhin in Paris unter der Ägide von Pierre Laval arbeiten. Als die Hausbesorgerin des Krautkopfs von No. 32 zurückkehrte, sagte er zu ihr: »Jetzt können Sie sehen, was diese feigen Engländer wert sind. Wenn's hoch kommt, haben sie zehn Divisionen geschickt und die sind alle davon gelaufen!«

Die von den Deutschen zensurierte Presse enthielt tagtäglich Leitartikel, die auf diesen Ton gestimmt waren.

Der Krautkopf setzte, wenn er nicht bei sich zu Hause war, eine ziemlich selbstbewusste Miene auf und sprach über die

Prüfungen, die die Zukunft bringen würde und davon, dass Frankreich für die bolschewistische Verschwendung arbeiten und bezahlen müsse und für die Perfidie der Engländer. In seinem Schlafzimmer versucht er wie bisher, Jeanne mit Drohungen und Schmeichelworten dahin zu bringen, den Namen des Mannes – er spricht dabei stets in der Einzahl – zu nennen, der ihm seine Ehre gestohlen hatte. Madame Spook hat erfahren, dass Jeanne das bisschen Zucker, das sie zugeteilt bekommt, aufhebt, bis sie genügend viel beisammen hat, um ihren Mann bei den Deutschen als Hamsterer anzugeben. Ich schaudere beim Gedanken an den individualistischen Saint-Aulaire, der in einer Konfektionsfirma angestellt ist, die aus Ersatzstoff Sträflings- und Arbeiterkleidung anfertigt.

Von den wehrfähigen Männern, die von den Deutschen zur Arbeit nach Deutschland verschickt wurden – unter ihnen befanden sich auch André, der Kohlenträger, Monge und Louis, der einarmige Garçon –, ist Guy vom Hôtel Normandie wohl am härtesten getroffen, abgesehen vom verstorbenen l'Hibou. Als nämlich Sara, weil sie Jüdin war und versuchte, anderen Juden heimlich Essen zuzustecken, dazu gezwungen wurde, sich im Stadion neben ihre ehemaligen Gäste hineinzupferchen, die fast ihr halbes Gewicht eingebüßt hatten, da fing Guy einen Amoklauf an und wurde bewusstlos geschlagen, während Mocha, der Lärm schlug, erschossen und sein glatter dunkler Körper in die Seine geworfen wurde. Daraus ist aber nicht zu schließen, dass die deutschen Gäste einfach brutal den Mann anfielen und seinem alternden Hund den Garaus machten. Guy attackierte sie, den Verordnungen zum Trotz, und trug teilweise Schuld daran, dass wieder so und so viele Geiseln mit dem Tod bedroht wurden für den Fall, dass ihre Landsleute sich nicht anständig benahmen.

Als Mariette den Bescheid erhielt, dass *Le Panier Fleuri* für deutsche Soldaten übernommen werden sollte, bekam sie einen Nervenzusammenbruch, und Mireille handelte etlichen Verordnungen zuwider, aus eigener Initiative. Sie steckte das Haus in Brand, nachdem sie Mado, Armandine und die kleine Daisy gewarnt hatte, und als sie verhaftet wurde, begann sie, während man sie wegschleppte, die Marseillaise zu singen. Zum dritten Mal erschien die Feuerwehr in der Rue de la Huchette und löschte rechtzeitig den Brand, und am ersten Abend tranken die Deutschen zu viel Champagner und erhielten eine Verwarnung vom diensthabenden Offizier, dass jede weitere Disziplinlosigkeit streng bestraft werden würde.

Von Hortense Berthelot ist nicht viel zu erzählen. Die Abteilung in der Präfektur, wo sie so viele Jahre gearbeitet hatte, wurde aufgelöst; sie wurde in ein anderes Stockwerk transferiert und empfing auch dort geduldig das Publikum, das an ihren Schalter gewiesen wurde. Sie ist mager und gelb geworden, weil sie den ganzen letzten Winter kaum etwas anderes zu essen hatte als Bohnen. Früh und abends bringt sie Madame Absalom zu essen, was sie kann – die ist jetzt achtundsiebzig Jahre alt und geistig vollkommen frisch.

Die Deutschen machten einen feinen Fang in der Rue de la Huchette – sie entdeckten die Konserven in der Epicerie Danton, die sie mit gedruckten Zetteln bezahlten, ferner ergatterten sie Seife und kosmetische Artikel im Friseurgeschäft von Julien; Wein bei Alice, der Frau von André; die Baumwolllager bei den Lunevilles; alles, was es an Metall im Farbengeschäft gab, und den ganzen Vorrat an Hunden, Katzen und Material aus dem Besitz des hageren Noël. Letzteres brauchte man für die Herstellung irgendeines seltsamen Ersatzstoffes. Jedes Mal nahm ein Deutscher ein Inventar auf, eine Schätzung wurde von einem zweiten Deutschen vorgenommen, und der Besitzer erhielt einen Zettel, der ihn dazu berechtigte, ein Amt aufzusuchen, wo man diesen gegen eine bestimmte Summe in Mark eintauschen konnte, die auf der Basis von zwanzig Francs per Mark berechnet war.

Noël konnte sich von dem erhaltenen Geld etwa vier Monate lang bescheiden ernähren. Er meldete sich freiwillig zur Arbeit, gleichgültig für wen, nur um nicht mehr denken zu müssen; aber seine Hagerkeit lässt ihn leidender erscheinen, als er ist – es nimmt ihn niemand.

Als zwei deutsche Soldaten zu Madame Absalom ins Geschäft kamen, um ihre farbigen Wollen zu requirieren, ergriff sie ihren Stock. Einem der Deutschen, einem blonden jungen Mann aus Hannover, der selbst eine brummige Großmutter hatte, widerstrebte es, den Befehl auszuführen. Er schob den anderen vor, einen Bauernburschen aus Westfalen, der Madame Absalom in seinem Sprachführer-Französisch fragte, ob sie, falls sie ein Auge zudrücken würden, die Sachen aus ihrem Lager verstecken würde, damit sie nicht im Morgengrauen erschossen werden würden.

Dies bewirkte eine Sinnesänderung bei der temperamentvollen Alten.

»Nehmt euch das verfluchte Zeug, mes lapins«, sagte sie. »Wir sitzen ja alle im Dreck, und ihr seid jünger. Ihr werdet noch mehr zu leiden haben als ich. Haha!«

Les Dernières Nouvelles, vier Monate nach der Invasion der Nazis, sollten eben in Druck gehen, als der Zensor einer Notiz gewahr wurde, die er nicht durchließ, weil er fand, dass sie auf die Franzosen entmutigend wirken und Unzufriedenheit stiften könnte. Sie lautete:

»Mademoiselle ...« [hier folgte der Künstlername von Hyacinthe Goujon] wurde in ihrem Schlafzimmer tot aufgefunden, und in den daneben gelegenen Zimmern der Wohnung Rue de la Huchette 32 befanden sich ihre Mutter, Anne Goujon und ihr Großvater, ehemaliger Richter, die durch die Ausströmungen eines Holzkohlenbeckens ebenfalls dem Tod durch Vergiftung erlegen sind. Die Fenster waren hermetisch abgedichtet, und die Türen mit alten Theaterzetteln fest verklebt. Der Verlust von Mademoiselle ... ist ein schwerer Schlag für den französischen Film, der infolge der Unterstützung von Seiten der Regierung einen bedeutenden Aufschwung genommen hatte.«

Zwei Monate später erhielt ich ein Schreiben zugestellt, das nur wenige Zeilen enthielt.

»Mein Freund, ich fürchte mich. Ich kann dir diese Angst, die mich durchkältet wie eine Lähmung, nicht beschreiben. Du weißt, wie gerne ich weiter leben wollte … Ich werde warten – vielleicht kann ich noch einmal die Fledermäuse sehen.«

»Niemand kann mich der Selbstzerstörung beschuldigen. Nicht Hyacinthe stirbt, sondern das Leben um sie herum …«

Inhalt

Elliot Paul

wurde 1891 in Massachusetts geboren und besuchte die University of Maine. Nachdem er in den Aufbaulagern des Amerikanischen Nord-Westen gearbeitet hatte, kehrte er nach New England zurück und arbeitete für eine Bostoner Zeitung. Im Ersten Weltkrieg diente er in der Fernmeldetruppe des US Expeditionskorps und entschloss sich, in Europa zu bleiben, wo er für die Pariser Ausgaben des *Chicago Tribune* und des *New York Herald* arbeitete.

Während er in der Rue de la Huchette lebte, gründete er zusammen mit Eugène Jolas 1927 *Transition*, eine experimentelle Literaturzeitschrift. Hier fanden sich bereits Texte von Samuel Beckett, Franz Kafka, Gertrude Stein, Dylan Thomas und James Joyce. Die Gestaltung besorgten Miro, Picasso, Kandinsky und Man Ray.

Nach Ausbruch des Zweiten Weltkriegs kehrte Paul nach Amerika zurück und begann für Hollywood Drehbücher zu schreiben, darunter *Rhapsody in Blue* und das Drehbuch für Billie Holidays einzige Schauspielrolle *New Orleans*.

Um sein Einkommen aufzubessern, spielte der talentierte Pianist häufig in lokalen Clubs in der Gegend von Los Angeles.

1958 starb Paul im Veteranen-Krankenhaus in Providence, Rhode Island.

Ludovica Hainisch-Marchet

wurde am 29. Juni 1901 in Wien geboren und stammte aus gut bürgerlichen Verhältnissen. Sie beherrschte die wichtigsten europäischen Sprachen, inklusive Esperanto.

Bei der Bundespräsidentenwahl 1951 in Österreich, bei der zum ersten Mal der Präsident direkt vom Volk gewählt wurde, gab es sechs Kandidaten, die zur Wahl standen – darunter war Hainisch-Marchet die einzige Frau. Sie erzielte 0,05 Prozent der Stimmen und wurde verlacht und diffamiert.

Nach Aufenthalten in Italien und Schweden übersiedelte sie 1956 nach Deutschland, wo sie als Sprachlehrerin, Übersetzerin und Journalistin arbeitete.

1993 starb sie in Überlingen.